W0023140

Sie war eine rebellische junge Amisch-Frau. Besiegelte sie damit ihr Schicksal?

Ein brutaler Mord in einem Motel schockiert ganz Painters Mill. Für Polizeichefin Kate Burkholder ist das Opfer keine Unbekannte. Rachael Schwartz war eine charmante, aber auch rebellische junge Frau, die der strengen Ordnung ihrer amischen Familie entfloh. Doch was nur wenige wissen: Rachael hütete ein dunkles Geheimnis. Eines, das auch der Mörder kennt. Und er wird alles daran setzen, dass es nicht ans Tageslicht kommt.

Der dreizehnte Fall für Kate Burkholder von der Spiegel-Bestseller-Autorin Linda Castillo.

Linda Castillo wuchs in Dayton im US-Bundesstaat Ohio auf, schrieb bereits in ihrer Jugend ihren ersten Roman und arbeitete viele Jahre als Finanzmanagerin, bevor sie sich ganz dem Schreiben widmete. Der internationale Durchbruch gelang ihr mit »Die Zahlen der Toten« (2010), dem ersten Kriminalroman mit Polizeichefin Kate Burkholder. Linda Castillo kennt die Welt der Amischen seit ihrer Kindheit und ist regelmäßig zu Gast bei amischen Gemeinden. Die Autorin lebt heute mit ihrem Mann und zwei Pferden auf einer Ranch in Texas.

Helga Augustin hat in Frankfurt am Main Neue Philologie studiert. Von 1986 – 1991 studierte sie an der City University of New York und schloss ihr Studium mit einem Magister in Liberal Studies mit dem Schwerpunkt ›Translations‹ ab. Die Übersetzerin lebt in Frankfurt am Main.

Weitere Informationen finden Sie auf www.fischerverlage.de

LINDA CASTILLO

BLINDE
FURCHT

Der neue Fall für Kate Burkholder

Thriller

Aus dem amerikanischen Englisch
von Helga Augustin

FISCHER Taschenbuch

Aus Verantwortung für die Umwelt hat sich der S. Fischer Verlag zu einer nachhaltigen Buchproduktion verpflichtet. Der bewusste Umgang mit unseren Ressourcen, der Schutz unseres Klimas und der Natur gehören zu unseren obersten Unternehmenszielen.

Gemeinsam mit unseren Partnern und Lieferanten setzen wir uns für eine klimaneutrale Buchproduktion ein, die den Erwerb von Klimazertifikaten zur Kompensation des CO_2-Ausstoßes einschließt.

Weitere Informationen finden Sie unter: www.klimaneutralerverlag.de

Deutsche Erstausgabe

Erschienen bei FISCHER Taschenbuch
Frankfurt am Main, Juli 2022

Die amerikanische Originalausgabe erschien 2021
unter dem Titel »Fallen« bei Minotaur Books, New York. N. Y., USA.
© 2021 by Linda Castillo
Dieses Werk wurde im Auftrag von St. Martin's Press
durch die Literarische Agentur Thomas Schlück GmbH,
30161 Hannover, vermittelt.

Für die deutschsprachige Ausgabe:
© 2022 S. Fischer Verlag GmbH,
Hedderichstraße 114, 60596 Frankfurt am Main

Redaktion: Inge Seelig
Satz: Dörlemann Satz, Lemförde
Druck und Bindung: GGP Media GmbH, Pößneck
Printed in Germany
ISBN 978-3-596-70609-9

Ich widme dieses Buch allen meinen wunderbaren Freundinnen und Freunden von der Stadtbücherei in Dover, Ohio:

Danke für all die schönen (und vergnüglichen!) Veranstaltungen, die ihr in den letzten elf Jahren ausgerichtet habt. Ihr tut stets so viel mehr, als ihr müsstet. Euch und eure treuen Besucher zu treffen ist für mich zu einer Tradition geworden, die ich mehr schätze, als ihr euch vorstellen könnt. Eure Bücherei ist mein zweites Zuhause, wenn ich unterwegs bin, und dafür bin ich jeder und jedem Einzelnen von euch dankbar.

1. KAPITEL

Es würde nicht leicht werden, nach so vielen Jahren zurückzukehren. Sie hatte viel Leid hinterlassen, als sie damals ging, und nicht einmal Reue empfunden. Sie hatte den Menschen weh getan, die sie liebte, und Beziehungen zerstört, die ihr wichtig hätten sein sollen. Wenn das Pech sie wieder einmal verfolgte, hatte sie andere dafür verantwortlich gemacht und nie eingeräumt, sich vielleicht zu irren. Dabei gehörten Irrtümer zu ihrem Leben, was sie nur allzu oft bewiesen hatte.

Es gab einmal eine Zeit, da war Painters Mill ihr Zuhause gewesen. Sie hatte sich zugehörig gefühlt, war in die Gemeinde integriert und hatte sich kaum dafür interessiert, was es jenseits der Maisfelder, der malerischen Farmhäuser und gewundenen Nebenstraßen noch alles gab. Die kleine Stadt war der Mittelpunkt ihrer Welt gewesen. Ihre Familie wohnte noch immer dort – eine Familie, der sie seit zwölf Jahren nicht mehr angehörte. Doch ob es ihr gefiel oder nicht, ihre Verbundenheit mit diesem Ort und seinen Menschen war stark – ihrer Meinung nach zu stark –, und diese Verbundenheit konnte sie nicht länger leugnen, auch wenn sie es noch so sehr versuchte.

Die beschauliche Kleinstadt mit der typisch amerikanischen Hauptstraße und der malerischen Umgebung war aber nicht immer gut zu ihr gewesen. Für das siebzehnjährige Mädchen war Painters Mill auch ein Ort bitterer Lektionen gewesen, mit Regeln, die sie nicht befolgen konnte, und vernichtenden Anschuldigungen von Menschen, die – wie auch sie selbst – die Macht besaßen, andere zu verletzen.

Es dauerte Jahre, bis sie begriffen hatte, dass all das Leid und die Mühe, den Erwartungen von anderen gerecht zu werden, vergeblich waren. Denn wie ihre *Mamm* immer sagte: Zeit war ein wichtiger Faktor und das Leben ein grausamer Lehrmeister. In diesem Punkt hatte ihre Mutter ausnahmsweise einmal recht gehabt.

Painters Mill hatte sich kein bisschen verändert. An der Hauptstraße prägten die amischen Touristenläden und reizvollen Fassaden noch immer das Bild der historischen Innenstadt, und auf den pittoresken Farmen und den Nebenstraßen sah man hier und da noch immer einen Buggy oder Heuwagen. So kam ihr die Rückkehr vor, als beträte sie eine Zeitschleife – als wäre sie nie fort gewesen und hätte alles, was seither geschehen war, nur geträumt. Dass alles so unverändert war, verstörte sie auf eine Weise, die sie nicht erwartet hatte.

Auch das Willowdell-Motel gehörte zu den Orten, an denen die Zeit stillgestanden hatte – dieselbe schäbige Fassade und derselbe staubige Schotterparkplatz. Im Zimmer lag noch der gleiche abscheuliche orangerote Teppichboden, im Bad hing noch dieselbe geschmacklose Tapete, und die Luft roch wie früher nach dürftig kaschiertem Zigarettenrauch und muffigen Handtüchern. Es war ein Ort, den sie mit siebzehn besser nicht hätte kennen sollen.

Wenn das Leben ihr eine Lektion erteilt hatte, die alle anderen in den Schatten stellte, dann diese: Schau immer nach vorn und niemals zurück; konzentriere dich auf Ziele anstatt auf Dinge, die du bereust. Sie hatte viele Jahre gebraucht und zahllose Opfer gebracht, um sich aus dem Sumpf herauszuziehen, in den sie sich selbst hineinmanövriert hatte. Letztendlich hatte sie es geschafft – besser, als sie es jemals für möglich gehalten hätte – und sich ein gutes Leben aufgebaut. Ob all das jetzt noch irgendeine Rolle spielte? War es genug?

Rachael Schwartz warf ihre Reisetasche aufs Bett. Sie hatte lange genug darauf gewartet, endlich ein paar Dinge richtigzustellen. Es war an der Zeit, dieses eine Unrecht wiedergutzumachen, das sie begangen hatte und das sie nachts nicht schlafen ließ. Die eine schlechte Entscheidung, von der sie immer wieder eingeholt wurde – und die ihr seit Jahren zunehmend zu schaffen machte. Wie es ausgehen und ob sie bekommen würde, was sie wollte, wusste sie nicht. Aber dass sie es versuchen musste, das wusste sie genau. Was immer dabei herauskommen würde, ob es gut oder schlecht war oder irgendetwas dazwischen, sie würde damit leben müssen.

* * *

Um zwei Uhr morgens klopfte es an der Tür. Sie wusste, wer es war, schob die Decke zur Seite und sprang aus dem Bett. Die Freude, die sie beim Blick durchs Guckloch erfasste, vermochte ihre Nervosität nicht ganz zu verdrängen. Sie öffnete die Tür.

»Nun, das wurde aber auch Zeit«, sagte sie.

Ihre Worte trafen auf ein halbherziges Lächeln, gefolgt vom Aufflackern der Erinnerung. »Ich hatte nicht gedacht, dich jemals wiederzusehen.«

Sie grinste. »So kann man sich irren.«

»Tut mir leid, dass es so spät ist. Kann ich hereinkommen?«

»Ich bitte darum. Es gibt eine Menge zu bereden.« Sie trat zurück und deutete mit einer ausladenden Handbewegung ins Zimmer. »Ich mache das Licht an.«

Ihr Herz schlug heftig, als sie zum Nachttisch mit der Lampe ging. All die Worte, die sie monatelang eingeübt hatte, purzelten wie Würfel in ihrem Kopf umher. Irgendetwas stimmte nicht, aber was hatte sie denn erwartet?

»Ich hoffe, du hast den Wein mitgebracht«, sagte sie und beugte sich vor, um die Lampe anzuknipsen.

Der Schlag kam aus heiterem Himmel. Weißes Licht blitzte vor ihren Augen auf, gepaart mit einem ohrenbetäubenden Krach, als explodierte Dynamit in ihrem Kopf. Rasender Schmerz, und sie sank geschockt und verwirrt auf die Knie.

Sie streckte die Hand aus, hielt sich am Nachttisch fest und rappelte sich ächzend auf die Füße, taumelte nach links und drehte sich um, sah den Baseballschläger und das, was ihr zuvor entgangen war: die böse Absicht und versteckte Wut. Lieber Gott, wie hatte sie nur so naiv sein können?

Wieder fuhr die Keule auf sie nieder, durchschnitt zischend die Luft. Sie stolperte, versuchte nach rechts zu entkommen, war nicht schnell genug. Der Schlag traf sie an der Schulter, brach ihr das Schlüsselbein. Der Schmerz nahm ihr den Atem. Wimmernd drehte sie sich um, wollte weglaufen und fiel wieder auf die Knie.

Schritte hinter ihr. Es war noch nicht vorbei. Sie drehte den Oberkörper, hob die Hände zum Schutz. Der Baseballschläger traf ihren Unterarm, sie jaulte auf, Schmerz und Schock durchströmten ihren Körper.

»Nein!«, schrie sie.

Sie hob den Kopf, blickte auf Lippen, die einen dünnen Strich bildeten, und Augen so tot wie die eines ausgestopften Tieres. Der Baseballschläger traf ihre Wange so hart, dass ihr Kopf nach hinten schnellte. Sie biss sich auf die Zunge, schmeckte Blut. Dunkelheit breitete sich vor ihren Augen aus, das Gefühl, ins Leere zu fallen. Der Boden kam auf sie zu, prallte an ihre Schulter, harter Teppichboden scheuerte über ihr Gesicht. Sie wusste, dass sie schwer verletzt war, und auch, dass es nicht aufhören würde – dass sie sich furchtbar verrechnet hatte.

Schlurfende Schritte auf dem Teppichboden, heftiges Atmen. Sie kämpfte gegen den Schwindel an, streckte die Hand nach dem Bett aus, bekam das Betttuch zu fassen, versuchte, sich daran hochzuziehen. Der Schläger landete auf der Matratze nur Zentimeter neben ihrer Hand. Sie konnte es schaffen, konnte noch immer entkommen. Einen Schmerzensschrei ausstoßend, hievte sie sich aufs Bett, kroch zur anderen Seite, packte die Lampe und riss das Kabel aus der Steckdose.

Der Baseballschläger traf sie im Rücken, die Wucht nahm ihr den Atem, sekundenlang war sie wie gelähmt und einer Ohnmacht nahe. Sie wollte die Lampe schwingen, aber ihre Verletzungen waren zu schwer, und sie glitt ihr aus der Hand.

»Verschwinde!«, schrie sie.

Sie rollte sich vom Bett, versuchte zu stehen, aber ihre Beine gaben nach, und sie fiel zu Boden. Dann sah sie die Tür, sie stand offen, fahles Licht drang ins Zimmer. Wenn sie es dorthin schaffen würde … Freiheit, dachte sie. Leben. Sie kroch darauf zu, der Schmerz tobte wie ein ratternder Güterzug in ihrem Körper.

Schritte von links, Beine verstellten ihr den Weg. »Nein!«, stieß sie hervor, ein Schrei aus dem tiefsten Inneren, voller Entrüstung und Panik. Keine Zeit, sich auf den nächsten Schlag vorzubereiten.

Und der landete mit solcher Wucht auf ihren Rippen, dass sie, einen animalischen Laut ausstoßend, zur Seite kippte. Sie öffnete den Mund, um Luft zu holen. Und schluckte Blut. Keuchend rollte sie sich auf den Rücken und blickte hinauf in ein Gesicht, das einer seelenlosen Maske glich. In den kalten Augen sah sie die unheilvolle Absicht, aber kein Fünkchen Verstand oder Gefühl. Da wurde ihr klar, dass sie sterben würde. Sie wusste, dass ihr Leben in diesem schmutzigen Motel enden würde und es nichts gab, um das noch zu verhindern.

Auf Wiedersehen in der Hölle, dachte sie.

Den nächsten Schlag bekam sie schon nicht mehr mit.

2. KAPITEL

Der Winter im Nordosten Ohios ist endlos. Die Menschen sitzen die meiste Zeit in ihren Häusern und Wohnungen fest, zumal auch die Sonne oft wochenlang nicht zu sehen ist. Wenn dann die schonungslose Kälte und der viele Schnee endlich überstanden sind und das erste Grün die Felder färbt, brechen mit der Wucht einer Flutwelle die Frühlingsgefühle hervor.

Mein Name ist Kate Burkholder, und ich bin Chief of Police in Painters Mill, Ohio. Die hübsche Kleinstadt wurde 1815 gegründet, hat etwa fünftausenddreihundert Einwohner und liegt im Herzen des Amish Country. Ich bin als Amische geboren, aber anders als die meisten amischen Jugendlichen, habe ich die Glaubensgemeinde mit achtzehn Jahren verlassen und bin ins nahe gelegene Columbus gezogen. Dort habe ich die Hochschulreife erlangt, ein Diplom in Strafrecht gemacht und bin schließlich bei der Polizei gelandet. Nach einigen Jahren in der Großstadt hat es mich zurück zu meinen Wurzeln gezogen, und als der Stadtrat mir eine Stelle als Polizeichefin anbot, bin ich in meine Heimatstadt zurückgekehrt. Ich habe es nie bereut.

Heute Morgen plane ich, zusammen mit meinem Lebensgefährten John Tomasetti – er ist Agent beim Ohio Bureau of Criminal Investigation, kurz BCI – Reparaturen an unserer Scheune durchführen. Wir haben uns, kurz nachdem ich Polizeichefin geworden war, während der Ermittlungen in einem Mordfall kennengelernt und sind trotz eines holprigen Starts bald ein Paar geworden. Dass daraus tief empfundene Verbundenheit und eine dauerhafte Beziehung wurde, überraschte uns beide, und ich bin zum ersten Mal in meinem Erwachsenen-leben vorbehaltlos glücklich.

Wir wollen einige Stellen der äußeren Scheunenverkleidung ausbessern, weshalb Tomasetti in einer Holzhandlung zwanzig Nut-und-Feder-Bretter und mehrere Liter Farbe gekauft hat. Während wir das Material aus dem Pick-up laden, picken und scharren ein Dutzend Buckeye-Hühner im Erdboden.

Auf unserer zweieinhalb Hektar großen Farm gibt es immer etwas zu tun. Das liegt hauptsächlich daran, dass wir das meiste selber machen, und wie so oft im Leben, lernt man nie aus. Wir hoffen, mit der Reparatur der Außenwände am nächsten Wochenende fertig zu werden. Das Wochenende darauf wollen wir alles grundieren und streichen. Und wenn das Wetter mitspielt, werden wir übernächstes Wochenende mit der Gartenarbeit beginnen.

»Ich hab gehört, du hast endlich jemanden für die Telefon-zentrale gefunden«, sagt Tomasetti, während er die Bretter von der Ladefläche auf den Stapel am Boden zieht.

»Gestern hat sie angefangen«, sage ich. »Passt gut zu uns.«

»Mona ist sicher froh darüber.«

Bei dem Gedanken an Mona, meine frühere Telefonistin – und jetzt unser erster weiblicher Officer in Vollzeit –, muss ich lächeln. »Nicht nur sie«, sage ich. »Auch die Chefin wird jetzt hin und wieder einen Tag frei haben.«

Inzwischen steht er auf der Ladefläche, in jeder Hand einen knapp vier Liter schweren Farbeimer, und sieht auf mich herab. »Sie gefällt mir jetzt schon.«

Ich lasse das letzte Brett auf den Stapel fallen und sehe zu ihm hoch. »Hat dir schon mal jemand gesagt, wie gut du mit den Lederhandschuhen aussiehst?«, frage ich.

»Das höre ich andauernd«, sagt er.

Als er vom Wagen heruntersteigt, vibriert mein Handy an

der Hüfte. Ich blicke aufs Display, auf dem die Nummer meines Reviers steht, und nehme ab. »Hi, Lois.«

»Chief.« Lois Monroe hat Frühschicht in der Telefonzentrale. Sie ist eine selbstbewusste Frau, Großmutter, Kreuzworträtsel-Ass und eine erfahrene Telefonistin. Ihre Stimme sagt mir, dass sie um Fassung ringt.

»Mona hat einen Anruf des Managers vom Willowdell-Motel entgegengenommen und gerade per Funk durchgegeben, dass in einem der Zimmer eine Leiche liegt.«

Sofort frage ich mich, ob es sich um einen natürlichen Tod handelt – einen Herzinfarkt oder unglücklichen Sturz – oder, was am schlimmsten wäre, um eine Überdosis. Denn das ist in letzter Zeit viel zu oft der Fall, selbst in einer kleinen Stadt wie Painters Mill.

»Wissen Sie schon etwas Genaueres?«, frage ich.

»Mona sagt, es sieht nach einem Tötungsdelikt aus, Chief. Und dass es ein schlimmer Anblick ist. Sie klang ziemlich mitgenommen.«

Solche Anrufe bekomme ich nicht oft.

»Ich bin unterwegs«, sage ich. »Mona soll den Tatort absperren und mögliche Beweise sichern. Niemand darf das Zimmer betreten. Schicken Sie einen Krankenwagen hin, und geben Sie dem Leichenbeschauer Bescheid.«

* * *

Ich brauche zwanzig Minuten von unserer Farm in Wooster zum Motel, eine Rekordzeit, zumal ich erst noch die Uniform anziehen und den Ausrüstungsgürtel umschnallen musste.

Das Willowdell-Motel gehört zu den Wahrzeichen von Painters Mill. MODERNISIERTES MOTEL DER FÜNFZIGER JAHRE, SAUBERE ZIMMER und GLITZERNDER POOL heißt es auf dem Schild an der Straße, das Touristen anlocken soll, die zur Erholung ein paar Tage im Amish Country verbringen wollen. Die Einwohner der Stadt würden es etwas weniger euphorisch beschreiben, denn der Pool funkelt nicht wirklich, die Fassade müsste dringend frisch gestrichen werden, und die Zimmer wurden seit den 1980er Jahren nicht mehr renoviert.

Ich fahre auf den Schotterparkplatz, wo Monas Streifenwagen mit flackerndem Blaulicht neben dem Eingang zum Büro steht. Sie selbst unterhält sich gerade vor Zimmer 9 mit einem korpulenten Mann in Camouflage-Hose und Golfshirt. Ich bin ihm schon begegnet, kann mich aber nicht mehr an seinen Namen erinnern. Wahrscheinlich der Manager. Ich parke meinen Explorer neben dem Streifenwagen, nehme das Handfunkgerät und lasse Lois in der Telefonzentrale wissen, dass ich am Tatort eingetroffen bin.

Als ich aussteige, wirkt Mona über die Maßen erleichtert, mich zu sehen. Sie ist sechsundzwanzig und erst seit wenigen Wochen Vollzeit-Officer – vorher hat sie in der Telefonzentrale gearbeitet –, aber sie ist noch immer genauso fasziniert von der Polizeiarbeit wie am ersten Arbeitstag. Trotz fehlender Erfahrung ist sie eine gute Polizistin mit wachem Instinkt, hoch motiviert und bereit, auch unbeliebte Schichten zu übernehmen, was in einem Revier mit nur fünf Officers ein echtes Plus ist.

Mir fällt sofort ihre ungewöhnliche Blässe auf, ihre Hand ist zittrig und kalt bei der Begrüßung. Dabei ist Mona wirklich keine Mimose. Wie die meisten meiner Officers zieht sie Action der Langeweile vor, und es gab noch kein Verbrechen, dessen Untersuchung sie nicht fasziniert hätte. Aber heute Morgen ist ihr Gesicht wie versteinert, und ich bin ziemlich sicher, auf dem Ärmel ihrer Jacke Spuren von Erbrochenem zu sehen.

»Was gibt es?«, frage ich.

»Die Tote ist eine Frau.« Sie deutet mit dem Blick zu Zimmer 9. »Sie liegt auf dem Boden. Und überall ist Blut, Chief. Ich hab keine Ahnung, was passiert ist.« Sie blickt über die Schulter zu dem Mann, der angestrengt versucht, jedes Wort zu verstehen, und senkt die Stimme. »Es sieht nach einem heftigen Kampf aus. Ich kann nicht erkennen, ob sie erstochen oder erschossen oder ... anders zu Tode gekommen ist.«

Ich wende mich an den Mann. »Sie sind der Manager?«

»Doug Henry.« Er tippt auf das MANAGER-Schild an seinem Shirt. »Ich hab angerufen.«

»Eine Ahnung, was passiert ist?«, frage ich. »Haben Sie irgendetwas gesehen?«

»Also spätestens um elf Uhr muss ausgecheckt werden. Das Zimmermädchen ist heute nicht da, deshalb wollte ich selber sauber machen. Gegen zehn Uhr dreißig hab ich im Zimmer angerufen, aber niemand hat sich gemeldet, da hab ich bis elf gewartet und dann an die Tür geklopft. Als sie nicht geantwortet hat, bin ich mit meinem Schlüssel rein.« Er atmet tief auf. »So was hab ich in meinem ganzen Leben noch nicht gesehen, und ich hab hier im Schlachthof gearbeitet. Überall Blut und umgeworfene Sachen. Ich hab schnell die Tür zugemacht und die Polizei angerufen.«

»Wie heißt die Frau, die das Zimmer gebucht hat?«, frage ich.

»Ihr Nachname ist Schwartz«, sagt er.

Kein ungewöhnlicher Name in diesem Teil von Ohio, bei Amischen wie bei Englischen. Wenn mein Gedächtnis mich nicht trügt, gibt es mindestens zwei Familien mit dem Namen hier in Painters Mill. »Vorname?«

»Ich kann gehen und nachsehen, wenn Sie wollen«, bietet er an.

»Das wäre nett.« Ich wende mich an Mona. »Haben Sie sichergestellt, dass niemand mehr im Zimmer ist?«

Sie verzieht das Gesicht und schüttelt den Kopf. »Bei ihrem

Anblick war mir sofort klar, dass ich damit nicht klarkomme, und bin raus.«

»Hat danach noch jemand das Zimmer betreten?«

»Nein, niemand sonst.«

»Leichenbeschauer und Krankenwagen sind unterwegs?«

Sie nickt. »Und auch die Kollegen vom Sheriffbüro.«

»Wir stellen zuerst sicher, dass niemand mehr im Zimmer ist«, sage ich und trete zur Tür von Zimmer Nummer 9. »Achten Sie auf mögliche Beweisstücke. Und nichts anfassen«, füge ich hinzu, als Mona hinter mich tritt.

»Roger.«

Ich brauche einen Moment, bis sich meine Augen an das düstere Innere gewöhnt haben. Noch bevor ich das Blut sehe, steigt mir dessen unangenehmer Geruch nach Metall und Schwefel in die Nase. Dann fällt mein Blick auf einen tellergroßen rotschwarzen Fleck im Teppichboden, etwa einen Meter entfernt. Schmierspuren auf dem Bettzeug, Spritzer an Kopfteil und Wand und sogar an der Zimmerdecke. Auf der anderen Seite des Bettes sehe ich die Hand des Opfers.

»Sie checken das Bad«, sage ich.

Als ich mich dem Bett nähere, spüre ich den vertrauten Knoten im Bauch – Ausdruck meines tiefen Grauens vor einem gewaltsamen Tod. Ganz egal, wie oft ich dem Anblick schon ausgesetzt war, rebelliert doch immer wieder mein Magen, und ich ringe um Luft. Ich umrunde das Bettende und werfe einen ersten Blick auf das Opfer. Eine Frau. Sie liegt auf dem Bauch, Beine gespreizt, ein Arm unter ihr, der andere liegt ausgestreckt auf dem Teppichboden, die Hand darin verkrallt, als hätte sie versucht, sich zur Tür zu schleppen. Sie ist bekleidet mit einem pinkfarbenen T-Shirt und einer Unterhose. Socken.

Ich brauche mehr Licht und ziehe die Mini-Maglite aus dem Ausrüstungsgürtel. Der Strahl fällt auf ein schlimmes Szenario:

Eine Lampe liegt auf dem Boden, der Schirm ist zerbrochen, das Kabel aus der Steckdose gerissen. Was immer der Frau angetan wurde, sie hat sich gewehrt und es ihrem Angreifer nicht leicht gemacht.

Tapferes Mädchen, flüstert eine leise Stimme in meinem Kopf.

»Badezimmer ist sauber«, höre ich Mona rufen.

»Blut?«

»Nein.«

Ich blicke zurück über die Schulter und sehe Monas Umrisse im Licht, das durch die Tür fällt. Doch in Gedanken bin ich bei der Sicherung der Beweise, wobei mir klar ist, dass wir sie gerade kontaminieren. Was sich in diesem Fall aber nicht vermeiden lässt.

»Gehen Sie raus und sichern Sie den Tatort weiträumig mit Absperrband«, beauftrage ich sie, ich nehme die Anspannung in meiner Stimme deutlich wahr. »Niemand darf in die Nähe kommen, keine Fahrzeuge außer dem Wagen des Leichenbeschauers.«

»Okay.«

Gewalt und die unaussprechlichen Dinge, die Menschen einander antun, sind mir nicht fremd. Trotzdem ringe ich in diesem Moment um Fassung.

Das Gesicht der Frau ist mir abgewandt, das Kinn auf unnatürliche Weise verrenkt. Das rotblonde Haar blutverschmiert, die Haut am Hinterkopf geplatzt und die Schädeldecke zertrümmert. Grünblauer Nagellack, goldenes Armband. Schöne Hände. Und mir wird bewusst, dass ihr noch vor wenigen Stunden so banale Dinge wie Maniküre und Schmuck wichtig waren.

Vorsichtig, um möglichst keine Spuren zu verwischen, gehe ich herum zur anderen Seite der Frau. Ihre linke Gesichtshälfte ist völlig zerstört – der Wangenknochen eingedrückt, der Augapfel außerhalb der Augenhöhle, die Nase nur noch ein Klumpen. Die Zunge hängt zwischen abgebrochenen Zähnen, Blut und Speichel rinnen wie an einem Faden auf den Teppichboden und haben eine faustgroße Lache gebildet.

Ich richte den Strahl der Taschenlampe auf ihr Gesicht, und mir wird ganz komisch, denn ich habe das Gefühl, die Frau zu kennen. Eine verschüttete Erinnerung drängt sich in mein Bewusstsein, gefolgt von Grauen, denn eine Fremde wäre mir in diesem Moment lieber. Doch ich kenne sie, und mir wird so übel, dass ich einen Schritt zurücktreten muss.

Ich beuge mich vor, die Hände auf die Knie gestützt, und atme tief durch. »Verdammt.«

Ein mir unbekannter Laut entkommt meinem Mund, und ich huste. Aber ich reiße mich zusammen, richte mich auf und lasse den Blick durchs Zimmer wandern. Auf dem Stuhl liegt eine teure Lederhandtasche mit Fransen. Auf dem Boden vor dem schmalen Wandschrank steht eine Reisetasche. Ich gehe zu dem Stuhl, nehme einen Stift aus der Jackentasche und öffne damit die Lasche. In der Tasche befinden sich ein Lederportemonnaie, ein Schminktäschchen, Kamm, Parfüm. Ich nehme die Geldbörse heraus, in der mehrere Zwanzigdollarscheine stecken, und weiß, dass es dem Täter nicht ums Geld ging.

Das Führerscheinfoto starrt mich durch die Plastikhülle an, und als ich den Namen lese, schwankt der Boden unter meinen Füßen: Rachael Schwartz. Das Grauen, das schon die ganze Zeit in mir lauert, bricht sich Bahn beim Anblick der schönen jungen Frau mit den rotblonden Haaren und dem angedeuteten Lächeln, das so typisch für sie war. Ein Lächeln, das sagte: *Ich werde es weit bringen, und wenn du nicht mithalten kannst, bleibst du eben zurück!* Genau so war Rachael – nicht einfach im Umgang, hoch emotional und mit einer Vorliebe für eindrucksvolle Auftritte. Schon als Kind wollte sie immer recht haben, selbst wenn sie offensichtlich unrecht hatte. Wenn man ihr weh tat oder sie verärgerte, schlug sie mit unverhältnismäßiger Härte zurück. Aber abgesehen davon war sie leidenschaftlich und loyal. Das weiß ich alles, weil ich eine der wenigen Amischen war, die sie verstanden, auch wenn ich es niemals laut ausgesprochen hätte.

Ich schließe die Augen und kämpfe gegen die aufkommenden Gefühle an. »Mistkerl«, flüstere ich.

Ich kannte Rachael Schwartz, als sie noch Windeln trug. Sie war sieben Jahre jünger als ich und das mittlere Kind einer Swartzentruber-Familie hier in Painters Mill. Swartzentruber-Amische gehören zu den konservativsten religiösen Gemeinschaften der Alten Ordnung, die strikt an den alten Traditionen festhalten. Sie verzichten auf die meisten Annehmlichkeiten, die andere amische Glaubensgemeinschaften erlauben, benutzen zum Beispiel keine Spülklosetts oder Schotter für lange Wege, und lehnen den Gebrauch von Schildern mit der Aufschrift »Langsam fahrendes Vehikel« an ihren Buggys ab. Die Familie hatte fünf Kinder, und als Teenager war ich manchmal Babysitter bei ihnen. Ihre *Mamm* und ihr *Datt* wohnen noch immer in dem alten Farmhaus an der Hogpath Road.

Durch meinen Weggang hatte ich Rachael aus den Augen verloren. Ich wusste nur, dass sie Painters Mill schon vor meiner Rückkehr als Polizeichefin verlassen hatte. Sie war das einzige Mädchen, das ich je kannte, dem es noch schwerer fiel als mir, amisch zu sein.

Mit meinem Smartphone mache ich ein Foto ihres Führerscheins für den Fall, dass ich die Informationen noch brauche.

»Chief?«

Ich schrecke zusammen, drehe mich um und hoffe, dass Mona mir ansieht, welche Gefühle mich gerade umtreiben. »Haben Sie alles abgesperrt?«, frage ich.

»Ja, Ma'am.« Sie sieht mich fragend an: »Sie kennen die Tote?«

Ich seufze, schüttele den Kopf. »Nicht gut, aber ...« Ich weiß nicht, wie ich den Satz beenden soll, und lasse es einfach.

Mona gibt mir einen Moment Zeit, dann wandert ihr Blick zur Geldbörse. »Etwas gefunden?«

»Führerschein. Bargeld.« Wobei mir auffällt, dass etwas fehlt. »Kein Handy. Haben Sie eins gesehen?«

»Nein.«

Mit dem Stift schiebe ich die wenigen Gegenstände in der Tasche umher, dann lasse ich die Geldbörse wieder hineinfallen.

Als ich aufsehe, habe ich meine Gefühle wieder unter Kontrolle. »Ich rufe das BCI an, sie sollen die Spurensicherung schicken. In der Zwischenzeit checken wir die anderen Zimmer und Gäste. Der Manager kann uns sagen, welche Zimmer belegt sind, dann beginnen wir mit denen, die dem Tatort am nächsten sind. Wir werden alle befragen, vielleicht hat ja irgendjemand etwas Ungewöhnliches gesehen oder gehört.«

»Okay.«

Wir verlassen den Raum. Auf dem Weg davor bleibe ich kurz stehen und atme zweimal tief ein und aus. »Glock soll auch herkommen«, sage ich; Rupert »Glock« Maddox ist mein erfahrenster Officer. »Hier stehen insgesamt vier Fahrzeuge. Wenn ich herausgefunden habe, welches ihr gehört, soll die Spusi es untersuchen.«

»In Ordnung, Chief.«

Ich nehme mein Handy und rufe im Revier an. Normalerweise kommunizieren wir über Funk, aber ich will nicht, dass Rachaels Name im Äther kursiert, falls jemand den Polizeifunk abhört.

»Lassen Sie Rachael Schwartz durch LEADS laufen«, beauftrage ich Lois. LEADS ist die Abkürzung für eine Datenbank der Ohio State Highway Patrol, in der Polizeibehörden checken, ob jemand ein Strafregister hat oder polizeilich gesucht wird. »Überprüfen Sie, ob es unter ihrem Namen irgendwelche Einträge, Telefonnummern oder Bekannte gibt. Was immer Sie finden.« Ich blicke auf das Foto vom Führerschein, das ich gemacht habe, und gebe die Adresse durch. »Checken Sie auch, wem die Immobilie gehört, in der sie wohnt, und ob sie Grundbesitz hatte.«

»Roger.«

Ich lege auf und gehe zum Manager des Motels, der ein paar Schritte entfernt gerade eine Zigarette raucht. »Ist sie tot?«, fragt er.

Ich nicke. »Haben Sie im Kopf, welche Zimmer belegt sind?«

»Zwei, vier, sieben und neun.«

Ich gebe die Information an Mona weiter, die sogleich auf Zimmer 7 zusteuert.

»Wissen Sie, welches Auto Frau Schwartz gehört?«, wende ich mich wieder an den Manager.

Er konsultiert das Papier in seiner Hand. »Ja, gut, sie hat die Info auf dem Anmeldeformular vermerkt«, sagt er und zeigt auf den Lexus ein paar Parkplätze von ihrem Zimmer entfernt. »Der dort.«

»War sie allein?«, frage ich.

»Ich hab sonst niemanden gesehen. Sie hat keinen zweiten Namen mit eingetragen und auch nur einen Schlüssel verlangt.«

Ich nicke, sehe mich um und entdecke ein paar Meter weiter unter dem Dachvorsprung eine Überwachungskamera. »Funktionieren Ihre Kameras?«

»Soviel ich weiß, ja.«

»Ich muss mir die Aufnahmen ansehen«, sage ich. »Können Sie sie mir zur Verfügung stellen?«

»Ich denke schon.«

»Wann genau hat sie eingecheckt?«

Wieder blickt er aufs Anmeldeformular. »Gestern Abend kurz nach acht.«

Ich nicke. »Können Sie sich noch eine Weile zur Verfügung halten, falls ich weitere Fragen habe?«

»Ich bin bis siebzehn Uhr hier.«

Ich danke ihm und drücke die Kurzwahltaste für John Tomasetti.

3. KAPITEL

»Ich hab doch gewusst, dass du es nicht lange aushältst, ohne den Klang meiner Stimme zu hören.«

Mir gelingt zwar ein halbwegs manierliches Lachen, aber Tomasetti ist ein scharfsinniger Mann – oder mein Versuch, entspannt zu klingen, war nicht so überzeugend, wie ich glaubte, denn er fragt: »Was ist passiert?«

»Eine Frau wurde ermordet«, sage ich. »Im Motel.«

Kurzes Schweigen, dann: »Was brauchst du?«

»Erst einmal die Spurensicherung.«

»Schussverletzung oder Stichverletzung? Familienstreit? Worum genau geht es?«

»Ich bin nicht sicher. Vermutlich totgeprügelt. Schwer zu sagen, es gibt eine Menge Blut. Sie ist dreißig Jahre alt.«

»Ich schicke meine Leute so schnell wie's geht hin.« Er wartet, zögert, will den Anruf noch nicht beenden, weil er weiß, dass das nicht alles ist. »Sonst noch was, Kate?«

»Tomasetti, die Frau … sie war einmal amisch. Vor vielen Jahren. Ich wusste, dass sie die Gemeinschaft verlassen hatte.« Ich weiche aus, laviere herum, doch dann räuspere ich mich und sage es endlich. »Ich habe sie gekannt. Ich meine, als sie noch ein Kind war.«

»Eine Vermutung, wer sie getötet haben könnte?«

»Nein. Es ist viele Jahre her, seit ich sie zum letzten Mal gesehen habe.« Ich kann es selbst nicht fassen, dass mich eine so weit zurückliegende Verbindung dermaßen aufwühlt. »Wer immer das war … es sieht schlimm aus. Nach viel Gewalt.«

»Dann hat der Mörder sie gekannt.«

»Wahrscheinlich.« Ich reibe mir mit der Hand übers Gesicht.

»Ich muss es ihren Eltern sagen.«

»Warte noch. Ich komme, so schnell es geht.«

Ich habe gerade aufgelegt, als auf dem Schotterplatz hinter mir Autoreifen knirschen. Ich drehe mich um und sehe einen Streifenwagen des Holmes-County-Sheriffbüros mit rotierendem Blaulicht neben meinem Explorer halten. Kurz darauf steigt Dane »Fletch« Fletcher aus, den ich ganz gut kenne. Seit ich hier Chief bin, hatten wir mehrere gemeinsame Einsätze bei Verkehrsunfällen, wir haben einige häusliche Konflikte entschärft und sind bei einer Schlägerei im Brass Rail eingeschritten. Letzten Sommer haben wir uns auch an einer Spendenaktion für eine Jugendhilfeorganisation beteiligt. Dabei haben wir fast den ganzen Tag in einem Wassertank verbracht, während Jugendliche mit einem Ball auf eine Zielscheibe dahinter geworfen haben – und sich bei jedem Treffer ein Eimer Wasser über uns ergoss. Er ist ein guter und besonnener Polizist und hat einen wunderbaren Humor, den ich sehr zu schätzen weiß.

»Hi, Fletch«, sage ich und gehe auf ihn zu.

Wir schütteln uns die Hand. »Ich hab gehört, es gibt eine Leiche.«

Ich erzähle ihm das wenige, was ich bislang weiß. »BCI ist unterwegs.«

»Und das kurz vorm Wochenende. Wenn Sie Hilfe vom Sheriffbüro brauchen, Anruf genügt, Kate.«

Das Willowdell-Motel liegt zwar innerhalb der Stadtgrenze von Painters Mill und somit in meiner Zuständigkeit, aber ich arbeite schon immer eng mit dem Sheriffbüro von Holmes County zusammen. Wir pflegen eine gute Beziehung, und je nach verfügbaren Einsatzkräften und der Arbeitslast helfen wir uns gegenseitig aus.

Er kratzt sich am Kopf, den Blick auf die offene Tür von Zimmer Nummer 9 gerichtet. »Das Opfer?«

Ich gebe ihm die Infos über Rachael Schwartz, die ich habe, halte mich an Fakten und lasse meine Gefühle außen vor.

»Sie war mal amisch?« Er reibt sich mit der Hand übers Kinn. »Verdammt. Dann war sie hier, um die Familie zu besuchen?«

»Vielleicht.« Ich stoße einen Seufzer aus, blicke um mich. »Ich hab das Zimmer oberflächlich in Augenschein genommen und eine Geldbörse mit Führerschein gefunden. Geld war noch drin, also kein Raubüberfall. Ein Handy habe ich nicht gefunden, aber sobald das BCI hier ist, wird das Zimmer genau durchsucht.« Ich bin froh, dass ich mit den Gedanken wieder langsam bei der Sache bin und ich meinen Verstand auf die Polizeiarbeit fokussieren kann.

Ich mache mich auf zum Lexus, der ein Stück von Zimmer 9 entfernt steht, und streife mir auf dem Weg ein paar Handschuhe aus der Tasche am Ausrüstungsgürtel über. Der Wagen, eine ziemlich neue, rot glänzende schnittige Limousine, verrät Wohlstand und Erfolg.

Der Deputy ist mir gefolgt und steht jetzt hinter mir. Er reckt den Hals, um ins Wageninnere zu sehen. »Netter Schlitten für eine amische Lady«, bemerkt er.

»Ehemals amisch.«

Eigentlich möchte ich nichts anfassen, aber weil in meiner Stadt ein Killer frei herumläuft, ignoriere ich das und öffne die Fahrertür. Der Innenraum ist warm und riecht nach Leder und Parfüm, aber auch der vage Geruch von Fastfood hängt in der Luft. Auf dem Boden hinter dem Vordersitz liegt eine zusammengeknüllte McDonald's-Tüte, über der Rückenlehne des Beifahrersitzes hängt eine hübsche geblümte Jacke, und auf dem Boden davor liegen königsblaue Stöckelschuhe. Ich beuge mich vorsichtig ins Wageninnere und klappe die Mittelkonsole auf, sehe darin einige Hörbücher, ein Päckchen Marlboro, Münzgeld und eine kleine Packung Ibuprofen. Kein Handy. Gerade will ich die Konsole zuklappen, als mein Blick auf ein gefaltetes Stück Papier in der Zellophanhülle der Zigarettenschachtel fällt. Ich mache mit dem Smartphone einige Fotos, dann ziehe ich den Zettel heraus und falte ihn auf. Darauf steht mit blauer Tinte eine Adresse, zweimal unterstrichen.

1325 Superior Street
Wooster

»Hallo, was haben wir denn da«, sage ich, lege den Zettel auf den Sitz und mache ein weiteres Foto.

»Was ist das?«, fragt Fletch hinter mir.

»Ich bin nicht sicher«, sage ich. »Eine Adresse.«

Er versucht, mit zusammengekniffenen Augen das Geschriebene auf dem Stück Papier zu lesen. »Wow.«

Fletch ist ein guter Polizist, der weiß, dass sich möglichst wenige Menschen innerhalb einer Absperrung aufhalten sollten. Zudem sitzt er mir etwas zu dicht auf der Pelle, und ich schiebe ihn ein Stück weg, damit er mir mehr Raum gibt. »Haben Sie Leitkegel und Absperrband dabei?«, frage ich.

Er versteht den Wink. »Sie wollen, dass ich den Parkplatz absperre?«, fragt er.

»Das wäre sehr hilfreich. Auch wenn die Chance minimal ist, noch Reifen- oder Fußspuren sichern zu können.«

»Wie Sie wollen, Chief.«

Ich lasse den Zettel auf dem Sitz liegen, gehe vorn um den Wagen herum zur Beifahrerseite und werfe dort ebenfalls einen Blick ins Innere, finde aber nichts Interessantes.

Als ich gerade die Tür schließe, biegt Doc Coblentz, der Leichenbeschauer des Countys, in seinem Escalade auf den Parkplatz und bleibt wenige Meter von mir entfernt stehen.

Ich hole mein Handy heraus und rufe im Revier an.

»Hi, Chief.«

»Lois, ich bin's noch mal. Können Sie herausfinden, wer unter folgender Adresse wohnt?« Ich rufe das Foto auf, das ich vom Zettel gemacht habe, und lese ihr die Adresse vor. »Namen und wenn möglich Telefonnummer. Lassen Sie den oder die Namen dann durch LEADS laufen, ob irgendetwas vorliegt.«

»Geben Sie mir zwei Minuten.«

»Danke.«

Ich lege auf und blicke mich um. Mona und Fletch befragen gerade das stark tätowierte Pärchen, das zwei Zimmer neben der Nummer 9 eingecheckt hat und nun wie gebannt auf jene Tür starrt. Selbst aus acht Metern Entfernung sehe ich den Schock und die Neugier in ihren Gesichtern.

Painters Mill ist eine kleine Stadt, und so ist es nicht ungewöhnlich, dass ich in meinem Job mit Menschen zu tun habe, die ich kenne, ob sie Opfer oder Täter oder einfach nur Zeugen sind. Das hier ist anders. Als erwachsene Frau hatte ich Rachael Schwartz kaum gekannt und ehrlich gesagt auch vergessen. Erst als sie vor zwei oder drei Jahren ein Enthüllungsbuch über die Amischen veröffentlichte, wurde ich wieder auf sie aufmerksam, aber selbst dann hatte sie kaum mehr mein Interesse geweckt. Gelesen habe ich ihr Buch nicht.

Doch ich kannte sie als Kind – und damals hat sie mich beeindruckt. Rachael war lebhaft und geradeheraus, was sie von anderen amischen Kindern unterschied. Sie war allerdings auch altklug und streitlustig und rebellierte gegen Autoritäten – alles Eigenschaften, die ihr schadeten. Als sie in ihren Teenagerjahren den Älteren den Respekt verweigerte und ihren Glaubensbrüdern mit Geringschätzung begegnete, führte das zu großen

Problemen für alle Beteiligten – und nicht zuletzt für Rachael selbst.

Als Letztes hatte ich gehört – wahrscheinlich im Verlauf eines Gesprächs mit einem ortsansässigen Amischen –, dass Rachael vor zwölf oder dreizehn Jahren sowohl die Glaubensgemeinschaft als auch Painters Mill verlassen hatte. Wo war sie hingegangen? Gab es außer dem Buch, das sie geschrieben hatte, noch etwas, womit sie die Wut einiger Leute erregte? Warum war sie jetzt zurückgekommen? Wer hasste sie so sehr, dass er sie bis zur Unkenntlichkeit zu Tode prügelte?

Die Fragen setzen mir zu wie ein eitriger Zahn, und ich werde in den nächsten Tagen alles tun, um Antworten zu bekommen, auch wenn sie mir vielleicht nicht gefallen.

4. KAPITEL

Rhoda und Dan Schwartz wohnen an einer unbefestigten Straße etwas außerhalb von Painters Mill, etwa eine Meile von der Hogpath Road entfernt. Das Paar ist seit jeher eine Säule der amischen Gemeinde, und da die Kinder nun alle erwachsen und verheiratet sind, unterrichtet Rhoda wieder in der Zwei-Klassenzimmer-Schule weiter unten in der Straße. Dan betreibt zusammen mit seinem ältesten Sohn einen Milchbauernhof. Sie sind ehrbare, hart arbeitende Menschen und gute Nachbarn. Allerdings haben sie mich auch bedenkenlos verurteilt, wenn ich als Teenager in Schwierigkeiten gesteckt hatte. Und ich frage mich, ob ihre Intoleranz mit ein Grund war, dass ihre Tochter die Gemeinde verlassen hat.

Der Tod eines Kindes ist die schlimmste Nachricht, die Eltern bekommen können, und den Schmerz darüber nehmen sie mit bis ins Grab. Es verändert die Ordnung ihrer Welt, stiehlt alle Freude aus ihrem Leben und alle Hoffnung. Im Allgemeinen gehen Amische mit Trauer eher stoisch um, zum Teil aufgrund ihres Glaubens, der das ewige Leben verspricht. Doch beim Verlust eines Kindes erspart ihnen selbst dieser Glaube nicht den peinigenden Schmerz.

Als ich in die unbefestigte Straße zu ihrer Farm einbiege, spüre ich den Knoten in meinem Bauch. Das Farmhaus selbst ist alt, mit einem Obergeschoss und mehreren, über die Jahrzehnte angebauten Erweiterungen. Die Steinfassade bröckelt an einigen Stellen, und die vordere Veranda hängt etwas durch, aber der weiße Anstrich wirkt neu, und der seitliche Garten mit dem Lattenzaun und der frisch umgegrabenen Erde gleicht einem Postkartenmotiv.

Ich parke hinter dem Haus neben einem alten Gülleverteiler und folge dem Plattenweg zur Vorderseite, wo Rhoda auf der Rundumveranda kniet. Neben ihr stehen auf Zeitungspapier von *The Budget* ein halbes Dutzend Tontöpfe, ein Sack Topferde lehnt am Geländer. Sie ist um die fünfzig, hat eine freundliche Ausstrahlung, silbergraues Haar unter einer *Kapp* und beim Lächeln zwei Grübchen, die sie an ihre Tochter vererbt hat.

»Hi, Rhoda«, sage ich und gehe die Treppe hinauf.

Sie blickt von ihrer Arbeit auf. »Katie Burkholder! Das ist aber eine Überraschung!« Sie steht auf und streift die Hände am Rock ab. »*Wie bischt du heit?*« Wie geht es dir?

Sie ist mir gegenüber herzlich und offen, aber auch überrascht, mich zu sehen – fragt sich wohl, warum ich gekommen bin, und dann auch noch in Uniform. Ich erschüttere ungern ihre Welt und spüre in mir eine Welle von Hass hochkommen auf die Person, die ihre Tochter umgebracht hat.

Sie drückt mir fest die Hand. »Wie geht es deiner Familie, Katie?« Ihre Fingernägel sind kurz geschnitten, die Handflächen schwielig. »Ist deine Schwester wieder *ime familye weg*?« Amische haben eine Abneigung gegen das Wort »schwanger« und sagen stets »in anderen Umständen«. »Diese Sarah, sie macht es immer spannend.«

Ich sehe in ihre Augen und bemerke zum ersten Mal, dass sie auch die graublaue Iris an ihre Tochter vererbt hat. Bei der Vorstellung, ihr gleich großen Kummer bereiten zu müssen, wird mir schwer ums Herz.

»Es tut mir leid, Rhoda, aber ich bin in offizieller Funktion hier.« Ich drücke ihre Hand. »Ist Dan zu Hause?«

Ihr Lächeln erstirbt. Mein Gesichtsausdruck oder meine

Stimme macht sie stutzig. Sie legt den Kopf schief, und ein Anflug von Sorge steht in ihren Augen. »Ist alles in Ordnung?«

»Wo ist Dan?«, frage ich wieder.

»Im Haus«, sagt sie. »Ich hab Sandwiches mit gebratener Mortadella zum Mittagessen gemacht. Vermutlich lässt er sich gerade heimlich ein zweites schmecken. Wenn du einen Moment Zeit hast, können wir uns ein wenig unterhalten, was es alles Neues gibt.«

Sie ist nervös und redet drauflos. Sie weiß, dass ich schlechte Nachrichten überbringe. Bestimmt hat sie Hunderte Szenarien im Kopf, die alle mit ihrer Tochter zu tun haben – als hätte sie schon immer gewusst, dass ihre Tochter durch ihre Eskapaden irgendwann in Schwierigkeiten kommen würde, und ahnte nun, dass es jetzt so weit war.

»Du glaubst es nicht, aber der Mann futtert wie ein Scheunendrescher«, sagt sie auf *Deitsch*.

Ich möchte sie in die Arme nehmen, damit sie aufhört zu plappern, und sie halten, wenn sie zusammenbricht. Ich möchte ihr etwas von dem Schmerz abnehmen, den ich ihr gleich zufügen werde, aber weil das unmöglich ist, gehe ich an ihr vorbei und mache die Hintertür auf. »Dan?«, rufe ich. »Hier ist Kate Burkholder.«

Dan Schwartz erscheint in der Tür, die vom Wohnzimmer in die Küche führt, ein Sandwich in der Hand. Er hat einen flachkrempigen Strohhut auf, ein blaues Arbeitshemd und braune Hosen mit Hosenträgern an. Er grinst freundlich, dabei sieht man die Lücke, wo der obere Eckzahn fehlt, an die ich mich noch von früher erinnere.

»*Wie geht's alleweil?*« Doch als er dann seine Frau ansieht, verschwindet sein Grinsen. »*Was der schinner is letz?*« Was um Himmels willen ist passiert?

»Es geht um Rachael«, sage ich. »Sie ist tot. Es tut mir leid.«

»Was?«, stößt Rhoda ungläubig aus, sie hebt die Hand und weicht einen Schritt zurück, als wäre ihr gerade bewusst geworden, dass ich eine ansteckende tödliche Krankheit habe. »*Sell is nix as baeffzes.*« Das glaube ich nicht.

Dan eilt auf sie zu, will nach seiner Frau greifen, fasst daneben, stolpert näher und nimmt ihre Hand in seine. Er sagt nichts, aber ich sehe den Schmerz, der ihn überkommt. Denn während die Amischen an die göttliche Ordnung der Dinge glauben und an das Leben nach dem Tod, sind sie doch Menschen wie alle, und ihr Schmerz trifft mich tief ins Herz.

»Rachael?« Rhoda legt sich die Hand auf den Mund, als wolle sie den Schrei unterdrücken, der herauswill. »Nein. Das kann nicht sein. Ich hätte es gewusst.«

»Bist du sicher?«, fragt Dan.

»Sie ist tot«, sage ich. »Letzte Nacht. Es tut mir leid.«

»Aber ... wie?«, fragt er. »Sie ist jung. Was ist mit ihr passiert?«

Fast hätte ich die beiden gebeten, sich zu setzen, doch ich merke rechtzeitig, dass es nur ein kläglicher Versuch wäre, den zweiten schlimmen Schlag hinauszuzögern. Aber schlechte Nachrichten müssen schnell überbracht werden. Angehörige müssen ohne Zögern benachrichtigt werden, offen heraus, ohne Umschweife. Man muss die Tatsachen aussprechen, sein Mitleid bekunden und sich dann so weit distanzieren, um die nötigen Fragen stellen zu können.

Da es noch keine offizielle Todesursache gibt, beschränke ich mich auf das Nötigste. »Ich weiß nur, dass ihre Leiche heute Vormittag gegen elf Uhr gefunden wurde.«

Der amische Mann sieht mich an, Tränen in den Augen. Doch er hält sie zurück. »War es ein Unfall? Mit dem Auto?« Er presst die Lippen zusammen. »Oder Drogen? Was?«

Es gelingt mir nur schlecht, die Fakten darzustellen, denn mein Kopf ist vernebelt von den eigenen Emotionen, von den

Bildern im Motel und dem, was ich über ihre Tochter weiß. »Sie wurde in einem Zimmer im Willowdell-Motel gefunden«, sage ich. »Wir wissen noch nicht, was genau passiert ist, aber ihr Körper weist Verletzungen auf. Die Polizei ermittelt.«

Rhoda Schwartz presst beide Hände an ihre Wangen. Ihre Augen füllen sich mit Tränen. »Mein Gott.«

Dan sieht mich an, blinzelt heftig in dem Versuch, die Information zu absorbieren. »Was für Verletzungen?«

So wie er mich ansieht, vermutet er bereits, dass Rachaels Verhalten, ihre Lebensweise, sie schließlich eingeholt haben.

»Ich glaube, sie wurde ermordet«, sage ich.

»Jemand … hat ihr das Leben genommen?« Rhoda stößt einen Laut aus, halb Schluchzen, halb Winseln. »Wer tut denn so etwas? Und warum?«

Dan wendet den Blick ab, schweigt. Sein Kiefer zuckt, auch in seinen Augen schimmern Tränen, aber er lässt ihnen keinen freien Lauf.

Dann blickt er mich wieder an. »Rachael ist hier, in Painters Mill?«

»Ihr wusstet nicht, dass sie in der Stadt ist?«, frage ich und sehe sie beide an.

Sie schütteln den Kopf.

»Könnt ihr euch vorstellen, warum sie gekommen ist?«, frage ich.

Rhoda scheint die Frage nicht einmal zu hören. Sie hat sich abgewandt, die Arme um sich geschlungen, ist blind und taub in ihr Elend gehüllt. Ihre Schultern beben, während sie lautlos schluchzt.

»Wir haben es nicht gewusst«, sagt Dan.

»Wann habt ihr sie das letzte Mal gesehen?«, frage ich.

Dan blickt zu Boden, und ich wende mich an Rhoda.

Sie sieht mich an, als hätte sie vergessen, dass ich da bin. Ihr

Gesicht ist kreidebleich, ihre Nase gerötet, und sie blinzelt, als müsse sie mich in ihr Blickfeld zurückholen. »Kurz vor Weihnachten, vor einem Jahr, glaube ich.«

Dass Rachael ihre Eltern fast eineinhalb Jahre nicht gesehen hat, sagt viel über die Beziehung zwischen ihnen. »Hat sie bei ihrem Besuch etwas von Problemen erzählt? Steckte sie in irgendwelchen Schwierigkeiten?«

Die amische Frau schüttelt den Kopf. »Sie kam mir vor wie immer. Vielleicht ein bisschen verloren. Aber du weißt ja, wie das ist. Sie hat die Gemeinde verlassen, und das passiert dann.«

»Hattet ihr regelmäßigen Kontakt?«, frage ich. »Hat sie angerufen oder geschrieben?«

»An ihrem Geburtstag hab ich mit ihr gesprochen«, sagt Rhoda. »Ich hab sie angerufen, von der Telefonzelle unten an der Straße. Ist jetzt ein Jahr her.«

»Und was für einen Eindruck hattest du bei dem Gespräch?«, frage ich. »Hat sie erzählt, was in ihrem Leben so alles passiert? Vielleicht Probleme erwähnt? Irgendetwas Ungewöhnliches oder Besorgniserregendes?«

»Es ging ihr gut.« Die amische Frau verzieht das Gesicht, beugt sich vor und vergräbt es in den Händen.

Ich warte einen Moment, dann dränge ich weiter. »Wie war denn eure Beziehung insgesamt?«

»Den Umständen entsprechend gut«, sagt Rhoda. »Bischof Troyer hat sie ja unter *Bann* gestellt, aber ich habe die Hoffnung nie aufgegeben, dass sie zu uns und unserer amischen Lebensweise zurückfindet.«

Zum ersten Mal entdecke ich in den Gesichtern der beiden außer dem Kummer auch Schuldgefühle, so als wäre ihnen gerade bewusst geworden, dass sie die unnachgiebige Haltung gegenüber ihrer Tochter aufgeben und trotz der Regeln engeren Kontakt hätten pflegen sollen.

»Stand sie denn sonst noch mit jemandem aus Painters Mill in Verbindung?«, frage ich.

»Mit Loretta Bontrager war sie immer eng befreundet«, erwidert Rhoda.

Ich kenne Loretta nicht persönlich, aber das Bild eines ruhigen, kleinen amischen Mädchens erscheint vor meinem inneren Auge. Damals hieß sie mit Nachnamen Weaver und war das genaue Gegenteil von Rachael, nämlich zurückhaltend und schüchtern anstatt laut polternd und vorlaut. Niemand hatte verstanden, wieso die beiden Busenfreundinnen waren. Loretta lebt noch immer in Painters Mill, ich sehe sie hin und wieder in der Stadt. Es heißt, sie habe geheiratet und ein Kind bekommen.

Ich hole den Notizblock aus der Jackentasche und notiere ihren Namen.

»Sie waren schon als kleine Mädchen befreundet«, sagt Dan.

»Ich weiß nicht, ob sie sich immer noch sehen«, fügt Rhoda hinzu. »Aber wenn Rachael in Painters Mill überhaupt noch mit jemandem außer mit uns Kontakt hatte, dann mit Loretta.«

Ich nicke, formuliere im Kopf bereits die nächste Frage. »Fällt euch sonst noch jemand ein, den sie mal näher kannte?«

»Wenn es noch jemanden gab, dann wissen wir nichts davon«, antwortet Dan.

»Hatte sie einen Freund?«, frage ich.

Dan blickt zu Boden, überlässt seiner Frau die Antwort.

»In solchen Dingen war sie sehr verschwiegen«, sagt Rhoda leise.

Ich nicke, denn falls Rachael tatsächlich eine Beziehung hatte, werden sie wahrscheinlich nichts davon wissen. »Hat sie vielleicht mal Probleme erwähnt? Dass sie mit jemandem Streit hatte?«

Der Mann schüttelt den Kopf, den Blick noch immer gesenkt und die Lippen zusammengepresst.

Wieder ist es Rhoda, die antwortet. »So etwas hat sie nie erwähnt, jedenfalls nicht uns gegenüber.«

»Wahrscheinlich wollte sie nicht, dass wir uns Sorgen machen«, fügt Dan hinzu. »In der Beziehung war sie rücksichtsvoll.«

Als »rücksichtsvoll« würde ich Rachael ganz bestimmt nicht bezeichnen. »Kennt ihr Freunde von ihr in Cleveland?«, frage ich.

Das Paar sieht sich an.

Dan schüttelt den Kopf. »Wir wissen nichts über ihr Leben dort«, sagt er, wobei seine Missbilligung eindeutig mitschwingt.

»Wisst ihr, wovon sie gelebt hat?«, frage ich. »Wo sie gearbeitet hat?«

»In irgendeinem schicken Restaurant«, sagt Rhoda.

»Weißt du den Namen?«

»Nein.« Sie schüttelt den Kopf, blickt hinab auf ihre Hände. »Sie hat ja dieses Buch geschrieben. Die vielen Lügen.« Sie schluckt heftig. »Dass amische Männer ihren Willen auf der Rückbank ihres Buggys durchsetzen. Großer Gott.«

»Hat in Painters Mill viel böses Blut erzeugt.« Dans Gesicht wird schamrot. »Wir wussten, dass die Großstadt einen schlechten Einfluss auf sie haben würde.«

»Ein übles Pflaster«, fügt Rhoda hinzu. »Wir haben versucht, ihr das klarzumachen, aber sie war halsstarrig und hat nicht auf uns gehört. Du kennst sie ja selbst.« Wieder schüttelt sie den Kopf. »Hier wäre sie sicherer gewesen. Sie hätte geheiratet, eine Familie gehabt und wäre nahe bei Gott geblieben.«

Ich erinnere sie nicht daran, dass Rachael wahrscheinlich hier in Painters Mill umgebracht wurde, vermutlich von jemandem, der sie kannte. Jemandem voller Wut, der außer sich war und gewissenlos – und wohl auch fähig, so etwas wieder zu tun.

5. KAPITEL

Bei meiner Ankunft im Willowdell-Motel wimmelt es von Polizisten. Um mögliche Reifenspuren zu sichern, haben alle Einsatzfahrzeuge am Straßenrand vor dem Motel geparkt – Glocks Streifenwagen, der SUV des Holmes-County-Sheriffbüros sowie der Dodge Charger der Ohio State Highway Patrol. Innerhalb der Absperrung stehen lediglich der Van der BCI-Spurensicherung und der des Leichenbeschauers.

Ich rufe über Funk die Zentrale meines Reviers an. »Haben Sie etwas über Schwartz herausgefunden?«

»Zweimal Trunkenheit am Steuer in den letzten vier Jahren«, berichtet Lois. »Immer außerhalb von Cuyahoga County. Sie hat sich beide Male nicht gegen die Anklage gewehrt. Vor sechs Jahren ein ungedeckter Scheck, da hat sie eine Strafe gezahlt. Letzten Sommer wurde sie wegen häuslicher Gewalt festgenommen. Die Anschuldigung wurde später fallen gelassen.«

Ich werde hellhörig. »Hat der Traummann einen Namen?«

»Jared Moskowski. Zweiunddreißig Jahre alt, keine Akte, nie festgenommen.« Sie rasselt seine Adresse in Cleveland herunter. »Und jetzt halten Sie sich fest: Moskowski hat *sie* wegen häuslicher Gewalt angezeigt.«.

Bei häuslichen Auseinandersetzungen rufen meistens die Frauen, die von ihrem männlichen Partner geschlagen wurden, die Polizei an. Aber so wie ich Rachael Schwartz in Erinnerung habe, überrascht es mich nicht, dass sie mindestens genauso sehr Initiatorin wie Opfer einer Auseinandersetzung war. Trotzdem werde ich Tomasetti bitten, sich Moskowski genauer anzusehen.

Ich will ihr schon danken und auflegen, aber sie hat noch etwas. »Es geht um die Adresse, die Sie mir gegeben haben.«

»Ich höre.«

»Da ist kein Wohnhaus, sondern eine Bar, sie heißt *The Pub*.«

»Sie sind wirklich eine Quelle interessanter Informationen«, sage ich.

»Das Internet hilft ein wenig.«

Während ich hinter Glocks Streifenwagen parke, frage ich mich, ob Rachael noch immer ein Verhältnis mit Moskowski hatte – ob es eine wechselvolle Beziehung war. Und ich überlege, warum Rachael die Adresse der Bar in Wooster aufgeschrieben hat, wo sie doch in Cleveland wohnte, also etwa eine Autostunde weit weg. War sie dort mit jemandem verabredet? Oder hat sie die Person bereits unterwegs auf der Fahrt von Cleveland nach Painters Mill getroffen? Hatte es Streit gegeben? Ist ihr die Person bis nach Painters Mill gefolgt und hat sie dann im Motel zur Rede gestellt?

Ein paar Meter entfernt entdecke ich Tomasettis Tahoe. Er lehnt an der Motorhaube und telefoniert. Als er mich kommen sieht, beendet er das Gespräch.

»Hast du mit der Familie gesprochen?«, fragt er.

Ich frage mich, ob mir das noch anzusehen ist, und nicke. »Es hat sie ziemlich mitgenommen.«

Er betrachtet mich etwas eindringlicher, als mir lieb ist. »Dich offensichtlich auch«, sagt er.

»Und ich dachte immer, meine toughe Fassade gibt nichts preis«, sage ich betont locker.

»Wie gut kanntest du sie eigentlich?«

»Nicht gut, jedenfalls nicht als Erwachsene.« Es fällt mir schwer, den Finger auf die schmerzende Stelle in meinem Herzen zu legen. »Bei meiner ersten Begegnung mit Rachael Schwartz hatte sie noch Windeln an.«

»Lange her.«

»Sie war zu jung, um zu sterben.«

Es ärgert mich, dass ich seinem Blick nicht standhalten kann. Vielleicht, weil er all die Dinge sieht, mit denen ich mich im Moment nicht befassen will. Und weil meine Gefühle so offen zutage liegen. Er beobachtet mich, schweigt, und ich kann ihm nichts mehr verbergen.

»Ich kannte sie als Kind, und genau das ist mein Problem. Von allen Kindern der Familie Schwartz war Rachael dasjenige, das … mich beeindruckt hat. Sie war lebhaft, hatte immer Unsinn im Sinn, sie lachte gern und ist immer wieder in Schwierigkeiten geraten.« Ich weiß nicht, warum ich ihm das alles erzähle, aber es scheint mir wichtig, und die Worte sprudeln aus mir heraus.

»Klingt irgendwie vertraut«, sagt er.

»Vermutlich zu vertraut.«

Er seufzt. »Sieht aus, als wäre diesmal *sie* von den Schwierigkeiten eingeholt worden.«

»Wirst du uns bei dem Fall unterstützen?«, frage ich. »Ich meine, offiziell?«

»Ich stehe dir Tag und Nacht zur Verfügung.«

Ich blicke zu dem Motelzimmer und habe die tote Rachael Schwartz vor Augen – die Zerstörungen an ihrem Körper, ihrem Gesicht.

»Tomasetti, diese enorme Gewalt …«

»Ja.«

»Das war … exzessiv. Zielgerichtet … und leidenschaftlich.«

Ich erzähle ihm von ihrer Verhaftung wegen häuslicher Gewalt, aber das weiß er bereits. »Ich hab die Adresse von Moskowski«, sagt er. »Zwei Detectives holen ihn gerade ab.«

Das ist mein Fall, und normalerweise müsste ich die Befragung durchführen. Aber da an dieser Ermittlung mehrere

Polizeidienststellen beteiligt sind und Moskowski in Cleveland wohnt – also Lichtjahre von meinem Zuständigkeitsbereich entfernt –, wird Tomasetti die erste Vernehmung durchführen.

Ich will seinem Blick nicht ausweichen, kämpfe aber innerlich mit der Entscheidung, welche Informationen für den Fall nötig sind und welche nicht. »Rachael Schwartz gab für ein amisches Mädchen nicht gerade ein gutes Beispiel ab.«

Er sieht mich weiterhin an, wartet, weiß, dass da noch mehr ist.

»Sie hat oft in Schwierigkeiten gesteckt. Als Jugendliche, meine ich. Sie hat eine Menge Fehler gemacht und die amischen Regeln gebrochen. Wenn ihre Neigung, für Ärger zu sorgen, sie bis ins Erwachsenenalter begleitet hat ... « Ich vermische potenziell hilfreiche Informationen mit irrelevantem Zeug und halte kurz inne. »Damit will ich nicht sagen, dass sie ein schlechter Mensch war, denn das stimmt nicht. Sie hat einfach nur immer ... Vollgas gegeben.«

»Aus Erfahrung weiß ich, dass die meisten Menschen ein bisschen was von beiden Seiten haben«, sagt er sanft.

»Ich will einfach nicht, dass man in ihr bloß eine weitere junge Frau sieht, die jetzt tot ist, weil sie ein paar schlechte Entscheidungen getroffen hat. Sie war nicht perfekt, aber sie verdiente die Chance, ihr Leben zu leben.«

Tomasetti sieht einem State Trooper zu, der in seinen Wagen steigt und wegfährt. Er gibt mir einen Moment Zeit, um mich zu beruhigen. Es ist nur eine kleine Geste, aber einer von tausend Gründen, warum ich John Tomasetti liebe: Er kennt meine Schwächen, alle. Er versteht das, er versteht mich und ist gut darin, gewisse Dinge einfach zu akzeptieren.

»Sprichst du gerade von einer bestimmten schlechten Entscheidung?«, fragt er. »Mal abgesehen von dem Vorfall mit der häuslichen Gewalt.«

Ich erzähle ihm von dem Buch. »Es hat in Painters Mill für Aufruhr gesorgt. Einige Leute waren sehr verärgert.«

»Denkst du dabei an bestimmte Leute?«

»In erster Linie natürlich Amische, aber sicher auch andere. Ich höre mich mal um und sage dir Bescheid, sobald ich Konkreteres weiß.«

Er nickt. »Dann hat sie sich über die Jahre einige Feinde gemacht.«

»Wahrscheinlich.«

Er weist mit dem Kopf zum Motel. »Der Manager hat uns die Aufnahme der Kamera gezeigt, aber auf den ersten Blick scheint sie wertlos. Zu dunkel, zu weit weg, und der Winkel ist auch schlecht.« Er zuckt mit den Schultern. »Unser IT-Fachmann sieht sie sich trotzdem an, vielleicht kommt ja doch etwas dabei raus.«

In dem Moment tut sich etwas vor Zimmer Nummer 9, und ich schaue hin. Ein Mitarbeiter des Leichenbeschauers, von Kopf bis Fuß in Schutzkleidung, hat gerade eine Rollbahre vom Van bis vor die Tür geschoben.

»Bevor ich losmuss ...« Ich erzähle ihm von dem Stück Papier im Wagen und der Adresse darauf. »Es ist eine Bar in Wooster. *The Pub*. Ich wollte dort vorbeifahren, sobald ich Zeit dazu hab.«

Er sieht mich mit zusammengekniffenen Augen an. »Wooster liegt so ziemlich in der Mitte zwischen Cleveland und Painters Mill. Glaubst du, sie hat auf dem Weg hierher dort jemanden getroffen?«

»Vielleicht.«

Ich schenke ihm jetzt nur noch meine halbe Aufmerksamkeit, denn Doc Coblentz steht in der Tür des Motelzimmers und tippt etwas in sein iPad. Obwohl sich alles in mir sträubt, den Raum noch einmal zu betreten, ist mein Bedürfnis nach mehr Informationen – nach den vorläufigen Ergebnissen des Leichenbeschauers – doch stärker als mein Widerwille.

»Ich muss los.«

Er sieht an mir vorbei zu dem Mitarbeiter des Leichenbeschauers, der gerade die Bremse an der Rollbahre betätigt. »Du kriegst das hin, ja?«

Es fühlt sich angespannt und aufgesetzt an, als ich zu lächeln versuche, und so zeige ich ihm die Wahrheit – nämlich dass mich das alles wesentlich stärker mitnimmt, als mir lieb ist.

»Ich will meine Sache einfach nur gut machen«, sage ich.

»Das wirst du.«

Für einen Kuss oder sonstige Gefühlsäußerungen sind zu viele Menschen in der Nähe, und so streiche ich nur mit den Fingerspitzen über seine Hand und mache mich auf zum Leichenbeschauer.

Ich nicke dem Deputy zu, ducke mich unter dem Absperrband hindurch und gehe über den knirschenden Schotter zur Tür von Nummer 9. Doc Coblentz steht im Raum neben Rachael Schwartz' Leiche. Auch er trägt Schutzkleidung – Schutzkittel, Mund-Nasen-Schutz, Plastikhaube, obwohl er eine Glatze hat, und Schuhhüllen – und sieht aus wie eine Mischung aus Michelin-Männchen und Pillsbury-Teigkloß.

Sein Mitarbeiter, ebenfalls in Schutzkleidung, tippt jetzt auch etwas ins iPad.

»Doc«, sage ich.

Doc Coblentz dreht sich um, sieht mich über seine Brille hinweg an und wirkt erstaunlich gelassen angesichts des abscheulichen Verbrechens. Im Gegensatz zu mir ist er weder erschüttert noch wütend oder schockiert. Und nicht zum ersten Mal frage ich mich, wie es für ihn ist, so oft mit dem Tod zu tun zu haben – und ich mache mir bewusst, dass er in erster Linie Mediziner ist. Kinderarzt – ein Kinderheiler. Wenn er als Leichenbeschauer fungiert, ist er ein Wissenschaftler, der ein Rätsel lösen muss.

»Kommen Sie rein, Kate«, sagt er. »Ich werde den Tatort gleich den eifrigen Jungs mit den Hightech-Apparaten vom BCI überlassen.«

Ich versuche, den Gestank von Urin und Blut sowie die anderen Gerüche, über die ich nicht nachdenken will, zu ignorieren. »Können Sie mir sagen, was mit ihr passiert ist?«, frage ich.

»Ich kann nur mutmaßen.«

»Ich akzeptiere jede Mutmaßung.«

Er sieht auf das Opfer hinab und seufzt. »Vorläufig und lediglich aufgrund der Verletzungen, würde ich sagen, sie wurde zu Tode geprügelt.«

»Mit Fäusten? Oder einer Waffe?«

»Höchstwahrscheinlich mit einem stumpfen Gegenstand.«

Ich zwinge mich, den Blick auf die Leiche zu richten, und was ich sehe, in Worte zu fassen. »Und die … Wunden?«, frage ich. »Gibt es auch Stichverletzungen?«

»Nein, nur pure Gewalt«, erwidert er. »Was im Grunde heißt, dass mit so viel Kraft auf sie eingeprügelt wurde, dass die Haut aufgeplatzt ist. Bislang habe ich keine Schnittwunden gesehen und übrigens auch keine Schussverletzungen. Aber wie Sie wissen, kann sich meine Beurteilung ändern, sobald ich sie auf dem Obduktionstisch habe.«

Ich schaudere innerlich. »Und der Todeszeitpunkt?«

»Die Totenstarre setzt etwa zwei Stunden nach dem Tod ein und ist nach ungefähr acht Stunden voll ausgeprägt. Sie endet nach achtzehn bis zwanzig Stunden, wobei verschiedene Faktoren eine Rolle spielen, in diesem Fall die Raumtemperatur und der Grad der Verwesung.«

Ich vergleiche die Zahlen mit der Aussage des Managers, dass sie gestern Abend gegen acht Uhr eingecheckt hatte. »Dann kann man wohl mit ziemlicher Sicherheit sagen, dass es irgendwann in der Nacht passiert ist.«

Der Leichenbeschauer zuckt die Schultern. »Oder sehr früh heute Morgen.«

Ich lasse den Blick durchs Zimmer wandern, in dem die Zeichen eines Kampfes offensichtlich sind. Ich denke an das Bargeld in der Tasche, an die Möglichkeit, dass Drogen mit im Spiel gewesen sein könnten, und ich frage: »Lässt sich sagen, ob sie noch bewegt wurde, nachdem sie tot war?«

Doc Coblentz nickt seinem Mitarbeiter zu, der zu uns getreten ist. Beide Männer knien sich hin, schieben die behandschuhten Hände unter Schulter und Hüfte des Opfers und heben sie mehrere Zentimeter hoch. Der Teppichboden darunter ist uringetränkt. Ich gehe in die Hocke, um es besser ansehen zu können, und mein Blick wird wie magisch von einem violettschwarzen Fleck angezogen.

»Wie Sie sehen«, sagt der Doc, »sind die Totenflecken fast voll ausgebildet. Wenn das Herz aufhört zu schlagen, wird das Blut nicht länger durch den Körper gepumpt und sammelt sich an seinem niedrigsten Punkt. Das passiert nach etwa zwölf Stunden.« Die beiden Männer legen die Leiche vorsichtig zurück auf den Boden. »Wenn ich eine Vermutung aufstellen müsste, starb sie, kurz bevor oder nachdem sie gefallen war, gestoßen oder hier auf den Boden gelegt wurde.«

»Können Sie den Todeszeitpunkt genauer eingrenzen, Doc?«

Er gibt einen halb knurrenden, halb seufzenden Laut von sich. »Zu diesem Zeitpunkt ist das wirklich schwer zu sagen, Kate. Sobald ich sie im Leichenschauhaus habe, kann ich die Körperkerntemperatur messen. Im Moment kann ich nur schätzen, dass sie, basierend auf den üblichen Erwägungen wie Starre und Totenflecken, irgendwann zwischen elf Uhr abends und fünf Uhr morgens gestorben ist.«

Ich habe noch hundert weitere Fragen, aber ich verkneife sie mir, denn später wird er mir genauere Antworten geben können. Ich komme aus der Hocke hoch und gehe zur Tür, erst jetzt merke ich, dass mein Gesicht glüht und mein Nacken schweißnass ist. Die Luft im Raum ist drückend und stinkt nach Körperflüssigkeiten. Mir ist es zu eng hier, ich bekomme klaustrophobische Anwandlungen.

Draußen vor der Tür schlucke ich den Speichel hinunter, der sich angesammelt hat, und sauge die frische Luft tief ein. Dann streife ich die Einmalhandschuhe ab und werfe sie in den Transportbehälter für Sondermüll.

Auf dem Weg zum Explorer rede ich mit niemandem, denn ich kriege das Bild von Rachael Schwartz' brutal misshandeltem Körper nicht aus dem Kopf – die aufgerissene Haut, das fast bis zur Unkenntlichkeit verstümmelte Gesicht, die gebrochenen Knochen.

Als ich meinen Wagen erreiche, reiße ich die Tür auf und schiebe mich hinters Lenkrad. Ich brauche einen Moment, um mich zu beruhigen. Wie bei jeder Mordermittlung tickt die Uhr, und ich muss mich auf meinen Job konzentrieren. Ich muss den Täter finden und dafür sorgen, dass er zur Rechenschaft gezogen wird. Stattdessen herrscht in meinem Kopf ein Durcheinander, ich bin schockiert, traurig und wütend. Dass eine Frau, die ich als Kind kannte, jetzt tot ist. Dass es in der Stadt passiert ist, deren Einwohner ich zu schützen und denen ich zu dienen geschworen habe.

»Nicht mit mir«, flüstere ich.

Ich lege den Gang ein und verlasse den Parkplatz in Richtung Stadt.

6. KAPITEL

Zum ersten Mal habe ich Rachael Schwartz gesehen, als sie gerade geboren war. Die Geburt eines Kindes ist ein großer Moment für alle Familien, aber für Amische ist es ein besonders großes Ereignis. Nach ein paar Tagen Ruhe für die junge Mutter kommen die amischen Frauen der Gemeinde vorbei, um sich das Neugeborene anzusehen. Die meisten bringen etwas zu essen mit, helfen bei der Hausarbeit und trinken gemeinsam mit der Mutter eine Tasse *siess kaffi* – süßen Kaffee.

Ich war sieben und an Babys nicht besonders interessiert, aber meine *Mamm* hatte mich zur Farm der Familie Schwartz mitgeschleppt. Dort musste ich mir eine Stunde lang ansehen, wie sie das rotgesichtige und nach Blähungen riechende Baby hätschelte und gurrende Laute von sich gab. Bei mir hatte Rachael keinen guten ersten Eindruck hinterlassen.

Man kann sagen, dass ich sie aus der Distanz habe aufwachsen sehen. Wegen des Altersunterschieds haben wir kaum Zeit miteinander verbracht, aber wie alle amischen Kinder haben wir am Gottesdienst teilgenommen. Und dazu gehörte auch, dass man hinterher mit den anderen zusammensaß – und wenn möglich ein wenig miteinander spielte. Erst als sie größer wurde, fiel sie mir auf, weil endlich auch mal jemand anderes Ärger bekam und nicht nur ich.

Normalerweise brauchen amische Familien keine Babysitter. Meistens, und unabhängig von der Situation, nehmen sie ihre Babys mit, ob nun zum Gottesdienst, zu Hochzeiten oder Beerdigungen. Als ich dreizehn Jahre alt war, mussten Rhoda und

Dan Schwartz nach Pennsylvania reisen. Meine *Mamm* bot meine Babysitterdienste an, vielleicht weil sie hoffte, so mein Verständnis von Verantwortung und amischen Geschlechterrollen zu stärken. Einen Haufen Kinder zu beaufsichtigen entsprach allerdings nicht gerade meiner Vorstellung eines sinnvollen Zeitvertreibs. Aber ich hatte die Macht der Argumente noch nicht entdeckt, und so wurde ich von wohlmeinenden Eltern, die hofften, dass ich so meinen fehlenden Mutterinstinkt entdeckte, den Wölfen vorgeworfen. Für ein Mädchen wie mich – einen Wildfang, der sich weder einfach fügte noch wusste, wie er sich anpassen sollte – hätte das ein großes Missvergnügen werden müssen. Umso mehr überraschte es mich, dass ein anderes Mädchen, das ebenso fehlbar war wie ich, die lästige Pflicht des Babysittens in etwas Unerwartetes verwandelte.

Generell lässt sich sagen, dass amische Kinder wohlerzogen und pflichtbewusst sind. Zudem macht ihre tägliche Routine – das heißt morgens sehr früh aufstehen und abends früh ins Bett – sie in der Regel angenehm pflegeleicht. Rachael hingegen brach Regeln, neigte dazu, in Schwierigkeiten zu geraten, und hatte gern Spaß.

Sie war immer das Mädchen mit den Flecken auf dem Kleid, der stets schief sitzenden *Kapp*, dessen Zahnlückenlachen signalisierte, dass sie Unfug im Sinn hatte. Sie konnte einfach nicht stillsitzen, produzierte Chaos, redete zu viel, wurde zornig, wenn es nicht nach ihr ging – und rächte sich womöglich, wenn man sie verärgerte. Aber sie war auch ein neugieriges Kind, das viel zu viele Fragen stellte, besonders zu Dingen, die sie nichts angingen, und mit den Antworten war sie selten zufrieden. Das Mädchen, das lieber Baseball spielte als mit Puppen und dessen Lieblingsessen Erdbeereiscreme war. Sie spielte gern Streiche, die nicht immer nett waren. Mir selbst spielte sie auch ein- oder zweimal übel mit, aber ich hatte schnell gemerkt: Man wurde sauer, hielt es aber nicht lange durch, weil Rachael einen irgendwann zum Lachen brachte, auch wenn man es nicht wollte.

Rhoda und Dan würden drei Tage lang weg sein, was bedeutete, dass ich aus der Hölle, in die ich geraten war, nicht so schnell herauskam. Doch am zweiten Tag lernte ich, wie sehr Rachael und ich uns ähnelten.

Ich war in der Küche und machte Sandwiches mit gebratener Mortadella, als der acht Jahre alte Danny hereingestürmt kam, atemlos und schwitzend, die Stimme voll Panik. »Rachaels Kopf ist abgeschnitten!«, schrie er. »Ich glaube, sie ertrinkt.«

Ich ließ den Pfannenwender fallen und lief zu ihm. »Was ist passiert?«, fragte ich. »Wo ist sie?«

»Sie ist den Hügel runtergerollt!«, sagte der Junge weinend. »Das Fass ist gegen einen Ball geprallt und über den Stacheldraht gehüpft und in den Fluss gefallen!«

Meine Fähigkeiten als Babysitter waren vielleicht nicht die besten, aber ich war verantwortungsvoll genug, um einen riesigen Schrecken zu kriegen. Ich packte seine Hand. »Bring mich hin!«

Wir rannten zur Hintertür hinaus, an der Scheune, am Geräteschuppen und den Ställen vorbei und schnaufend und keuchend weiter über die Weide. Danny schrie auf, als er seinen Hut verlor, ging aber nicht zurück, um ihn aufzuheben. Nach weiteren fünfzig Metern fiel das Land steil ab. Am Fuß des Hügels kletterten gerade zwei amische Jungen über einen mehrstrangigen Stacheldrahtzaun, in dem ein Zweihundertliterfass festhing. Dahinter schlängelte sich das grünblaue Wasser des Painters Creek gen Osten, die trübe Oberfläche gesprenkelt von der durch die Bäume einfallenden Sonne.

»Wo ist sie?«, schrie ich und rannte den Hügel hinab, viel zu schnell für einen Achtjährigen im Schlepptau.

»Aus dem Fass gefallen!«, schrie er.

Die Antwort machte keinen Sinn, also lief ich weiter. Die beiden Jungen, die jetzt auf der anderen Seite des Zauns waren, hatten uns gehört und drehten sich um, atemlos vor Panik, das Gesicht rot und schweißnass.

»*Vo is Rachael?*«, brüllte ich.

»*Sie fall im vassah!*«, schrie ihr ältester Bruder. Sie ist ins Wasser gefallen.

Ich sah, dass ein Ende des Fasses keinen Boden hatte, und ein furchtbares Bild entstand vor meinen Augen: Die Jungen waren im Fass den viel zu steilen Hügel hinabgerollt, und die sechsjährige Rachael hatte es ihnen nachmachen wollen.

Ich sprang über den Zaun, ohne innezuhalten, den Blick auf die Wasseroberfläche geheftet. »Ich sehe sie nicht!«

»Sie ist im Fass den Hügel runtergerollt!«, stieß der Nachbarsjunge, Samuel Miller, stotternd hervor. »Das Fass ist gegen den Zaun geprallt, und sie ist rausgefallen und ins Wasser gerollt.«

Ich stolperte das steile Ufer hinab, taumelte über Baumwurzeln, rutschte im Matsch aus und fiel ins kalte Wasser, das nach Fisch und Schlamm roch und mir über den Kopf schwappte. Spuckend tauchte ich wieder auf.

»Rachael!« Ich drehte mich im Wasser umher, tastete mit den Füßen über den Boden.

»Wo ist sie?« In dem Moment hörte ich ein Husten, wirbelte herum und sah auf der gegenüberliegenden Seite eine kleine Gestalt auf das flache, steinige Ufer kriechen: Rachael auf allen vieren, das pitschnasse blaue Kleid zerrissen, die *Kapp* hing schief über einem Ohr; ein Schuh fehlte.

Wie ein Hund paddelte ich zu ihr hin, bis meine Füße auf festen Grund stießen. »Rachael!«

Sie saß auf den Steinen, die Beine vor sich ausgestreckt, das

Gesicht kreidebleich und die Augen riesig. Sie hatte am Kinn einen Kratzer, und an der Nase hing ein wässriger Tropfen Blut. Insgesamt wirkte sie verstört.

Ich dachte an den Stacheldraht, stellte mir eine klaffende Wunde vor, die sofort genäht werden musste, gleichzeitig schossen mir noch viele andere Szenarien durch den Kopf.

»Bist du verletzt?« Ich schleppte mich aus dem Wasser zu ihr hin, wobei meine Schuhe bei jedem Schritt laut quatschten.

Rachael sah blinzelnd zu mir hoch. Ich machte mich auf eine Tränenflut gefasst, doch sie wischte bloß mit vollkommen ruhiger Hand das Blut an der Nase weg. Ein Grinsen überzog ihr Gesicht, und dann brach sie in Lachen aus.

»Du verpetzt mich doch nicht, Katie?« Stirnrunzelnd betrachtete sie die Blutspur auf ihrer Hand. »Ich will das noch einmal machen.«

7. KAPITEL

Ben und Loretta Bontrager besitzen eine stattliche Molkerei auf einem fünfundzwanzig Hektar großen Grundstück etwas außerhalb von Painters Mill. Ich kenne Loretta seit ihrer Jugend, in der sie zu schüchtern zum Reden war und sich hinter dem Rock ihrer *Mamm* versteckte. Auch wenn sie den genauen Gegensatz zu Rachael bildete, wurden die beiden Mädchen beste Freundinnen – die eine gesellig und quirlig, die andere ruhig und gehorsam.

Abgesehen von gelegentlichen Begegnungen in der Stadt, bei denen wir uns zuwinkten, hatte ich keinen Kontakt mit Loretta. Vor zwei Jahren habe ich ihren Mann, Ben, kennengelernt, als er wegen des Verkaufs von nicht pasteurisierter Milch, was in Ohio verboten ist, in Schwierigkeiten geraten war. Er hat sofort versprochen, damit aufzuhören, und seither hatte ich nie wieder einen Grund, ihn aufzusuchen. Bis jetzt.

Ich bin gerade in die Straße zur Bontrager-Farm eingebogen, als ich auf der Weide rechts von mir einen Reiter sehe. Der Anblick von Menschen auf Pferden ist in Painters Mill nichts Ungewöhnliches. Es gibt hier ein paar Cowboys und einen örtlichen Jugendclub, in den selbst amische Kinder gelegentlich gehen. Aber was ich jetzt beobachte, die Art zu reiten, ist reine Poesie. Das Pferd wird im lockeren Galopp auf einen Kreis geführt, wobei Pferd und Reiter eins sind, eine Ballade aus perfekter Balance und der Schönheit des Pferdes. Das ist so bezaubernd anzusehen, dass ich den Explorer anhalte und den Anblick genieße.

Wenig später entdeckt mich der Reiter, zügelt sein Tier und kommt zu mir getrottet. Ich traue meinen Augen kaum, als ich sehe, dass der Reiter nicht nur amisch ist, sondern auch weiblich. Ohne Sattel und nur mit Sneakers an den Füßen. Den Rock bis zu den Knien hochgeschoben, darunter eine Hose, hält sie mit der einen Hand ein Büschel Mähne umfasst und mit der anderen die Zügel, offensichtlich alte Lederriemen, die zum Reiten gekürzt wurden. Das Pferd hat den Kopf gehoben, die Nüstern gebläht und Schaum in den Mundwinkeln.

»Sehr schön«, rufe ich ihr zu.

Das Mädchen streichelt die Schulter des Tieres, wobei mir der aufblitzende Stolz in ihren Augen nicht entgeht. »Es ist ein gutes Pferd«, sagt sie.

Ich steige aus und gehe zum Zaun entlang der Straße. Sie ist elf oder zwölf Jahre alt, hat große braune Augen, Sommersprossen auf der sonnenverbrannten Nase und dunkle Haare, die nachlässig unter die *Kapp* geschoben sind. Eine winzige Schleife hinten an der Kopfbedeckung springt mir ins Auge, und ich lächele. Diese Schleife, die gegen die Regeln der *Ordnung* verstößt, symbolisiert die Individualität eines Mädchens. Sie bezeugt ihre Unabhängigkeit, ist ein kleines Zeichen, dass sie sich von der *Mamm* unterscheidet.

Das Pferd ist ein Traber, die hier übliche Rasse für Buggys. Sie werden meistens so oft für den täglichen Transport eingespannt, dass kaum Gelegenheit zum Reiten bleibt, weshalb ihnen oft nur das Ziehen beigebracht wird.

»Du bist eine gute Reiterin«, sage ich.

Das Mädchen hebt und senkt die Schultern und blickt hinab auf ihren baumelnden Fuß.

»Wer hat ihn trainiert, dass er sich so reiten lässt?«, frage ich.

»Ich vermutlich.«

So wie sie die Antwort murmelt, sollte sie diese Leistung

wohl besser nicht zugeben, und ich frage mich, ob man ihr gesagt hat, sich von dem Pferd fernzuhalten. Es wäre nicht das erste Mal, dass einem amischen Mädchen etwas verboten wird, womit ein Junge sich hervortun darf.

»Du solltest ihn bei der Annie-Oakley-Days-Pferdeshow anmelden«, sage ich.

Sie bekommt leuchtende Augen, und Stolz blitzt darin auf, an dem sie hoffentlich auch als Erwachsene festhalten wird.

»Wie heißt du?«, frage ich.

»Fannie Bontrager.«

»Sind Ben und Loretta deine Eltern?«

»Ja.«

»Sind sie zu Hause?«

Sie nickt und zeigt aufs Haus.

Ich gehe vorn um den Explorer herum und öffne die Tür, über die Motorhaube hinweg blicke ich sie an. »Noch viel Spaß beim Reiten, Fannie.«

Sie grinst übers ganze Gesicht, führt das Pferd im Halbkreis herum und reitet in leichtem Galopp davon.

Lächelnd schüttele ich den Kopf, schiebe mich hinters Lenkrad und fahre weiter.

Das zweistöckige Fachwerkhaus der Bontragers ist frisch gestrichen, hat einen doppelten Ziegelschornstein und ein glänzendes Metalldach. Auf dem Weg dorthin passiere ich eine baufällige Hangscheune sowie ein Gehege, in dem eine Gruppe Holstein-Rinder sich, im Matsch stehend, um einen Heuballen versammelt hat. Ich parke hinter dem Haus und gehe den schmalen Fußweg zur vorderen Veranda. Kaum habe ich an die Tür geklopft, als sie auch schon aufgeht.

Loretta Bontrager trägt ein graues Kleid mit passendem Schultertuch – ein *halsduch* –, eine *Kapp* aus Organdy und einfache Halbschuhe. Sie hat ein Geschirrtuch in einer Hand, einen seifigen Schwamm in der anderen und scheint mit den Gedanken noch bei der Arbeit, mit der sie gerade beschäftigt war.

Bei meinem Anblick muss sie zweimal hinsehen. »Katie Burkholder?« Sie tritt zur Seite und bittet mich herein. »Was für eine Überraschung!«

Ich trete durch die Tür und halte ihr die Hand hin. »Ist eine Weile her.«

»Kann man wohl sagen.« Sie lässt den Schwamm in den Eimer Schmutzwasser fallen, trocknet sich am Geschirrtuch ab und schüttelt meine Hand. »Die Zeit vergeht wie im Flug, nicht wahr? Viel zu schnell, wenn Sie mich fragen.«

»Ich hab unterwegs Ihre Tochter getroffen«, sage ich.

»Sicher wieder auf dem Pferd.«

»Sie ist eine gute Reiterin.«

»Wie ihr *Datt*.« Sie schüttelt den Kopf. »Sie von dem Pferd wegzuhalten ist wie der Versuch, ein Schaf daran zu hindern, dass ihm Wolle wächst.«

Sie legt den Kopf zur Seite, sieht mich freundlich an und fragt sich vermutlich, warum ich hier bin. »*Witt du kaffi?*« Wollen Sie einen Kaffee?

»Ich kann nicht bleiben«, sage ich.

Etwas in meiner Stimme muss ihr gesagt haben, dass ich nicht zum Plaudern gekommen bin, denn sie verstummt.

»Loretta, ich fürchte, ich habe traurige Nachrichten. Es geht um Rachael Schwartz, sie ist tot.«

Das Lächeln entweicht ihrem Gesicht, und im ersten Moment scheint sie zu glauben, ich mache einen grausamen Scherz. »Was?« Sie schwankt, streckt den Arm aus und stützt sich mit der Hand an die Wand. »Aber … *Rachael*? Tot? Wie ist das möglich?«

»Es tut mir leid. Ich weiß, dass Sie beide eng befreundet waren.«

Sie atmet tief durch, lässt die Hand an der Wand sinken und

sieht mich an. »Rachael«, flüstert sie. »Sie ist so jung und gesund. Wie ist das passiert?«

»Sie wurde ermordet«, sage ich. »Letzte Nacht.«

»Oh ... nein«, stößt sie fassungslos aus. »Jemand – « Sie bricht den Satz ab, als könne sie sich nicht überwinden, ihn zu beenden. »Wissen ihre *Mamm* und ihr *Datt* es schon?«

»Ich habe gerade mit ihnen gesprochen.«

Ihrem Mund entkommt ein Laut, halb Mitleid, halb Schmerz. »Arme Rhoda, armer Dan. Mir bricht das Herz, wenn ich mir vorstelle, was sie jetzt durchmachen.« Tränen schimmern in ihren Augen. »Ich verstehe das nicht, Katie. Wer tut denn so etwas? Und *warum*?«

»Ich weiß es nicht. Aber wir gehen der Sache auf den Grund.« Ich halte inne, um ihr einen Moment Zeit zu lassen. »Rhoda meinte, Sie hätten noch Kontakt mit ihr gehabt, und ich hoffe, dass Sie uns etwas über ihr Leben sagen können. Zum Beispiel, welche Leute sie kannte. Haben Sie kurz Zeit, um ein paar Fragen zu beantworten?«

»Natürlich.« Aber sie sieht aus, als müsse sie sich zusammenreißen und alle ihre Kräfte mobilisieren. »Was immer Sie wissen wollen ... wie immer ich helfen kann, fragen Sie einfach.«

Ich hole meinen Notizblock aus der Jackentasche. »Wann haben Sie sie das letzte Mal gesehen?«

Sie blickt auf den Boden, denkt nach, sieht mich wieder an. »Das ist über ein Jahr her, glaube ich. Wir hatten uns ein paarmal in einem kleinen Diner zwischen Painters Mill und Cleveland getroffen, um in Kontakt zu bleiben und zu erfahren, was die andere so macht. Sie hat mir unheimlich gefehlt, als sie weggezogen ist.« Sie schüttelt den Kopf. »Im ersten Jahr hab ich ihr bestimmt hundert Briefe geschrieben, aber Rachael war nicht gerade eine eifrige Briefschreiberin.«

»Haben Sie sie in Cleveland besucht?«

Sie schüttelt den Kopf. »Da hatte ich schon Fannie und konnte mit einem kleinen Baby nicht einfach so weg. Das können Sie sich bestimmt vorstellen.«

»Und wann haben Sie das letzte Mal mit ihr gesprochen?«, frage ich.

»Vor ein paar Monaten, glaube ich.«

»Hat sie da vielleicht irgendwelche Probleme erwähnt? Irgendetwas Ungewöhnliches in ihrem Leben, was ihr Sorgen bereitete? Vielleicht ein Konflikt oder ein Streit mit jemandem? Einem Freund zum Beispiel?«

Die amische Frau denkt darüber nach, presst die Lippen zusammen. »Nein, von Problemen hat sie nichts gesagt. Aber Sie wissen ja, wie Rachael war. Immer unbekümmert.« Sie runzelt die Stirn. »Nur eines war mir bei unserem letzten Treffen aufgefallen, nämlich dass sie ein wenig ... verloren schien. Als hätte sie Heimweh.«

»Was hat Sie zu diesem Eindruck veranlasst?«

»Na ja, sie hat viel über frühere Zeiten gesprochen und so. Sich nach ihren Eltern erkundigt. Als würden sie ihr fehlen.« Loretta schüttelt den Kopf, als könne sie die Eltern nicht verstehen. »Ich hatte den Eindruck, dass sie nichts mit ihr zu tun haben wollten.«

Sofort werde ich hellhörig. »Gab es böses Blut zwischen ihnen?«, frage ich.

Sie schüttelt den Kopf. »So schlimm war es nicht. Dan und Rhoda waren ihr gegenüber nur sehr hart. Aber Sie wissen ja selber, wie die Amischen sind, am härtesten denen gegenüber, die sie am meisten lieben.«

Ich nicke, erinnere mich an meine eigene Rebellion gegen die Regeln und die unnachgiebige Haltung meiner Eltern, mich an die Kandare zu nehmen. »Dann war die Beziehung zu ihren Eltern also nicht ganz einfach.«

»Sie haben nie akzeptiert, dass sie gegangen ist. Sie wollten immer, dass sie zurückkommt und heiratet und viele Kinder kriegt.« Ein sehnsüchtiges Lächeln umspielt ihre Mundwinkel. »Natürlich wollte Rachael nichts dergleichen.« Loretta zuckt die Schultern. »Es stimmt mich traurig, das zu sagen, Katie, besonders jetzt. Aber ich glaube, in den Augen ihrer Eltern war sie eine gefallene Frau. Als hätte sie sich schon so weit von ihnen entfernt, dass es unmöglich war, sie zurückzuholen.«

Weder Rhoda noch Dan hatten diesen Aspekt der Beziehung zu ihrer Tochter erwähnt. Ihr Schmerz war tief und echt gewesen. Aber ich bin lange genug Polizistin – und war selbst einmal amisch –, um zu wissen, dass besonders die schwierigen, mit starken Gefühlen behafteten Bindungen geeignet sind, Menschen die Grenzen ihrer Toleranz aufzuzeigen.

»Hatte Rachael noch mit anderen Leuten aus Painters Mill Kontakt?«

»Nicht, dass ich wüsste.«

»War Ihnen bekannt, dass sie in der Stadt ist?«

Sie macht große Augen. »Sie ist hier? Heißt das – « Sie bricht mitten im Satz ab, als ihr die Bedeutung meiner Frage bewusst wird. »Katie … es ist *hier* passiert? In Painters Mill?«

»Es sieht so aus.«

»O Gott.« Sie wischt sich mit den Händen die Tränen ab. »Ich hab die Großstadt immer als Ort der Sünde gesehen, der ihr oft nicht guttat. Wo sie nicht immer sicher war. Aber dass das jetzt *hier* passiert ist …« Sie presst die Hand auf die Brust. »Haben Sie den Täter erwischt?«, fragt sie. »Der das getan hat?«

»Noch nicht.«

»Das ist wirklich beängstigend. Zu wissen, dass er noch immer frei herumläuft.«

Ich nicke. »Loretta, fällt Ihnen vielleicht jemand ein, den sie hier besuchen wollte?«

»Außer ihren Eltern ... « Ihr Gesicht wirkt gequält. »Rachael und die Gemeinde der Amischen standen ja nicht gerade auf gutem Fuß miteinander.«

Ich weiß, worauf sie hinauswill, sage aber nichts und warte, dass sie weiterspricht.

»Wegen des Buches, wie Sie sich vielleicht denken können. Da hat sie ja schlimme Sachen über die Amischen geschrieben. Manche denken deswegen schlecht über sie, und einige wollen nichts mehr mit ihr zu tun haben. Die Kirchenältesten wussten, dass sie nicht zurückkommen würde. Zwar hat es keiner ausgesprochen, aber ich glaube, sie *wollten* das auch gar nicht.«

Über *Meidung* – soziale Ausgrenzung – und Exkommunikation grassieren viele falsche Vorstellungen. Die meisten Nicht-Amischen glauben, *Bann* oder *Meidung* sind eine Form der Bestrafung, aber das ist falsch. Meidung soll läuternd wirken und die gefallene Person zurück in die Gemeinschaft der Gläubigen führen. Was in den meisten Fällen funktioniert, weil die Familie für Amische das Zentrum des Universums ist. Ohne sie treibt man hilflos umher in einer Welt, auf die einen die amische Erziehung nicht vorbereitet hat.

»Gab es jemanden, der sich besonders vehement für ihre permanente Exkommunikation ausgesprochen hat?«

»Es wurde natürlich viel getratscht, Sie kennen die Amischen ja. Rachael hat nicht darüber gesprochen, aber ich wusste, dass es sie schmerzte.« Loretta lächelt gedankenvoll, aber neue Tränen schimmern in ihren Augen. »Sie erinnern sich doch bestimmt, wie sie war. *En frei geisht.* Ein Freigeist. Sie lachte gern, sie liebte es zu lieben, sie liebte die Menschen und das Leben mit all seinen Geschenken. Es war wirklich schwer, sie nicht zu mögen. Aber wenn sie wütend wurde ... « Sie schüttelt den Kopf. »Sie kannten sie. Sie machte alles mit großer ... *eahnsht.* Leidenschaft. Das war wohl einer der Gründe, warum sie nicht dazupasste. Sie wollte sich einfach nicht an die Regeln halten, deshalb ist sie ja auch gegangen. Und deshalb machte ich mir Sorgen um sie.«

»Weil sie eine *druvvel-machah* war?«, frage ich. Eine Unruhestifterin.

»Weil sie sich nie zurückgehalten hat. Sie gab immer Vollgas, selbst wenn sie nicht wusste, wohin die Reise ging. Sie hielt mit ihrer Meinung nie hinterm Berg, und ihre Ansicht wurde nicht von allen geteilt, schon gar nicht von den Amischen. Dann hat sie das Buch geschrieben, und das machte alles noch schlimmer.«

Ich erinnere mich an den Wirbel, den es hier in Painters Mill verursacht hatte – ein Enthüllungsbuch, das als Sachbuch beworben wurde. Für alle, die mit der amischen Kultur vertraut sind, war es kaum mehr als ein sensationsheischendes Machwerk voller Erfindungen.

Ich frage trotzdem, wie sie es fand. »Inwiefern?«

»Na ja, sie hat darin die Anabaptisten in Killbuck mit Dreck beworfen. Dass sie sich selbst als Amische sehen, was sie aber nicht sind. Nur *Maulgrischten*«, sagt sie auf Pennsylvaniadeutsch, was so viel heißt wie keine echten Christen.

Amos Gingerich und seine Anhänger sind mir nicht unbekannt. Ich sehe sie gelegentlich auf dem Wochenmarkt, wo sie handgefertigte Arbeiten aus Holz sowie Gemüse, Pflanzen und Bäume aus der kleinen Gärtnerei auf ihrem Grundstück verkaufen. Sie nennen sich Killbuck-Amische, halten sich aber nicht an die Regeln der *Ordnung*, jedenfalls nicht an die, die ich kenne. Die Amischen weigern sich, sie als solche anzuerkennen, zumal viele von ihnen aus amischen Kirchengemeinden stammen, wo sie zuvor exkommuniziert worden waren. Gingerich nimmt sie auf und indoktriniert sie, Gerüchten zufolge, auf eine Weise, die eher an eine Sekte erinnert als an Amische. Zuletzt habe ich gehört, dass die etwa dreißig Mitglieder in einer Art Kommune leben, was man eher von Hutterern kennt als von Amischen. Zwar benutzen die meisten Mitglieder Pferde und Buggys, die Gemeindemitglieder teilen sich jedoch auch ein motorisiertes Fahrzeug und haben mehrere Telefone auf der Farm.

Die Einwohner von Painters Mill ignorieren sie größtenteils, aber Gerüchte gibt es jede Menge. Zum Beispiel, dass die Männer mehr als eine Frau hätten und die Kinder nicht kindgerecht aufwüchsen. Als es vor ein paar Jahren hieß, die Kinder würden von ihren Eltern getrennt und zur Arbeit gezwungen, schalteten sich das Sheriffbüro und das Jugendamt ein. Die anschließende Untersuchung brachte kein eindeutiges Ergebnis, aber seither habe ich ein wachsames Auge auf die Vorgänge in der Kommune.

»Katie, Sie haben mich vorhin gefragt, ob Rachael schon mal von jemandem bedroht wurde.« Sie nickt heftig. »Vielleicht sollten Sie sich Amos Gingerich mal näher ansehen. Ich glaube, er hat ihr mal gedroht.«

Ich notiere den Namen. »Und auf welche Weise hat er ihr gedroht?«

»Nachdem sie unter *Bann* gestellt wurde, hat sie ja eine Zeit lang bei denen gelebt. Aber dann hat es Streit gegeben, und sie ist gegangen.« Sie senkt die Stimme. »Rachael hat mir erzählt, dass er über einige der schlimmen Geschichten aus dem *Märtyererspiegel* gesprochen hat – wie sie früher die Christen folterten und töteten. Mir ist es eiskalt den Rücken runtergelaufen, aber Rachael hat nur gelacht und sich keine großen Sorgen deswegen gemacht. Das ist mir erst eben wieder eingefallen.«

In den meisten amischen Familien gehört der *Märtyererspiegel* zum festen Inventar. Meine Eltern waren zwar keine großen Leser, aber meine *Mamm* hatte auf dem Beistelltisch im Wohnzimmer eine Ausgabe des tausend Seiten dicken alten Wälzers platziert. Darin werden die grausamen Leiden ausgebreitet, die man den Christen – und besonders den Anabaptisten – angetan hat. Als Kind habe ich das Buch gelesen – Geschichten von Männern und Frauen, die enthauptet, ertränkt, bei lebendigem Leib begraben oder auf einem Scheiterhaufen verbrannt wurden. Die Brutalität und Ungerechtigkeit hatten einen tiefen Eindruck bei mir hinterlassen, nicht nur in Bezug auf Glaube und Märtyrertum, sie haben mir auch gezeigt, zu welchen Grausamkeiten Menschen fähig sind.

»Wissen Sie noch, warum er ihr gedroht hat?«, frage ich.

Sie denkt kurz nach. »Rachael hat Gingerich und seinen Anhängern ein ganzes Kapitel gewidmet. Sie hat ihn einen Polygamisten genannt – und ihn noch schlimmerer Dinge beschuldigt.«

»Zum Beispiel?«

»Ich weiß nicht, ob das wahr ist, aber sie hat gesagt, dass einige Männer vierzehn- oder fünfzehnjährige Mädchen zur Frau nehmen, was natürlich viel zu jung ist. Ich hab gesagt, sie soll sich lieber um ihr eigenes Leben kümmern. Aber Rachael war eigensinnig und fand, dass jemand mit den Mädchen sprechen müsste. Später hatte sie mir erzählt, dass ihr Verlag verlangte, die Namen zu ändern, um nicht verklagt zu werden. Aber es wussten sowieso alle, wer gemeint ist, und Amos Gingerich fand das nicht lustig.«

Mir fällt wieder der Zettel mit der Adresse in ihrem Auto ein. »Wissen Sie, ob Rachael jemanden in Wooster kannte? Oder aus der Gegend um Wooster?«

Sie schüttelt den Kopf. »Da fällt mir niemand ein.«

»Was ist mit Männern? Gab es einen Mann in ihrem Leben, eine feste Beziehung?«

Bis zu diesem Moment war Loretta über die Nachricht vom

Tod ihrer Freundin zutiefst bestürzt. Sie war augenscheinlich fassungslos und allen Fragen gegenüber offen gewesen. Doch jetzt senkt sie den Blick und verschließt sich, was mich stutzig macht. Irgendetwas ist da, denke ich. Und warte.

»Rachael ist … war die beste Freundin, die ich je hatte. Ich hab sie wie eine Schwester geliebt und möchte nichts Schlechtes über sie sagen.« Die amische Frau ficht einen inneren Kampf aus, dann sieht sie mich an. »Sie hatte keine Hemmungen, Katie. Als Teenager mochte sie Jungen, und als Frau mochte sie Männer. Vielleicht ein bisschen zu sehr.«

»Gab es jemand Bestimmten?«, frage ich.

Die amische Frau presst die Lippen zusammen. »Sie wusste, dass ich ihr Verhalten missbilligte, und hat mir gegenüber wenig darüber gesprochen. Aber es gab Männer, ziemlich viele.«

»Kennen Sie jemanden?«

Sie schüttelt den Kopf. »Ich weiß nur, dass es in ihrem Leben immer irgendeinen Mann gab, aber keiner schien zu ihr zu passen.«

8. KAPITEL

Sommer 2008

Loretta hatte ihren Eltern immer gehorcht. Sie war sechzehn Jahre alt und hatte sie noch nie angelogen, sich nie vor ihren Pflichten gedrückt. Selbst der Gedanke, sie zu täuschen, war ihr nie in den Sinn gekommen. Das sollte sich heute Abend ändern.

Als sie das erste Mal den Ausdruck »Amisch Rager« hörte, hatte sie gelacht. Einige der älteren Jungen hatten letztes Jahr bei einem amischen Singen darüber gesprochen. Sie hatte nur Fetzen ihrer Unterhaltung mitbekommen, es aber so verstanden, dass es sich um eine riesige Party draußen auf einem Feld oder in einer Scheune handelte, also abseits der neugierigen Augen von Erwachsenen. Es gab Livemusik und Alkohol, und manchmal kamen auch Englische dazu. Bei so einer Party würde gegen viele Regeln verstoßen werden, was den Eltern – vielleicht sogar dem Bischof – bestimmt zu Ohren kommen würde. Damals schien ihr so eine Veranstaltung gottlos und verboten, also etwas, womit sie nichts zu tun haben wollte.

Doch was für einen Unterschied ein einziges Lebensjahr machte. Inzwischen war Loretta sechzehn – beinahe erwachsen –, und ihre anfängliche Verachtung für so eine Party hatte sich in Neugier verwandelt. Und schuld daran war ihre beste Freundin. Denn seit Rachael ihr davon erzählt hatte, war alles, was sie bisher gefühlt und gedacht hatte, ins Wanken geraten.

Das war letzten Sonntag gewesen, als Rachael nach dem Gottesdienst aufgeregt und atemlos zu ihr gekommen war.

»Dieses Wochenende gibt's einen Rager«, flüsterte sie, als Loretta gerade Messer, Tassen und Unterteller auf den Tisch stellte.

Rachael war so schön. Sie hatte lange, sonnengebräunte Beine, und ihre graublauen Augen waren von dichten Wimpern umrandet. Anders als Loretta, die dünn war wie eine Bohnenstange, hatte sie bereits frauliche Rundungen. Ihr strahlendes Lächeln war so ansteckend, dass man selbst dann zurücklächeln musste, wenn man das Unheil schon auf sich zukommen sah. Und so forsch, wie Rachael an diesem Nachmittag war, wusste Loretta, dass nichts Gutes dabei herauskommen würde.

»Das ist doch einfach nur blöd«, hatte Loretta gesagt und dabei Papierservietten auf den Tisch gelegt. »*Mamm* und *Datt* werden das nie erlauben.«

Rachael verdrehte die Augen. »Du bist ja so ein *bottelhinkel*« – die *deitsche* Bezeichnung für ein ausgemergeltes Huhn, das bald im Suppentopf landen würde. »Natürlich sagen wir ihnen nichts davon!«

Die Vorstellung, bei so einer Party dabei zu sein, gefiel Loretta besser, als sie es zugeben wollte. Doch sie wusste, dass es Ärger geben würde. »Glaubst du wirklich, das ist eine gute Idee?«, sagte sie.

Rachael sah nach rechts und links, nahm ihre Hand und zog sie in die Halle, außer Hörweite der älteren Frauen, die jetzt mit dem Kuchen ankamen. »Ben Bontrager kommt auch.«

Der Name ließ Lorettas Herz höher schlagen. Seit ihrem sechsten Lebensjahr war sie in Ben verknallt. Er wusste zwar noch nichts davon, aber sie würde ihn einmal heiraten. Sie würden auf einer großen Farm leben, viele Kinder haben und noch mehr Tiere.

»Ich glaube nicht, dass ich da hingehen kann«, sagte Loretta.

»Du musst aber!«, flüsterte Rachael. »Ben ist in der *Rumspringa*. Ich hab gehört, ein paar ziemlich lockere englische

Mädchen werden da sein. Du kannst ihn doch nicht ... du weißt schon.«

Loretta war nicht blöd, sie wusste, dass Jungen anders waren als Mädchen. Sie konnten ihre Triebe nicht immer kontrollieren. Und die Vorstellung, dass Ben der Verlockung eines *englischen* Flittchens erliegen würde, war unerträglich.

»Und was soll ich *Mamm* und *Datt* sagen?«, fragte sie.

»Nichts, du Dummchen.«

»Wie soll ich denn aus dem Haus kommen, ohne dass sie es merken?«

Rachael blickte rechts und links an ihr vorbei, um sicherzugehen, dass niemand mithörte, und senkte die Stimme. »Du kletterst aus deinem Zimmerfenster, das ist doch direkt über der Veranda. Wir treffen uns um Mitternacht am Ende des Wegs, wir bleiben nur eine Stunde. Einfach nur lang genug, dass du Ben sehen kannst, und dann gehen wir wieder nach Hause. Niemand wird etwas davon erfahren.«

Niemand wird etwas davon erfahren.

Berühmte letzte Worte.

Noch vor einer Woche wäre die Vorstellung, sich heimlich wegzuschleichen, total aufregend gewesen. Aber jetzt, da es so weit war, kamen Loretta Zweifel.

Sie lag im Bett und checkte zum hundertsten Mal den Wecker auf dem Nachttisch. Dreiundzwanzig Uhr fünfundvierzig. Im Haus war es schon seit einiger Zeit still. Ihre Eltern waren vor Stunden zu Bett gegangen, aber Loretta wusste, dass ihre *Mamm* – wie sie selbst – vor dem Einschlafen gerne las. Doch jetzt war das Licht aus, und es war Zeit, zu gehen.

Loretta stand auf, nahm das Kissen und stopfte es so unter die Bettdecke, dass es aussah, als läge sie darunter – nur für den Fall, dass jemand einen Blick in ihr Zimmer warf. Zufrieden schlich sie zum Fenster und öffnete es mit zittriger Hand. Als sie dann über die Fensterbank hinaus aufs Dach der Veranda trat, wurde sie von der warmen Sommernacht empfangen.

Vorsichtig, um keinen Krach zu machen, setzte sie sich auf den Po und schob sich wie im Krabbengang zum Ende des glatten Blechdaches. Dort ergriff sie den nächstbesten Ast, stellte sich auf die Füße, benutzte den Ast fürs Gleichgewicht und hangelte sich daran entlang bis zum Stamm. Von da aus kletterte sie hinab und sprang den letzten Meter runter auf den Boden.

In der Stille der Nacht kam ihr das dumpfe Geräusch, das ihre Füße beim Aufprall machten, unmäßig laut vor. Sicher hatte das jemand gehört, und sie blickte sich mit wild klopfendem Herzen um. Aber nichts rührte sich. Kein Laternenlicht ging im Haus an, nichts bewegte sich hinter dem Küchenfenster. Allein die quakenden Ochsenfrösche am Teich und die allgegenwärtigen Grillen schienen wach zu sein.

Loretta rannte los, durch den Garten, wo der feuchte Tau ihre Schuhe benetzte. Als sie den Schotterweg erreichte, bog sie nach rechts ab und sprintete vorbei an den Brombeersträuchern, von denen ihr keuchender Atem widerhallte, weiter in Richtung Straße. Sie hatte fast das Ende erreicht, als vor ihr eine dunkle Gestalt auftauchte.

Loretta stieß einen Schrei aus.

»Pssst!«

Sie erkannte ihre Freundin, und Erleichterung durchflutete sie mit solcher Kraft, dass ihre Beine zitterten. »Du hast mir einen höllischen Schreck eingejagt!«

Kichernd ergriff Rachael ihre Hand. »Leise, sonst hört dich noch jemand.«

Rachael trug englische Kleidung. Jeans, Tanktop, schicke Sandalen, in denen man ihre rosa lackierten Zehennägel sah. Plötzlich fühlte sich Loretta total hausbacken. »Ich sehe aus wie ein *bottelhinkel*.«

Rachael trat einen Schritt zurück, stützte theatralisch das Kinn auf die Finger und betrachtete sie kritisch. »Wenigstens mit deinen Haaren kann man was machen.« Ohne auf ihre Zustimmung zu warten, nahm Rachael ihr die *Kapp* vom Kopf und versteckte sie im Gebüsch, damit Loretta sie später wieder rausholen konnte. Sie löste die Nadeln aus ihren Haaren und wuschelte sie mit den Fingerspitzen durch.

»Na bitte. Jetzt siehst du toll aus!«

»Meine Haare sehen aus wie Stroh.«

»Ach komm.« Rachael zeigte zur Straße. »Los, wir wollen doch nicht zu spät kommen.«

Erst als sie den Briefkasten an der Wegmündung schon eine Weile hinter sich gelassen hatten, bemerkte Loretta den Buggy. Misstrauisch verzögerte sie ihre Schritte. »Wer ist das?«, fragte sie, obwohl sie es nur zu gut wusste.

»Er fährt uns nur hin«, sagte Rachael.

Besagter Junge lehnte am Rad des Buggys, rauchte eine Zigarette und sah ihnen entgegen. »Wird aber auch Zeit«, bemerkte er.

Levi Yoder war zwanzig Jahre alt, ein nett aussehender amischer Junge aus guter Familie. Aber Loretta hatte schon so einiges gehört. Er war beim Rauchen und Trinken erwischt worden, und, schlimmer noch, er ging mit englischen leichten Mädchen aus. Erst letzten Sonntag beim Gottesdienst hatte sie gemerkt, dass er sie anstarrte. Unter der charmanten Oberfläche des guten amischen Jungen lauerte eine dunkle Seite.

»Du hast nicht gesagt, dass uns jemand fährt«, flüsterte sie.

Bevor Rachael antworten konnte, warf Levi die Zigarette auf die Straße und kam auf sie zu. »Ich hab doch gesagt, dass sie sich bestimmt drückt«, sagte er.

»Hier drückt sich niemand«, erwiderte Rachael keck.

Er grinste.

Loretta mochte ihn nicht, musste aber zugeben, dass ihm die englische Kleidung gut stand – Jeans, T-Shirt und Cowboystiefel. Er hatte die Haare wachsen lassen, und wenn sie nicht irrte, spross ihm ein Kinnbart.

Jetzt sah er sie an, und ihr schauderte. »Willst du mich nicht deiner Freundin vorstellen?«, fragte er Rachael.

»Nee.« Rachael ging zum Buggy. »Sie hat null Interesse, und du bist nur unsere Mitfahrgelegenheit.«

Er drückte sich die Hand aufs Herz. »Musst du einem Mann gleich dermaßen eins draufgeben?«

Misstrauisch folgte Loretta ihrer Freundin.

Levi langte in den Buggy und riss zwei Dosen Bier aus einem Sixpack. Eine reichte er Rachael, die sie nahm, ohne ihm zu danken, und auf den Buggy kletterte.

Als Loretta auf den Buggy steigen wollte, hielt er auch ihr ein Bier hin. »Jetzt weiß ich wieder, wer du bist, Rhoda und Dans Tochter. Das kleine dünne Mädchen, das nie etwas sagt.«

Mit hochrotem Kopf blickte sie hinab auf ihr Kleid. Sie wusste nicht, was sie antworten oder wie sie reagieren sollte, sondern nur, dass ihr nicht gefiel, wie er sie ansah.

»Bitte sehr.« Er nahm ihre Hand und half ihr auf den Buggy.

Loretta glitt auf den Sitz neben ihrer Freundin.

Levi beugte sich vor und gab ihr das Bier in die Hand. »Bist ja eine richtig Hübsche geworden«, murmelte er.

»Lass stecken, Levi«, sagte Rachael. »Gib uns lieber 'ne Zigarette.«

Er kletterte auf den Buggy und holte ein Päckchen aus seiner Hemdtasche, schüttelte eine raus und hielt sie Rachael hin. »Was ist denn mit dir los, mach dich mal locker.«

Sie lachte. »Wenn du wüsstest, Amisch-Boy. Nun fahr schon, wir haben nicht viel Zeit.«

9. KAPITEL

Es gibt einen Buchladen in Painters Mill. Beerman's Books ist auf der Main Street eine feste Größe, soweit ich zurückdenken kann. Die Besitzerin, Barbara Beerman, betreibt den Laden seit meiner Kindheit. Wenn meine *Mamm* in die Stadt fuhr, um Stoff in dem Laden nebenan zu kaufen, schlich ich mich hinein und schmökerte in Büchern, die meine Eltern mir verboten hatten zu lesen. Ich war zwar nicht gerade ein Bücherwurm, aber ich liebte es, mich an exotische Orte versetzen zu lassen. Und wenn ich dabei die Regeln übertrat, umso besser.

Beerman's Books ist zwei Blocks vom Polizeirevier entfernt. Der Laden ist klein und eng, und es riecht nach Patschuli, Bergamotte, Büchern, Staub und Kaffee. Der Kaffee steht auf der Warmhalteplatte neben der »Leseecke« – einem altertümlichen Stuhl, einer Lampe und einem Beistelltisch. Hier kann man einen Blick in die Bücher werfen, bevor man eins kauft.

Beim Betreten des Ladens bimmelt die Türglocke. Barbara sieht von ihrem Stuhl hinter dem Ladentisch auf, einen uralten Wälzer aufgeschlagen vor sich. »Hi, Chief Burkholder, was kann ich für Sie tun?«

Ich gehe zu ihr hin, wobei mein Blick auf die Katze fällt, die zwischen den Regalen umherstreift. »Ich suche das Buch von Rachael Schwartz«, sage ich.

»O ja, Sie und alle anderen. Ich hab von dem Mord gehört. Wisst ihr schon, wer das war?«

»Wir arbeiten daran.«

Sie nickt. »Wir haben das Buch da.« Sie steht auf und kommt

um den Tisch herum. »Die Touristen lieben es so sehr, dass wir mit den Bestellungen kaum nachkommen.«

»Haben Sie es gelesen?«, frage ich.

»Am dem Tag, als es herauskam. Ein echtes Enthüllungsbuch. Rachael Schwartz hat sich wirklich nicht zurückgehalten.«

»Das habe ich mitbekommen.«

»Anscheinend mochte sie ihre Glaubensbrüder nicht besonders.«

»Hat sie Namen genannt?«, frage ich,

Sie schüttelt den Kopf. »Vorn im Buch ist eine Anmerkung der Autorin, darin steht, dass die Namen geändert wurden, um die Identität der beschrieben Menschen zu ›schützen‹.« Sie führt mich einen Gang entlang. »Aber natürlich ist Painters Mill eine kleine Stadt. Ein paar Tage nach der Veröffentlichung des Buchs kam ein Amischer in den Laden. Er hat alle sechs Bücher gekauft und gesagt, er wolle sie verbrennen.« Sie lacht auf. »Ich hab ihm gesagt, ich würde sofort welche nachbestellen, aber das war ihm wohl egal.«

Ungefähr in der Mitte des Ganges nimmt sie aus dem unteren Regal eine große Softcover-Ausgabe. »Bitte schön.« Sie betrachtet den Buchrücken. »*AMISCHER ALBTRAUM: Wie ich den Klauen der Selbstgerechten entkam.*«

»Ich nehme zwei Exemplare«, sage ich.

»Doppelter Spaß.« Sie grinst. »Die Kasse ist am Eingang.«

* * *

Auf der Rückfahrt zum Willowdell-Motel gehen mir all die Dinge durch den Kopf, die ich in den letzten Stunden über Rachael Schwartz erfahren habe. So wie es aussieht, hat sie das Leben hemmungslos genossen. Sie hatte keine Angst, Grenzen zu überschreiten, dem Abgrund zu nahe zu kommen oder anderen auf die Füße zu treten. Vielmehr scheint es, dass sie bei Konflikten aufblühte, selbst wenn sie dabei den Kürzeren zog. Sie war kommunikativ, hatte viele Beziehungen, die nicht immer gut für sie waren. Ich denke an die ungeheure Brutalität, mit der auf sie eingeschlagen wurde, und frage mich, wie groß der Hass sein muss, um so etwas zu tun. In solchen Fällen nimmt man allgemein an, dass der Täter jemand war, den sie kannte. War er ihr aus Cleveland hierher gefolgt? Oder hat sie ihren Mörder hier getroffen?

Spätnachmittags fahre ich auf den Parkplatz des Motels. Mir ist bewusst, wie wichtig die ersten Stunden für die Aufklärung einer Tat sind, und wie immer verspüre ich das Ticken der Uhr. Fünf Stunden sind vergangen, seit Schwartz' Leiche entdeckt wurde, und auf dem Parkplatz wimmelt es noch immer von Polizeifahrzeugen. Vor Zimmer 9 steht der Van des BCI-Spurensicherungsteams, die hintere Tür ist offen. Ein Mitarbeiter im weißen Einweg-Overall trägt gerade einen Karton aus dem Zimmer in den Wagen. Dann sehe ich Tomasetti, der telefonierend neben seinem Tahoe steht.

Als ich zu ihm trete, beendet er das Telefonat und steckt das Handy in die Tasche. »Es tut echt gut, dich zu sehen«, sage ich.

»Das hör ich von allen weiblichen Chiefs«, erwidert er.

Da für eine persönlichere Begrüßung zu viele Menschen um uns herum sind, berühren wir uns nur kurz mit den Händen. »Gibt's was Neues?«, frage ich.

»Die Spurensicherung ist so gut wie fertig. Sie haben einige Abdrücke gefunden, die wir durch AFIS laufen lassen. Und viel Blut. Wenn wir Glück haben, ist auch welches vom Täter dabei und wir kriegen eine DNA.« AFIS ist das Akronym für Automatisiertes Fingerabdruck-Identifizierungs-System. »Tatwaffe?«

»Sie haben das Zimmer auf den Kopf gestellt, die Mülltonnen auf dem hinteren Parkplatz gecheckt und den bewaldeten Bereich hinterm Haus abgesucht. Nichts.«

»Und das Handy, habt ihr das gefunden?«

»Hinterm Nachttisch. Ist wahrscheinlich beim Kampf runtergefallen. Ich hab's per Kurier nach London geschickt.« In London, Ohio, etwa fünfundzwanzig Meilen von Columbus entfernt, ist das BCI-Labor. »Sie werden es genau unter die Lupe nehmen.«

»Ich weiß nichts über ihr Leben in Cleveland«, sage ich. »Habt ihr schon etwas über Bekannte oder Freunde herausgefunden?«

»Detectives sind gerade in ihrem Haus.« Er blickt aufs Display seines Smartphones, in das er Notizen eingetippt hat. »Sie wohnt in einem Townhouse in Edgewater, mit Fußbodenheizung und Blick auf den Lake Erie. Echt feine Gegend.«

»Finanzielle Situation?«

»Überprüfen wir noch.«

Kurzes Schweigen, dann frage ich: »Hat sie allein gelebt?«

Er drückt eine Taste des Handys, wischt übers Display. »Sie wohnte zusammen mit Andrea June Matson, zweiunddreißig Jahre alt, keine Akte. Offenbar sind sie Geschäftspartnerinnen und besitzen ein eigenes Restaurant in der Innenstadt. *The Keyhole*. Matsons Aufenthaltsort ist derzeit unbekannt, aber wir bleiben dran.«

»Gab's Probleme zwischen ihnen?«

»Die Polizei wurde nie in ihr Haus oder ihr Restaurant gerufen, aber die Detectives befragen die Nachbarn und reden mit Freunden und Familie. Mal sehen, was dabei rauskommt.«

»Wie seid ihr auf Matson gestoßen?«

»Sie hat Schwartz' Handy angerufen, und ich hab abgenommen«, sagt er. »Als ich gesagt hab, ich kann es nicht an Schwartz weitergeben, ist sie sauer geworden und hat aufgelegt. Offensichtlich hat sie nicht geglaubt, das ich vom BCI bin. Und jetzt hör dir das an: Das letzte Telefonat, das Schwartz geführt hat, war mit Matson. Wir kartographieren gerade die Standorte der Funksender.«

»Ich will mit ihr reden«, sage ich.

»Du und alle anderen auch. Ich hab sie zur Fahndung ausgeschrieben, wir werden sie finden. Und du, bist du fündig geworden?«

Ich gebe ihm das Wesentliche aus meinen Gesprächen mit Rachaels Eltern und Loretta Bontrager wieder und erzähle ihm von dem Buch.

»Klingt, als hätte sie ein interessantes Leben geführt«, kommentiert er.

»Vielleicht ein bisschen zu interessant«, erwidere ich. »Gibt's schon was zu Moskowski?«

»Die Kollegen haben ihn zur Befragung abgeholt und aufs Revier gebracht, war kein Problem.« Er blickt auf die Uhr. »Ich muss nach Cleveland.«

Bei der Vernehmung Moskowskis, aber vor allem von Matson, wäre ich gern dabei. Zwar stehen Lover bei der Polizei auf der Liste der Verdächtigen immer ganz oben, aber Geschäftspartner folgen dicht dahinter. Davon einmal abgesehen, hat Rachael Schwartz auch hier in Painters Mill genug ungelöste Fragen hinterlassen.

»Chief Burkholder!«

Wir blicken gleichzeitig in Richtung der Stimme. Sie gehört Steve Ressler, einem hochgewachsenen, rothaarigen Mann, der in Khakis, die ein paar Zentimeter zu kurz sind, einem eng anliegenden blauen Poloshirt und leuchtend weißen Sneakers auf uns zugelaufen kommt. Er ist der Herausgeber von *The Advocate*, der Wochenzeitschrift von Painters Mill. Sie hat eine relativ hohe Auflage, wohl hauptsächlich, weil Steve ein guter Journalist ist. Er gehört noch der alten Schule an und ist absolut integer, was heißt, dass er sich bei den Storys an die Fakten hält, auch wenn sie schwer zu bekommen sind. Aber er ist auch ein ungeduldiger Perfektionist – ein Merkmal der sogenannten Typ-A-Persönlichkeit –, der es mit dem Redaktionsschluss sehr genau nimmt und »kein Kommentar« nur in den wenigsten Fällen akzeptiert.

»Was können Sie mir zu dem Mord sagen, Chief? Haben Sie schon jemanden verhaftet? Oder einen Verdächtigen?« Die Fragen sprudeln aus seinem Mund, gleichzeitig schießt sein Blick zur Tür des Motelzimmers, wo gerade ein Mitarbeiter des Leichenbeschauers die Rollbahre mit dem schwarzen Leichensack herausrollt.

»Ich kann Ihnen nur sagen, dass es sich bei der Toten um Rachael Schwartz handelt.«

Er kritzelt den Namen hastig auf seinen Block. »War es Mord?«, fragt er. »Oder Selbstmord? Es heißt, sie sei ermordet worden. Und wenn das stimmt, müssen sich die Einwohner von Painters Mill Sorgen um ihre Sicherheit machen?«

»Der Leichenbeschauer hat sich noch nicht zu Todesart und -ursache geäußert.«

Er verdreht die Augen, was so viel heißt, dass ich mir so eine nichtssagende Erwiderung doch bitte schenken soll. »Können Sie bestätigen, dass die Tote amisch war?«

»Eine ehemalige Amische.«

Er notiert es. »Können Sie mir sonst noch etwas sagen, Chief?«

»Im Augenblick nur, dass unser Revier bei den Ermittlungen vom Ohio Bureau of Criminal Investigation unterstützt wird.«

»Lassen Sie mich nicht zu lange warten«, sagt Ressler und geht.

In dem Moment biegt eine schicke Audi-Limousine mit hoher Geschwindigkeit auf den Parkplatz ein. Das sieht nicht nach einem Touristen aus, der sich verfahren hat und ein Zimmer sucht, aber auch nicht nach jemandem aus der Umgebung, den die vielen Polizeiautos neugierig gemacht haben. Tomasetti blickt ebenfalls in die Richtung, und wortlos sehen wir zu, wie der Wagen kaum einen Meter vor dem Absperrband hält. Die Fahrertür fliegt auf, und eine elegant gekleidete Frau steigt aus. Sie hat eine große Sonnenbrille auf, das Handy am Ohr und sieht sich um, als frage sie sich, wo sie hier gelandet ist.

Mona, die dafür sorgt, dass niemand hinter die Absperrung kommt, marschiert in Richtung der Frau und ruft schon von weitem: »Ma'am, kann ich Ihnen helfen?«

»Was geht hier vor?« Die Frau hebt das Absperrband hoch und duckt sich darunter hindurch.

»Ma'am, bleiben Sie stehen.« Mona eilt zu ihr hin. »Sie dürfen nicht hinter die Absperrung kommen!«

Tomasetti und ich setzen uns in Bewegung.

»Wie bitte?« Als die Frau uns kommen sieht, ruft sie: »Ich suche Rachael Schwartz.«

»Das ist entweder eine Journalistin oder Matson«, murmelt Tomasetti.

»Ich wette Letzteres«, sage ich. »Journalistinnen können sich solche Klamotten nicht leisten.«

»Und solche Autos auch nicht.«

Mona hält die Frau am Arm fest. »Das hier ist ein Tatort, Ma'am. Sie müssen hinter dem Absperrband bleiben.«

»Ich suche Rachael Schwartz«, sagt die Frau erregt angesichts der vielen Polizeiautos und des Leichenwagens. »Ich muss wissen, was hier los ist.«

Sie trägt eine am Hals offene rosa Seidenbluse und ein schwarzes Kostüm, das einen schönen Kontrast zu dem blonden Haar mit den kunstvollen Strähnchen bietet. Ihr Körper deutet auf den regelmäßigen Besuch eines Fitnessstudios hin.

»Die Polizei untersucht einen Vorfall.« Den Arm noch immer umklammernd, lenkt Mona die Frau zurück zum Absperr-band.

»Vorfall? Was für einen Vorfall?« Die Frau wirbelt herum. »Ich glaube, Rachael hat hier in dem Motel übernachtet.« Sie zeigt mit dem lackierten Fingernagel auf die Tür von Zimmer 9. »Was zum Teufel geht hier vor?«

Als Tomasetti und ich die beiden erreichen, zeige ich ihr meine Polizeimarke und stelle mich vor. »Und wie ist Ihr Name, Ma'am?«, frage ich.

Sie blickt mich an, als wäre ich ein Insekt, das auf ihrem Arm gelandet ist und verscheucht werden sollte. »Haben Sie hier das Sagen? Himmelherrgott, kann mir vielleicht mal jemand erklä-ren, was hier vor sich geht? Ich muss Rachael Schwartz sehen, und zwar sofort.«

Sie ist stark erregt, fast schon hysterisch. Als Tomasetti ihren rechten Arm nimmt, scheint sie das nicht einmal zu bemerken. »Kommen Sie mit mir«, sagt er und führt sie zurück zum Ab-sperrband.

Mona hält das gelbe Band hoch, wir ducken uns zu dritt hin-durch.

Erst in dem Moment scheint der Frau bewusst zu werden, was gerade passiert. Sie stößt einen unwirschen Laut aus und schüttelt Tomasettis Hand ab. »Bitte sagen Sie mir, dass ihr nichts zugestoßen ist.«

Ich ergreife ihren linken Arm, Tomasetti bleibt auf ihrer an-deren Seite stehen, ohne sie zu berühren. Mona steht noch am Absperrband und beobachtet uns für den Fall, dass wir Verstär-kung brauchen.

»Wie heißen Sie?«, wiederhole ich meine Frage.

»Andrea ... Andy Matson.« Sie stottert den Namen, wobei sie wie gebannt auf die Tür von Zimmer 9 blickt. »Bitte, sagen Sie mir, dass ihr nichts passiert ist.«

»In welcher Beziehung stehen Sie zu Rachael Schwartz?«, frage ich.

»Wir sind Geschäftspartnerinnen. Wir wohnen zusammen. Herrgott nochmal, sie ist meine beste Freundin.« Sie versucht, mir ihren Arm zu entziehen, doch ich halte sie fest.

»Ich probiere schon den ganzen Tag, sie zu erreichen. Rachael geht *immer* ans Telefon. Beim letzten Mal hat irgendein Typ abgenommen und gesagt, er wär vom BCI. Ich wusste, dass etwas nicht stimmt … und bin in den Wagen gestiegen und sofort hergefahren«, stößt sie hastig hervor.

Atemlos zeigt sie mit der Hand zum Motel, wo ein Mitarbeiter des Leichenbeschauers gerade die Doppeltür des Vans schließt. »Und dann komme ich hierher und sehe so was!«

Sie zwingt ihren Blick zurück zu mir und Tomasetti. »Sie beide machen mir höllische Angst.«

»Rachael Schwartz ist tot«, sage ich.

»Tot?« Sie zuckt zurück, als hätte ich sie geschlagen. »Aber … das ist verrückt. Das kann nicht … ich hab sie gestern noch gesehen. Und am Abend mit ihr telefoniert. Ihr ging's gut.« Sie hält inne, um zu Atem zu kommen. »Was ist denn passiert?«

»Der Leichenbeschauer hat es zwar noch nicht bestätigt, aber wir glauben, dass letzte Nacht jemand in ihr Zimmer kam und sie umgebracht hat.«

»O Gott.« Sie beugt sich vor, stützt die Hände auf ihre Knie. »Rachael. O Scheiße, Scheiße.«

»Wollen Sie sich setzen?«, frage ich.

Sie spuckt auf den Boden, schüttelt den Kopf.

Ich lasse ihr einen Moment Zeit, auch um herauszufinden, ob sie uns etwas vorspielt, aber es sieht nicht danach aus.

Da ich wieder das Ticken der Uhr verspüre, berühre ich sie an der Schulter. »Ms. Matson, ich weiß, der Zeitpunkt ist schlecht, aber ich muss Ihnen ein paar Fragen stellen.«

Sie richtet sich auf, atmet tief durch und blickt mich mit düsterer Miene an. Wimperntusche läuft über ihre Wangen. »Wer war das?«

»Das wissen wir nicht. Wir sind dran. Es wäre sehr hilfreich, wenn Sie uns ein paar Informationen geben könnten.«

Ihre Reaktion wirkt echt. Einen Schock kann man nicht so leicht simulieren. Doch aus Erfahrung weiß ich, dass manche Menschen meisterhaft schauspielern können. Da es noch zu früh ist, das zu erkennen, gehe ich mit Bedacht vor.

»Wann haben Sie sie das letzte Mal gesehen?«, frage ich.

»Gestern Morgen. Ich bin im Flur an ihr vorbei, als sie sich gerade einen Kaffee geholt hat. Ich war auf dem Weg ins Bad.«

»Und wann haben Sie zuletzt mit ihr gesprochen?«, fragt Tomasetti.

»Letzte Nacht. Am Telefon. Es war schon spät.« Sie drückt mit Daumen und Zeigefinger auf ihre Nasenwurzel. »Ich hab ihr die Hölle heiß gemacht, weil ich nicht wusste, dass sie hier übernachten wollte. ›Danke, dass du mir das jetzt schon sagst‹, hab ich sie angeblafft.«

Als würde ihr gerade einfallen, dass das die letzte Unterhaltung mit ihrer Freundin war, schließt sie die Augen. »Ich hab mich beschissen verhalten. Ich wusste ja nicht, dass ich nie wieder … « Sie bricht den Satz mittendrin ab.

»Hatte Rachael mit jemandem Probleme?«, frage ich. »Einen Streit, eine Meinungsverschiedenheit? Oder vielleicht eine schwierige Beziehung?«

»Fragen Sie lieber, mit wem sie *keine* Probleme hatte.« Das nachfolgende Lachen klingt wie Schluchzen, und sie vergräbt ihr Gesicht in den Händen. »Alle ihre Beziehungen waren schwierig. So war sie einfach.«

»Direkte Antworten wären wirklich hilfreich«, sagt Tomasetti leicht verärgert.

Sie hebt den Kopf. Das Unglück in ihren Augen ist eindeutig. »Hören Sie, ich sage nur, dass Rachael mit ihrer Meinung nie hinterm Berg gehalten hat, mit allen Vor- und Nachteilen. Sie hat alles offen ausgesprochen. Das gehörte zu den Dingen, die ich an ihr mochte. Ich meine, sie stand permanent unter Strom. Kontroversen waren ihr Lebenselixier. Hatte jemand eine andere Meinung, hat sie ihn ungespitzt in den Boden gestampft.« Sie sagt das, als wäre es etwas Positives und käme ihrem eigenen Charakter sehr nahe. »Ich habe sie gewarnt, dass ihr das eines Tages schlecht bekommen würde, aber sie hat nur gelacht.«

»Hatte sie engere Beziehungen?« Ich hole Notizbuch und Stift heraus.

»Jared Moskowski.«

Ich spüre Tomasettis Blick, sehe ihn aber nicht an. »Boyfriend?«

»Fickfriend«, sagt sie. »Und er ist ein eifersüchtiger, unsicherer, kleinlicher Mistkerl. Rachael war eine Nummer zu groß für ihn, und das hat er gewusst.«

»Haben sie gestritten?«

»Die ganze Zeit.«

»Hat er sie jemals geschlagen?«, will Tomasetti wissen. »Oder sonst wie körperlich misshandelt?«

»Mir ist nichts dergleichen aufgefallen, aber ihre Beziehung war … verkorkst.« Sie zuckt mit den Schultern. »Er war einfach nicht Manns genug für sie.«

»Gab es bestimmte Streitpunkte?«, frage ich.

»Das verfluchte Wetter, Himmelherrgott! Es gab nichts, worüber sie nicht gestritten haben. Ich weiß nur, dass sie ständig sauer aufeinander waren.« Sie presst die Lippen zusammen. »Ich hab keine Ahnung, warum sie trotzdem verrückt nach ihm war.«

Sie blickt mich durchdringend an. »War *ER* das?«

Ich ignoriere die Frage. »Gibt es sonst noch jemanden, mit dem Rachael sich nicht vertragen hat?«

Andrea Matson runzelt die Stirn. »Sie wissen vermutlich, dass sie einmal amisch war und hier aus Painters Mill kommt. Ihre Eltern sind religiöse Fanatiker und haben sie gemieden, was immer das heißt.« In ihrem Lachen schwingt eine Menge Groll. »Himmelherrgott nochmal, sogar die Amischen waren angefressen, wenn es um sie ging.«

»Und Sie?«, fragt Tomasetti.

Sie sieht ihn an, als wäre die Frage ein persönlicher Affront. »Soll das ein Witz sein?« Sie wirft mir einen Blick zu. »Sie ist tot, und ihr zwei Klugscheißer verdächtigt mich? Echt originell.«

»Sie können unsere Fragen hier beantworten oder auf dem Revier«, sage ich. »Ihre Entscheidung.«

»Hören Sie, Rachael und ich waren Freundinnen. *Echte* Freundinnen. Wir haben zusammen gewohnt und besitzen zusammen ein Restaurant. Und ja, es gab hin und wieder auch Konflikte.« Sie starrt mich an, in den Augen ungeweinte Tränen. »Ich bin die Erste, die zugibt, dass sie schwierig war. Aber ich habe sie trotzdem geliebt. Sie war wie eine Schwester für mich, und Sie sind echt dumm, wenn Sie Ihre Zeit damit verschwenden, mich zu verdächtigen.«

»Wie haben Sie sie kennengelernt?«

»Ich war Fashion-Redakteurin bei einer Modezeitschrift in Cleveland und hatte einen Artikel über Rachael geschrieben, wie sie von einer Amischen zur Gastronomin wurde. Wir hatten uns auf einen Drink getroffen und unterhalten. Ich hab schnell gemerkt, dass sie eine der ehrgeizigsten und faszinierendsten Frauen ist, denen ich je begegnet war.« Bei der Erinnerung lächelt sie. »Ich habe ihr gesagt, dass ihre Geschichte ein tolles Buch abgeben würde.« Sie hebt die Schultern, lässt sie sinken. »Sie hatte die Story, ich konnte gut schreiben, und der Rest ist Geschichte.«

»Sie waren Co-Autorin des Buchs?«, frage ich.

»Ich habe es *geschrieben*«, korrigiert sie mich.

»Ihr Name steht nicht auf dem Buchdeckel«, merkt Tomasetti an.

Ihr Lächeln schwächelt merklich. »Na ja, das wäre zwar korrekt gewesen, aber Rachael sah das anders. Sie wollte im Rampenlicht stehen, und ich wurde in der Danksagung genannt.«

»Echt großzügig von ihr«, sagt er. »Waren Sie sauer?«

Matson verdreht die Augen. »Ich hab's verwunden. Zu der Zeit waren wir schon Freundinnen, und ich wollte nicht, dass etwas so Triviales zwischen uns steht.«

Ich werde ungeduldig und wechsele das Thema. »Kannte sie jemanden in Wooster? War sie mal dort, um jemandem zu treffen?«

»Wooster?« Sie schüttelt den Kopf. »Hat sie jedenfalls nie erwähnt.«

»Wir brauchen eine DNA-Probe«, sagt Tomasetti. »Und Ihre Fingerabdrücke.«

Sie runzelt die Stirn, und ich füge hinzu: »Um unsere Zeit nicht zu verschwenden und Sie ausschließen zu können.«

»Sicher. Was auch immer.« Sie schüttelt den Kopf. »Ich kann einfach nicht glauben, was gerade passiert. Dass Rachael nicht mehr da ist.«

Tomasetti tippt aufs Display seines Smartphones. »Wo können wir Sie erreichen, falls das nötig ist?«

Sie rasselt ihre Telefonnummer herunter, und ich tippe sie in mein Handy.

»Wenn Sie zurück nach Cleveland fahren, müssen Sie sich zu unserer Verfügung halten, falls wir weitere Fragen haben«, sage ich.

Sie presst die Lippen zusammen. »Ich gehe nirgendwohin, solange ich keine Antworten kriege. Wie hört sich das aus dem Mund einer Verdächtigen an?«

»Hervorragend«, sagt Tomasetti.

10. KAPITEL

Als das Spurensicherungsteam schließlich abfährt und der Tatort freigegeben wird, ist es bereits stockdunkel. Der Motel-Manager hat eine Reinigungsfirma mit der Säuberung des Zimmers beauftragt, aber die kommen erst morgen früh. Laut Tomasetti wurde jede Menge potenzieller Beweise sichergestellt, DNA, Fasern, Blutspuren, Haare, Fingerabdrücke. Auf dem Parkplatz haben sie lediglich einen passablen Reifenabdruck gefunden, anscheinend von einem Wagen, der irgendwann neben Rachael Schwartz' Lexus stand. Wie schon das Handy wurde auch alles andere per Kurier ins Londoner Polizeilabor geschickt. Informationen zu den Fingerabdrücken werden wir ziemlich rasch bekommen, aber die DNA-Ergebnisse brauchen Zeit. Wenigstens lässt sich schnell feststellen, ob es außer dem Blut des Opfers noch andere Blutspuren gibt – was darauf hinweisen würde, dass der Mörder ebenfalls verletzt wurde. Denkbar ist also, dass wir die DNA einer zweiten Person bekommen.

Tomasetti ist nach Cleveland gefahren, um Jared Moskowski zu vernehmen. Ich stehe in der Tür zu Zimmer 9 und zögere hineinzugehen, denn selbst von hier kann ich das Blut noch riechen. Letzte Nacht um diese Zeit hat Rachael Schwartz sich noch ganz banale Fragen gestellt: was sie zu Abend essen soll, ob sie noch Zeit für eine Maniküre hat, was sie anziehen soll. Sie hatte eine Zukunft und Träume, und es gab Menschen, die sie liebten. Die sie liebte. Wer hielt es für nötig, das alles zu zerstören?

Im Zimmer brennen noch sämtliche Lichter, illuminieren einen noch immer grauenvollen Tatort. Wie üblich, hat die Spurensicherung ein ziemliches Chaos hinterlassen. Viele Oberflächen sind noch mit Fingerabdruck-Puder bedeckt, Schubladen stehen offen oder sind ganz herausgezogen und liegen auf dem Boden. Die Bettwäsche ist weg, es gibt Blutflecken auf der Matratze und dem einzig verbliebenen Kissen. Aus dem Teppichboden wurden mehrere Vierecke rausgeschnitten, wohl um das Blut darauf zu analysieren. Ein Vorhang ist weg, vermutlich aus dem gleichen Grund.

Als ich schließlich in das Zimmer hineingehe, denke ich an Rachael, an das Massaker, und stelle mir eine Szene vor, die ich mir nicht vorstellen will. Rachael Schwartz ist zwar amisch aufgewachsen, war aber lange genug eine Englische, um in deren Welt gut zurechtzukommen. Sie war vermutlich keine Frau, die ihre Tür nachts nicht abschloss, auch nicht in einer Kleinstadt wie Painters Mill. Wahrscheinlicher ist es, dass zu später Stunde jemand geklopft hat. Hatte sie da schon geschlafen? Oder hatte sie mit ihrem Smartphone im Internet gesurft? In der Tür ist ein Guckloch. Hat sie durchgesehen und die Person auf der anderen Seite erkannt? Oder hat sie im Halbschlaf einfach aufgemacht?

Ich gehe ins Badezimmer und blicke mich um. Auf der Ablage liegen ein Hightech-Lockenstab und ihr eigener Föhn. Ihre Reisetasche und Handtasche werden gerade im Labor unter die Lupe genommen. Am Ende würde man alles ihrer Familie übergeben. Ich verlasse das Badezimmer und gehe zum Bett. Aus der Matratze wurde ein kleines Viereck herausgeschnitten, der Rand drum herum ist blutgetränkt. Blut auch an der Wand, kleine Spritzer in der Farbe braunroter Backsteine.

Alles weist darauf hin, dass Rachael im Bett lag und jemand an der Tür klopfte. Sie stand auf, öffnete und begrüßte die Person. Es wurde gesprochen. Kam es zu einem Streit? Sie wandte sich von ihm ab, und er schlug von hinten zu. Auf halbem Weg zum Nachttisch, nachdem der Killer wiederholt und wie von Sinnen auf sie eingeprügelt hatte, fiel sie zu Boden. Sie schaffte es zum Nachttisch, kroch übers Bett, fiel auf der anderen Seite hinunter. Versuchte, zur Tür zu kriechen, aber die Schläge kamen unaufhörlich …

»Du hast ihn gekannt, nicht wahr?«, flüstere ich.

Sie hatte sich gegen den Angreifer gewehrt. Um ihr Leben gekämpft. Ich rufe mir die Position ihres Körpers vor Augen: Kopf zur Tür gewandt, die Arme ausgestreckt und die Finger in den Teppichboden gekrallt. In dem Moment hat sie vermutlich gewusst, dass sie sterben würde.

»Warum hat er dir das angetan?«, sage ich laut.

Doch zur Antwort bekomme ich nur das leise Surren der Lampe und hundert weitere unbeantwortete Fragen, die durch meinen Kopf pulsieren.

* * *

Um zweiundzwanzig Uhr verlasse ich schließlich das Willowdell-Motel und mache mich auf den Weg nach Hause. Ich bin völlig übermüdet, muss duschen und etwas essen und brauche ein paar Stunden Schlaf. Doch mit einem Mörder auf freiem Fuß und den vielen unbeantworteten Fragen, die auf mich einprasseln, glaube ich nicht, dass das mit dem Schlafen klappen wird.

Warum war Rachael Schwartz in Painters Mill? Laut der Menschen, die sie kannten – Loretta Bontrager und ihre Eltern –, war sie seit Monaten nicht mehr in der Stadt gewesen. Niemand wusste, dass sie hier war. Wen wollte sie hier treffen? Welche Rolle spielt die Adresse der Bar auf dem Zettel in ihrem Auto? Da Tomasetti und ich in Wooster wohnen und ich viel zu überdreht bin, um zu schlafen, beschließe ich kurzerhand, zu der Bar zu fahren. Vielleicht erinnert sich dort ja jemand an

Rachael Schwartz? Ich fahre an der Straße vorbei, die zu unserer Farm führt, und fahre weiter auf der Ohio 83 Richtung Norden. Am Stadtrand von Wooster halte ich kurz auf dem Parkplatz des Fisher Auditoriums, tippe die Adresse der Bar ins GPS und folge den Anweisungen.

The Pub befindet sich im Nordwesten der Stadt. Das freistehende Backsteingebäude ist umgeben von einem Schotterplatz voller Schlaglöcher und Schlammpfützen. Eine No-Name-Tankstelle daneben ist hell erleuchtet, die grünen und weißen Neonlichter werben mit Zigaretten, Bier und Dieselbenzin. Weiter unten auf der Straße blinken die Lichter eines Bahnübergangs rot, die Schranken gehen runter und stoppen den Verkehr. In einer halb ländlichen Gegend wie dieser müsste so eine Kneipe um diese Zeit brummen, aber auf dem Parkplatz stehen nur vier Autos. Ich fahre ums Haus herum, wo ein Ford Escort nur wenige Meter von der Hintertür entfernt parkt. Quer daneben steht ein blauer Müllcontainer, aus dem Müllsäcke hervorquellen, um ihn herum ein paar streunende Katzen auf der Suche nach Nahrung.

Ich fahre zurück auf den vorderen Parkplatz und stelle den Wagen neben einem älteren Ford F-150 ab. Auf dem Weg zur Eingangstür höre ich das entfernte Läuten des Zuges.

Irgendwann habe ich Kneipen in zwei Kategorien eingeteilt: In der ersten bekommt jeder in Polizeiuniform einen kostenlosen Kaffee und, mit Glück, einen Burger. In der zweiten fegt der Anblick eines Polizisten den Schankraum im Nu leer. Beim Eintreten weiß ich sofort, dass diese hier zur ersten Kategorie gehört.

Aus den edlen Boxen unterhalb der Holzdecke ertönt »The Low Spark of High Heeled Boys«, ein alter Traffic-Song. Zwei Männer in Overalls mit Baseballcaps auf dem Kopf und einem Bierglas in der Hand sitzen an der Bar. Sie schenken mir keine

Beachtung, als ich an ihnen vorbeigehe. Ein dritter Mann mit Bart und Tarnjacke sitzt allein am Ende der Theke und verfolgt in dem Fernseher an der Wand, wie die Cavaliers die Golden State Warriors vernichtend schlagen. Zwei Frauen in engen Jeans und ebenso engen Shirts spielen Poolbillard und checken permanent ihre Handys. Der Barkeeper ist ein kräftiger Mann mit Pferdeschwanz, etwa Mitte vierzig, in kariertem Hemd mit hochgekrempelten Ärmeln und weißer Schürze um die Taille. Als ich mich dem Tresen nähere, nimmt er Blickkontakt auf.

»Was kann ich Ihnen bringen?«, fragt er.

»Haben Sie fertigen koffeinfreien Kaffee?«, frage ich.

»Nee«, sagt er. »Aber ich hab in der Küche eine Kaffeemaschine, die exzellenten Kaffee braut. Milch und Zucker?«

»Schwarz«, sage ich. »Danke.«

Nach kurzer Zeit kommt er zurück, Tasse mit Untertasse in der Hand. »Hier kommen selten Polizisten rein, die meisten bevorzugen die Sportbar auf der Südseite.« Er legt den Kopf zur Seite und liest das Abzeichen auf meiner Uniformjacke. »Sie sind weit weg von zu Hause.«

Ich nehme die Tasse und nippe vorsichtig am dampfenden Inhalt. Er ist stark und schmeckt leicht bitter. »Guter Kaffee.«

»Mir schmeckt er.«

Ich stelle mich vor. Sein Name ist Jack Boucher. Die Bar gehört ihm seit neun Monaten, und letzte Woche hat er das erste Mal Gewinn gemacht.

»Ich ermittele gerade in einem Fall.« Ich hole das Foto von Rachael Schwartz aus meiner Jackentasche und lege es zwischen uns auf den Tresen. »Haben Sie diese Frau schon einmal gesehen?«

Er zieht eine Lesebrille aus der Hemdtasche und betrachtet das Foto eingehend. »Wird sie vermisst oder so?«

»Ehrlich gesagt, handelt es sich um einen Mordfall.«

»Ach du Scheiße. Wow.« Er blickt wieder aufs Foto. »Hübsche Frau. Sieht ziemlich elegant aus.« Er schüttelt den Kopf. »Also hier war sie nicht, an sie würde ich mich erinnern.«

Er sieht weiter auf das Foto, so dass ich es auf der Theke liegen lasse. »War sie vielleicht hier, als Sie frei hatten?«

»Ich bin sieben Tage die Woche hier. Hab ein paarmal die Mittagsschicht gemacht, kann also sein, dass sie danach gekommen ist und ich sie verpasst hab.«

»Ist sonst noch jemand hier, mit dem ich reden kann?«, frage ich.

»Wenn ich nicht da bin, vertritt mich abends eine Barkeeperin«, sagt er. »Eine Teilzeit-Köchin hab ich auch noch, beide sind vor ein paar Stunden weg.«

»Sind sie morgen wieder hier?«

»Dixie kommt gegen elf. Sie ist meine Köchin. Rona, die Barkeeperin, kommt nachmittags gegen vier.«

Ich nicke. »Haben Sie eine Visitenkarte?«

»Klar.« Er nimmt eine Papierserviette von der Theke und zieht einen Stift aus seiner Hemdtasche. »Gleich fertig.« Grinsend schreibt er eine Telefonnummer auf. »Das ist das Festnetz. Wer immer gerade arbeitet, nimmt ab.«

Ich trinke noch einen Schluck Kaffee. »Gibt es hier Überwachungskameras?«

»Eine an der Hintertür. Vor ein paar Monaten wurde hier eingebrochen.« Er schüttelt den Kopf. »Aber das blöde Ding ist schon kaputt.«

Ich sehe mich in der Kneipe um. »Ist einer der Anwesenden hier Stammgast?«

»Die paar hier sind fast jeden Abend da«, sagt er. »Bis auf die Mädels, die Billard spielen. Aber mittags essen hier 'ne Menge Stammgäste, viele davon arbeiten in der Gegend. Wenn Sie wollen, können Sie gern mit allen reden.«

Ich nicke. »Wenn Ihnen doch noch irgendwas im Zusammenhang mit der Frau einfällt, rufen Sie mich an, ja?« Ich gebe ihm meine Visitenkarte.

»Mach ich.«

Ich nehme das Foto wieder an mich. »Danke für den Kaffee.«

»Viel Glück mit Ihrem Fall, Chief Burkholder. Hoffentlich finden Sie den Wahnsinnigen, der das getan hat.«

11. KAPITEL

Die Nächte waren eine einzige Qual. Die endlosen Stunden der Finsternis und Schlaflosigkeit, wenn das Nichtwissen und die Angst ihn wie ein Krebsgeschwür innerlich zerfraßen. Dann konnte er nichts weiter tun, als darüber nachzugrübeln, was er inzwischen für unvermeidlich hielt. Denn jetzt ging es nicht mehr darum, ob herauskommen würde, dass er es getan hatte – jetzt ging es nur noch um das Wann, wer es herausfinden und wie viel es ihn kosten würde. Das Schlimmste war jedoch, dass er absolut nichts tun konnte, um es aufzuhalten.

Und so saß er heute Nacht am Schreibtisch seines spärlich beleuchteten Büros und ging sämtliche Szenarien durch, die ihm möglich erschienen. Er dachte über alles nach, was passiert war, alles, was er getan hatte – damals wie heute. Doch am meisten dachte er darüber nach, was er *nicht* getan hatte, und er fragte sich, ob es nicht schon zu spät war, noch irgendetwas in Ordnung zu bringen.

Rachael Schwartz hatte in der kurzen Zeit, in der sie auf dieser Welt war, viele Leben zerstört. Sie benutzte Menschen, nahm sich, was sie wollte, und besaß eine wirklich bösartige Ader. Sie liebte sich selbst am meisten und hatte keinerlei Hemmungen, jeden zu vernichten, der sich ihr in den Weg stellte – und würde dabei noch freudig lachen.

Wie ironisch es da doch war, dass sie selbst jetzt, da sie tot war, noch sein Leben ruinierte.

Über ein Jahrzehnt lang hatte er so gut wie nie an sie gedacht. Und dann war aus heiterem Himmel dieser Anruf gekommen und hatte die vielen alten Fehler schlagartig zurückgebracht. *Ich habe Beweise*, hatte sie behauptet. Mit wenigen Worten hatte sie sein sorgfältig aufgebautes Leben auseinandergenommen und ihm in Brocken vor die Füße geworfen. Nach all dieser Zeit stellte sie Forderungen. Sie wollte, was – wie sie glaubte – rechtmäßig ihr gehörte, und verfluchte alle, die sich ihr in den Weg stellten, ihn eingeschlossen. Ihn besonders. Sie hatte seine Ehe bedroht, seine Karriere, das Wohl seiner Kinder – also jede Form von Zukunft und vielleicht sogar seine Freiheit. All das hatte sie mit großer Häme und eiskalter Meisterschaft über die Jahre perfektioniert.

Jetzt war sie tot. Eigentlich müsste er erleichtert sein, nun war die Erinnerung an sie nichts weiter als ein dunkler Fleck in seiner Vergangenheit. Aber es war nicht vorbei, das wusste er. Im Gegenteil, der Albtraum hatte gerade erst begonnen. Wie vielen Menschen hatte sie sich über die Jahre anvertraut? Wer könnte sich sonst noch dazu äußern? Hatte sie nur geblufft, als sie sagte, alles als »Versicherungspolice« aufgeschrieben zu haben, falls ihr etwas passieren sollte? Selbst tot würde das wertlose Miststück dafür sorgen, dass er für seine Schandtaten bezahlte.

Er wünschte nichts mehr, als dass er ihr niemals begegnet wäre.

Er gehörte nicht zu den Männern, die passiv abwarteten, was passierte, schon gar nicht, wenn so viel auf dem Spiel stand. Aber es gab kaum etwas, was er tun konnte, um sich selbst zu retten. Die Zeit für Schadensbegrenzung war längst verstrichen. Bald würden die Wölfe an seiner Tür kratzen, es war nur noch eine Frage der Zeit, bis sie hereinkamen und ihn in Stücke rissen.

Leise fluchend griff er nach dem Glas Bourbon, schwenkte die Eiswürfel darin und nahm einen Schluck. Er dachte über sein Leben nach. Wie weit er es gebracht hatte, was er alles erreicht hatte. Und er wusste, eine Sache gab es, die er sich zunutze machen konnte. Das Einzige, was die Wölfe in Schach halten würde. Rachael Schwartz hatte ihr Schicksal verdient – er war nicht der Einzige, der so dachte. Sie hatte es sich zur Gewohnheit gemacht, Leute zu verarschen, auszunutzen und Freundschaften zu missbrauchen. Menschen wie sie hatten viele Feinde – und er war zweifelsohne nicht der Einzige, der von ihrem Tod profitierte. Er musste die anderen nur finden, sie ins Spiel bringen. Wenigstens würde das den Druck auf ihn mindern, und er würde Zeit gewinnen. Jedenfalls war es ein Ansatzpunkt.

Gott allein wusste, was dann passieren würde.

Er würde sich nicht das Leben kaputtmachen lassen wegen dem, was er getan hatte. Und ganz bestimmt würde er es sich nicht kaputtmachen lassen wegen etwas, was er *nicht* getan hatte. Und wenn das bedeutete, dass er einen Sündenbock finden musste, dann sei's drum. Es wäre nicht das erste und ganz bestimmt nicht das letzte Mal.

Mit diesem Gedanken im Kopf, knipste er das Licht aus, stand vom Schreibtisch auf und ging zur Tür.

12. KAPITEL

Tag 2

Wenn bei einer Mordermittlung eines immer zu kurz kommt, dann ist es der Schlaf. Nicht, weil zu viel zu tun ist oder zu vieles auf einmal passiert, sondern weil jeder Polizist, der etwas taugt, weiß, wie wichtig die ersten achtundvierzig Stunden für die Aufklärung eines Falls sind. Denn wenn nicht schnell etwas passiert, läuft einem die Zeit davon. Wie Tomasetti gern sagt: »Sich beeilen und abwarten.«

Nachdem ich letzte Nacht aus der Kneipe nach Hause gekommen war, konnte ich nicht schlafen und verbrachte die frühen Morgenstunden mit der Lektüre von Rachaels Buch *AMISCHER ALBTRAUM: Wie ich den Klauen der Selbstgerechten entkam*. Ich las mit der Absicht, etwas herauszufiltern, was mir eine Theorie, ein Motiv oder eine verdächtige Person lieferte, aber das Werk war im Wesentlichen sensationsheischender Schund. Doch eine Person stach besonders hervor: der sogenannte »Bischof« der Killbuck-Amischen, Amos Gingerich. Ich weiß nicht, ob die Einzelheiten im Buch Fakt oder Fiktion sind, jedenfalls muss ich Gingerich einen Besuch abstatten.

Kurz nach drei Uhr morgens hatte ich den Schmarren durch, aber ich konnte nicht aufhören, über den Fall nachzudenken.

Ich bin eine erfahrene Polizistin und habe schon mit mehr als genug Gewaltverbrechen zu tun gehabt. Aber die Brutalität dieses Mordes erschüttert mich. Wer hasste Rachael Schwartz so sehr, dass er sie zu Tode prügelte? Und warum?

Jede beantwortete Frage zieht ein Dutzend weitere Fragen nach sich. Wobei eine besonders ins Auge fällt: Niemand konnte mir sagen, warum sie nach Painters Mill gekommen war. Ihre Eltern nicht, Loretta Bontrager nicht und auch nicht ihre Geschäftspartnerin und selbsternannte beste Freundin.

Doch irgendjemand hatte es gewusst.

Rachael Schwartz war erst dreißig Jahre alt. Sie war Tochter, Freundin, Geschäftsfrau und Liebende. Sie hatte die Leute zum Lachen gebracht und zum Weinen, und wie es aussieht, hatte sie auch Zorn geschürt. Laut der Menschen, die ihr am nächsten standen, war sie ein Hitzkopf mit einer gemeinen Ader und genoss es, die Gemüter zu erregen. Hatte sie dabei eine Grenze überschritten, so dass jemand durchgedreht war?

Dass ich sie in jungen Jahren gekannt habe, hilft zwar, mir ein Bild von ihr zu machen, ist aber gleichzeitig zu kurz gedacht – wenn ich nicht aufpasse, könnte es mich in die Irre führen. Denn wir hatten in einer Zeit meines Lebens Kontakt, als auch ich Probleme mit den Amischen hatte und im Stillen den kleinen Wildfang bewunderte, der mit nichts hinterm Berg hielt. Und ich gebe es nur ungern zu, aber sie gefiel mir, denn ich verstand sie wie sonst wohl niemand.

Da Amische von Kindesbeinen an die Sitten und Gebräuche ihrer Glaubensgemeinschaft lernen, sind diese tief in ihnen verwurzelt. Fast achtzig Prozent der amischen Jugendlichen treten nach ihrer *Rumspringa* der Kirche bei, ein für die große Mehrheit endgültiger Schritt. Ein wesentlicher Unterschied zwischen Rachael und mir ist, dass ich die Glaubensgemeinschaft aus eigenem Antrieb verlassen hatte. Rachael Schwartz hingegen wurde ausgeschlossen. Erst jetzt wird mir bewusst, dass ich nicht einmal den Grund dafür kenne.

Man kann sich kaum vorstellen, dass Amische etwas mit dem Mord zu tun haben. Sie sind Pazifisten, und die Art und

Weise, wie Rachael Schwartz umgebracht wurde, war unfassbar gewalttätig. Gleichwohl haben sie, wie andere Menschen auch, charakterliche Schwächen und Unzulänglichkeiten, weshalb ich herausfinden muss, warum Rachael exkommuniziert wurde und wer es veranlasst hatte.

Als ich unser Haus verlasse, färbt der Sonnenaufgang den Himmel im Osten gerade in ein sanft violettes Licht. Beim Abzweig auf die Ohio 83 in Richtung Süden rufe ich Tomasetti an.

»Wie ist es mit Moskowski gelaufen?«, frage ich.

»Die Polizei in Cleveland hat ihn bis zu meiner Ankunft vorübergehend in Gewahrsam genommen«, sagt er. »Sie haben ihn bewusst nicht vorgeladen, damit das Ganze einen offiziellen Charakter hat. Er behauptet, in der Mordnacht zu Hause gewesen zu sein. Allein.«

»Kein Alibi«, murmele ich.

»Richtig.«

»Und was ist dein Eindruck?«

»Der Typ ist aalglatt. Ein Spieler. War die ganze Zeit über cool und hat sich darüber ereifert, dass die bescheuerten Cops ihn einfach abholen und gegen seinen Willen festhalten können.«

»Wie hat er auf die Nachricht von Schwartz' Tod reagiert?«

»Er wirkte geschockt. Interessanterweise schien er nicht allzu betroffen, dass die Frau, die er angeblich liebte, ermordet wurde. Andererseits stellte er die richtigen Fragen, aber er ist ja auch kein Dummkopf. Hat sich einen Anwalt genommen.«

»Klar«, murmele ich. »Weißt du Einzelheiten über die häusliche Gewalt, die ihr vorgeworfen wurde? Laut LEADS hatte er die Polizei gerufen.«

»Im Bericht steht, dass Schwartz stockbetrunken war und während eines Streits auf Moskowski eingeschlagen hat, woraufhin er die Polizei rief. Sie wurde verhaftet, hat eine Nacht in der Gefängniszelle verbracht, aber die Anklage wurde später fallen gelassen.«

»Steht was darüber drin, worum es in dem Streit ging?«

»Moskowski sagt, sie hätte ihn beschuldigt, mit einer anderen Frau zu schlafen. Er behauptet, Schwartz war eifersüchtig und dass das typisch für sie war.« Er nennt einen Namen, der mir aber nichts sagt. »Die mutmaßlich andere Frau wohnt hier in Cleveland. Ich bin gerade auf dem Weg dorthin, um mit ihr zu reden. Mal sehen, ob was dabei rauskommt.«

»Habt ihr bei Schwartz zu Hause irgendetwas Interessantes gefunden?«, frage ich.

»Wir haben ihren Laptop und einige Kartons mit Papieren und Korrespondenz mitgenommen. Wird gerade gesichtet.« Eine kurze Pause, dann: »Ich hab die Sachen kurz durchgesehen und einige Briefe von Amos Gingerich gefunden. Offensichtlich war er nicht gerade glücklich über das Enthüllungsbuch, das sie veröffentlicht hatte.«

»Hat er ihr gedroht?«

»Indirekt. Es war viel die Rede von Märtyrern.«

Mir fällt das Gespräch mit Loretta Bontrager ein und ihre Bemerkungen über Amos Gingerich und den *Märtyrerspiegel*. »Kannst du mir Kopien von den Briefen schicken?«

»Mach ich.« Er hält inne. »Da ist noch etwas, was aber nicht unbedingt mit der Sache zu tun haben muss. Es sieht so aus, als hätten Rachael Schwartz und Andrea Matson über ihre Verhältnisse gelebt. Ich hab mir die Geschäftsbücher ihres Restaurants angesehen, sie haben kaum Gewinn gemacht. Trotzdem wohnen sie in einem der exklusivsten Viertel der Stadt.«

»Und woher haben sie dann das Geld?«

»Das versuchen wir gerade herauszufinden«, sagt er. »Gibt's bei dir was Neues?«

»Ich trete mehr oder weniger auf der Stelle.«

»Wir sind immer noch am Anfang.«

Ich lächele, vermisse ihn. »Tu mir einen Gefallen und komm heute Abend nicht allzu spät, ja?«

»Versprochen.«

* * *

Normalerweise ist es um diese Uhrzeit noch ruhig auf dem Revier. Aber heute Morgen sind alle schon da, die Mordermittlung läuft auf Hochtouren, und die Buschtrommeln sind voll in Aktion. Mona hilft in der Telefonzentrale mit dem nonstop klingelnden Telefon, das Headset auf den leicht verwuschelten Haaren. Lois hat die Frühschicht in der Zentrale und sitzt auf ihrem Stuhl, den Telefonhörer zwischen Kopf und Schulter geklemmt. Als sie mich kommen sieht, wedelt sie mit einem Stapel rosa Telefonnachrichten in meine Richtung.

Ich grinse ihnen zu. »Guten Morgen.«

Beide Frauen lauschen den Anrufern und formen dabei mit den Lippen eine lautlose Begrüßung.

»Briefing in zehn Minuten«, sage ich. »Trommel alle zusammen.«

Lois zeigt mit dem Daumen nach oben.

An der Kaffeetheke nehme ich mir die größte Tasse, fülle sie randvoll und überfliege die Telefonnachrichten. Tom Skanks, Besitzer der Butterhorn Bakery weiter unten in der Straße, will wissen, ob in Painters Mill ein Serienkiller frei rumläuft. Stadträtin Janine Fourman erinnert mich daran, dass sich eine Gewalttat in Painters Mill negativ auf den Tourismus auswirken wird, nicht nur auf die Läden, sondern auch auf die Restaurants und Bed-&-Breakfast-Unterkünfte. Sie schlägt vor, dass ich sofort Hilfe bei einer größeren, kompetenteren Polizeibehörde anfordere, um sicherzustellen, dass zur Aufklärung des Verbrechens das nötige Fachwissen herangezogen wird.

Ich seufze kopfschüttelnd, gehe in mein Büro und sehe meine Notizen durch, wobei ich Mühe habe, meine eigene Handschrift zu entziffern.

»Alle sind bereit, Chief«, sagt Mona, die in der Tür steht.

Noch vor ein paar Jahren überraschte es nicht, wenn sie im bustierartigen Top, Minirock und mit lila gesträhnten Haaren zur Arbeit kam und von der letzten Nacht noch nach Zigarettenrauch roch. Aber diese Zeiten sind lange vorbei, und obwohl sie die Nacht durchgearbeitet hat, trägt sie heute Morgen Uniform, hat die Haare im Nacken zusammengebunden und nur dezentes Make-up aufgelegt. Eine echte Polizistin. Und im Gegensatz zu mir sprüht sie vor Energie.

Ich stelle die Tasse auf den Schreibtisch, fühle mich ... alt. »Haben Sie Zeit, dabei zu sein?«

Sie grinst. »Aber sicher.«

Ich nehme meine Notizen, und wir machen uns zusammen auf zur »Kommandozentrale«, einem zum Besprechungszimmer umgewandelten und von Mona »gestalteten« Lagerraum. Meine gesamte Mannschaft ist da, und ich gehe zum Pultaufsatz am Ende des Tisches. Rechts davon sitzt Rupert »Glock« Murdoch, vor sich einen Spiralblock und Stift. Er ist ein ehemaliger Marine, Baseball-Coach für Kids und hat drei eigene Kinder. Er ist der erste Afroamerikaner, der dieses Revier mit seiner Kompetenz bereichert hat.

Neben ihm sitzt Roland »Pickles« Shumaker mit einem Coffee to go von *LaDonna's Diner*. Im Vorbeigehen ist mir leichter Zigarettenrauch und der Duft von Aftershave – English Leather – in die Nase gestiegen. Er ist inzwischen Ende siebzig und arbeitet nur noch zehn Stunden die Woche – seine Zeit als Lotse am Zebrastreifen vor der Schule mit eingerechnet –, aber seine Uniformhose hat stets eine akkurate Bügelfalte, sein Haar und Spitzbart sind in einem nicht besonders natürlichen

Braunton gefärbt, und die Cowboystiefel von Lucchese, sein Markenzeichen, sind auf Hochglanz poliert. Zwar ist Pickles ein alter Hase, aber ich habe die ganzen sechzig Seiten seiner Personalakte gelesen und bin dabei oft auf Sätze wie »mehr als seine Pflicht erfüllt« und »sein Leben riskiert« gestoßen. Er hat viele Jahre undercover bei der Drogenfahndung gearbeitet und war maßgeblich an einer der größten Drogenrazzien in der Geschichte von Holmes County beteiligt.

Pickles gegenüber sitzt Chuck »Skid« Skidmore, der heute Morgen etwas mitgenommen aussieht. Er ist der Spaßvogel des Reviers, arbeitet vorzugsweise die zweite Schicht und meidet die Frühschicht, was man jetzt bei seinem Anblick gut versteht. Ich habe ihn eingestellt, kurz nachdem ich hier Chief geworden bin und er bei der Polizei in Ann Arbor wegen Alkohol im Dienst rausgeflogen war. Aber ich mochte ihn und fand, dass er eine zweite Chance verdient hatte. Und die hab ich ihm dann gegeben, jedoch mit der Warnung, dass er sofort rausgeworfen wird, wenn er im Dienst trinkt. Er hat mein Vertrauen in ihn – und sich selbst – nie enttäuscht.

T. J. Banks war bis zu Monas Beförderung der jüngste Officer im Revier. Mit seinen achtundzwanzig Jahren nimmt er seinen Job sehr ernst, übernimmt bereitwillig die Nachtschicht und meldet sich immer als Erster, wenn Überstunden gemacht werden müssen. Er sieht aus, als könnte ihn kein Wässerchen trüben, ist charmant und ständig damit beschäftigt, eine neue Freundin an Land zu ziehen oder die derzeitige zu verabschieden.

Mona sitzt neben T. J. und blickt aufs Display seines Smartphones, wo er ihr wahrscheinlich irgendeine Cop-Story zeigt, die durch Schönfärberei mächtig aufgeblasen wurde. Es sieht nicht so aus, als kaufe sie ihm die Geschichte ab, aber sie gönnt ihm sein Vergnügen. »*Nettes Mädchen*«, denke ich und blicke auf meine Notizen.

»Wie Sie alle wissen, wurde letzte Nacht die dreißig Jahre alte Rachael Schwartz in ihrem Zimmer im Willowdell-Motel ermordet. Unser Revier ist primär zuständig, BCI und das Holmes-County-Sheriffbüro unterstützen uns. Der oder die Täter konnten bis jetzt noch nicht gefasst oder identifiziert werden. Das heißt, bis wir den Täter verhaftet haben, sind alle zu Überstunden verpflichtet.«

Ich blicke auf meine Notizen. »Doc Coblentz hat sich zu Todesart und -ursache noch nicht abschließend geäußert, aber es war eindeutig Mord. Die nächsten Verwandten wurden verständigt.« Ich blicke auf. »Ich muss Ihnen nicht sagen, dass Sie mit niemandem über den Fall reden dürfen und Presseanfragen an mich weiterzuleiten sind.«

Ich gebe Glock die Aktenmappe mit den Tatortfotos, Berichten, Notizen und allen anderen Unterlagen, die ich bislang gesammelt habe; er wird sich das Material ansehen und es dann weiterreichen.

»Alles deutet darauf hin, dass die Frau zu Tode geprügelt wurde«, sage ich, an ihn gewandt. »Die Tatwaffe wurde nicht gefunden, was wir aber unter Verschluss halten. Der Leichenbeschauer wollte sich zwar nicht festlegen, doch es handelt sich dabei wahrscheinlich um ein Stück Rohr, einen Baseballschläger oder ein gleichermaßen schweres, stumpfes Objekt.«

Ich sehe Skid an. »Ich möchte, dass Sie und T. J. zurück zum Motel fahren und weiter nach der Tatwaffe suchen. Weiten Sie den ursprünglich festgelegten Bereich aus. Wir haben gestern schon einiges geschafft, mussten aber abbrechen, weil es zu dunkel wurde. Checken Sie die Straßengräben auf beiden Seiten der Straße, den Wald, die Felder, gehen Sie die ganze Strecke bis zum Highway ab. Kontrollieren Sie alle Müllcontainer in dem Bereich. Unten an der Straße ist eine Tankstelle. Wenn es Überwachungskameras gibt, besorgen Sie mir die Videos.«

Skid wirft T. J. ein müdes Lächeln zu. »Diese Woche können wir uns das Fitnessstudio schenken«, sagt er.

»Gern geschehen«, sage ich grinsend und wende mich Glock und Pickles zu. »Ich möchte, dass Sie beide noch einmal sämtliche Gäste und Besucher befragen, die vierundzwanzig Stunden vor und nach dem Mord im Motel waren. Eine Person hatte vor unserem Eintreffen bereits ausgecheckt. Finden Sie sie und reden Sie mit ihr.«

Pickles zieht den Hosengürtel hoch, bläht die Brust auf. »Machen wir.«

Ich wende mich an Mona. »Und Sie sehen sich bitte Rachael Schwartz' Profile in den sozialen Medien an. Einige davon habe ich letzte Nacht überflogen, sie ist aktiv und umstritten. Twitter, Facebook, Instagram. Finden Sie heraus, ob sie mit anderen im Clinch lag oder Konflikte hatte. Berichten Sie mir alles, was Ihnen auffällt, wir werden der Sache dann nachgehen.«

Sie tippt sich mit Zeige- und Mittelfinger salutierend an die Schläfe.

»Lois.« Meine Mitarbeiterin in der Telefonzentrale steht in der Tür. Sie hat das Headset auf dem Kopf, um das Klingeln des Telefons zu hören. »Sie richten bitte eine Hotline ein. Fünfhundert Dollar Belohnung für sachdienliche Hinweise. Ich habe Ihnen eine Pressemitteilung gemailt. Können Sie mal kurz drüberschauen?« Ich lächele. »Und verschicken Sie sie an die lokalen Medien – Steve Ressler vom *The Advocate*, Millersburg, Wooster, die Rundfunkanstalt in Dover.«

»Wird gemacht«, sagt sie und macht sich Notizen.

Ich habe keine Ahnung, wo das Geld für die Belohnung herkommen soll. Wenn es so weit ist, wird mir schon was einfallen.

»Und setzen Sie sich mit den IT-Leuten in Verbindung, die die Painters-Mill-Website betreuen. Sie sollen die Nummer der Hotline am Anfang und Ende hinzufügen, so dass sie nicht zu übersehen ist. Das Gleiche gilt für unsere Profile in den sozialen Medien.«

»Okay.«

Ich wende mich noch einmal an das gesamte Team. »Wir bekommen bereits Anrufe von besorgten Bürgern. Zeigen Sie so viel wie möglich Präsenz in der Stadt und bemühen Sie sich, die Leute zu beruhigen.«

»Sagen Sie Tom Skanks, gratis Apfel-Beignets und Kaffee würden helfen, die örtlichen Beschützer wachsam zu halten«, murmelt Skid.

»Und vergessen Sie das neue Café nicht«, bemerkt Glock.

»Mocha Joe's«, klärt T. J. diejenigen auf, die noch nichts von dem netten, etwas feineren Café in der Stadt gehört haben.

Ich versuche, ein Lächeln zu unterdrücken, was mir nicht ganz gelingt. »Mal sehen, was sich machen lässt.«

An der Hüfte vibriert mein Handy, auf dem Display erscheint: HOLMES CNTY CORONER. Ich sehe auf. »Mein Handy ist sieben Tage die Woche an«, sage ich. »Tag und Nacht. Und jetzt machen wir uns an die Arbeit.«

13. KAPITEL

Loretta Bontrager konnte sich nicht daran erinnern, wann sie das letzte Mal in so freudiger Erregung gewesen war. Ein neugeborenes Baby zum ersten Mal zu sehen war ein besonderes Ereignis im amischen Leben, speziell für die Frauen. Sie kannte Mary Sue Miller schon fast ihr ganzes Leben lang. Sie waren zusammen zur Schule gegangen, hatten als Kinder in Amos Yoders Maisfeldern Verstecken gespielt, waren ungefähr zur gleichen Zeit getauft worden und hatten beide innerhalb weniger Wochen geheiratet. Es war Marys viertes Kind. Baby Perry war erst wenige Tage alt, aber schon hatte Mary sich ausreichend erholt, um ihn der Gemeinde vorzustellen.

Kinder waren ein Geschenk Gottes. Loretta konnte es kaum erwarten, das Baby einmal im Arm zu halten. Welch große Freude es doch war, ein Neugeborenes, genau wie ihre *Mamm* immer sagte: Kinder sind der einzige Schatz, den man in den Himmel mitnehmen kann.

Doch obwohl Loretta sich für ihre Freundin so sehr freute und das neueste Mitglied der Familie unbedingt kennenlernen wollte, wurde alles überschattet durch den Tod von Rachael Schwartz. Loretta musste ständig an sie denken. Sie hatte weder essen noch schlafen können. Seit es passiert war, schien ihr Kopf wie in Nebel gehüllt, und das war noch nicht das Schlimmste. Denn trotz ihrer inbrünstigen Gebete wurde sie nachts von Albträumen heimgesucht. Dunkle Bilder ließen sie heftig atmend und weinend und mit schwerem Herzen aus dem Schlaf hochschrecken.

Loretta hatte sich Rachael näher gefühlt als ihrer eigenen Schwester. Auch sie selbst hatte gegen die Regeln verstoßen, indem sie mit Rachael in Kontakt blieb, nachdem diese die Glaubensgemeinschaft verlassen hatte. Denn im Grunde hatte Loretta sich immer Sorgen um sie gemacht – wegen ihrer Lebensweise, dem fehlenden Glauben. Sie wusste Dinge über Rachael – Dinge, die ihr selbst jetzt noch Angst machten. Sie hatte für das Wohlergehen ihrer Freundin gebetet, für ihr Glück, aber am allermeisten hatte sie für ihre Seele gebetet.

Jetzt, da Rachael tot war, beunruhigten Loretta nicht nur ihr grausamer Tod und das Schicksal ihrer Seele, sondern auch die Geheimnisse, die Rachael mit ins Grab genommen hatte.

»*Mamm*, ich hab die *bott boi* angestoßen, und dabei ist ein Stück Kruste abgebrochen.« Fleischpastete.

Die Stimme ihrer Tochter ließ Loretta beim Fahren hochschrecken, und sie sah zu ihr hinüber. Die dunklen Gedanken beherrschten sie so sehr, dass sie alles um sich herum vergessen hatte, was an so einem schönen Frühlingsmorgen nicht sein sollte. Beim Anblick von Fannies hübschem Gesicht lächelte sie. »Zeig mal«, sagte sie.

Ihre Tochter hob die Folie hoch, und tatsächlich war ein Stück Schmalzkruste von einer der Fleisch- und Kartoffelpasteten abgebrochen, die sie heute früh noch vor fünf Uhr gebacken hatte.

»Sieht aus, als hätte eine kleine Maus sich ein Stück von der Kruste stibitzt«, sagte Loretta.

Fannie grinste. »Ich war's nicht.«

»Wenn das so ist, dann drück es einfach wieder dran, und bei Mary wird es niemand merken.«

Sie fuhren mit dem Buggy in ordentlichem Tempo die Landstraße entlang. Die Weiden ringsherum waren bereits erstaunlich grün, die Bäume in den Wäldern trieben explosionsartig aus, und die Luft war voller Vogelgezwitscher. Nach dem langen und kalten Winter genoss Loretta den milden Tag.

Wieder blickte sie zu ihrer Tochter und beobachtete lächelnd, wie diese die abgebrochene Kruste fest an die Pastete drückte. »Wenn wir Milch dabeihätten, könnten wir sie damit festkleben«, sagte Loretta.

Wahrscheinlich hatte sie viel zu viel Essen für Mary und ihre Familie dabei. Aber ein Neugeborenes machte viel Arbeit, und eine junge Mutter war schnell erschöpft. Außerdem liebte Loretta sie sehr und hoffte, ihr ein wenig helfen zu können, während sie dort waren. Wenn Mary es zuließ.

Loretta war wieder so sehr in Gedanken vertieft, dass sie erst im letzten Moment das Auto wahrnahm, das die Straße blockierte.

»Brrr!«, rief sie laut.

Das Pferd blieb so abrupt stehen, dass die Stahlräder kreischend über den Asphalt rutschten.

»*Mamm?*«

Als Loretta den Buggy ein paar Schritte zurücklenkte, spürte sie den fragenden Blick ihrer Tochter auf sich. Sie selbst starrte zur Tür der Fahrerseite, die jetzt aufging, und ihr blieb das Herz stehen, als er ausstieg. Bewegungslos und die Zügel fest umklammernd, sah sie ihn auf sich zukommen.

Der Mann hatte sichtlich keine Eile.

»Wickel die Folie wieder um die *bott boi*«, sagte sie zu Fannie, um sie abzulenken. Die Pastete hätte durchaus unbedeckt bleiben können.

»Ein schöner Morgen für eine Buggyfahrt«, sagte der Englische und blieb neben ihnen stehen.

Loretta erwiderte nichts. Sie hatte Mühe, den Blick auf ihn zu richten. Oder zu atmen. Sie wusste, was er in ihren Augen sehen würde – Angst, Wissen, Geheimnisse. Über die Jahre war sie ihm Dutzende Male in der Stadt begegnet, und jedes Mal innerlich zusammengezuckt. Solche Gedanken dürfte sie nicht haben, aber sie mochte ihn nun einmal nicht.

Weil sie Dinge über den Mann wusste, die sie nicht wissen wollte. Sie hatte zwar keine Ahnung, ob er sich an sie erinnerte, ob er von ihrer Freundschaft mit Rachael wusste. Trotzdem tat sie alles, um ihm aus dem Weg zu gehen.

»Hallo, junges Fräulein«, sagte er zu Fannie.

Wie er ihre Tochter ansah, machte Loretta nervös. Bevor sie darauf reagieren konnte, griff er in seine Tasche und holte eine Tüte mit Schokolade überzogenen Erdnüsse heraus, wie sie im Lebensmittelladen im Regal an der Kasse lagen. Er streckte den Arm aus und bot sie dem Mädchen an. »Magst du Schokolade?«, fragte er. »Die hier esse ich am liebsten.«

Fannie nickte und wollte gerade ihre Hand ausstrecken, als Loretta schnell die Fleischpastete von ihrem Schoß nahm und sie ihr in die Hand drückte. »Nimm die und leg sie auf die Rückbank«, sagte sie auf *Deitsch*. »Wir wollen doch nicht, dass noch mehr von der leckeren Kruste abbricht, oder?«

Neugierig, was es mit dem Englischen auf sich hatte, kam das Mädchen der Aufforderung nur zögerlich nach.

»Mach schon«, stupste Loretta sie an, »geh nach hinten. Und sieh zu, dass die Kasserolle auch mit Folie bedeckt ist. Halt sie auf dem Schoß fest, damit sie nicht zu sehr umherrutscht.«

Während das Mädchen mit der Pastete in der Hand nach hinten kletterte, zwang Loretta sich, dem Mann, der neben ihrem Buggy stand, ins Gesicht zu blicken. Doch es gelang ihr nicht, den Schauder zu ignorieren, der ihr dabei über den Rücken lief.

»Was wollen Sie?«, fragte sie.

»Süßes Mädchen.« Er sah zu, wie Fannie sich auf der Rückbank niederließ. »Wird mal hübsch sein, wenn sie älter ist«, sagte er. »Wie Sie.«

Loretta blickte hinab auf ihre zitternden Hände und lockerte den Griff um die Zügel.

»In dem Alter sind Kinder unschuldig«, sagte er. »Wie alt ist sie? Zehn? Zwölf?« Als sie nicht antwortete, fuhr er fort. »Ich hab vier zu Hause, zwei Jungen und zwei Mädchen. Und noch eins unterwegs. Junge, Junge, die halten mich und meine Frau ganz schön auf Trab.« Er zuckte die Schultern. »Die Kindheit ist eine wichtige Zeit. Für amische Kids auch, oder?«

Sie sagte nichts.

Er redete weiter, als hätte er keine Antwort erwartet. »Da will man auf jeden Fall verhindern, dass ihnen etwas Schlimmes zustößt. Narben und so. Besonders bei Mädchen. Ich glaube, kleine Mädchen brauchen ihre Mama noch mehr als Jungen, stimmt's?«

»Alle Kinder brauchen ihre Eltern«, sagte sie leise und ärgerte sich über das Zittern in ihrer Stimme. Dass er die Macht hatte, ihr Angst zu machen – dass sie nichts dagegen tun konnte –, beunruhigte sie so sehr, dass ihr der Atem stockte.

»Ich sage ja nur, dass Kinder wahrscheinlich weniger Probleme im Leben haben, wenn sich ihre Eltern in der Jugend um sie kümmern. Sie in den Teenagerjahren anleiten und so.«

Loretta wusste nicht, was sie darauf erwidern sollte. Er sprach in Rätseln, und sie war nicht sicher, was er meinte oder wohin das Gespräch führen sollte. Sie wusste nur, dass sie nicht mit ihm reden wollte. Er hatte ihr zwar nicht gedroht, aber wie er sie ansah und was er sagte, wie er es sagte, machte ihr Angst. Sie wollte nicht, dass er über ihre Tochter redete, dass Fannie ihm ausgesetzt war. Sie fühlte sich auf dieser Nebenstraße allein mit ihm nicht sicher.

Sie nahm die Zügel wieder fest in die Hand. »Ich muss los.«

»Ich habe Sie nicht grundlos angehalten.« Er rückte ein wenig dichter an sie heran. »Haben Sie gehört, was mit Ihrer alten Freundin passiert ist?«

Loretta schnalzte mit der Zunge und ruckelte an den Zügeln, aber er packte die Lederriemen und hielt sie fest, so dass das Pferd stehen blieb. »Die, die einmal amisch war. Die Blonde. Wie hieß sie doch gleich? Rachael?« Er nickte. »Richtig, Rachael Schwartz. Die Hübsche.«

Sie schloss die Augen, wollte nicht an Rachael und was ihr passiert war, denken. Und ganz bestimmt wollte sie nicht mit diesem Schwein von Mann darüber sprechen. »Darüber will ich nicht reden. Nicht mit Ihnen.«

Er drehte den Kopf, ließ den Blick über die Straße vor und hinter dem Buggy wandern. Sie starrte sein Profil an, sah seine Wangenmuskeln arbeiten. Wut, dachte sie, und ihre Angst wurde noch größer.

»Ich hab gehört, sie hat einige Lügen über mich verbreitet«, sagte er. »Vielleicht auch Ihnen gegenüber.«

»Ich weiß nicht, wovon Sie sprechen.«

»Nun, wenn das so ist, kläre ich Sie gern auf.« Er beugte sich noch dichter zu ihr vor. »Was immer sie gesagt hat, war gelogen. Nichts ist passiert, verstanden?«

Sie starrte ihn an, unfähig zu sprechen, schaffte mit Müh und Not ein kleines Kopfnicken.

»Wenn Sie also klug sind«, seine Stimme wurde zu einem heiseren Flüstern. »Wenn Ihnen das Wohl des kleinen hübschen Mädchens auf der Rückbank am Herzen liegt, dann halten Sie Ihre verdammte Klappe. Haben Sie mich verstanden?«

Sie schluckte, zuckte mit dem Kopf. »Ich weiß nichts.«

»Ihre Freundin war eine Lügnerin«, sagte er. »Sie hat Sachen erfunden. Hässliche Sachen, fernab der Wahrheit. Wir wissen das beide, ja? Jeder in der Stadt weiß das. Sogar die Amischen wissen es, Himmelherrgott. Was immer sie Ihnen erzählt hat, war gelogen. Sie müssen es vergessen, aus dem Kopf kriegen. Kapiert?«

Ihr Herz pochte so laut in ihren Ohren, sie konnte kaum seine Stimme hören. Und ihre Kehle war wie zugeschnürt und so trocken, dass sie die Worte fast nicht herausbrachte. »Sie hat mir nichts erzählt.«

»Das kann ich mir nicht vorstellen.« Sein Blick wanderte zu dem Mädchen auf der Rückbank und wieder zu ihr. »Ich würde ungern sehen, dass Ihnen oder – Gott bewahre – Ihrer Tochter etwas Schlimmes passiert.«

»Bitte«, flüsterte Loretta.

Grinsend ließ er die Lederriemen los und trat vom Buggy zurück. »Meine Damen, nehmt euch da draußen in Acht.«

Lorettas Hände zitterten so heftig, sie konnte kaum die Zügel festhalten. »*Kumma druff!*« Weiter geht's.

Das Pferd schreckte auf und trabte los.

Als sie ihr Gespann um sein Auto herummanövrierte, spürte Loretta seinen Blick auf sich. Sie wagte es nicht, ihn beim Vorüberfahren anzusehen. Doch sie wusste, welche Gefahr von ihm ausging.

14. KAPITEL

Um zehn Uhr morgens treffe ich in Millersburg im Pomerene-Hospital ein. Ich parke neben dem Säulenvorbau der Notaufnahme und gehe durch die Doppelglastür ins Gebäude, wo ich schnurstracks den Aufzug ansteuere und den Knopf drücke. Die ehrenamtliche Mitarbeiterin am Empfangsschalter winkt mir zu, ich winke zurück und quäle mir ein Lächeln ab. Als die Türen surrend schließen, hole ich die Tube Blistex aus der Jackentasche und schmiere mir einen Klecks davon unter die Nase. Als die Türen wieder öffnen, bin ich gewappnet für das, was mich erwartet.

In dem hellblau gestrichenen und mit grauem Teppichboden ausgelegten Empfangsbereich stehen ein schöner Kirschholzschreibtisch und mehrere bunt gemusterte Stühle.

»Hi, Chief Burkholder.«

Carmen Anderson erledigt schon seit mehreren Jahren die administrativen Arbeiten für Doc Coblentz. Sie ist professionell und macht ihre Arbeit gut, und obwohl sie den größten Teil des Tages in unmittelbarer Nähe von Toten verbringt, ist sie stets gut gelaunt. Heute Morgen trägt sie ein geblümtes Wickelkleid mit rotem Gürtel, einen schwarzen Blazer und hochhackige Pumps.

»Hi.« Ich bleibe vor ihrem Schreibtisch stehen und trage mich in das Besucherbuch ein. »Wissen Sie, dass Sie zu den bestangezogenen Frauen in Painters Mill gehören?«

Sie strahlt mich an. »Vielen Dank, Chief. Ich krieg hier unten selten Komplimente.«

Wir lachen beide. »Ist der Doc da?«, frage ich.

»Er erwartet Sie.« Sie steht auf und zeigt zur Tür am Ende des Korridors mit der Aufschrift: ZUTRITT NUR FÜR MITARBEITER.

Während ich den Flur hinuntergehe und die Tür aufstoße, denke ich nicht darüber nach, warum ich hier bin, sondern konzentriere mich auf die Fragen, die mir im Kopf herumschwirren. Geradeaus ist der Autopsieraum, ebenso die Nische mit der Schutzkleidung für Besucher, die wie ich in amtlicher Funktion hier sind. Links von mir sehe ich durch die geöffneten Jalousien des verglasten Büros Doc Coblentz am Schreibtisch sitzen. Er hat die Reste eines Fast-Food-Frühstücks vor sich stehen und einen Coffee-to-go-Becher in der Hand.

Ich kenne den Doc, seit ich Chief in Painters Mill bin. Er ist einer von fünf Ärzten in der Stadt und fungiert bei Bedarf auch als Leichenbeschauer, was nicht oft der Fall ist. Aber *wenn* er gebraucht wird, agiert er professionell und einfühlsam. Es ist ein schwieriger Job, stets unter Zeitdruck und von emotionaler Anspannung geprägt. Und er darf keinen Fehler machen – immer sitzt ihm ein Polizist oder Labormitarbeiter im Nacken und wartet auf Ergebnisse. Aber Doc Coblentz ist grundsätzlich entspannt und hat doch eine unglaubliche Arbeitsmoral und die Neugier eines Wissenschaftlers, was ihn zu einem sehr guten Arzt und Leichenbeschauer macht. Und irgendwie schafft er es sogar, Optimist zu bleiben.

Er stellt den Kaffee ab und sieht mich über seine Brille hinweg an. »Da mir klar ist, dass Sie schnell wissen wollen, was mit der jungen Frau passiert ist, hab ich alle anderen Termine verschoben und werde sie heute Morgen obduzieren.«

»Zeitpunkt sowie Todesart wären sehr hilfreich«, sage ich.

»Ist mir bewusst. Es gibt bereits einige vorläufige Ergebnisse, die Ihnen vielleicht helfen.« Er steht auf und zeigt zu einer Nische außerhalb seines Büros. »Sollen wir?«

Carmen hat den einzeln verpackten Kittel, die Schutzhüllen für Schuhe und Haare, Mund-Nasen-Schutz und Latexhandschuhe dort schon bereitgelegt, die ich nun überstreife.

»Haben Sie schon irgendwelche Spuren?«, fragt Doc Coblentz vom Flur aus.

»Noch nicht.« Ich binde schnell den Kittel zu und trete aus der Nische.

»Kannten Sie das Opfer?«

Ich frage mich, woher er das weiß – ob es ihm jemand gesagt hat oder ob ich es gestern in seiner Gegenwart habe fallenlassen. »Früher mal, das ist lange her«, sage ich bewusst emotionslos, sehe ihn aber nicht an. Allerdings geht es hier nicht um mich und meine Gefühle, rufe ich mir ins Gedächtnis. Es geht um Rachael Schwartz, um ihre trauernde Familie, die Gemeinde, die ihren Tod verkraften muss, und um den Scheißkerl, der sie umgebracht hat.

»Schlimm, wenn so etwas einem Menschen passiert, den man kannte«, sagt er.

»Sie war einmal amisch«, sage ich, halte die Antwort vage und unpersönlich.

Er nickt verständnisvoll. »Haben Sie schon die Familie benachrichtigt?«

»Ja«, sage ich, denke an Rhoda und Dan und spüre wieder das Unbehagen im Bauch.

»Viele fragen sich, wie ich mit den Autopsien und der Beschäftigung mit dem Tod so klarkomme. Die meisten sind zu höflich, um zu fragen, aber ich sehe es ihnen an. Tatsache ist, dass es gar nicht so schwer ist, wie sie glauben. Es sind nicht die Toten, die einem nahegehen. Ihr Leiden ist vorbei.«

Jetzt sehe ich ihn direkt an. »Das Leiden übernehmen dann wir, die weiterleben, nicht wahr?«

Er verzieht den Mund zu einem Lächeln. »Richtig«, erwidert

er und zeigt auf die Doppeltür am Ende des Flurs. »Dann sehen wir jetzt mal, was ich dazu beitragen kann, der jungen Frau ein wenig Gerechtigkeit widerfahren zu lassen.«

Auf dem Weg durch den Flur ist nur das Surren der Lampen und das Rascheln unserer Schutzkleidung zu hören – und die Stimme in meinem Kopf, die mir vorhält, hier meine Zeit zu verschwenden, anstatt Leute zu befragen und meinen Job zu tun. Aber auch dies gehört zu meiner Arbeit. Und ich bin entschlossen, sie zu Ende zu bringen, dieses Mal und immer wieder, sooft es nötig ist. So makaber dieser Pilgergang sein mag, er gehört zu meinem Ritual, zu meiner Annäherung an das Opfer. Ich darf in Rachael Schwartz nicht mehr das Mädchen sehen, das ich einmal kannte, sondern muss sie als die Frau betrachten, deren Leben gewaltsam beendet wurde. Und dieses Ritual hilft mir, sie etwas besser kennenzulernen und zu verstehen, was ihr passiert ist. Es ist eine Bürde, die ich auf mich nehmen muss. Mein Tribut an das Opfer und dessen Familie. Wenn ich Glück habe, komme ich so den Gedankengängen des Mörders auf die Spur.

Im Autopsieraum ist es viel zu hell, die Lampen surren, Wände und Boden sind vollständig gekachelt. Mein Blick fällt sofort auf den Seziertisch aus Edelstahl, über den ein Tuch gebreitet ist.

»Bei der Voruntersuchung habe ich mir jeden Zentimeter ihres Körpers genauestens angesehen, Proben und Abstriche entnommen und die erforderlichen Fotos gemacht. Zur toxikologischen Untersuchung habe ich Blut und Urin mit ins Polizeilabor nach London geschickt, übrigens auch die Kleidung, die sie zum Todeszeitpunkt trug. Alles ist per Kurier auf dem Weg. Meine Mitarbeiter haben sie gesäubert, und ich habe aus naheliegenden Gründen ein CT und Röntgenaufnahmen gemacht.« Der Doktor stößt einen Seufzer aus. »Ich habe schon eine

Menge Verletzungen gesehen und viele Tote – Autounfälle, Unfälle auf Farmen und vieles mehr. Der Körper dieser Frau weist eine enorme Menge an Wunden und Brüchen auf.«

Mir läuft es eiskalt den Rücken hinunter. »Sagt einiges über den Täter aus«, bemerke ich.

»Das ist Ihr Terrain, nicht meins. Gott sei Dank.« Er nimmt das Klemmbrett, das an der Wand hängt, ab und blättert die Seite um, notiert etwas. »Das Opfer wurde nachmittags um vier Uhr zwölf in die Leichenhalle gebracht. Um vier Uhr sechsundvierzig wurde die Kerntemperatur gemessen.« Er blättert wieder um, runzelt die Stirn und murmelt etwas. »Der Temperaturverlust beträgt eins Komma fünf Grad pro Stunde. Die Lebertemperatur betrug fünfundzwanzig Komma drei.« Er dreht sich zu mir um. »Meine genaueste Schätzung ist somit, dass sie zwischen ein und drei Uhr morgens starb.«

Er hängt das Klemmbrett wieder auf und sieht mich über die Brille hinweg an. Ich versuche, das Mitgefühl in seinen Augen zu ignorieren – Mitgefühl nicht nur für die Frau auf dem Seziertisch, sondern auch für mich.

»Sind Sie sicher, dem jetzt gewachsen zu sein?«, fragt er.

»Sie wissen doch, dass ich Ihnen keine ehrliche Antwort geben werde, oder?«

Er lächelt verhalten. »Falls es Sie tröstet, Ihre Aversion gegen all das ist ja keineswegs schlecht. Es zeigt nur, dass Sie ein Mensch sind.«

Er zieht das Tuch von der Leiche.

Einen Moment lang habe ich Mühe, mit dem, was ich sehe, klarzukommen. Zu vieles müssen meine Augen ertragen: weiße Haut, entstellt von blauschwarzen Leichenflecken; Brüste, die schlaff auf beiden Seiten des nicht mehr symmetrischen Brustkorbs liegen; Hüftknochen und ein flacher Bauch mit dem Silberschmuck eines Piercings am Nabel; das dunkle Dreieck der Schamhaare; nackte, überraschend unbeschadete Füße mit rosa lackierten Fußnägeln. Und genau das macht mich plötzlich wütend – weil es mich daran erinnert, dass dieser jungen Frau noch vor kaum zwei Tagen so triviale Dinge wie Pediküre wichtig waren. Sie hatte ihre Nägel lackiert, ihr Haar gekämmt und Make-up aufgetragen. Sie war einkaufen gegangen, hatte gelacht und geatmet und am Leben der Menschen um sie herum teilgehabt. All das wird mir bewusst beim Anblick dieses geschundenen Überrests eines Menschen, und einen Moment lang verspüre ich eine tiefgreifende Angst.

Der Kopf des Opfers ist mit einem Blatt Papier abgedeckt, ein fünfundzwanzig Cent großer Fleck aus verwässertem rosafarbenen Blut gibt mir zu verstehen, dass es besser ist, wenn der Doc es nicht wegnimmt. Auf dem rostfreien Stahl darunter schauen die Enden von blondem, feuchtem Haar hervor.

Dann endlich fängt mein Cop-Verstand an zu arbeiten und produziert die wichtigen Fragen, teils aus Gewohnheit, teils weil ich es nicht erwarten kann, das kranke Hirn, das ihr das angetan hat, zu erwischen. »Todesursache?«

»Vorläufig lässt sich sagen, dass sie wahrscheinlich an nicht penetrierender Gewalteinwirkung starb. Offiziell werde ich über Todesart- und ursache natürlich erst dann befinden können, wenn die Autopsie abgeschlossen ist.« Er schüttelt den Kopf. »Aber um ehrlich zu sein, Kate, sind die Verletzungen einfach zu zahlreich, um sie zu bewerten – einige könnten für sich gesehen schon tödlich gewesen sein. Abgesehen davon, gibt es aber auch ein paar Besonderheiten, die sich anhand des postmortalen CTs sicher besser einordnen lassen.«

Er greift mit der Hand nach oben und richtet das Lampenlicht. Schlagartig beginnt mein Herz schneller zu schlagen, ich spüre die Hitze der Lampe und nehme das Summen auf der anderen Seite des Raumes wahr.

Doc Coblentz nimmt das Blatt Papier vom Kopf des Opfers. Ich blicke auf feuchtes blondes Haar und eine klaffende rote Schädelwunde, auf eine Stirn, die bis auf den Knochen freigelegt ist, eine eingefallene Wange. Das linke Auge quillt aus der Augenhöhle hervor, sein Blick leer und stumpf. Der Mund steht offen, die Zunge hängt heraus, die Vorderzähne fehlen und ihr Kinn ist schlicht … weg.

Ausgerechnet jetzt muss ich an das kleine Mädchen denken, bei dem ich Babysitter war – das laut und kühn war und meine Autorität in Frage gestellt hatte; das gern rannte und lachte und andere Kinder schikanierte …

»Schon beim ersten Blick auf das CT«, beginnt der Doc, »habe ich allein am Schädel sechs Frakturen gefunden. Das Hinterhauptbein ist zertrümmert, auch Stirn-, Scheitel- und Schläfenregion sind betroffen, zudem fallen subdurale Hämatome und Subarachnoidalblutungen auf.«

»Können Sie schon etwas über das Tatwerkzeug sagen?«, frage ich.

Er schüttelt den Kopf. »Vielleicht nachdem ich mir die CTs genauer angesehen und ein paar Messungen durchgeführt habe. Und wenn wir Glück haben, liefern die Proben der Hautabschabungen, die ich ans Labor geschickt habe, auch Fremdmaterial, mit dessen Hilfe man diese Frage beantworten kann. Zum Beispiel abgeblätterter Rost von einem Stahlrohr, Holzsplitter von einem Knüppel oder Brett oder so. Im Moment weiß ich es einfach nicht.«

Ich sehe den Arzt an, der wiederum mich anstarrt, unsicher, abwartend. Ich zwinge meinen Blick zurück auf das Opfer, ruhiger jetzt, so dass ich Details erkenne, die ich zuerst übersehen hatte. Ihre rechte Hand ist violett, ihre Finger sind unnatürlich verdreht. Die rechte Seite ihres Brustkorbs ist deformiert, die Rippen sind offensichtlich gebrochen.

»Und sonst?«, frage ich.

»Wer immer das war, hat wahllos zugeschlagen. Kopf, Körper, was immer er erwischt hat. Es kommt mir vor, als wäre er wie von Sinnen gewesen.« Er nimmt ein langes Wattestäbchen und berührt damit die geschwollene Hand. »Das mittlere Fingerglied der rechten Hand ist gebrochen, anscheinend eine Abwehrwunde.«

»Sie hat versucht, sich zu schützen«, sage ich.

Er nickt. »Die Elle ist gebrochen.« Jetzt weist er mit dem Stäbchen auf ihre Schulter. »Schlüsselbeinbruch, Brustbeinbruch, Schulterbruch. Vierte, fünfte und sechste Rippen sind gebrochen. Wahrscheinlich hat sie innere Verletzungen der seitlichen Brustwand und des hinteren Brustkorbs.«

»Gibt es Hinweise auf sexuelle Gewalt?«

»Wunden habe ich keine festgestellt, aber routinemäßig einen Abstrich in Vagina und Anus gemacht, ob Samen vorhanden ist.«

Ich nicke, will meinen Blick abwenden von dem, was von Rachael Schwartz noch übrig ist, kann es aber nicht. »Brauchte man Körperkraft für diese Attacke?«

»Das kann ich nicht endgültig sagen, vermute aber, dass es eine starke Person war. Das Ausmaß an Gewalt war beträchtlich.«

»Was ist mit postmortalen Verletzungen?«

»Wie Sie wissen, entstehen nach einem Herzstillstand keine Blutergüsse mehr. Bei dem Opfer sind an mindestens zwei Stellen Knochen gebrochen, fast ohne Hämatombildung. Was die Vermutung zulässt, dass sie auch nach ihrem Tod noch geschlagen wurde, zumindest für kurze Zeit.«

* * *

Nach Verlassen des Leichenschauhauses bleibe ich mehrere Minuten lang im Explorer sitzen. Ich muss meine Fassung wiedererlangen, um mich auf die Arbeit konzentrieren zu können. Aber das ist nicht einfach, denn wenn ich die Augen schließe, sehe ich die furchtbaren Verletzungen, die Rachael Schwartz zugefügt wurden, die klaffenden Wunden und gebrochenen Knochen. Und dann taucht das Bild von ihr als neunjähriges amisches Mädchen auf, das lacht, weil ich etwas Unpassendes gesagt habe. Als Kind war Rachael nicht besonders nett und kein Unschuldslamm. Sie war bezaubernd, aber nicht immer ehrlich. Die anderen Eltern waren nie ganz sicher, ob die eigenen Kinder mit ihr befreundet sein sollten oder nicht. Aber sie liebte das Leben. Sie kostete es voll aus. Vielleicht etwas zu sehr – und vielleicht auch auf Kosten anderer. Aber sie verdiente die Chance, ihr Leben zu leben.

Mein Gesicht glüht, so dass ich das Fenster ein Stück öffne und mich zwinge, dem Ruf des Blauhähers im Ahornbaum neben dem Parkplatz zu lauschen. Ich konzentriere mich auf die Brise, die ins Auto weht, atme tief durch und sauge den Duft des frisch gemähten Grases ein, nehme das ferne Bellen eines Hundes wahr. Nach ein paar Minuten lockert sich der Knoten in meinem Magen, die Düsternis um mich herum verschwindet langsam, und meine Hände am Lenkrad hören auf zu zittern. Ich schließe die Augen und rufe mir alles ins Gedächtnis, was ich über Rachael Schwartz weiß. Diesmal aber nicht beherrscht vom Entsetzen einer Frau, die ihr nahesteht, sondern mit der emotionalen Distanz einer Polizistin, die entschlossen ist, ihre Arbeit zu tun.

Ich starte den Explorer, verlasse den Parkplatz und fahre nach Painters Mill.

15. KAPITEL

Sommer 2008

Als Loretta und Rachael eintrafen, war die Party in vollem Gang. So viele Menschen an einem Ort hatte Loretta noch nie gesehen, und ganz sicher nicht so viele englische Autos. Die Weide hinter der Scheune diente als Parkplatz, auf dem ebenso viele Autos und Pick-ups standen wie Buggys. Zwei amische Helfer schleppten Eimer umher und versorgten die Pferde mit Wasser, wofür sie um ein Trinkgeld baten.

Levi parkte seinen Buggy hinter einem Pick-up mit riesigen Rädern und überdimensionalem Auspuffrohr. Rachael saß neben Levi, Loretta auf dem Außensitz. Im gleichen Moment, als er zum Halten kam, stieg sie herunter.

»Warte.« Levi griff nach hinten zur Rückbank, er zog zwei weitere Dosen aus dem Sechserpack und gab sie Rachael, aber sein Blick haftete auf Loretta. »Für den Weg.«

Grinsend nahm Rachael sie in Empfang und glitt vom Buggy, ohne ihm zu danken. »Wir brauchen auch Glimmstängel, Amisch-Boy.«

Er verzog den Mund zu einem abwägenden Lächeln, fischte seine Schachtel aus der Tasche, klopfte zwei Zigaretten heraus und gab sie ihr. »In zwei Stunden treffen wir uns wieder hier«, sagte er.

»Drei«, erwiderte Rachael.

Loretta stieß sie mit dem Ellbogen an. »Zwei«, flüsterte sie.

Rachael verdrehte die Augen. »Zweieinhalb.«

Levi betrachtete sie beide, wobei sein Blick etwas zu lange auf Loretta verharrte. »Seid pünktlich. Ich muss morgen arbeiten.«

Er machte die Zügel fest, glitt vom Buggy hinunter und gab einem der beiden Jungen fünf Dollar, um das Pferd zu versorgen. Loretta war froh, als er schließlich wegging.

»Und warum guckst du so düster?«, fragte Rachael, die neben sie getreten war.

»Ich mag ihn nicht«, sagte Loretta

»Ach komm, Levi ist ganz okay«, sagte Rachael. »Er ist noch unsicher, wie er sich verhalten soll.«

»Er peitscht sein Pferd zu viel«, sagte Loretta und zeigte auf die Peitsche im Halter am Buggy. »*Mamm* sagt, so wie jemand Gottes Kreaturen behandelt, behandelt er auch Menschen.«

Zwei englische Jungen mit Budweiser-Dosen in der Hand gingen an ihnen vorbei. Der große mit dem Zauselbart und John-Deere-Cap drehte sich um, ging rückwärts weiter und pfiff, den Blick auf Rachael geheftet.

Als sie weit genug weg waren, sah Rachael Loretta an, und beide brachen sie in Lachen aus.

»*Er is schnuck*«, sagte Rachael. Er ist süß.

Loretta blickte an sich hinab, fand ihr Outfit alles andere als cool. »Ich glaube, ich passe nicht hierher.«

»Hm.« Rachael betrachtete ihr Kleid. »Ich denke, das lässt sich ändern.«

»Aber *Mamm* wird … «

»… es nie erfahren.«

Rachael ergriff Lorettas Hand, zog sie mit zurück zum Buggy, hinter dem sie sich außer Sichtweite der anderen duckten. »Gib mir dein *halsduch*«, sagte sie.

»Ich kann mir nicht vorstellen, dass das was nützt«, sagte Loretta.

Rachael hielt die Hand hin. »Vertrau mir.«

Misstrauisch zog Loretta das dreieckige Stofftuch über den Kopf und reichte es ihrer Freundin.

Rachael warf das *halsduch* in den Buggy. »Roll die Ärmel bis zu den Ellbogen hoch.« Während Loretta ihrer Aufforderung nachkam, holte Rachael ein Teppichmesser aus dem Buggy.

»Wofür ist das denn?«, fragte Loretta.

»Halt still, oder ich schneide dir die Beine ab.« Sie kniete sich hin und fing an, den Rocksaum abzuschneiden. »Das sieht bestimmt toll aus.«

Während ihre Freundin den Stoff absäbelte, kniff Loretta die Augen fest zu, wusste nicht, ob sie aufgeregt oder entsetzt war. Sie wusste nur, dass sie Rachael machen ließ, auch auf die Gefahr hin, dass ihre *Mamm* sauer werden würde.

»Fertig.«

Loretta öffnete die Augen und sah an sich hinab, durchaus ein bisschen bestürzt angesichts ihrer nackten Knie. »Oh.«

Rachael richtete sich wieder auf und sah ihre Freundin bewundernd an. »Etwas fehlt noch.« Schnell zog sie den Ledergürtel aus den Schlaufen ihrer Jeans und beugte sich vor, um ihn Loretta um die Taille zu legen. »Bitte schön! Das sieht wirklich hübsch aus.«

»Ich fühle mich lächerlich.«

»Für ein mageres amisches Mädchen hast du echt tolle Beine.« Grinsend streifte Rachael ihre englischen Schuhe aus. »Wir tauschen. Meine Sandalen passen klasse zu deinem Kleid, und deine Schuhe passen zu meinen Jeans.«

Loretta schlüpfte aus ihren schlichten Sneakers raus und in die Sandalen rein. Als sie diesmal an sich hinabblickte, lächelte sie. »Fast hübsch.«

»Hab ich dir doch gleich gesagt.« Rachael gab ihr einen schmatzenden Kuss auf die Wange.

»Meine Knie sind knorrig.«

»Deine Knie sind sexy, Dummchen.« Rachael riss die Lasche von ihrer Bierdose. »Auf ex.«

Loretta trank so schnell sie konnte, verschluckte sich aber zweimal. Sie hatte noch nicht ganz ausgetrunken, als Rachael ihr die Dose abnahm und beide in das offene Fenster eines geparkten Autos warf.

»Komm jetzt.« Lachend nahm Rachael ihre Hand. »Wir müssen viel feiern und haben wenig Zeit.«

Hand in Hand gingen sie an dem großen Zelt vorbei, in dem zwei amische Mädchen Tische mit rotweißen Decken aufgestellt hatten und laut ihres handgeschriebenen Schildes SANDWICHES MIT HAUSGERÄUCHERTEM SCHINKEN UND GEMÜSE-RELISH anboten. Ein paar Meter weiter stand ein Englischer hinter einem Picknicktisch, auf dem neben einem Bierfass unzählige Pappbecher und Servietten lagen. Auf seinem Schild stand: BIER EIN DOLLAR. Als Nächster hatte sich ein amischer Junge platziert, der Zigaretten für vier Dollar das Päckchen verkaufte.

Rachael eilte zum Biertisch. »Zwei Bier!«, sagte sie, atemlos vor Begeisterung.

Der Mann sah von Rachael zu Loretta und runzelte die Stirn. »Wie alt seid ihr?«

Loretta wollte gerade antworten, aber Rachael war schneller. »Wir sind einundzwanzig.«

Er bedachte sie kurz mit einem misstrauischen Blick, füllte dann aber zwei Plastikbecher mit Bier. »Zwei Dollar.«

Loretta fühlte sich so sehr von den Reizen um sie herum überflutet, dass es ihr fast zu viel wurde: Irgendwo brummten Generatoren, mindestens ein Dutzend Zelte und Imbisswagen waren hell erleuchtet, dazu laute Stimmen und Gelächter und die dröhnenden Bässe einer Band, die einen alten Lynyrd-Skynyrd-Song hämmerte.

Rachael reichte Loretta einen Plastikbecher mit Bier und hob ihren hoch. »Diesmal müssen wir anstoßen«, sagte sie. »Auf unseren ersten Rager.«

Loretta, die sich auf einmal erwachsen und weltgewandt fühlte, stieß mit ihrer Freundin an. »Und auf unsere Freundschaft.«

Sie sahen sich fest in die Augen und tranken. Loretta schaffte nur den halben Becher, aber Rachael leerte ihren auf ex, leckte sich den Schaum von den Lippen und warf den Becher über die Schulter nach hinten. »Ich liebe den Song. Komm, wir gucken uns die Band an.«

Je näher sie der Musik kamen, desto dichter wurde die Menschenmenge. Unterwegs passierten sie einen Pick-up mit heruntergelassener Ladeklappe. Daneben saß auf einem Gartenstuhl ein bärtiger Englischer in Jeansoveralls, der trotz der Dunkelheit eine Sonnenbrille trug. Das Schild am Pick-up lautete: Kurze 2 $.

Rachael riss erfreut die Augen auf, kreischte vor Vergnügen und zog Loretta zu dem Wagen. »Zwei Kurze«, bestellte sie.

»Aber ich bin mit meinem Bier noch nicht fertig«, sagte Loretta.

»Mit dem spült man nach, Dummchen.« Sie legte vier Dollar auf die Ladeklappe.

»Für Bibeltreue könnt ihr Amische echt 'ne Menge wegputzen.« Aus einer nicht etikettierten Flasche schenkte er ihnen eine klare Flüssigkeit in zwei Plastikbecher. »Ich hab nur noch Schwarzgebrannten.«

»Das ist okay«, sagte Rachael.

Er hielt ihr die beiden Becher hin. »Viel Spaß.«

Rachael drehte ihm den Rücken zu, reichte einen Becher Loretta und hob ihren an. »Prost!«

Die beiden Mädchen hakten sich unter und tranken. Da in

den Bechern nicht sehr viel war, trank Loretta ihren in einem Zug leer. Der Alkohol brannte ihr bis runter in die Brust.

»*Fasucha vi feiyeh!*«, sagte sie hustend. Das brennt wie Feuer!

Rachael warf den Kopf zurück und lachte. »Noch einen.«

Bevor Loretta sich weigern konnte, war Rachael schon zurück beim Pick-up und ließ sich die Becher nachfüllen.

»Seid vorsichtig damit«, sagte der griesgrämige Mann.

Rachael ignorierte die Warnung und gab Loretta ihren Becher.

»Willst du das wirklich noch trinken?«, fragte Loretta.

»Ist das Letzte«, versicherte ihr Rachael.

Der Schnaps brannte so sehr in Lorettas Kehle, dass ihre Augen tränten. Diesmal wanderte er bis runter in ihren Bauch, und in ihrem Kopf drehte sich alles.

Rachael nahm ihre Hand, zog sie näher zur Band und tiefer in die Menschenmenge hinein. Um sie herum pulsierte die Musik wie etwas Lebendiges, Atmendes, und sie spürte den Beat bis in die Knochen. Die Stimmen schienen lauter und verschwommener, die Farben um sie herum leuchteten heller. Und sie fragte sich, warum der Genuss von Alkohol gegen die Ordnung verstieß. Wie konnte etwas, was so gute Gefühle erzeugte und die Welt drum herum so schön machte, denn schlecht sein?

Um sie herum wurde getanzt und gelacht. Loretta blickte nach links, wo ein englisches Mädchen, das nur Jeans und einen BH trug, eine Flasche Bier über ihren Kopf hielt und ihr Becken an einem amischen Jungen rieb, mit dem Loretta zur Schule gegangen war. Bei dem Anblick war sie peinlich berührt, und doch konnte sie ihren Blick nicht abwenden. Der Junge war so gefesselt von dem Mädchen, dass er Loretta nicht bemerkte. Was ihr nur recht war, da sie ja gar nicht hier sein sollte und ihre Eltern keinesfalls etwas erfahren durften.

Neben ihr streckte Rachael die Arme über den Kopf und fing

an, mit wehenden Haaren im Takt der wilden Musik zu tanzen. So schön war ihre Freundin noch nie gewesen, dachte Loretta. Sogar eines der Bandmitglieder hatte sie bemerkt und grinste ihr von der Bühne aus zu, während seine Finger weiter über die Saiten der Gitarre schrammten. Loretta konnte nicht tanzen, aber der Rhythmus gab ihr das Gefühl, im Takt mit der Musik zu sein. Sie hob beide Hände, warf den Kopf zurück, und irgendwie kannte sie die Worte des Songs und sang sie laut mit. Jetzt hatte der Gitarrist sie im Visier, und sie lächelte ihn an. In dem Moment fühlte sie sich schön und begehrenswert. Hier gab es keine Regeln, die sie bremsten, und sie wollte nirgendwo anders sein als auf diesem staubigen Acker mit den dreisten Verkäufern und der wilden Meute.

»Ich will nie wieder hier weg!«, rief sie ihrer Freundin zu.

Rachael Schwartz warf den Kopf zurück und kreischte laut.

16. KAPITEL

Nach all meiner Erfahrung mit komplexen Mordermittlungen gehören die Beziehungen des Opfers, in Vergangenheit und Gegenwart, mit zum Wichtigsten, was unter die Lupe genommen werden muss. Sehr wahrscheinlich kannte Rachael Schwartz ihren Mörder. Und doch behaupteten ihre Eltern, von keinerlei Zerwürfnissen in ihrem Leben zu wissen. Allerdings sicher nicht, weil es keine gab, sondern weil sie ihrer Tochter nicht nahestanden. Sowohl Loretta Bontrager als auch Andy Matson gaben mir zu verstehen, dass Rachael unzählige Konflikte ausgefochten hat. Sie führte eine turbulente Beziehung mit ihrem Liebhaber Jared Moskowski, und laut Loretta kann es durchaus sein, dass sie mehrere Lover gehabt hat, deren Identität uns aber nicht bekannt ist. Die Amischen hatten sie verbannt, und ich habe zwar Gerüchte gehört, aber die genauen Gründe kenne ich nicht. Ging es um ein ganz bestimmtes Vergehen, oder war es einfach nur die Konsequenz ihrer jahrelangen Regelverstöße? Dann ist da natürlich noch das Enthüllungsbuch. Kein Mensch hat es gern, wenn seine schmutzige Wäsche in aller Öffentlichkeit gewaschen wird. Wie viel Reibung hatte es zwischen Rachael und den Killbuck-Amischen gegeben?

Am späten Morgen biege ich in den Schotterweg zur Farm von Bischof David Troyer ein. Als ich hinters Haus fahre, ist dort das Pferd des Bischofs vor den Buggy gespannt, was sicher heißt, dass er oder seine Frau gleich wegwollen. Ich parke neben dem baufälligen Schuppen und nehme den Gehweg zur Hintertür.

Durch das Fenster des Vorraums sehe ich den Bischof, der auch mich schon entdeckt hat. Inzwischen läuft er mit Hilfe eines Gehgestells, und obwohl er mir insgesamt etwas kleiner und sein Bauch weniger rund vorkommt, hat er an Autorität nichts eingebüßt. In seiner Gegenwart, unter seinen alles sehenden Augen, fühle ich mich noch heute wie jenes vierzehn Jahre alte Mädchen, das vor ihn treten musste, weil es wieder eine Regel gebrochen hatte. In jenen prägenden Jahren meines Erwachsenwerdens stand ich stets voller Angst vor ihm. Es mag merkwürdig klingen – zumal ich inzwischen erwachsen und Polizistin bin –, aber ein wenig dieser Furcht steckt noch immer in mir.

Ich stoße die Tür auf und stecke den Kopf durch. »*Guder mariye*«, sage ich. Guten Morgen.

Ich kenne Bischof Troyer schon mein ganzes Leben lang, und er sieht eigentlich noch immer so aus wie in meiner Kindheit: dichtes graues, reichlich mit Schwarz durchzogenes Haar, stumpf geschnittener Pony über dicken Augenbrauen, grau melierter Bart, der fast bist zur Taille reicht. Bis auf das weiße Hemd unter der Jacke und den Hosenträgern ist er wie immer ganz in Schwarz gekleidet.

»Katie Burkholder«, sagt er mit rauer Stimme. Kein Lächeln, nur die wachen Augen, die mich durchbohren. »Bist du wegen Rachael Schwartz hier?«

Ich nicke. »Haben Sie ein paar Minuten Zeit, Bischof?«

»*Kumma inseid.*« Komm herein. Er dreht sich um und geht in die Küche.

Ich folge ihm, warte, bis er das Gehgestell zu einem der vier Stühle manövriert und sich gesetzt hat. Seine Frau, Freda, steht am Spülstein und wäscht ab. Sie sieht mich über die Schulter hinweg an und begrüßt mich mit einem Nicken, das nicht besonders freundlich ist. Ich nicke ebenfalls.

»Ich wollte mich gerade auf den Weg zu Dan und Rhoda machen«, sagt er. »Dies ist eine dunkle Zeit für sie.«

»Ich werde Sie nicht lange aufhalten.« Ich setze mich auf den Stuhl ihm gegenüber. »Ich versuche herauszufinden, was mit ihr passiert ist, Bischof, und frage mich, ob Sie mir etwas über ihr Leben erzählen können. Ihre Beziehungen. Und ob sie irgendwelche Probleme hatte, ob es Streit oder Konflikte mit anderen gab.«

Er blickt mich durch seine dicken Brillengläser mit wässrigen Augen unverwandt an. Auch wenn ihm die Jahre körperlich zugesetzt haben, ist sein Geist unverändert scharf, seine Spiritualität unvermindert stark.

»Ich habe sie seit Jahren nicht mehr gesehen«, sagt er.

»Sie kannten sie als Kind«, sage ich. »Als Jugendliche.« Ich halte inne, weiche seinem Blick nicht aus. »Sie kennen ihre Eltern und die ganze Gemeinde der Amischen.«

»Du hast sie doch auch gekannt, oder?«

»Als sie ein Kind war.«

»Dann weißt selbst *du*, dass ihr Leben voller Konflikte war.«

So wie er es sagt, gleicht es einem Wunder, dass ich überhaupt irgendetwas über irgendjemanden kapiert hatte, was zweifellos auf mein Englischsein abzielt. Ich ignoriere den Seitenhieb. »Ich brauche Einzelheiten«, sage ich. »Namen, Begebenheiten.«

»Sie hat schon sehr jung angefangen, ihren Eltern gegenüber ungehorsam zu sein. Nicht nur einmal, sondern immer wieder. Sie haben sie Dutzende Male zu mir gebracht. Dieses kleine Mädchen, voller Leben und mit Augen für all die falschen Dinge.« Der alte Mann zuckt mit den Schultern. »Normalerweise reicht es, so einem Kind die Leviten zu lesen.« Ein Lächeln umspielt seine Mundwinkel. »Aber nicht bei diesem Mädchen. Ich habe mich mit den anderen *Deinern* beraten«, sagt er und meint damit die gewählten Amtsträger der Gemeinde, den

Diakon und zwei Prediger. »Wir haben getan, was wir konnten, und immer wieder die Wichtigkeit der *Ordnung* betont« – der ungeschriebenen Gesetze des Kirchenbezirks. »Wir haben wiederholt die Bedeutsamkeit des christlichen Glaubens hervorgehoben, den Wert der Trennung von Englischen und Amischen, der alten Bräuche und natürlich von *demut*.« Demut, ein *deitsches* Wort, gehört zu den Eckpfeilern der amischen Glaubensgrundsätze. »Katie, die junge Rachael *harricht gut, awwer er foligt schlecht*.« Sie hört gut, aber gehorcht schlecht. »Dan und Rhoda haben alles versucht, ihr *Gelassenheit* beizubringen.«

Das Wort *Gelassenheit* hat für Amische viele Bedeutungen: Duldung, Gemütsruhe, Hingabe. Er zuckt mit den Schultern. »Trotzdem gab es Probleme. Sie hat getrunken, sich herumgetrieben und gelogen, wenn sie darauf angesprochen wurde. Dan ist zu mir gekommen und wollte, dass ich sie vorzeitig taufe. Er dachte, das könnte helfen. Sie war erst siebzehn, aber ich bin zu den *Deinern* gegangen, und sie haben zugestimmt.«

Ich wusste, dass sie früher als üblich getauft wurde und somit keine Gelegenheit bekam, sich auszutoben. Jetzt verstehe ich auch, warum ihre *Rumspringa* auf diese Weise abgekürzt wurde.

»Ihre Eltern dachten, das würde sie zur Vernunft bringen, und wir fanden, es wäre einen Versuch wert. Deshalb wurde sie von den Geistlichen im Sommer vor ihrer Taufe mit den *die gemee nooch geh* vertraut gemacht.«

Die gemee nooch geh beginnt, sobald ein junger amischer Mensch entschieden hat, der Kirche beizutreten. Es ist eine Zeit der Unterweisungen, in der die Geistlichen die jungen Menschen *wertrational* lehren, also die amischen Werte unterrichten und was es bedeutet, amisch zu sein.

»Rachael hat alle Unterweisungen erhalten. Die *Deiner* haben ihr Zeit zur Umkehr gelassen.« Er stößt einen Seufzer aus. »Sie wurde Mitglied der *Gemein*.« Der Gemeinde. »Aber bei der

Gläubigentaufe legte sie das Gelübde nicht mit der angemessenen Ernsthaftigkeit ab. Sechs Monate später wurde sie mit *Meidung* bestraft und exkommuniziert.«

Im Kirchenbezirk von Painters Mill können *Meidung* oder ein *Bann* aufgehoben werden, wenn das »schlechte Benehmen« korrigiert wird. Das heißt, dass die getaufte Person, die zum Beispiel beim Autofahren oder Benutzen einer verbotenen Technologie erwischt wurde, auf das Auto oder die Technologie verzichtet. Eine Exkommunizierung hingegen ist normalerweise dauerhaft – und äußerst selten.

»Warum wurde sie exkommuniziert?«, frage ich.

Der alte Mann sieht hinab auf seine Hände, verschränkt die Finger. Wie ich ihn so betrachte, wird mir klar, dass dieser spezielle Fall ihn auch nach so vielen Jahren noch plagt. Weil er nicht genug getan hatte, um sie zu retten? Oder gibt es einen anderen Grund?

»Bischof, ich versuche nur zu verstehen, was mit ihr passiert ist«, sage ich ruhig. »Aber dazu brauche ich ein paar Einblicke in ihre Geschichte, ihre Vergangenheit.«

»Willst du das wirklich wissen, Katie?«

Die mysteriöse Frage verwirrt mich. »Wenn Sie etwas über Rachael Schwartz wissen, was mir helfen kann, den Mörder zu finden, muss ich das erfahren.«

Seufzend wendet er sich seiner Frau zu. »*Ich braucha zo shvetza* Chief Burkholder«, sagt er. Ich muss mit Chief Burkholder sprechen. »*Laynich.*« Allein.

»*Voll.*« Natürlich. Die amische Frau sieht mich kurz an, legt das Geschirrtuch auf die Ablage und verlässt den Raum.

Einen Moment lang herrscht Schweigen, so dass nur das Vogelgezwitscher und das Brüllen einer weidenden Kuh durch das offene Fenster über der Spüle zu hören sind.

Der Bischof sieht mich an. »Rachael Schwartz' Verhalten war

abartig. Sie gehörte zu der Art Frauen, die Dinge tun, mit denen man bis zur Ehe warten sollte.«

»Ich brauche Namen.«

»Es gab Englische und Amische ...« Er zuckt mit den Achseln.

Mir sträuben sich die Nackenhaare. »War sie da noch minderjährig?«, frage ich. »Unter sechzehn?«

»So etwa in dem Alter, ich bin nicht sicher.« Noch ein Achselzucken. »Es sind Sachen, die ich gehört habe.«

»Von wem?«

Er sucht meinen Blick. »Das sind Fragen ... die am besten unbeantwortet bleiben.«

»Diesen Luxus kann ich mir nicht leisten«, erwidere ich harsch.

Er ist unbeeindruckt von meinem Ton, meiner Ungeduld, doch nach einer Weile nickt er. »Vielleicht solltest du deinen Bruder fragen.«

»Jacob?« Ich starre ihn an, spüre, dass mein Gesicht glüht und mein Herz heftig schlägt. »Was genau soll ich ihn fragen?«

»Willst du etwas über Rachael Schwartz wissen? Dann frag ihn.«

»Was hatte sie mit meinem Bruder zu tun?« Sofort regt sich in mir ein innerer Widerstand, der sich in meiner Stimme niederschlägt, obwohl ich es zu verhindern versuche.

»Jacob ist vor einigen Jahren zu mir gekommen, um sich Rat zu holen.«

»Rat in wel-«

Er fuchtelt unwirsch mit der Hand, fällt mir ins Wort. »Ich werde nichts darüber sagen, nicht jetzt und nicht später. Wenn du es wissen willst, frag Jacob.«

»Bischof, Sie können nicht so etwas sagen und mich dann ohne jede Erklärung im Regen stehen lassen.«

Er ergreift den Griff seiner Gehhilfe und zieht sich auf die Füße. »Ich habe dir nichts weiter zu sagen, Kate Burkholder.«

* * *

Vielleicht solltest du deinen Bruder fragen.

Die Worte des Bischofs verfolgen mich auch noch, als ich wieder im Auto sitze. Jacob ist so ungefähr der Letzte, von dem im Zusammenhang mit Rachael Schwartz ich zu hören erwartet hätte, und ich kann schlichtweg nicht verstehen, was das heißt. In unserer Kindheit standen Jacob und ich uns nahe. Ich bewunderte ihn, sah zu ihm auf. Ich habe ihm vertraut, auf ihn gehört und ihn mit meinem ganzen jungen Herzen geliebt. Jedenfalls bis zu meinem vierzehnten Lebensjahr, als ein Nachbarjunge namens Daniel Lapp in unsere heile, geschützte Welt eindrang und mich mit der dunklen Seite der menschlichen Natur konfrontierte. Es waren nicht meine Eltern, sondern Jacob, der mich an jenem Tag verurteilte. Der mir Vorwürfe machte und das, was mir passiert war, meinem eigenen Verhalten zuschrieb. Er gab mir die Schuld am Tod eines Mannes – einen Tod, den ich niemals verarbeiten werde. Zwar hatte sich unsere ganze Familie durch dieses Ereignis damals verändert, aber meine Beziehung zu Jacob war für immer zerstört. Gelegentlich sehe ich ihn noch, wenn ich meine Schwägerin und die Neffen besuche. Aber Jacob und ich sprechen selten miteinander, wir sind einander fremd.

Jacob ist zu mir gekommen, vor einigen Jahren. Um sich Rat zu holen.

Ich suche in meinem Gedächtnis nach irgendeiner Verbindung zwischen Rachael und Jacob, finde aber keine. Mein Bruder ist elf Jahre älter als Rachael, der Altersunterschied also zu groß, als dass sich ihre Wege einfach so gekreuzt hätten. Außerdem ist Jacob seit Jahren verheiratet. Warum um Himmels willen hatte er dann den Bischof wegen Rachael Schwartz um Rat gefragt?

Ich bin gerade auf dem Weg zu seiner Farm, als mein Handy zirpt und Glocks Name auf dem Display des Armaturenbretts erscheint. Ich drücke die Antworttaste. »Sie haben hoffentlich gute Nachrichten für mich«, sage ich ohne Vorrede.

»Es sieht ganz danach aus«, sagt er. »Eine Dame ist mit ihrem Hund Gassi gegangen und hat dabei am Rand der Holzmuller Road in dem hohen Gras einen Baseballschläger gefunden. Sie fand das merkwürdig, hat genauer hingesehen und Blut daran entdeckt.«

Ich werde hellhörig. Die Holzmuller Road ist nicht besonders weit vom Willowdell-Motel entfernt. »Wo sind Sie?«

»An der Kreuzung Holzmuller und Township Road 13«, sagt er.

»Sorgen Sie dafür, dass die Dame mit dem Hund nicht weggeht. Ich bin in zwei Minuten da.«

Ich lege auf, reiße das Lenkrad herum, mache mitten auf der Straße eine Kehrtwende und jage den Motor bis zur Höchstgeschwindigkeit hoch. Hoffentlich bringt der Baseballschläger den Durchbruch, den wir brauchen. Falls nicht, gewinne ich zumindest etwas Zeit, mir zu überlegen, wie ich Jacob die Frage stellen kann, die er vermutlich nicht beantworten will.

Die Holzmuller Road kreuzt die Township Road 13 etwa vier Meilen südlich von Painters Mill. Die kaum befahrene, nur sporadisch asphaltierte Straße führt durch eine ländliche Gegend mit Hügeln und kleinen Bachläufen sowie Wiesen und Weiden, deren Gras und Bäume sich heute Nachmittag im satten Grün einer irischen Landschaft präsentieren. Ich biege um eine Kurve und sehe Glocks Streifenwagen mit Blaulicht nicht weit entfernt am Straßenrand parken. Er selbst steht fünfzig Meter dahinter mitten auf der Straße und unterhält sich mit einer Frau in gebatikter Yogahose und pinkfarbenem Sport-BH; zwei Golden Retriever schnüffeln um die Beine der beiden herum. Glock war weitsichtig genug, die Straße mit einem halben Dutzend Warnkegeln zu blockieren und so den Fundort zu sichern.

Ich rolle bis hinter den Streifenwagen, mache das Blaulicht an und gehe auf die beiden zu.

Glock und die Frau drehen sich um und sehen mir entgegen, die Hunde kommen, mit heraushängender Zunge und wedelndem Schwanz, angelaufen. Ich beuge mich runter und fahre mit der Hand über ihr weiches Fell.

»Hey, Chief.« Glock und ich reichen uns die Hand. Er zeigt auf einen einzelnen Warnkegel im Gras zwanzig Meter weiter. »Da drüben liegt der Baseballschläger, wurde weder angefasst noch bewegt.«

Ich nicke, reiche der Frau die Hand und stelle mich vor. »Ihre Hunde scheinen eine interessante Entdeckung gemacht zu haben.«

»Ich wär fast nicht stehen geblieben«, sagt sie. »Aber sie sind einfach nicht gekommen, als ich gerufen habe, dabei sind sie normalerweise sehr gehorsam.« Sie zeigt ebenfalls zu dem Warnkegel. »Ich bin also hingegangen, um nachzusehen. Ich dachte, vielleicht liegt da ja ein Tier, das angefahren wurde und Hilfe braucht. Aber dann war da nur der Baseballschläger. Zuerst wollte ich ihn ignorieren, aber dann hab ich gesehen, dass er noch völlig in Ordnung ist.« Sie lacht auf. »Ich dachte, ich nehme ihn für meine Kids mit nach Hause. Und dann hab ich das Blut entdeckt, und mir ist die Frau eingefallen, die umgebracht wurde. Da hab ich echt Schiss gekriegt.« Sie klopft auf das Handy an ihrer Hüfte. »Ich hab sofort die Polizei angerufen.«

»Das war wirklich gut, danke«, sage ich. »Wie lange ist es her, dass Sie ihn gefunden haben?«

»Zwanzig Minuten?«, sagt sie.

»Haben Sie hier draußen sonst noch jemanden gesehen?«, frage ich. »Oder ein Auto oder einen Buggy?«

»Keine Menschenseele. Deshalb laufe ich ja auch auf dieser Straße, hier ist so gut wie nie Verkehr, hier muss ich mir keine Sorgen um die Hunde machen.«

Während wir reden, vergesse ich nicht, dass es hier möglicherweise auch Reifenspuren oder sogar Schuhabdrücke gibt. Und wenn wir Glück haben, finden wir vielleicht sogar einen brauchbaren Fingerabdruck oder DNA.

»Officer Maddox wird Ihre Kontaktinfos aufnehmen, falls wir noch weitere Fragen haben.«

»Ich helfe gern.«

Während Glock Namen und Telefonnummer notiert, gehe ich zu dem Warnkegel. Dabei schlage ich mich durch hüfthohes Gras, um eventuelle Spuren auf dem Schotterstreifen nicht zu zerstören. Etwa sechs Meter von der Straße entfernt liegt neben dem Warnkegel der hölzerne Baseballschläger im Gras versteckt. Es ist ein Louisville Slugger für Erwachsene, offensichtlich viel benutzt, denn das Logo ist schon ganz verblichen. Ein ganz normaler Baseballschläger, nur dass die Schlagpartie voller Blut ist.

Ich denke an Rachael Schwartz, an ihren kaputten Körper, und bin sicher, dass das die Tatwaffe ist. In gebührendem Abstand zum Schläger gehe ich in die Hocke, hole meine Lesebrille heraus und beuge mich so dicht wie möglich darüber. Selbst ohne Lupe sehe ich mehrere lange Haare, kleine Klumpen Blut und Hautfetzen, alles verschmiert und getrocknet.

Ich nehme mein Handy und rufe Tomasetti an.

Er nimmt nach dem ersten Klingelzeichen ab und knurrt seinen Namen.

»Ich glaube, wir haben die Tatwaffe gefunden«, sage ich.

»Wird aber auch verdammt Zeit, dass mal jemand mit guten Nachrichten anruft. Was ist es?«

Ich berichte ihm. »Ich brauche die Spurensicherung, kannst du das schnell veranlassen?«

»In spätestens einer Stunde ist ein Team vor Ort.«

Ich gebe ihm die genauen Koordinaten durch. »Der Fundort ist gesichert. Wir haben uns nicht groß umgesehen, und der Seitenstreifen besteht aus Schotter. Vielleicht sind Spuren vorhanden.«

»Ich sorge dafür, dass sie Abdruckmasse dabeihaben«, sagt er. »Halt mich auf dem Laufenden, ja?«

»Du mich auch.«

Ich schiebe gerade mein Handy zurück in den Gürtelclip, als Glock in meine Richtung kommt, den Blick auf den Baseballschläger gerichtet.

»Was glauben Sie?«

»Definitiv Blut. Wenn wir DNA extrahieren können oder Fingerabdrücke finden ...« Ich zucke die Schultern. »Könnte ein Durchbruch sein.«

Er blickt sich um. »Wie weit ist das Motel entfernt? Drei Meilen?«

»So ungefähr.« Ich sehe, dass die Frau mit dem Hund inzwischen eine halbe Meile weiter unten auf der Straße geht. »Wenn wir also recht haben und das hier die Tatwaffe ist, kam der Mörder vom Motel aus in diese Richtung.«

»Also weg von Painters Mill.« Glock blickt nach rechts und links. »Aber wo wollte er dann hin?«

»In der Richtung ist kaum Verkehr, es gibt fast nur Farmen.«

»Dann wohnt er vielleicht irgendwo in der Gegend. Oder er hat einfach nur einen Platz gesucht, wo er den Baseballschläger wegwerfen kann. Das Gras ist so hoch, dass er vermutlich dachte, hier würde ihn keiner finden.«

»Haben Sie Reifenspuren gesehen?«, frage ich. »Oder Fußspuren?«

»Bei der Ankunft hab ich die Umgebung nur oberflächlich gecheckt, ich kann das aber noch mal genauer machen, wenn Sie wollen.« Er seufzt. »Den Mistkerl würde ich echt gern finden.«

Als Glock dann den Schotterstreifen entlang der Straße nach Spuren absucht, mache ich mit dem Smartphone Fotos vom Baseballschläger. Die Spurensicherung wird später das Gleiche tun und zudem die Blutproben sichern. Dann wird der Schläger ins Labor nach London, Ohio, gebracht, dort auf Fingerabdrücke untersucht, die Blutgruppe wird bestimmt und die DNA extrahiert. Wenn wir Glück haben, kann man Rückschlüsse ziehen, wo der Baseballschläger hergestellt und verkauft wurde. Wenn wir den Händler finden, dann vielleicht auch den Käufer. Die DNA-Analyse wird ein paar Tage dauern, je nachdem, wie viel sie im Labor gerade zu tun haben und wie sehr Tomasetti ihnen Druck machen kann. Aber wenn das Labor eine Übereinstimmung der Blutgruppe feststellt, gibt es schon etwas mehr, womit wir arbeiten können. Besonders, wenn es nicht nur Blut vom Opfer ist.

»Ich habe nichts gesehen, Chief.«

Glock kommt zurück, und ich drehe mich zu ihm um. »Null Verkehr in die Richtung«, sagt er. »Wahrscheinlich hat er einfach nur angehalten und ist ausgestiegen, um den Schläger ins Gras zu werfen.«

Ich nicke zustimmend, bin in Gedanken aber schon wieder bei meinem Bruder »Ich muss nach Killbuck«, sage ich. »Können Sie hier warten, bis die Spurensicherung eintrifft?«

»Klar.« Er neigt den Kopf zur Seite und sieht mich etwas zu besorgt an. »Soll ich nicht lieber mitkommen? Dieser Gingerich scheint ein echt schräger Typ zu sein.«

»Ich gehe davon aus, dass dort jemand eher zu reden gewillt ist, wenn ich allein bin.«

»Verstehe.« Er grinst. »Vermutlich sieht man mir den Außenseiter sofort an, und sie verstummen auf der Stelle.«

Ich grinse zurück. »Rufen Sie an, wenn Sie was brauchen.«

Als ich von der Holzmuller Road in Richtung Osten abbiege, ist es nicht Amos Gingerich, der meine Gedanken beherrscht. Es ist mein Bruder, den ich viele Monate lang nicht gesehen habe, sowie eine Vergangenheit, an die ich mich nicht erinnern will – und wenn ich nicht vorsichtig bin, steht zu befürchten, dass eine Bindung, die ich mein Leben lang wertgeschätzt habe, ein für alle Mal gekappt wird.

17. KAPITEL

Mir ist ganz wehmütig zumute, als ich die lange Schotterstraße entlangfahre, die zur Farm meines Bruders und seiner Familie führt. Ich lasse mir Zeit, versuche, mich zu erinnern, wie lange es her ist, dass ich hier war. *Zu lange,* mahnt mich mein Gewissen. Letzten Monat habe ich den Geburtstag meines Neffen verpasst. Keine Ahnung, was in ihrem Familienleben gerade vor sich geht.

Die Apfelbäume in dem Obstgarten zu meiner Rechten stehen in voller Blüte, und es kommt mir so vor, als hätten mein *Datt* und mein Großvater diese Bäume erst gestern gepflanzt. Ich bin jedes Mal aufs Neue erstaunt, dass sie voll ausgewachsen sind und schon seit Jahrzehnten Früchte tragen.

Das Haus ist schlicht und sieht noch genauso aus wie in meiner Kindheit. Es gibt weder Blumenbeete noch irgendeine gärtnerische Gestaltung, nur neben dem Haus schnurgerade Reihen von Mais und Tomaten. Ich fahre langsam zur Rückseite des Hauses und parke neben einem Anbindepfosten, der das letzte Mal noch nicht da war. Als ich dann einen Moment im Wagen sitzen bleibe und das alles auf mich wirken lasse, werde ich von einer unbestimmten Sehnsucht gepackt, die mir fast körperlichen Schmerz bereitet. Diese Farm und die Menschen, die hier gelebt haben, sind meine Geschichte. Dieses Haus, in dem ich aufgewachsen bin, in dem so viel passiert ist. Die Scheune, die Nebengebäude, in denen Jacob, meine Schwester Sarah und ich Verstecken gespielt haben. Die Felder und Weiden, über die ich vollkommen sorgenfrei gerannt bin. Es war eine Zeit, in der ich die Weisheit meiner Eltern und die Regeln der amischen

Kirchenführer nie hinterfragt habe. In der diese kleine Farm mit den baufälligen Nebengebäuden und der alten deutschen Hangscheune, in der all das meine Welt und meine Familie das Zentrum meines Universums war, riesengroß und unbefleckt. Ich war geradezu schmerzhaft unschuldig, niemals einsam oder allein, und meine Wahrnehmung war von den Ungerechtigkeiten des Lebens noch nicht gezeichnet oder verzerrt.

Ich verlasse den Explorer und gehe auf dem schmalen Weg zum Haus. Als ich die Veranda betrete, schreit aus dem Garten ein Blauhäher zu mir herüber. Er sitzt schimpfend auf dem Ast eines Kirschbaums, als wolle er mich daran erinnern, dass ich nicht nur für dieses Stück Land eine Fremde bin, sondern auch für meine eigene Familie. Ich will gerade klopfen, als meine Schwägerin, Irene, die Windfangtür aufstößt.

»Katie!« Sie reißt die Augen auf, muss zweimal hinsehen. »Meine Güte, was für eine schöne Überraschung!«

Irene ist auf eine schlichte Weise hübsch, hat makellose Haut mit Sommersprossen und klare haselnussbraune Augen. Sie trägt ein blaues Kleid, eine weiße, anscheinend mit Traubensaft bekleckerte Schürze, schwarze Halbschuhe und eine *Kapp* aus Organdy.

»Hi.« Ich lächele, doch es fühlt sich falsch an. »Ist Jacob da?«

»Er ist in der Scheune und wechselt ein Rad am alten Gülleverteiler. Das andere hat gestern den Geist aufgegeben, schon das vierte in diesem Frühjahr.« Stirnrunzelnd zeigt sie zur Scheune. »Er wird noch eine Weile zugange sein, Katie. *Kumma inseid. Witt du kaffi?*« Komm herein. Willst du einen Kaffee?

Um amischer Etikette Genüge zu tun, sollte ich ihr Angebot annehmen und ein paar Minuten mit ihr plaudern, um die Neugkeiten zu erfahren. Ich sollte mich nach meinen Nichten und Neffen erkundigen und was es sonst noch so in ihrem Leben gibt. Ich sollte mich bemühen, sie besser kennenzulernen,

Gemeinsamkeiten zu finden und so dem Unbehagen ein Ende zu bereiten, das mich bei meinen Besuchen immer überkommt. Natürlich tue ich nichts dergleichen.

»*Nay, dank*«, sage ich.

Wäre ich eine ihrer amischen Glaubensschwestern, würde sie jetzt versuchen, mich zu überreden. Oder sie würde auf die Veranda treten, meine Hand nehmen und mich ins Haus ziehen, mir ein Stück Kuchen anbieten, der sich höchstens noch einen Tag hält und dann vertrocknet, oder den Kaffee, den sie gerade gekocht hat. Mir gegenüber tut sie nichts dergleichen. In all den Jahren, die wir uns kennen, hat Irene nie ein böses Wort zu mir gesagt, aber wir haben eine stille Übereinkunft: Sie lädt mich nur ein, weil sie weiß, dass ich die Einladung ablehne. Ich weiß nicht, ob mein Bruder ihr erzählt hat, was in jenem Sommer, als ich vierzehn Jahre alt war, passiert ist. Aber sie ist in meiner Gegenwart nie entspannt und kann das trotz ihrer Bemühungen nicht verheimlichen.

Erleichterung blitzt in ihren Augen auf. »Dann das nächste Mal.«

Ich nicke. »Grüß die Kinder von mir.«

»Das mache ich!« Ihr Lächeln ist zu herzlich. »Tschüs, Katie!«

Die Windfangtür fällt zu, als ich mich auf den Weg zur Scheune mache, und ich verdränge das gekränkte Gefühl, das ich verspüre. Das große Schiebetor steht ein Stück offen, ich gehe hindurch und brauche einen Moment, bis meine Augen sich an den schwach beleuchteten Innenraum gewöhnt haben. Aus der vom Hauptraum abgehenden kleinen Werkstatt dröhnt mir das Scheppern und Knallen von Stahl auf Stahl entgegen. Mein Bruder steht an der Werkbank und hämmert auf einem Stück Metall herum, das sich heftig gegen die Schläge wehrt.

Er ist so sehr auf die Arbeit fokussiert, dass er mich nicht bemerkt. Seine Lippen sind fest zusammengepresst, teils vor körperlicher Anstrengung, teils aus Frustration darüber, dass sich der Stahl ihm widersetzt.

Schließlich blickt er auf, als hätte er meine Gegenwart gespürt, scheint aber seinen Augen nicht zu trauen, denn der kleine Vorschlaghammer in seiner Hand hängt wie festgefroren in der Luft. Schließlich lässt er den Hammer mit einem letzten, befriedigenden Scheppern niederfahren.

Ich stemme die Hände in die Taille und lächele. »Schlägst du den Stahl, oder schlägt der Stahl dich?«

»Das habe ich noch nicht entschieden.«

Ich entdecke den Anflug eines Lächelns in seinen Augen und frage mich, ob er sich freut, mich zu sehen. Ob er sich daran erinnert, wie es früher zwischen uns war, in unserer Kindheit. Wie sehr ich ihn bewundert habe, und ob ihm das fehlt. Und ich frage mich, ob er noch weiß, dass er mich einmal liebevoll angesehen hat und nicht hochmütig wie jetzt.

Er legt den Hammer hin. »Du warst lange nicht hier.«

»Ich weiß«, sage ich. »Zu lange.«

Wir starren uns an, taxieren uns, ziehen uns in unsere jeweilige Rüstung zurück und nehmen eine Verteidigungshaltung ein, um mit dieser Situation klarzukommen. Er ist zu höflich, um zu fragen, warum ich hier bin. Aber er kennt mich zu gut, um nicht zu wissen, dass das kein Höflichkeitsbesuch ist.

»Ich muss mit dir über Rachael Schwartz reden«, sage ich.

Jacob ist ein stoischer Mann, sein Gesichtsausdruck lässt sich nur schwer lesen. Außerdem neigt er dazu, seine Gedanken und Gefühle zu unterdrücken. Dennoch sehe ich die Wirkung, die der Name hat. Ein kaum merkliches Beben geht durch seinen Körper. Plötzlich kann er mir nicht mehr in die Augen sehen, was ungewöhnlich ist. Stattdessen blickt er hinab auf den Stahl, nimmt ihn hoch und legt ihn wieder hin.

»Ich hab gehört, was ihr passiert ist«, sagt er.

»Ich wusste nicht, dass du sie kanntest.«

»Hab ich eigentlich auch nicht.«

»Ich habe etwas anderes gehört.«

Er sieht mich an, nimmt den Hammer, dreht das Stück Stahl um und schlägt dreimal drauf, dreht es um und klopft weiter. Ich sehe ihm zu, warte, dass er aufhört und mir antwortet.

Nach ein paar Minuten betrachtet er den Stahl, nickt leicht und legt ihn hin. »Du hast mit Bischof Troyer gesprochen.« Eine Feststellung, keine Frage. Sie verrät mir, dass er außer mit ihm mit niemandem sonst über Rachael geredet hat.

»Ich versuche herauszufinden, wer ihr das angetan hat, und war deshalb beim Bischof.« Ich halte inne, muss den richtigen Ton finden, und versage. »Ich war überrascht, deinen Namen zu hören. Mir war nicht klar, dass ihr euch jemals begegnet seid.« Wenn die beiden Männer aneinandergeraten, weil ich meine Informationsquelle preisgegeben habe, müssen sie das unter sich ausmachen.

»Ist schon lange her.« Er wirft das Stück Stahl in eine Holzkiste. »Aber ich kann dir sagen, dass es nichts mit dem zu tun hat, was ihr passiert ist.«

»Das zu beurteilen liegt bei mir, Jacob.«

Jetzt nimmt er ohne jede Eile eine riesige Schraube aus einer anderen Kiste und versucht mit einer Zange, die verrostete Mutter daran abzudrehen. »Ich habe gebeichtet.«

»Und was?«

Er dreht die Zange, und die Mutter lockert sich. »Etwas Persönliches.«

Ich warte.

Als er mich schließlich anblickt, sehe ich Entrüstung in seinen Augen. »*Dich sinn mei shveshtah.*« Du bist meine Schwester. »*Dich du net halda glawva.*« Du bist nicht gläubig. »Ich werde nicht darüber reden.«

Wut steigt in mir auf, aber ich reiße mich zusammen. »Ich bin nicht als deine Schwester hier, Jacob. Ich bin als Polizistin hier, die ihre Arbeit tut. Wenn zwischen dir und Rachael Schwartz irgendetwas vorgefallen ist, musst du mir das sagen. Jetzt gleich.«

»Du glaubst wirklich, ich hab ihr das angetan?«, fragt er ungläubig.

»Nein«, sage ich und meine das auch. Mein Bruder mag vieles sein, doch eine Frau totzuprügeln, das brächte er sicher nicht fertig. »Aber manchmal gibt es bestimmte … Muster im Leben eines Menschen. Je mehr ich über Rachael Schwartz weiß, desto wahrscheinlicher ist es, dass ich ihren Mörder finde.«

Er zögert kurz, dann geht er um die Werkbank herum und an mir vorbei zur Werkstatttür, wirft einen Blick hinaus. Anscheinend um sicherzustellen, dass niemand mithört. Er schließt die Tür, geht zurück zur Werkbank, legt beide Hände darauf und schüttelt den Kopf.

»Rachael Schwartz war …« Er blickt sich um, als hätte er etwas verloren – als würde ihm die Umgebung helfen, die richtigen Worte zu finden. »*Narrish.*« Verrückt.

Ich warte, lasse das Schweigen seine Wirkung tun.

Nach einer Weile richtet er sich auf, schiebt die Hände in die Hosentaschen. »Es ist passiert, kurz bevor sie wegging. Ich war mit dem Buggy unterwegs, nahe der Tuscarawas Bridge und auf dem Weg nach Hause. Es war dunkel, neun oder zehn Uhr abends, glaube ich, und ein Sommergewitter ging nieder.« Er zuckt die Schultern. »Ich hätte sie fast umgefahren. Sie war pitschnass und lief mitten auf der Straße. Ich kannte Rhoda und Dan und hab angehalten, weil sie bestimmt nicht wollten, dass ihre Tochter vollkommen durchnässt und im Dunkeln allein nach Hause lief. Ich hab sie gefragt, ob ich sie mitnehmen soll.«

Rachael hat mit siebzehn die Stadt verlassen, Jacob war damals also achtundzwanzig und verheiratet.

»Sie ist in den Buggy gestiegen … hat vor Kälte gezittert und geweint.« Er schüttelt den Kopf, dreht sich von mir weg und tut, als würde er auf etwas im Regal hinter sich blicken. »Zu dem Zeitpunkt wusste ich es noch nicht, aber sie war … *ksoffa.*« Betrunken. »Auf der Fahrt zur Farm ihrer Eltern, hat sie …« Er zieht den Kopf ein, hat Mühe, die richtigen Worte zu finden. »Eben noch hat sie dagesessen und geweint, und plötzlich … ich weiß nicht, was passiert war … wurde sie *unshiklich.*« Unschicklich.

Ich hätte nie erwartet, dieses Wort aus dem Mund meines Bruders zu hören. Und auch nie vermutet, dass mein Bruder in so eine Situation geraten war. »Sie hat dich angemacht?«, frage ich.

Mein Bruder sieht mich an, aber er hält meinem Blick nicht stand. Ich sehe Scham in seinen Augen, und seine Wangen sind leicht gerötet. »Sie war … *iemeschwarm.*« Wie ein Bienenschwarm. »Es war … unziemlich. Dass ein Mädchen sich so verhält. Es war verrückt.«

Erst jetzt wird mir klar, dass da noch mehr war. Jacob weicht meinem Blick aus. Sein Unbehagen – seine Scham – ist greifbar.

»Ich … war jung. Schwach. Einen Moment lang hat mich der Teufel geritten.« Er seufzt. »Ich hab sie aus dem Buggy gestoßen. Sie … ist runter auf die Straße gefallen und war total wütend, hat rumgeschrien. Es war, als wär der Teufel in ihr Hirn gekrochen. Ich erkannte sie nicht wieder.«

Er verzieht das Gesicht, schüttelt den Kopf. »Ich hab sie in der Dunkelheit und im Regen stehen gelassen und bin nach Hause gefahren.« Er seufzt. »Ich hatte niemandem was erzählt, aber dann hab ich erfahren, dass sie zum Bischof gegangen ist und … Sie hat ihm Dinge erzählt, die nicht stimmten.«

»Was hat sie ihm erzählt?«, frage ich.

Jetzt laufen seine Wangen puterrot an. »Sie hat dem Bischof gesagt, wir wären ein Fleisch gewesen.«

»Stimmt das?«

»Nein.« Den Mund fest zusammengepresst, zwingt er sich, mich anzusehen. »Katie, ich war verheiratet. Ich würde nicht mit ihr – « Er bricht den Satz ab, als wäre das letzte Wort zu ungehörig, um es laut auszusprechen. »Sie hat gelogen. Sie hat den Bischof angelogen und alle, die ihr zugehört haben. Sie hat viele Probleme verursacht.«

»Was hat der Bischof getan?«

»Er ist zu mir gekommen. Ich hab ihm die Wahrheit gesagt.« Inzwischen ist sein ganzes Gesicht dunkelrot. »Ich habe es ihm gebeichtet. Was … ich getan habe. Was ich gefühlt habe.«

»Hat er dir geglaubt?«

Er nickt kaum merklich. »Ihr hat er nicht geglaubt, was richtig war.«

»Wer wusste sonst noch davon?«

»Niemand.«

Ich denke kurz nach. »Weißt du, warum sie so aufgebracht war und so spät abends im Regen auf der Straße lief?«

»Das hat sie mir nicht gesagt.«

»Weißt du, ob es noch mehrere solche Vorfälle gab? Mit anderen Männern?«

»Ich weiß nur, dass ich sie nie wieder angesehen habe. Ich habe nie mehr mit ihr geredet und immer dafür gesorgt, dass ich nicht mit ihr allein war.« Er schüttelt den Kopf. »Wenige Monate später war sie weg.«

18. KAPITEL

Ich kriege Jacobs Geschichte nicht aus dem Kopf, als ich auf dem Highway 62 nach Süden in Richtung Killbuck fahre. Mir fällt eine Passage in ihrem Buch ein, und die Ähnlichkeit mit Jacobs Darstellung ist nicht zu übersehen. In dem Buch weigerte sich der Mann, dessen Name nicht genannt wird, ihr Nein zu akzeptieren. Er vergewaltigte sie auf der Rückbank seines Buggys, warf sie runter auf die Straße und fuhr weg. Als sie dem Bischof davon berichtete, meinte dieser, sie wäre selbst schuld. Keiner der anderen Amischen glaubte ihr, denn sie war eine Gefallene. Und am Ende wurde sie exkommuniziert.

War diese Passage eine Ausschmückung des Vorfalls zwischen ihr und Jacob? Oder beschreibt sie darin einen anderen Vorfall, bei dem sie sexuell genötigt wurde und ihr keiner glaubte?

Ich weiß nicht, was ich denken soll. Was ich von Rachael halten soll, was ihr Motiv war. Doch allein durch die Tatsache, dass Jacob mein Bruder ist, bin ich befangen. Andererseits weiß ich als Polizistin – als Frau –, dass es für ein Vergewaltigungsopfer die größte Verletzung ist, wenn ihm nicht geglaubt wird – wenn man es abweist und verunglimpft. Aber ich kenne meinen Bruder. Er ist ein geradliniger Mensch, der die Regeln befolgt. Und nicht, weil er muss, sondern weil er den grundlegenden amischen Lehren beipflichtet. Ich glaube noch immer, dass das einer der Gründe war, warum er in jenem Sommer mit meiner Tat so immense Probleme hatte.

Die große Mehrheit amischer Männer weiß sich gegenüber

Frauen zu benehmen. Besonders die Ehemänner legen großen Wert auf ihr Ansehen. Abgesehen davon, ist mir durchaus bewusst, dass amische Männer genauso fehlbar sind wie ihre englischen Gegenstücke. Sie übertreten Grenzen, benehmen sich schlecht, und manchmal brechen sie das Gesetz. Bin ich zu dicht dran – wegen meines Bruders und auch der jungen Rachael Schwartz, die ich einmal kannte –, um die Wahrheit zu sehen?

Als ich die Stadtgrenze von Killbuck erreiche, ist Nachmittag. Amos Gingerichs Kommune liegt westlich der Stadt an einer mit Schlaglöchern übersäten Landstraße. Die Vegetation ist üppig und wild in dieser tief liegenden Gegend. Gewaltige Bäume säumen die Straße zu beiden Seiten, und Äste kratzen über die Türen und das Dach meines Wagens.

Tomasetti hat sein Versprechen gehalten und mir Fotos der Briefe gemailt, die Amos Gingerich an Rachael Schwartz geschickt hat. Gingerichs Schlussfolgerung trifft ins Schwarze. Obwohl er ihr in den Briefen nicht offenkundig droht, ist doch klar, dass er ihr nicht wohlgesonnen war. Was mir die Frage aufdrängt: Hat er der Wut, die zwischen den Zeilen sichtbar wird, Taten folgen lassen?

In der Regel sind die Amischen Pazifisten und leben nach den Grundsätzen der Gewaltlosigkeit und leisten auch keinen Widerstand. Wenn sie bedroht werden, verteidigen sie weder sich selbst noch ihr Eigentum. Haben sie beispielsweise ein unlösbares Problem mit einem Nachbarn oder der Stadt, in der sie leben, ziehen sie einfach woandershin. In Kriegszeiten verweigern sie den Dienst an der Waffe. Ich kenne die amische Charta auswendig, denn ich bin damit aufgewachsen und habe in meiner Kindheit und Jugend danach gelebt. Auch wenn ich nicht in allem mit ihnen übereinstimme, weiß ich doch eines ganz sicher: Die Amischen sind eine gute und ehrenhafte Gemeinschaft. Sie arbeiten hart, sind familienorientiert, religiös und gute Nachbarn.

Amos Gingerich mag sich selbst und seine Anhänger als Anabaptisten sehen, doch nach allem, was ich über ihn weiß, ist er kein Amischer, und ich muss ihm gegenüber vorsichtig sein – schon wegen meiner Entscheidung, allein herzukommen.

Nach etwa einer halben Meile endet die Straße plötzlich an einer Wand aus Bäumen in einer Sackgasse. Ich halte an und bleibe einen Moment lang verdutzt sitzen.

»So ein Mist!«

Ich will gerade den Explorer wenden, als mir zwischen zwei Walnussbäumen eine schmale Öffnung auffällt. Sie ist mit wilden Himbeersträuchern zugewuchert, zwischen denen der verfallene Überrest eines windschiefen Briefkastens durchscheint. Die Nummer darauf ist identisch mit der Adresse in meiner Akte.

Ich nehme den Hörer vom Autofunk. »Bin am Zielort angekommen.«

»Verstanden«, erwidert Lois. »Seien Sie vorsichtig, Chief.«

»Auf jeden Fall.«

Ich hänge den Hörer zurück in die Halterung und fahre zwischen den Bäumen hindurch den Weg entlang, wobei ich mich jedes Mal innerlich krümme, wenn ein Ast über den Autolack kratzt. Der Explorer holpert durch Schlaglöcher und Pfützen, und Erdklumpen und Schotter schlagen an den Unterboden. Als ich mich nach einer weiteren halben Meile gerade frage, ob mir irgendwo eine Abzweigung entgangen ist, öffnet sich plötzlich der Weg zu einer großen Lichtung mit einem Dutzend kleinen Schindelhäusern, wie man sie als Büros auf Großbaustellen findet. Sie stehen dicht beieinander im Halbkreis, und alle haben eine Holztreppe und eine Veranda, auf der entweder eine Kübelpflanze oder ein Gartenstuhl steht. Zu meiner Linken sehe ich einen großen, offensichtlich von der Gemeinschaft bestellten Garten, in dem zwei Frauen in knöchellangen Kleidern und mit Winterhauben die Erde zwischen Reihen aus Frühlingsmais, eingehegten Tomatenpflanzen und anderem Gemüse mit einer Hacke lockern. Ein Stück dahinter verleiht eine Hangscheune, die weit älter ist als die anderen Gebäude, dem Ort ein wenig Atmosphäre, die ansonsten fehlt. Auf einer kleinen Weide grasen zwei Zugpferde, in einem weiteren Gehege stehen mehrere laut meckernde Zwergziegen auf riesigen hölzernen Kabeltrommeln, und vor der Scheune parkt ein schwarzer Buggy mit einem seltsam orangefarbenen Dach. Das Ganze hier wirkt auf mich wie inszeniert.

Ich lasse den Explorer im Leerlauf über die Lichtung zum Anbindepfosten vor dem am nächsten stehenden Haus rollen, stelle den Motor ab und steige aus. Die beiden Frauen sehen nicht von ihrer Arbeit auf, doch ich spüre ihren Blick, als ich die Stufen zur Veranda hinaufsteige und an die Tür klopfe. Nur wenige Sekunden später geht sie einen Spalt auf, und ich sehe mich einer Frau gegenüber, die kaum älter als zwanzig und hochschwanger ist. Sie trägt ein langes geblümtes Kleid und eine Kopfbedeckung, die weder amisch noch mennonitisch ist.

Beim Anblick meiner Uniform reißt sie die Augen auf. »Kann ich Ihnen helfen?«, fragt sie.

Ich zeige ihr meine Polizeimarke. »Ich möchte Amos Gingerich sprechen«, sage ich.

Sie blinzelt, wobei ihr Blick nach links huscht. »Amos?«

Eine ausgesprochen blöde Erwiderung, um Zeit zu schinden. Sie ist nicht schnell genug, um mich mit einer besseren Taktik hinzuhalten, und ich widerstehe dem Drang, mit den Augen zu rollen.

»Amos Gingerich«, wiederhole ich. »Ich muss ihn sprechen, und zwar sofort. Wo ist er?«

Sie schluckt sichtbar, hebt dann die Hand und zeigt zu der alten Hangscheune. Bevor ich noch etwas sagen kann, schließt die Tür.

»So schwer kann das doch nicht gewesen sein«, murmele ich auf dem Weg die Veranda hinunter.

Ich überquere den offenen Bereich, in dem mein Wagen parkt, und gehe schnell weiter zur Scheune. Der Garten liegt zu meiner Linken. Er ist riesig, mindestens viertausend Quadratmeter groß. Die zwei Frauen haben aufgehört zu arbeiten, stützen sich stattdessen auf ihre Hacken und beobachten mich. Ich winke ihnen zu, doch sie erwidern den Gruß nicht. Beide sind deutlich schwanger.

Das Scheunentor ist ein Stück geöffnet. Ich trete ein, und der Geruch von Vieh, Pferden und frisch gesägtem Holz steigt mir in die Nase. Wenige Meter entfernt steht ein Mann über einen Tisch gebeugt und arbeitet an etwas, das ich nicht sehen kann. Er hat breite Schultern und ist ganz in Schwarz gekleidet; ein Pferdeschwanz baumelt bis zur Mitte seines Rückens. Ich bleibe einen Moment stehen und betrachte ihn. Er ist weit über einen Meter achtzig groß, muskulös gebaut und wiegt bestimmt einhundertundzehn Kilo. Sein flachkrempiger Strohhut lässt vermuten, dass er dem Amischen zugeneigt ist, sein Pferdeschwanz hingegen lässt daran zweifeln.

Ich will gerade auf mich aufmerksam machen, als er sich umdreht. Ob er mich hat kommen hören oder aber meine Gegenwart gespürt hat, weiß ich nicht, aber als er mich sieht, ist er weder von meiner Präsenz noch meiner Uniform erkennbar überrascht.

Er hat einen schmalen, ausdrucksstarken Mund, hellgraue Augen, eine Hakennase und einen grau melierten Bart, der fast bis zum Hosenbund reicht. Wäre er amisch, würde sein Bart bedeuten, dass er verheiratet ist, und zwar schon länger. Doch bei dieser Gemeinschaft habe ich meine Zweifel. Aber es ist Amos Gingerich, ich erkenne ihn von den Fotos aus Rachaels Buch wieder.

»Oha, die Polizei.« In einer theatralischen Geste legt er verschmitzt die Hand auf die Brust. »Stecke ich in Schwierigkeiten?«

Etwas an ihm irritiert mich, obwohl sein Ton freundlich ist. Vielleicht sein Akzent, der verrät, dass er nicht aus dieser Gegend stammt. *Deitsch* ist vermutlich nicht seine Muttersprache.

»Kommt darauf an.« Ich gehe zu ihm hin, halte meine Dienstmarke hoch und stelle mich vor. »Amos Gingerich?«

Er nickt. »Was kann ich für Sie tun?«

Ich erkenne Argwohn in der Art, wie er mich ansieht und den Mund verzieht. »Ich möchte Ihnen ein paar Fragen stellen«, sage ich.

Gemächlich legt er die Schleifmaschine auf den Tisch und streift die Lederhandschuhe ab. »Geht es um Rachael Schwartz?«

»Sie haben also davon gehört.«

»Todesnachrichten machen schnell die Runde, besonders bei den Amischen.«

Ich verkneife mir die Bemerkung, dass seine Zugehörigkeit zu den Amischen ja wohl fraglich ist. »Sie haben sie gekannt?«

»Sie ist zu uns nach Killbuck gekommen und eine Zeitlang geblieben.«

»Wie lange ist das her?«

»Elf oder zwölf Jahre, glaube ich. Der Bischof von Painters Mill hatte sie unter *Bann* gestellt. Sie war eine junge Frau mit vielen Problemen.« Er berührt seine Brust. »Hier im Inneren, meine ich. Sie war allein, durcheinander. Sie wusste nicht, wo sie hinsollte, und da haben wir sie aufgenommen. Wir haben ihr Rat erteilt und Obdach geboten. Einen Ort zum Leben. Wir haben ihr Hoffnung gegeben.«

»Wie lange ist sie geblieben?«

»Ungefähr sechs Monate.«

»Das ist nicht sehr lange.«

Er nickt. »Sie war ein ruheloser Mensch auf der Suche nach etwas, was sie selbst nicht benennen konnte. Nach einer Weile wurde mir klar, dass sie mit unseren Regeln nicht klarkam.«

»Was sind das für Regeln?«

»Ich will sie nicht verunglimpfen, so etwas tun wir hier nicht. Aber sie war ... schwierig.«

»In welcher Hinsicht?«

Er zuckt mit den Schultern. »Sie hat ... Unruhe gestiftet. Und für mich als Bischof hat die Gemeinde Priorität. Als ich sie bat, zu gehen, reagierte sie zornig.«

»Gab es jemanden, auf den sie besonders wütend war?«

»Auf mich natürlich. Aber ihre Wut richtete sich auch gegen Frauen, gegen einige Mädchen, mit denen sie zusammenwohnte. Sie warf ihnen vor, sie zu bespitzeln.« Er tat den Vorwurf mit einer Handbewegung ab. »Derartiges seltsames Zeug.« Er schüttelt den Kopf. »Sie versuchte, zurückzukommen und sich mit uns auszusöhnen, aber ich war dagegen. Ein paar Jahre später wurde dann ihr Buch veröffentlicht. Die vielen bösartigen Lügen haben mich wirklich erschüttert und Probleme in unserer kleinen Gemeinde verursacht. Anscheinend hat die junge Rachael für Geld ihre Seele verkauft.«

Ich muss an die Gerüchte von Polygamie denken, dass Kinder gefährdet seien, sowie den Vorwurf, Gingerich sei eher der Anführer einer Sekte als ein amischer Bischof. »Was für Probleme?«, frage ich trotzdem.

»Journalisten fingen an, bei uns herumzuschnüffeln. Sie haben uns hier und in der Stadt darauf angesprochen und alle möglichen Fragen gestellt. Die Polizei tauchte auf und auch das Jugendamt, das uns wegen der Kinder befragte.« Er presst die

Lippen zusammen. »Unser Grundstück wurde mutwillig zerstört, Leute in der Stadt beschimpften uns oder weigerten sich, Geschäfte mit uns zu machen. Es war wirklich schlimm.«

»Und was haben Sie getan?«

»Die Frage ist doch, was *konnten* wir tun? Wir haben wie unsere Vorväter unser Schicksal in Gottes Hand gelegt und die Sache gemeinsam überstanden.«

»Haben Sie Rachael Schwartz die Schuld daran gegeben?«

»Ich gebe der Intoleranz die Schuld«, sagt er. »Und der Ignoranz.«

Ich lasse es dabei bewenden und wechsle das Thema. »Stand Rachael einem Ihrer Gemeindemitglieder besonders nahe?«

»Sie war nur für kurze Zeit bei uns. Ich glaube nicht, dass sie mit jemandem enger befreundet war.«

»Und was ist mit Ihnen?«, frage ich.

Er neigt den Kopf zur Seite, und in seinen Augen blitzt etwas auf, was ich aber nicht ohne weiteres deuten kann. Verärgerung? Belustigung? »Was soll mit mir sein?«

»Standen Sie Rachael nahe?«, frage ich.

»Nicht näher als jeder andere Bischof den Mitgliedern seiner Gemeinde.«

Ich nicke, blicke mich um, lasse die nachfolgende Stille wirken. »Sie haben also ihr Buch gelesen?«

»Soweit ich es ertragen konnte.«

»Dann wissen Sie ja auch, dass Rachael behauptet, Sie beide hätten eine Beziehung gehabt.«

»Diese Unwahrheit ist mir bekannt.« Wieder tut er amüsiert, aber diesmal schwingt Wut in seinem Ton mit. »Das Buch war voller ehrenrühriger Lügen über mich und meine Glaubensbrüder. Geschrieben von einer missmutigen und verwirrten Frau, die letztlich ihre Seele für das verkaufte, was der Verlag von ihr haben wollte.«

»Das muss Sie sehr verärgert haben«, sage ich.

Er schenkt mir einen mitleidigen Blick, in dem jedoch ein beunruhigendes Funkeln aufscheint. Verborgen unter all der Selbstgerechtigkeit und Ruhe verspüre ich eine Durchtriebenheit und unterschwellige Bedrohung, die mich trotz der .38er in meinem Ausrüstungsgürtel frösteln lässt.

»Ich hege gegen niemanden einen Groll«, sagt er. »Nachtragend zu sein gehört nicht zu unserer Lebensweise. Rachael Schwartz *hot net der glaabe.*« Hat aufgegeben zu glauben. »Sie hat viele haltlose und schmerzliche Beschuldigungen gegen uns vorgebracht. Sie versuchte, diejenigen zu verletzen, die ihr helfen wollten. Ja, die Polizei hat gegen uns ermittelt, aber das wissen Sie ja bereits, Kate Burkholder, nicht wahr?«

»Ja.«

Der Hauch eines Lächelns umspielt seinen Mund. »Es war für uns alle eine schmerzliche Zeit.«

»Wann hatten Sie das letzte Mal Kontakt mit Rachael?«, frage ich.

»Ich habe nicht mehr mit ihr gesprochen, seit ich ihr sagte, sie könne nicht länger bei uns bleiben.«

»Und was ist mit Briefen?«

»Aha.« Er verzieht den Mund, und es ist unklar, ob er lächelt, die Zähne fletscht oder etwas dazwischen. Doch es ist definitiv ein unschöner und auf mich gemünzter Gesichtsausdruck.

»Offensichtlich wissen Sie, dass ich ihr geschrieben habe. Aber bloß, um sie zu bitten, nicht noch mehr Lügen über uns zu verbreiten. Uns in Ruhe zu lassen.«

»Und dass Sie ihr gedroht haben, daran erinnern Sie sich nicht?«

»›Ein falscher Zeuge bleibt nicht ungestraft, wer Lügen flüstert, geht zugrunde‹«, sagt er. »Falls Sie sich mit derlei nicht auskennen, was ich vermute: Das ist eine Passage aus der Bibel. Ich dachte, es würde ihr helfen, ihren Irrweg zu erkennen. Mehr nicht.«

»Wo waren Sie vorletzte Nacht?«, frage ich.

»Hier natürlich.« Mit einer weit ausholenden Geste zeigt er um sich herum.

»Kann das jemand bezeugen?«

»Meine Frau und noch einige andere aus der Gemeinschaft.« Er nennt zwei Namen.

Ich hole meinen Notizblock hervor und schreibe sie nieder.

Als ich wieder aufblicke, hat er den Kopf erneut zur Seite geneigt und sieht mich an, als wäre ich ein faszinierendes wissenschaftliches Objekt – ein kleines Tier, das gleich von einem Kind zerteilt wird, das etwas zu begeistert mit dem Messer hantiert. »Soviel ich weiß, sind auch Sie eine gefallene Frau, Chief Burkholder. Vielleicht haben auch Sie etwas zu beichten.«

Im ersten Moment bin ich erschrocken, dass er von meiner amischen Vergangenheit weiß. Doch ich mache mir bewusst, dass Painters Mill nicht weit von Killbuck entfernt ist, und beruhige mich schnell. Klatsch und Tratsch haben überall Flügel, und vermutlich hat er damit gerechnet, dass ich komme, um mit ihm zu reden.

Ohne Eile schiebe ich meinen Notizblock zurück in die Jackentasche. »Danke, dass Sie sich Zeit für mich genommen haben«, sage ich. Und gehe.

19. KAPITEL

Ich habe gerade die Stadtgrenze von Painters Mill erreicht, als mein Handy aufleuchtet. Auf dem Display im Armaturenbrett steht HOLMES CNTY CORONER. »Hallo, Doc.«

»Ich habe die Autopsie von Rachael Schwartz abgeschlossen. Der Bericht ist in Arbeit, aber da bei Ihren Ermittlungen Zeit ein wichtiger Faktor ist, wollte ich Sie über das Ergebnis vorab informieren«, sagt er.

»Todesart- und ursache?«, frage ich.

»Sie hat mehrfache Schädelknochenfrakturen, subdurale Hämatome und Subarachnoidalblutungen der Stirn-, Scheitel- und Schläfenregion. Jede einzelne dieser Verletzungen kann tödlich gewesen sein.«

»Bitte auf Deutsch«, sage ich.

»Multipler Schädelbruch.« Er stößt einen Seufzer aus, und zum ersten Mal habe ich den Eindruck, dass ihn diese Autopsie in einer Weise mitgenommen hat, die nicht mit Schlafdefizit oder körperlicher Erschöpfung zu erklären ist.

»Alles durch das Einwirken von stumpfer Gewalt?«

»Ja«, erwidert er. »Die Todesart ist Mord.«

»Können Sie den Todeszeitpunkt eingrenzen?«, frage ich.

»Zwischen ein und drei Uhr morgens. Genauer geht es leider nicht, Kate.«

»Wurde sie vergewaltigt?«

»Kein Samen.«

Was erneut die Frage nach dem Motiv aufwirft. »Gibt es einen vorläufigen Bericht, den Sie mir schicken können, Doc?«

»Ich maile Ihnen, was ich habe. Den fertigen Bericht gibt es erst morgen, der Abschlussbericht erfolgt in ein paar Wochen, wenn das Ergebnis der toxikologischen Untersuchung vorliegt.«

Ich will ihm gerade danken, doch er spricht weiter. »Kate … « Er räuspert sich, und zum ersten Mal, seit ich ihn kenne, entdecke ich darin versteckte Emotionen. »Diese junge Frau hatte sieben Knochenbrüche, innere Blutungen und Gesichtsverletzungen. In all den Jahren, in denen ich als Leichenbeschauer tätig bin, habe ich noch nie solche Verletzungen aufgrund von Schlägen gesehen.«

Ich warte, bin mir bewusst, dass ich den Atem anhalte. Seine ungewöhnliche Reaktion berührt mich, und ich spüre, dass dieser Moment wichtig ist. Nicht nur für mich, auch für Doc Coblentz.

»Ich weiß nicht, ob das, was ich Ihnen jetzt sage, irgendeine Relevanz hinsichtlich des Täters hat oder es in irgendeiner Weise hilfreich für Ihre Ermittlungen ist … Selbst als das Opfer bereits am Boden lag und sich weder schützen noch bewegen konnte, hat der Angreifer weiter auf sie eingeschlagen. Auch noch, als das Herz des Opfers längst aufgehört hatte zu schlagen.« Er hält inne, und ich höre ihn am anderen Ende schwer atmen. »Ich spreche jetzt nicht als Leichenbeschauer, sondern als Bürger: Sie müssen den Kerl finden, Kate. Sie müssen ihn aufhalten, und zwar schnell. Keiner hier ist sicher, bis er gefasst ist.«

Bevor ich ihm versichern kann, dass ich genau das vorhabe, hat er aufgelegt.

* * *

Rachael Schwartz war kein Engel, aber so ein Schicksal verdiente sie nicht. Niemand verdient es, auf diese Weise durch die Hand eines anderen zu sterben.

… selbst als das Opfer bereits am Boden lag und sich weder schützen noch bewegen konnte, hat der Angreifer weiter auf sie eingeschlagen.

Wer hat sie so verabscheut, um mit solcher Gewalt auf sie einzuprügeln und ihr sieben Knochen zu brechen? Was hatte Rachael Schwartz seinem kranken Hirn zufolge getan, um das zu verdienen?

Es ist nach vier Uhr nachmittags, und ich bin in meinem Büro im Polizeirevier. Glock ist früher reingekommen, um seinen Tagesbericht zu schreiben, und Skid ist bereits hier, um ihn abzulösen. Lois ist nach Hause gegangen, und meine neue Mitarbeiterin in der Telefonzentrale, Margaret, hat die letzte Stunde damit verbracht, die Anrichte hinter ihrem Arbeitsplatz sauber zu machen und neu zu ordnen. Inzwischen habe ich Doc Coblentz' vorläufigen Autopsiebericht zweimal gelesen und ein Bild wie in einem Albtraum vor Augen: Zu Beginn des Angriffs hatte Rachael Schwartz versucht, sich zu schützen. Abwehrwunden belegen, dass sie sich verteidigt hatte, immerhin hat sie nicht kampflos aufgegeben. Als sich ihre Mühe als vergeblich erwies, versuchte sie zu entkommen. Aber zu diesem Zeitpunkt waren ihre Verletzungen bereits zu schlimm, um zu fliehen. Als sie am Boden lag, kriechend in Richtung Tür robbte und sich nicht schützen konnte, stand der Mörder neben ihr und prügelte sie zu Tode.

Ich lese gerade den Bericht zum dritten Mal, überlege, ob mir bei dem Baseballschläger, der im Straßengraben gefunden wurde, etwas entgangen ist, als die Eingangstür auf- und wieder zugeht. Wenig später steht Tomasetti in der Tür zu meinem Büro, eine Aktenbox unterm Arm und die Laptoptasche über der Schulter. Er sieht müde aus. Aber auch froh, hier zu sein. Sein Anblick lockert den Knoten in meinem Bauch.

»Hast du dich verlaufen?«, frage ich.

»Ich suche Mrs. Tomasetti«, sagt er.

Ich stehe auf und freue mich unbändig über seine bis jetzt inoffizielle Anrede, ich mag es, wie er mich ansieht, das angedeutete Lächeln um seinen Mund. »Ich glaube nicht, dass das schon in trockenen Tüchern ist«, gebe ich zu bedenken.

»Sag einfach ja, und die Sache ist geritzt«, sagt er.

»Ich überleg's mir.«

Den Überblick über die Anzahl seiner Anträge habe ich verloren. Natürlich will ich ihn heiraten, er ist die Liebe meines Lebens. Dennoch habe ich ihm immer noch nicht die Antwort gegeben, die er verdient. Zwar glaube ich an die Institution der Ehe, bekomme aber bei der Vorstellung, mich fest zu binden, eine höllische Angst. Er macht das Spiel mit, und ich arbeite an mir.

Er betritt mein Büro. »Soll ich die Tür zumachen?«

Die Verlockung ist groß. Ich sehe an ihm vorbei in den Empfangsraum, wo Margaret gerade die Kaffeekanne und -tassen einsammelt, und schüttele den Kopf. »Lieber verschieben, ja?«

»Worauf du dich verlassen kannst.« Er stellt die Box auf meinen Schreibtisch, die Laptoptasche auf den Boden und sinkt mir gegenüber auf den Besucherstuhl.

»Wie war's in Cleveland?«, frage ich.

»Ergiebig«, sagt er. »Die örtliche Spurensicherung und das BCI haben das Haus, in dem Schwartz mit Matson gewohnt hat, auf den Kopf gestellt und alles unter die Lupe genommen, auch Fingerabdrücke gesichert. Die Daten auf ihrem Laptop werden gerade vom Labor analysiert, E-Mail, Festplatte, und die IT-Leute sehen sich gerade ihren Browserverlauf an.«

»Schon was Interessantes gefunden?«, frage ich.

»Ein paar Sachen stechen hervor. Laut einer ihrer Freundinnen, mit denen ich gesprochen habe, war Rachael außer mit Moskowski noch regelmäßig mit zwei anderen Männern intim.«

Ich setzte mich aufrecht hin. »Hast du – «

»Beide haben ein Alibi für die Mordnacht, wir sehen sie uns aber trotzdem noch genauer an, für den Fall, dass es ein Auftragsmord oder doch ein Mord aus Eifersucht war.«

Nicht zum ersten Mal werde ich daran erinnert, dass Rachael Schwartz ein exzessives Leben geführt hat. Sie war impulsiv mit einer Vorliebe für riskantes Verhalten und scherte sich einen Dreck um jeden, dem das nicht passte.

Er beugt sich vor und zieht ein paar Sachen aus der Box. »Für die Beweismittelkette.« Er schiebt mir einen braunen Briefumschlag zu. »Alte Fotos.«

Ich öffne den Umschlag. Die Fotos darin sind verblasst und fleckig. Schlechte Qualität. Vier davon zeigen ein geschecktes Pferd und sagen mir nichts. Die restlichen scheinen mir uninteressant, aber auf dem letzten sind Rachael Schwartz und Loretta Bontrager im frühen Teenageralter abgebildet. Loretta hat ein freundliches, gewöhnliches Gesicht voller Sommersprossen und die arglosen Augen eines Kindes. Rachael war ein entzückendes Mädchen mit einem nicht ganz so unschuldigen Lächeln und einem Blick, der selbst damals schon ein wenig zu direkt war.

Tomasetti legt einen Aktendeckel auf meinen Schreibtisch und schiebt ihn mir hin. »Das hier sind interessantere Fundstücke.«

Ich stecke die Fotos zurück in den Umschlag, schlage den Aktendeckel auf und finde darin Schwartz' Kontoauszüge und andere Finanzunterlagen. Girokonto, Ersparnisse, ein kleines Festgeldkonto.

»Nicht gerade viele Ersparnisse«, murmele ich und überfliege die Ausdrucke. »Das Festgeldkonto ist so gut wie leer.«

»Ihr Buchhalter sagt, *The Keyhole* hat nicht immer Gewinn gemacht. In manchen Wochen konnten sie kaum ihre Angestellten bezahlen.«

»Sie hat über ihre Verhältnisse gelebt.«

Er beugt sich vor und blättert um. »Das Girokonto war in den letzten Jahren ein paarmal im Minus. Sieh dir jetzt mal den aktuellen Kontostand an.«

Ich mache große Augen. »Fast zwanzigtausend Dollar.« Ich sehe Tomasetti an. »Habt ihr schon herausgefunden, woher das Geld stammt?«

Er fährt mit dem Finger zum Ende der Seite und tippt auf eine gelb markierte Zahl. Ich setze die Lesebrille auf. Vor zwei Monaten gab es eine Einzahlung von vierzehntausend Dollar.

Ich sehe Tomasetti an. »Eine Menge Geld. Tantiemen?«

»Cash«, sagt er.

»Seltsam.«

»Nach meiner Erfahrung haben Leute, die solche Summen in bar zahlen oder kassieren, meistens etwas zu verheimlichen oder wollen nicht, dass das Geld zurückverfolgt werden kann.«

»Gibt es eine Möglichkeit, herauszubekommen, woher es kommt?«, frage ich.

»Ich versuche gerade, eine Aufstellung der Festnetzverbindungen zu kriegen«, sagt er. »Kann aber ein oder zwei Tage dauern.«

»Handy?«, frage ich.

»Wir haben das vom Tatort gecheckt und jede einzelne Nummer identifiziert«, sagt er. »Aber da ist nichts bei rausgekommen. Laut der Freundin, mit der ich gesprochen habe, hatte Rachael *zwei* Handys. Wir haben nur eins.«

Bei dem Handy, das am Tatort gefunden wurde, war ich davon ausgegangen, dass mindestens eine Person in Painters Mill damit angerufen worden sein müsste. Aber dem war nicht so, und jetzt verstehe ich auch, warum.

»Jedenfalls ist sie nicht nach Painters Mill gekommen, um wieder einmal ein paar Amische zu sehen«, sage ich. »Niemand, mit dem ich geredet habe, wusste, dass sie hier war oder dass sie kommen wollte.«

»Einer schon«, sagt er. »Wir beide wissen, dass das kein wahlloser, sondern ein gezielter Angriff war.«

Ich überlege, was das bedeutet. »Der Killer wusste von dem zweiten Handy und hat es mitgenommen.«

»Weil sie damit kommuniziert hatten.«

»Wegwerfhandy?«, frage ich.

»Warum sollte sie so eins benutzen?«

»Weil sie etwas vorhatte, was sie besser lassen sollte?«

»Zum Beispiel?«

»Keine Ahnung.« Ich lege die Handflächen auf den Schreibtisch.

Er lehnt sich auf dem Stuhl zurück und betrachtet mich gedankenvoll. »Rachael war nicht die Einzige, die über ihre Verhältnisse lebte.«

»Andy Matson?«

»Das zu checken kann nicht schaden. Zumindest nerven wir sie damit ein bisschen.«

Ich lächele. »Nicht übel für jemanden vom BCI.«

»Hin und wieder lande auch ich einen Treffer.«

Ich verdrehe die Augen und stehe auf. »Ich fahre.«

* * *

Angesichts des ungeklärten Mordes an ihrer Freundin, wollte Andy Matson nicht ständig zwischen Cleveland und Painters Mill hin- und herfahren, sondern ein paar Tage im Ort bleiben, wenn auch nur, um sicherzugehen, dass wir Kleinstadtcops unseren Job machen. Das habe ich nicht zum ersten Mal gehört, und es stört mich nicht weiter. Da alle Bed-&-Breakfast-Unterkünfte ausgebucht sind – und das Willowdell-Motel Schauplatz der Tragödie ist –, wohnt sie im Hotel Millersburg, also einen halben Block entfernt vom Gerichtsgebäude. Sie willigt ein, sich mit Tomasetti und mir in einem nahe gelegenen Coffeeshop zu treffen.

Sie sitzt bereits hinten in einer Nische und starrt auf ihr Handy, einen Milchkaffee und ein halb gegessenes Croissant vor sich. Als wir uns nähern, blickt sie auf.

»Gibt es Neuigkeiten?«, fragt sie, schenkt uns aber nur ihre halbe Aufmerksamkeit.

»Wir verfolgen mehrere Spuren«, sage ich vage und setze mich mit Tomasetti ihr gegenüber auf die Bank.

»Zum Beispiel?«, fragt sie. »Gibt es einen Verdächtigen?«

Ich lasse sie schmoren und die Frage unbeantwortet, bestelle erst einmal einen Kaffee.

Als die Kellnerin dann wegeilt, wende ich mich ihr zu. »Was wissen Sie über Rachaels Finanzen?«

»Finanzen?«, wiederholt sie dümmlich.

»Sie wissen schon«, sagt Tomasetti. »Geld, Konten, Ersparnisse, Investments.«

Sie blinzelt, sieht von Tomasetti zu mir, als hätte sie es plötzlich nicht mehr so eilig zu reden.

»Ms. Matson«, sage ich mit fester Stimme. »Wenn Sie so klug sind, wie ich glaube, beantworten Sie in den nächsten zwei Sekunden meine Frage, und zwar wahrheitsgemäß.«

Andy blickt hinab auf die Tasse und den Teller vor ihr, als wäre ihr der Appetit vergangen. »Warum fragen Sie nach ihren Finanzen?«

»Weil wir eine Antwort wollen«, erwidere ich ruhig.

Sie seufzt. »Vermutlich haben Sie herausgefunden, dass etwas bei ihr nicht stimmte.«

Ich sage nichts, Tomasetti hüllt sich in Schweigen.

Sie windet sich unter unseren Blicken. »Hören Sie, über Rachaels finanzielle Situation weiß ich mit Sicherheit nur, dass sie

Geld ausgegeben hat, als würde es kein Morgen geben. Okay, sie hatte einen teuren Geschmack, was Kleidung anging. Sie reiste gern und liebte schicke Restaurants und schöne Hotels.« Sie runzelt die Augenbrauen. »Das Komische war, dass sie mehr Geld ausgab, als sie *verdiente*. Ich meine, *The Keyhole* lief *okay*, aber in manchen Wochen konnten wir kaum die Kosten decken. Sie hatte zwar Tantiemen von ihrem Buch, aber die nahmen auch ab, weil es ja seit Jahren auf dem Markt ist. Jedenfalls schwamm sie nicht in Geld.«

»Und doch shoppte sie bei Saks«, bemerkt Tomasetti trocken. »Sie hat teure Kunstwerke gekauft und war letztes Jahr zwei Wochen auf Hawaii. Ich kann noch mehr aufzählen.«

»Haben Sie sie jemals darauf angesprochen?«, frage ich.

»Ein paarmal, aber eher so im Scherz.« Sie zuckt die Schultern. »Sie sagte, sie hätte einen Bonus gekriegt. Oder es wär ein Vorschuss für einen Catering-Job, der aber irgendwie nie zustande kam. Meistens wechselte sie einfach das Thema oder lachte bloß.«

Neben mir stößt Tomasetti einen genervten Laut aus. »Hören Sie auf, uns irgendwelchen Mist aufzutischen. Wir haben Schwartz' Kontoauszüge. Und Ihre kriegen wir auch, wenn Ihnen der Weg lieber ist.«

Sie warf ihm einen bitterbösen Blick zu, nahm ihre Tasse und setzte sie, ohne getrunken zu haben, wieder ab.

»Hören Sie, ich hab Rachael wirklich sehr gemocht. Sie war lustig und lebendig und … sie gehörte zu den erstaunlichsten Menschen, die ich je getroffen habe. Sie besaß diese … mitreißende Energie. Und Sie beide sitzen hier, urteilen über sie und sind dabei, Rufmord zu begehen – und sie wie eine gewöhnliche Kriminelle zu behandeln.«

Sie ist zunehmend sauer, und ich gebe ihr einen Moment, um runterzukommen: »Wir verurteilen Rachael nicht«, sage ich mit ruhiger Stimme. »Wir versuchen, die Person zu finden, die sie ermordet hat.«

»Sie war nicht perfekt«, blafft sie. »Rachael war … Rachael. Ich hab sie trotzdem sehr gemocht und akzeptiert. Auch ihre Fehler und so. Aber …«, sie hat Mühe, die richtigen Worte zu finden. »Ich will sie nicht schlecht machen … Sie beide wissen inzwischen doch auch, dass sie nicht immer ein guter Mensch war.«

»In welcher Beziehung?«, frage ich.

»Wenn sie etwas wollte, hat sie alles darangesetzt, es zu kriegen.«

Tomasetti verdreht die Augen. »Was soll das denn schon wieder heißen?«

Sie blickt um sich, als wolle sie sicherstellen, dass niemand hört, was sie gleich sagt, und senkt die Stimme. »Also gut. Ich bin nicht hundert Prozent sicher, aber irgendwann kam mir der Gedanke, dass Rachael jemanden erpresst.«

»Wen?«, frage ich.

»Keine Ahnung.«

Stöhnend lehnt Tomasetti sich auf dem Stuhl zurück. »Na klasse.«

»Wie kommen Sie darauf?«, frage ich.

»Hauptsächlich wegen des Geldes. Sie hat immer damit um sich geworfen und ein großes Geheimnis daraus gemacht, woher sie es hat.« Jetzt flüstert sie. »Vor ein paar Wochen bin ich spät nach Hause gekommen, und da hat sie am Telefon mit jemandem gestritten. So richtig heftig. Ich hab mitgekriegt, wie sie dem anderen gedroht hat.«

»Und der andere war?«, dränge ich.

»Ich hab sie gefragt, aber sie hat nur gelacht und gemeint, es wäre der Kellner gewesen, den sie gefeuert hatte. Dass er versucht hätte, sie zu überreden, ihn wieder einzustellen.« Sie schüttelt den Kopf. »Der arme Kerl war in sie verliebt, aber sie hat ... einfach gelacht.« Sie senkt den Blick. »Ich weiß noch, dass ich sie angesehen und gedacht habe: Sie lügt.«

»Wie heißt er?«, fragt Tomasetti.

»Joey Knowles.«

Er notiert den Namen.

»Hatte sie mit einem Mann oder einer Frau gesprochen?«, frage ich.

»Ich bin nicht sicher.« Sie lächelt dümmlich. »Rachael behandelte Männer und Frauen gleichermaßen beschissen – ganz im Sinne der Gleichberechtigung.«

»Auf welche Weise hat sie der Person, mit der sie telefonierte, gedroht?«, frage ich.

»Ich hab nur das Ende des Gesprächs mitgekriegt. Und da sagte sie so etwas wie: ›Wenn du deine Trümpfe richtig ausspielst, wird es nie jemand erfahren‹.«

»Warum haben Sie das nicht schon früher erwähnt?«, frage ich.

Sie blickt zur Seite. »Weil ich nicht will, dass die Leute schlecht von ihr denken – dass sie am Ende denken, sie wäre selber schuld an ihrem schlimmen Tod. Denn das ist sie nicht.«

Tomasetti kauft ihr das nicht ab. »Wie viel hat sie Ihnen gegeben?«, fragt er.

Sie macht den Mund auf und wieder zu, blinzelt ein paarmal. Gleichzeitig wird sie knallrot wie bei einem Sonnenbrand. »Sie hat mir nicht – «

»Wie viel?«, fährt er sie an.

»Sie ... sie hat mir die Anzahlung für meinen Wagen gegeben«, sagt sie. »Den Audi.«

»Nett von ihr«, sagt er. »Haben Sie sie gefragt, woher sie das Geld hatte?«

»Nein.« Sie umfasst ihre Kaffeetasse mit beiden Händen und

schüttelt den Kopf. »Na ja, ich fand wohl, einem geschenkten Gaul schaut man nicht ins Maul.«

»Was haben Sie uns sonst noch alles verschwiegen?«, fragt er.

Sie wirft ihm einen ärgerlichen Blick zu und schiebt ihren Teller weg. Einen Moment lang denke ich, sie steht auf und geht, doch stattdessen sieht sie von Tomasetti zu mir und stößt einen Seufzer aus. »Falls Sie noch nicht selber darauf gekommen sind, ich bin auch kein Engel.«

»Das ist uns nicht entgangen«, murmelt Tomasetti.

»Wenn es noch etwas gibt, was wir wissen müssen«, sage ich, »dann sollten Sie es jetzt sagen.«

»Herr im Himmel.« Andy sieht hinab auf den Tisch und hüllt sich in Schweigen. Aber dann stößt sie einen Seufzer aus, flucht. »Ich hab zweitausend Dollar genommen, okay? Die hab ich in ihrem Büro gefunden, und ich war … angepisst. Ich meine, sie hat mir was geschuldet, für das Buch, okay? Also hab ich's genommen. Aber dann hab ich mich deswegen beschissen gefühlt und versucht, sie anzurufen. An dem Tag, als sie starb.«

»Sie haben ihr zweitausend Dollar gestohlen?«, fragt Tomasetti.

»Sieht so aus«, sagt sie. »Ich meine, ich hätte es ihr zurückgezahlt, aber … « Sie beendet den Satz mit einem Schulterzucken. »Dann ist das jetzt passiert.«

»Woher wussten Sie, dass sie nach Painters Mill gefahren ist?«, frage ich.

»Sie hatte mir einen Zettel hingelegt.«

»Haben Sie den noch?«, frage ich.

»Keine Ahnung, möglich.« Sie nimmt die Ledertasche von der Rückenlehne und wühlt darin herum. »Es waren nur ein paar hingeschmierte Worte, vage und irgendwie bissig.«

Sie holt ein zusammengeknülltes Stück Papier heraus und

glättet es. Lächelnd legt sie es auf den Tisch und schiebt es mir hin.

Fahre nach PM um DR. Morgen Dinner@Lola's. Getränke gehen auf mich!

»Was heißt DR?«

»Dinge regeln.«

»Eine Idee, was damit gemeint ist?«

Sie hebt die Schulter, senkt sie wieder. »Nur, dass sie da etwas zu tun hatte.«

»Was haben Sie mit den zweitausend Dollar gemacht?«, fragt Tomasetti.

Ihr Blick huscht nach rechts, eine fast unmerkliche Reaktion, doch ich weiß trotzdem, dass sie zu lügen erwägt. Anstatt zu antworten, stützt sie die Ellbogen auf den Tisch und legt die Stirn in die Hände. »Ich weiß, wie das klingt und was Sie denken werden.«

»Beantworten Sie einfach die Frage.«

»Ich hab sie ausgegeben, okay? Hab mir ein paar Sachen gekauft.« Sie hebt den Kopf, sieht von Tomasetti zu mir. »Hören Sie, ich hatte ja einen Grund, es zu nehmen. Rachael hat es mir geschuldet.«

»Sie hat Ihnen Geld geschuldet?«, fragt Tomasetti. »Für das Buch oder was?«

»Als Rachael letztes Jahr das Haus gekauft hat, war sie knapp bei Kasse. Meine Mom war gerade gestorben und hatte mir ein bisschen Geld hinterlassen.« Sie zuckt die Schultern. »Ich wusste, dass Rachael kreditwürdig ist, und hab ihr sechstausend Dollar geliehen.«

»Haben Sie das schriftlich?«, frage ich.

»Wir gehören nicht zu den Menschen, die alles schriftlich festhalten.«

»Und wann sollte sie das Geld zurückzahlen?«, frage ich.

»Vor Monaten, aber –« Sie runzelt die Brauen. »Als ich sie das letzte Mal danach gefragt habe, sagte sie, ich würde nicht mehr lange warten müssen. Dass sie bald zu Geld kommt.«

»Wie lange ist das her?«, frage ich.

»Ungefähr zwei Wochen.«

»Wissen Sie, woher sie das Geld kriegen würde?«

»Sie hat mir vorgegaukelt, es hätte etwas mit dem Buch zu tun.« Sie blickt wieder auf den Tisch und schüttelt den Kopf. »Ich bin keine Diebin. Ich hatte einfach keine Lust, länger zu warten, und hab es genommen und ausgegeben.«

Ihre Stimme bricht am Ende des Satzes, und sie braucht einen Moment, um sich einzukriegen. »Als ich mich dann beruhigt hatte, hab ich mich total schlecht gefühlt und den Rest des Tages versucht, sie ausfindig zu machen. Als sie nicht mal ans Handy ging, hab ich mir echt Sorgen gemacht. Rachael geht *immer* ans Handy. Sie ist quasi … davon abhängig.« Sie blickt Tomasetti an. »Als ich *Sie* dann am anderen Ende hatte, bin ich ausgeflippt. Ich habe die Motels in Painters Mill gecheckt, und als ich dann eintraf, waren überall Polizeiautos. Da wusste ich …«

Sie vergräbt das Gesicht in den Händen und bricht in Tränen aus.

Tomasetti sieht mich an, runzelt die Stirn.

Ich halte ihr eine frische Serviette hin. »Andy, wissen Sie, mit wem sie verabredet war?«

»Ich hab keinen blassen Schimmer.«

»Wussten Rachaels Eltern, dass sie kommt?«, frage ich, obwohl Rhoda und Dan Schwartz das schon verneint haben.

»Keine Ahnung.« Sie tupft sich vorsichtig über die Augen, um das Make-up nicht zu verschmieren. »Hören Sie, ich hab nichts gegen die Amischen. Jedem das Seine. Aber Rachaels Eltern haben sie beschissen behandelt. Rachael versuchte, in

Kontakt mit ihnen zu bleiben, weil sie ihr fehlten und sie eine Beziehung zu ihnen haben wollte. Aber sie haben sie immer nur verurteilt und runtergeputzt. Was immer sie tat, sie haben es missbilligt. Rachael war nie gut genug.«

Ich nicke, denke an meine eigene Familie und die Dynamik familiärer Beziehungen. »Hatte Rachael sonst noch mit jemandem in Painters Mill Kontakt?«

»Ja, da war noch jemand.« Sie runzelt die Stirn. »Amisch.«

»Mann oder Frau?«, frage ich.

Sie schüttelt den Kopf. »Ich weiß nur, dass Rachael einige sehr intensive Telefongespräche mit jemandem hatte, die nicht besonders amisch klangen. Nach den Gesprächen war sie meistens noch wütender als wegen dem Mist, den ihre selbstgerechten Eltern ihr vorhielten.«

20. KAPITEL

Die Amischen haben ein Sprichwort: *Dich kann gukka an en mann kischt avvah du kann net sayna sei hatz.* Man kann einem Menschen ins Gesicht sehen, aber nicht ins Herz.

»Und, was glaubst du?«, frage ich.

Tomasetti und ich sitzen in meinem Wagen vor dem Coffeeshop, in dem wir Andy Matson getroffen haben.

»Dass sie eine gute Lügnerin ist – falls sie lügt.« Er zuckt die Schultern. »Ich glaube nicht, dass sie Rachael Schwartz totgeprügelt hat. Wenn sie etwas damit zu tun hatte, hat sie jemanden angeheuert. Und wenn das so ist, gibt es eine Spur des Geldes.«

Ich nicke zustimmend. »Wir müssen in Richtung Erpressung weitersuchen.«

»Wenn Rachael Schwartz über jemanden etwas wusste, hat sie das sehr wahrscheinlich zu ihrem Vorteil genutzt«, sagt er.

»Matson könnte versuchen, unsere Aufmerksamkeit auf jemand anderen zu lenken.« Doch das erscheint mir in dem Moment falsch, in dem ich es sage.

Sein Handy tschilpt. Er holt es aus der Tasche, blickt aufs Display und scrollt dann eine gefühlte Ewigkeit. »Es ist nicht zu fassen«, sagt er.

»Wenn's keine guten Nachrichten sind, will ich sie nicht hören.«

Er grinst. »Sie haben mir gerade eine PDF von Schwartz' Kreditkartenaktivitäten der letzten dreißig Tage vor ihrem Tod geschickt. Und hör dir das an: Die letzte Transaktion war in einer Bar in Wooster am Abend vor ihrer Ermordung. Um neunzehn Uhr neunundzwanzig.«

»*The Pub*?«, frage ich.

Er sieht mich fragend an.

»Die Adresse, die sie auf den Zettel gekritzelt hatte«, erinnere ich ihn. »Ich war gestern am späten Abend noch dort, aber keiner dort hat sich an sie erinnert.« Ich überlege kurz. »Wie hoch ist der Betrag?«

»Neununddreißig Dollar und ein paar Zerquetschte.«

Mein Herz schlägt schneller. Auch Tomasettis Interesse scheint geweckt. »Es gibt da hauptsächlich Burger und Pommes«, sage ich. »Also keine Kneipe, in der ein Dinner mehr als fünfzehn Dollar kostet, auch wenn man noch ein Bier dazu hat.«

»Sie war nicht allein.«

»Ich würde sagen, sie hat jemanden zum Essen eingeladen.«

»In dem Fall.« Er zeigt auf die Zeiger im Armaturenbrett, die gerade auf neunzehn Uhr springen. »Lust auf ein Bier?«

»Tomasetti, ich brauch etwas wesentlich Stärkeres als ein Bier.«

* * *

Bei meinem letzten Besuch war *The Pub* so gut wie leer, aber da war es auch schon nach zweiundzwanzig Uhr. Heute Abend ist der Parkplatz rappelvoll. Tomasetti und ich parken neben einem weißen Dodge-Ram-Pick-up, auf dessen Tür das Logo einer Landschaftsgärtnerei in Wooster prangt.

Als wir eintreten, dröhnt uns der hämmernde Beat eines mir unbekannten Heavy-Metal-Songs entgegen. An der Bar sind alle Stühle besetzt, größtenteils von Männern, die gerade von der Arbeit kommen und so ziemlich alles tragen, was die Kleidungspalette so bietet, von ölverschmutzten Overalls bis zu Hemd und Krawatte. Am Pool-Tisch im hinteren Bereich spielen drei Männer um die zwanzig Billard, trinken Bier aus beschlagenen Gläsern und sehen den vier College-Girls in der nahen Nische zu, die ihre Schnapsgläser zum Toast erhoben haben. Die Barkeeperin ist um die fünfzig, hat hoch aufgetürmtes blondes Haar und ein kunstvoll geschminktes Gesicht. Sie trägt einen kurzen schwarzen Rock, eine weiße Bluse und eine eng anliegende Schürze, die ihren wohlgeformten Körper betont.

Als Tomasetti und ich in einer Nische Platz nehmen, nickt sie uns zu. Nach kaum einer Minute steht sie mit dem Bestellblock in der Hand an unserem Tisch. »Hallo, danke für Ihren Besuch. Was kann ich Ihnen bringen?«

Ich stelle mich vor und zeige ihr das Foto von Rachael Schwartz. »Ich würde gern wissen, ob Sie diese Frau hier schon einmal gesehen haben.«

Sie beugt sich vor, zieht eine dickrahmige Lesebrille aus ihrem Haarturm und sieht sich das Foto mit zusammengekniffenen Augen an. »O mein Gott. Dass ist doch die junge Frau, die in Painters Mill ermordet wurde.«

Ich nicke. »Haben Sie sie gesehen?«

»Hier bei uns?« Sie schüttelt den Kopf. »Ich kann mich nicht erinnern. Sie ist hübsch. Ich würde mich an sie erinnern, es sei denn, ich war gerade total im Stress.« Sie kratzt sich mit ihrem Stift auf dem Kopf. »Wann war sie denn hier?«

»Vorgestern Abend«, sage ich. »Haben Sie da gearbeitet?«

»Ja, hab ich.« Sie blickt noch einmal auf das Foto und schüttelt wieder den Kopf. »Ich wünschte, ich könnte Ihnen helfen. Die Vorstellung, dass irgendein Monster mit so was ungeschoren davonkommt, gefällt mir nämlich gar nicht.« Sie schüttelt sich übertrieben. »Aber ich habe die Frau nicht gesehen. An dem Abend gab's Bier vom Fass für 'nen Dollar, und der Laden hat gebrummt.«

Tomasetti zieht die größtenteils geschwärzte Kopie von Rachael Schwartz' Kreditkartenabrechnung aus der Tasche und zeigt ihr den belasteten Betrag. »Ist es möglich, den Beleg für diese Rechnung zu finden?«, fragt er.

»Seit letzten Sommer haben wir Computerkassen. Jack findet sie garantiert, aber heute Abend hat er frei.«

»Als ich gestern hier war, hab ich mit ihm gesprochen«, sage ich. »Ich rufe ihn an.«

Tomasetti lässt den Blick durch den Gastraum und zu den Billardtischen wandern. »Haben Sie etwas dagegen, wenn wir ein bisschen rumfragen?«

»Tun Sie sich keinen Zwang an.« Sie steckt Stift und Notizblock zurück in die Schürzentasche. »Hoffentlich finden Sie den Mistkerl.«

Tomasetti übernimmt die Theke, ich schlendere nach hinten zum Billardtisch, wo die Truppe munter zugange ist. Nicht zu betrunken – noch – und hocherfreut, mit einem weiblichen Chief of Police über einen Mord zu reden. Ich zeige ihnen das Foto von Rachael Schwartz, doch keiner von ihnen erinnert sich an sie. Ich brauche nicht lange, um einzusehen, dass dieser zweite Trip zum Pub genauso große Zeitverschwendung ist wie der erste.

»Niemand, der Rachael kannte, erinnert sich, dass sie jemanden in Wooster kennt.« Auf dem Weg zurück zum Explorer macht sich Frustration bei mir breit.

»Andererseits«, sagt Tomasetti langsam, »ist man mit dem Auto von Painters Mill aus ziemlich schnell in Wooster, wenn man nicht zusammen gesehen werden will.«

Tomasetti öffnet die Beifahrertür, steigt aber nicht ein. Sein Blick haftet auf der Tankstelle und dem Mini-Markt daneben. Die mit der grün-weißen Neonreklame für Zigaretten, Bier und Diesel.

Wir sehen uns über den Explorer hinweg an. »Große Hoffnung habe ich nicht«, sage ich.

»Einen Versuch ist es wert.«

Wir steigen ein, ich fahre langsam hinüber zum Mini-Markt und parke davor. Ich bin noch nicht einmal ausgestiegen, da fällt mir die Überwachungskamera ins Auge, die unter der Dachrinne des Gebäudes hängt. Ihr bauchiges Kameraauge ist in Richtung *The Pub* gerichtet.

Ich grinse Tomasetti an. »Manchmal bist du echt dein Geld wert.«

»Das versuche ich, dir ständig klarzumachen.« Er grinst zurück, und wir gehen hinein.

Eine schlaksige junge Frau mit gepiercter Augenbraue und den Armen voller Tattoos sitzt auf einem Stuhl hinter der Verkaufstheke und schaut sich im Fernseher eine Gameshow an. Als wir uns nähern, sieht sie uns misstrauisch an.

»Sind Sie hier die Geschäftsführerin?«, frage ich.

Sie mustert mich von oben bis unten. »Und wer sind Sie?«

Tomasetti legt seinen Dienstausweis auf die Theke. »Das Ohio Bureau of Criminal Investigation.« Er zeigt mit der Hand hoch und nach draußen. »Funktionieren Ihre Überwachungskameras?«

»Soviel ich weiß, ja.« Sie legt neugierig den Kopf zu Seite. »Ist irgendwas los?«

»Ich brauche die Aufnahmen der Kamera, die nach Westen gerichtet ist«, sagt er. »Von vorgestern, zwischen zwölf Uhr mittags und Mitternacht. Können Sie uns die besorgen?«

»Ich muss den Besitzer anrufen«, sagt sie.

»Wir warten.«

* * *

Loretta Bontrager konnte nicht schlafen. Sie hat kein Auge mehr zugetan seit Rachaels Ermordung. Schon als Kind hatte ihre *Mamm* sie wegen ihres *aykna bang hatz* gescholten – ihres bangen Herzens. Dass sie sich Gedanken über Dinge machte, die sie nicht kontrollieren konnte. Dinge, von denen ihr amischer Glaube verlangte, sie Gott zu überlassen.

Aykna bang hatz.

Sie musste immerfort an Rachael denken. Sie waren sich in ihrer Jugend so nahe gewesen, hatten miteinander gelacht, sich gern gehabt – und Geheimnisse geteilt. Die vielen Erinnerungen, sowohl gute als auch schlechte. Es war schon fast dreizehn Jahre her, seit Rachael Painters Mill verlassen hatte. In all der Zeit hatte Loretta zu niemandem mehr eine Beziehung aufbauen können, die auch nur annähernd so eng war wie die zu Rachael. Eine Vertraute, der sie alles erzählen konnte, ohne zum Schweigen gebracht und beschämt zu werden. Jetzt war Rachael tot, und alles, was sie miteinander geteilt hatten, war verloren. Nie wieder würde sie ihre Stimme oder ihr Lachen hören.

Heute Nacht hielten die Gedanken an den Tod ihrer Freundin sie wach. Wie sehr sie gelitten haben musste. Das Grauen, der Schmerz. Mein Gott, sie ertrug die Vorstellung nicht und kam doch nicht dagegen an.

Inzwischen war es fast Mitternacht, und in ihrem alten Farmhaus war es still. Normalerweise genoss Loretta die abendliche Einsamkeit, wenn Ben und Fannie im Bett lagen und sie in aller Ruhe nachdenken und beten konnte. Doch heute Nacht war die Stille bloß ein Gefährte ihrer Einsamkeit, und sie hatte das Gefühl, der letzte Mensch auf Erden zu sein. Sie hätte sich schon vor Stunden zu ihrem Mann ins Bett legen können, stattdessen hatte sie vorgegeben, die Küche aufräumen und ihrer Cousine in Shipshewana einen Brief schreiben zu müssen. Doch beides war nicht der wahre Grund gewesen. Sie hatte gewusst, dass sie nicht schlafen und die Dunkelheit nicht ertragen könnte. Denn davon wurde schon ihr Inneres beherrscht. Sobald sie den Kopf aufs Kissen legte, würden ihr Bilder von Rachael erscheinen und die Dunkelheit und Stille unerträglich werden.

Selbst jetzt, da die Spüle gereinigt und der Boden gewischt war, der Brief geschrieben und zugeklebt, geisterten Bilder durch ihren Kopf, die sie nicht sehen wollte, die sie nicht ertragen konnte. So hatte sie verzweifelt auf der Suche nach Frieden letzte Nacht damit angefangen, hinaus in die Scheune zu gehen, mit Gummistiefeln an den Füßen, Arbeitsjacke über dem Nachthemd und der Laterne in der Hand.

Denn hier, bei den Tieren und dem Geruch von Heu und Erde fand sie Frieden. Die Zwergziegen hatten vor wenigen Wochen Junge bekommen. Die Kleinen waren weich und warm, und es war eine Wohltat, sie auf den Arm zu nehmen. Auch die alte Zugstute hatte letzten Monat gefohlt, das Füllen war ein lebhafter Kobold mit der gleichen Lust auf Unfug wie ihre *Mamm*. Selbst die Hühner, die auf den Balken über den Ställen schliefen, hatten eine beruhigende Wirkung auf sie.

Zuerst ging Loretta zum Ziegenstall. »*Kumma do, mei lamm.*« Komm zu mir, mein Lämmchen. Sie beugte sich über den niedrigen Zaun, um das braun-weiße Lämmchen auf den Arm zu nehmen. Es war ihr Liebling, denn es schmiegte sich in ihre Arme und genoss es, am Bauch gerubbelt zu werden.

Sie hatte gerade ihre Wange zum Schnäuzchen des Tiers gesenkt, als aus der Dunkelheit ein Schatten auf sie zugestürzt kam. Vor Schreck ließ Loretta das Lämmchen neben seine *Mamm* zurück in den Stall fallen und wich zurück. Sie wollte sich umdrehen und weglaufen, doch kräftige Hände packten ihre Schultern, und Finger gruben sich so tief darin ein, dass sie blaue Flecken hinterlassen würden.

»Kein Wort«, zischte eine Männerstimme, deren warmen Atem sie am Ohr spürte. »Gib keinen Laut von dir, verstanden?«

Grobe Hände drehten sie herum, dann schubste er sie, und Loretta taumelte zurück, schlug rückwärts an die Wand und knallte mit dem Kopf ans Holz. Gleichzeitig erkannte sie ihn wieder, und Panik überkam sie.

»Sie«, stieß sie aus.

Zähnefletschend trat er dicht vor sie. »Halt den Mund«, zischte er.

Sie versuchte, seinen Arm wegzuschieben, doch er war zu stark. Und die ganze Zeit wirbelten tausend Gedanken in ihrem Kopf umher. Sie hatte ihn unterschätzt. Sie war dumm gewesen, zu glauben, dass er sie in Ruhe lassen würde. Sie dachte, sie wäre sicher vor ihm, und jetzt würde er sie umbringen.

»Du hast mich angelogen«, stieß er aus.

»Nein!«, kreischte sie.

»Ich weiß, dass du mit der Polizei geredet hast.«

»Hab ich nicht. Das war vor – «

Er drückte den Unterarm auf ihre Kehle, so fest, dass sie verstummte. Sein Atem ging heftig, als wäre er gerannt, und sie roch Alkohol.

Sie bekam kaum Luft, war unfähig, zu sprechen oder einen zusammenhängenden Gedanken zu fassen, und zuckte nur mit dem Kopf.

Er lockerte leicht den Druck auf ihren Hals, mehr nicht. »Was hast du ihnen erzählt?«

»Nichts!«, sagte sie mit erstickter Stimme.

Er knallte die Faust nur wenige Zentimeter neben ihrem Kopf an die Wand. »Lüg mich verdammt nochmal nicht an!«

Wie Stacheldraht schnürte ihr die Angst den Brustkorb zusammen, und ihr Atem ging viel zu schnell. »Ich lüge nicht.«

»Was hat Schwartz dir über die Nacht erzählt?«

»Nichts hat sie mir erzählt«, sagte sie mit tränenerstickter Stimme.

Er presste die Lippen zusammen, Wut und Unglaube in den Augen. Schien zuschlagen zu wollen, doch stattdessen schüttelte er sie, knallte sie mit dem Rücken an die Wand, noch fester als zuvor. Er hob die Hand und grub die Finger in ihre Wange, was bestimmt Spuren hinterlassen würde.

»Du hältst deinen verfluchten Mund wegen der Nacht. Kein Wort zu niemandem, hast du das kapiert?«

Sie nickte heftig.

Sein Blick sagte, dass er ihr nicht glaubte. »Es ist nichts passiert. Hast du das verstanden? Wenn du irgendwas erzählst, von dem du glaubst, es wäre passiert, komme ich zurück. Das nächste Mal bringe ich dich um, ich bringe deinen Mann um und dein verdammtes Kind. Und ich brenne dein verfluchtes Haus bis auf die Mauern nieder. Verstanden?«

»Bitte tun Sie ihnen nichts.« Sie wand sich, versuchte, sich wegzuducken.

Er legte die Hand an ihren Hals, drückte sie fest an die Wand. »Ich bin kurz davor, dir die Kehle durchzuschneiden, du lügendes Miststück.«

Sie starrte ihn an. Ihr Herz hämmerte, Blut rauschte durch ihre Adern, und Panik vernebelte ihren Verstand. Der Blick seiner Augen war abgrundtief böse.

»Ich weiß nichts«, sagte sie.

»Gut. Bleib dabei. Erwähn meinen Namen nicht, denk nicht mal dran.« Mit den Fingern der freien Hand pochte er an ihre Stirn, einmal, zweimal, dreimal. »Ist das angekommen? Hast du's kapiert?«

Die andere Hand umklammerte noch immer ihren Hals, drückte auf ihre Luftröhre, ihren Kehlkopf. Sie wollte antworten, konnte es aber nicht und nickte bloß.

Er machte einen Schritt zurück, aber die Hand nahm er nicht weg. Sie stolperte vorwärts, umfasste sein Handgelenk, versuchte, mit den Fingern seinen Griff um ihren Hals zu lösen. Aber er war zu stark, er stieß wütende Laute aus und schubste sie mit aller Wucht von sich.

Loretta stolperte rückwärts gegen einen Holzpfeiler und fiel auf ihren Hintern.

Er stieß eine Obszönität hervor, beugte sich zu ihr hinunter und stach ihr mit dem Finger ins Gesicht. »Wenn ich mitkriege, dass du noch mal mit der Polizei redest, bist du tot.«

Sie rang nach Luft. »Mach ich nicht.«

»Gib mir keinen Grund, zurückzukommen«, flüsterte er.

Sie wollte ihn nicht anblicken, aber es war wie ein Zwang. Sie sah, dass seine Hände zitterten, und sein Finger war immer noch nur wenige Zentimeter vor ihrem Gesicht. Trotz der Kälte standen Schweißperlen auf seiner glänzenden roten Stirn, Adern traten an seinen Schläfen hervor, Speichel bedeckte seine Lippen, und er keuchte heftig.

»Okay«, flüsterte sie.

Er richtete sich auf, schüttelte sich, als tauche er aus einem seltsamen Traum auf. Blinzelnd trat er ein paar Schritte zurück und sah sie an, als erkenne er sie plötzlich nicht mehr – als wäre er sich nicht mehr sicher, warum er hier war. Abrupt drehte er sich um und rannte hinaus aus der Scheune, verschwand in der Dunkelheit wie ein Phantom.

21. KAPITEL

Es ist Mitternacht, als Tomasetti und ich zurück in Painters Mill sind. Der Tankstellenbesitzer war wenig erfreut, in seiner Feierabendruhe gestört zu werden, kam aber trotzdem zur Tankstelle und gab uns – nach einigen technischen Problemen – eine Diskette mit den Aufnahmen der Überwachungskamera von den zurückliegenden vierundzwanzig Stunden. Wir hatten Glück, denn in wenigen Tagen wären die Aufnahmen überspielt und damit verloren gewesen.

Als ich das Revier betrete, steht Margaret mit dem Headset auf den silberbraunen Locken an der Empfangstheke. Hinter ihr auf der Ablage liegt aufgeschlagen das Handbuch unseres Reviers »Polizeiliche Ermittlungen«. Sie bringt die Stammdaten auf den neuesten Stand, druckt alles aus und ersetzt die Seiten, die sich geändert haben – seit ich hier Chief bin, geschieht das zum ersten Mal.

»Sie arbeiten lange heute Nacht«, sagt sie fröhlich.

Ihr Schreibtisch ist mit gerahmten Fotos von Skiurlauben und Sommerpicknicks ihrer Enkel sowie Hunden aller Art und Größe geschmückt. Neben der Tastatur befinden sich ein beschlagenes Glas Eistee und eine kleine Tube Handcreme. Sie hat den Empfangsbereich nicht nur zu ihrem zweiten Zuhause gemacht, sie erledigt ihre Aufgaben auch mit einer bis dato ungeahnten fast militärischen Disziplin. So haben meine Officers gelernt, sie rechtzeitig mit allen nötigen Informationen zu versorgen – wenn nicht, werden sie ordentlich zusammengefaltet.

»Wie geht es mit dem Handbuch voran?«, frage ich sie.

»Ich warte immer noch darauf, dass Jodie mir das Dokument mit der Aufgabenbeschreibung schickt.« Sie unterstreicht die Feststellung mit einem Blick über ihre Bifokalbrille, wobei sie die Augenbrauen hochzieht.

»Ich mache ihr Dampf«, verspreche ich.

Als ich die Tür zu meinem Büro aufschließe, höre ich hinter mir Tomasetti hereinkommen. Er plaudert kurz mit Margaret – ein Zusammentreffen zweier starker Persönlichkeiten –, was mir ein Lächeln entlockt. Als ich dann am Schreibtisch sitze und den Laptop hochfahre, erscheint er in meiner Tür.

»Sie führt ein strenges Regiment«, sagt er leise.

»Komm ihr in die Quere, und du spielst mit deinem Leben.«

»Das bezweifele ich keine Sekunde.«

Ich schiebe die Diskette ins Laufwerk und öffne das Dokument. Anstatt den Besucherstuhl mir gegenüber zu nehmen, kommt er um den Schreibtisch herum und stellt sich neben mich, um eine bessere Sicht auf den Bildschirm zu haben. Mit der Maus klicke ich auf Abspielen, und eine körnige Aufnahme erscheint. Allerdings sind der Parkplatz und der Vordereingang von *The Pub* zu weit weg, um irgendwelche Details erkennen zu können. Die Beleuchtung ist nicht besonders gut, und der Winkel der Kamera ungünstig. Immerhin haben wir eine unverstellte Sicht.

Wir können es kaum erwarten, auch noch den kleinsten Hinweis zu entdecken, aber auf den vierundzwanzig Stunden langen Bildern einer Überwachungskamera etwas Nützliches zu finden geht nicht im Schnelldurchlauf. Nach der ersten Stunde holt Tomasetti sich den Besucherstuhl und setzt sich neben mich. Ich scrolle die Aufnahme, so schnell ich es riskieren kann, vorwärts, wobei wir beide mit gerecktem Hals und zusammengekniffenen Augen auf den Monitor starren.

Aus einer Stunde werden zwei, und ich überlasse ihm die Maus, um frischen Kaffee zu machen. Er ist kaum durchgelaufen, als Tomasetti ruft: »Es geht los.«

Ich gehe zurück in mein Büro und beuge mich von hinten über seine Schulter.

Er lässt die Aufnahme rückwärtslaufen, klickt auf Abspielen. Es ist jetzt dunkler, Dämmerung, die Auflösung ist unscharf und zerstückelt. Autoscheinwerfer leuchten auf, als ein Fahrzeug auf den Parkplatz fährt und neben dem Gebäude parkt. Mein Puls geht schneller, als ich Rachael Schwartz' Lexus erkenne. Sie bleibt drin sitzen, und eine ganze Minute verstreicht, ohne dass etwas passiert. Dann steigt eine Frau auf der Fahrerseite aus, wirft die Tür zu und lehnt sich rücklings gegen die Autotür. Obwohl ich ihr Gesicht nicht sehen kann, erkenne ich an der Art ihrer Bewegungen, dass sie es ist. Sie trägt Stöckelschuhe, dunkle, enge Hosen und ein Top mit schmalen Trägern, auf dem Kopf einen etwas schräg sitzenden Hut. Ihr Outfit zeugt von Attitüde, Selbstbewusstsein und Stil, und sie beherrscht alles meisterlich.

»Sie telefoniert«, murmelt Tomasetti.

Inzwischen hat er eine Lesebrille mit schwarzem Gestell aufgesetzt, bei deren Anblick mir ganz warm wird, und ich muss lächeln. »Der intellektuelle Anstrich steht dir gut, Tomasetti.«

Er sieht mich nicht an, doch seine Mundwinkel gehen hoch. »Ich weiß.«

»Du bist ganz schön eingebildet, ist dir das eigentlich klar?«

»Etwas Bildung kann nicht schaden.«

Wir konzentrieren uns wieder auf den Bildschirm. Rachael lehnt noch immer mit dem Handy am Ohr am Wagen, redet angeregt und gestikuliert heftig. Jetzt raucht sie zudem eine Zigarette, und es ist zwar Jahre her, dass ich sie das letzte Mal gesehen habe – sie war noch ein Kind –, aber ihre Gesten sind mir immer noch vertraut. Trotz des düsteren Lichts und der schlechten Bildauflösung ist nicht zu übersehen, dass sie eine schöne, lebhafte Frau war.

»Wir müssen das Handy finden«, murmele ich.

»Die Anrufliste wäre hilfreich.« Er sieht aufmerksam auf den Bildschirm. »Wer immer am anderen Ende ist, macht sie nicht gerade glücklich.«

Was auch mir nicht entgeht. Obwohl wir weder ihren Gesichtsausdruck erkennen noch hören können, was sie sagt, macht ihre Körpersprache deutlich, dass sie mit jemandem streitet. »Sieht ganz so aus.«

Ich werfe einen Blick auf die Zeitangabe in der unteren Ecke des Bildschirms: Die Aufnahme wurde um achtzehn Uhr zweiundvierzig gemacht. Laut Kreditkartenabrechnung hatte sie ihr Dinner mit einem Unbekannten nur eine Stunde später bezahlt. Spricht sie mit ihrem Mörder? Plant sie ein Treffen mit ihm? Hat diese Auseinandersetzung überhaupt etwas mit dem Mord zu tun?

»Mit wem sprichst du, Rachael?«, flüstere ich.

Sie beendet den Anruf abrupt. Sie schüttelt den Kopf, schlägt mit der flachen Hand aufs Autodach, reißt die Fahrertür auf und schiebt sich hinters Lenkrad. Doch der Wagen rührt sich nicht vom Fleck. Wir warten gespannt, zwei Minuten vergehen, sechs, Tomasetti scrollt weiter, ich gehe zur Kaffeetheke, um uns zwei weitere Tassen Kaffee zu holen. Sekunden nachdem ich sie auf dem Schreibtisch neben dem Laptop abgestellt habe, flackern auf dem Bildschirm Scheinwerfer auf.

»Hier ist er«, sagt Tomasetti.

Wegen des hellen Scheinwerferlichts ist es unmöglich, Marke oder Modell des Wagens zu erkennen, und schon gar nicht das Nummernschild.

»Komm schon«, zischt Tomasetti.

Aber der Fahrer hält auf der anderen Seite von Rachaels Lexus, so dass wir lediglich das Dach und ein Stück der Motorhaube eines viertürigen dunklen Personenwagens sehen können. Ein Mann steigt aus. Zu dunkel, um das Gesicht zu erkennen. Durchschnittlich groß, muskulös gebaut. Sein Gang zeugt von Selbstvertrauen, er ist im Einklang mit sich selbst. Souverän. Kein Zögern, keine Unsicherheit.

Die Tür des Lexus geht auf, Rachael steigt aus, schlägt die Tür hinter sich zu und umrundet die Motorhaube. Sie redet mit dem Mann auf der anderen Seite, mit dem Rücken zur Kamera. Beide sind schlecht zu sehen, und die Aufnahmen sind zu grobkörnig. Doch selbst meine ungeschulten Augen verraten mir seine angespannte Körperhaltung. Er ist viel größer als sie. Laut Autopsiebericht war Rachael Schwartz einen Meter fünfundsechzig groß und wog fünfundfünfzig Kilo. Dieser Mann ist etwa fünfzehn Zentimeter größer und fünfunddreißig Kilo schwerer. Bei einer körperlichen Auseinandersetzung hätte sie keine Chance.

Sie reden, gestikulieren, stemmen die Hände in die Hüften. Sie wirken noch immer angespannt, aber es zeigt sich weniger deutlich. Zwei Feinde setzen sich auseinander, sind sich ihres Auftretens bewusst, aber auch, dass sie ihre jeweiligen Schwächen nicht ganz verbergen können. Etwas schwer Definierbares brodelt unter der Oberfläche. Wenig später zeigt der Mann zur Bar. Rachael dreht sich um und schaut dorthin, dann zuckt sie mit den Schultern. Er zeigt wieder hin. Diesmal wirft sie die Hände in die Luft, dann gehen sie zusammen in die Richtung.

In dem Moment sind sie voll im Blickfeld der Kamera.

»Zeig uns dein Gesicht, du Scheißkerl.« Tomasetti hält das Bild an und versucht, es zu vergrößern, aber die Auflösung wird zu grobkörnig. Fluchend klickt er mehrere Male hintereinander die Vorlauftaste, so dass wir die Aufnahme Bild für Bild sehen, aber es hilft nichts.

»Gibt es bei euch einen Computerspezialisten, der aus der Aufnahme mehr rausholen kann?«, frage ich.

»Versuchen müssen wir es auf jeden Fall. Ich kenne einen der forensischen Computerfritzen, ich frage ihn, ob wir uns gleich morgen früh treffen können.« Er blickt auf die Uhr. »Jetzt gucken wir mal, ob Schwartz und ihr Kumpel zusammen weggehen.«

Es dauert zwanzig Minuten, bis wir die Stelle finden, als Rachael und ihr männlicher Begleiter eine Stunde später *The Pub* verlassen. Gemeinsam. Diesmal erhaschen wir einen Blick auf ihre Gesichter. Unscharf zwar, aber etwas lässt mich aufmerken. Etwas an dem Mann. Wie er sich bewegt? Wie er die Schultern gestrafft hat? Seine Kleidung? Was?

»Stopp«, sage ich abrupt.

Tomasetti klickt auf die Maus.

»Irgendetwas an dem Typ kommt mir bekannt vor.« Ich strecke die Hand aus, übernehme die Maus, scrolle zurück und wieder vor. »Also ich weiß nicht. Etwas … «

»Bist du ihm schon mal begegnet?«, fragt er.

»Ich bin mir nicht sicher. Vielleicht. Es hat etwas mit der Art zu tun, wie er sich bewegt. Da. Wie er beim Gehen die Arme schwingt und den Kopf neigt.«

»War es eher eine flüchtige Begegnung beim Einkaufen? Oder hast du ihn irgendwo in der Stadt gesehen? Oder ihn mal getroffen? Ihn festgenommen?«

»Ich weiß es nicht.« Frustriert sehe ich mir die Stelle noch einmal an, ganz langsam, Bild für Bild.

Tomasetti wartet, blickt abwechselnd zu mir und auf den Bildschirm. Ich wende mich ihm zu. »Ich brauche eine gute Aufnahme von seinem Gesicht, verdammt nochmal. Ich bin ziemlich sicher, dass ich ihn schon mal gesehen habe. Kennen tue ich ihn nicht, aber gesehen habe ich ihn. Vielleicht sogar mit ihm gesprochen. Seine Art kommt mir bekannt vor.«

Er drückt auf die CD-Auswurftaste. »Okay, ich mache mich an die Arbeit.«

22. KAPITEL

Ich bin todmüde, Tomasetti fehlt mir schon jetzt, und ich habe fast unsere Farm in Wooster erreicht, als der Autofunk zum Leben erwacht. »Chief, ich hab gerade einen Anruf wegen eines Herumtreibers entgegengenommen.« Sie rattert die Adresse herunter, die ich kenne – die ich noch frisch im Gedächtnis habe.

»Ist das die Farm der Bontragers?«, frage ich.

»AP ist Ben Bontrager«, sagt sie, benutzt die Abkürzung für anrufende Person. »Ich weiß, Sie sind auf dem Heimweg, aber weil es um Amische geht, habe ich Sie statt Mona angerufen. Soll ich lieber Mona hinschicken, sie hat ja Dienst?«

»Schon gut. Das haben Sie ganz richtig gemacht.« Ich wende auf dem Parkplatz der Methodisten-Kirche. »Bin auf dem Weg.«

Wenn ich im Polizeidienst eines gelernt habe, dann dass Zufälle selten sind, besonders im Verlauf einer Ermittlung. Ich bin jetzt seit acht Jahren Polizeichefin in Painters Mill, und bis auf einen Vorfall, bei dem es um den Verkauf nicht pasteurisierter Milch ging, ist mein Revier noch nie zur Farm der Bontragers gerufen worden. Und jetzt, innerhalb von kaum mehr als vierundzwanzig Stunden seit dem Mord an Rachael Schwartz, erreicht mich ein Anruf wegen eines Herumtreibers. Zufall?

»Wir werden sehen«, murmele ich und trete aufs Gas. Die Nadel des Tachos steigt über die Höchstgeschwindigkeit, ich mache das Blaulicht an und biege bereits nach wenigen Minuten in den Weg zur Bontrager-Farm ein. Auf dem Weg zum Haus halte ich die Augen nach möglichen Bewegungen offen, doch ich sehe weder ein Fahrzeug noch eine Person, die sich hier draußen herumtreibt. In den Fenstern des Hauses leuchtet das gelbe Licht von Laternen. Ich fahre zur Rückseite und parke hinter dem Buggy. Ich bin gerade auf dem Weg zur Vorderseite, als die Hintertür aufgeht.

»Chief Burkholder?«

Ben Bontrager steht mit einer Laterne in der Hand auf der Veranda, mit der anderen Hand hält er die Tür auf.

»Was ist passiert?«, frage ich.

»In der Scheune war ein Mann. Ein Fremder. Er hat meine Frau bedroht und sie sogar geschlagen.« Sichtlich erschüttert, hält er die Tür weit auf. »*Kumma inseid.*« Komm herein.

»Ist sie verletzt?«, frage ich und trete ein.

»Nein.«

»Wo ist der Mann?«

»Er ist weggerannt.«

»Haben Sie ihn erkannt?«

»Ich habe ihn nicht gesehen.« Doch er weicht meinem Blick aus. »*Deah vayk.*« Hier entlang.

Ich drücke auf mein Ansteckmikro. »Mona, Herumtreiber auf Bontrager-Farm. Bin vor Ort. Brauche Unterstützung.«

»Ist auf dem Weg«, kommt es knisternd durchs Mikro.

Ben und ich gehen durch die umschlossene Veranda, die als Wasch- und Vorraum dient. In einer Ecke steht eine altmodische Wäschemangel, an Haken an der Wand hängen vier *Kapps* und ein Männerstrohhut. Eine Wäscheleine voll mit Männerhemden teilt den Raum in der Mitte, in der anderen Hälfte befinden sich offene Regale voller Einmachgläser, und ein präparierter Hirschkopf mit Zwölfendergeweih starrt mich von der Wand an.

»Sie hätten nicht kommen müssen.«

Ich blicke zur Küche, wo Loretta Bontrager in der Tür steht und mich ansieht, als würde ich gleich meine .38er ziehen und sie niederschießen. Sie wirkt erschüttert und ist bleich, ihre Augen und Nase glühen rot, als hätte sie viel geweint. Selbst aus drei Metern Entfernung sehe ich die Druckstellen an ihrem Hals.

Ich gehe zu ihr hin. »Sind Sie verletzt?«, frage ich. »Soll ich den Krankenwagen rufen?«

»Nein, alles okay.« Ihr munteres Auftreten wirkt gezwungen, gleichzeitig sieht sie ihren Mann anklagend an. »Ich hab dir gesagt, du sollst nicht anrufen. Es war nichts, mir ist nichts passiert.«

Ich zeige auf die Flecken an ihrem Hals. »Und das?«

Sie wirft ihrem Mann einen wütenden Blick zu, dreht sich um und geht in die Küche.

Von ihrer Reaktion irritiert, folge ich ihr. »Loretta, was ist passiert?«

Ben eilt an mir vorbei und stellt sich neben seine Frau. Er legt ihr die Hand auf die Schulter, aber sie tritt zur Seite, und seine Hand rutscht runter. Eine seltsame Mischung aus Sorge und Verwirrung steht in seinem Gesicht. Er hat die Hose über das Schlafhemd gezogen, war also schon im Bett, hat aber wach gelegen.

Loretta sinkt auf einen Stuhl, als könnten ihre Beine sie nicht länger tragen. »Es war nichts«, sagt sie und sieht mich an. »Nur ... ein Mann, der gerade schwere Zeiten durchmacht und Hilfe brauchte. Mehr nicht.«

Ich blicke Ben an, ziehe die Augenbrauen hoch.

Er zuckt mit den Schultern. »Ich bin aufgewacht, und sie war nicht im Bett. Ich hab sie weinend in der Scheune gefunden. Dann hab ich die Flecken gesehen, und sie hat mir von dem Mann erzählt. Ich fand, wir sollten das melden.« Er sieht seine Frau entschlossen an. »Männer, die eine schwere Zeit durchmachen, hinterlassen nicht solche Flecken an einer Frau.«

Als Loretta den Blick von ihm abwendet, fügt er hinzu: »*Fazayla see.*« Sag's ihr.

Die amische Frau zögert, schüttelt den Kopf. »Ich schlafe schlecht, seit … das mit Rachael passiert ist. Deshalb gehe ich manchmal in die Scheune zu den Zicklein.« Ihr Mundwinkel geht nach oben, als würde der Gedanke sie trösten. »Ich hatte gerade eines der Neugeborenen auf dem Arm, als ein Mann … er tauchte wie aus dem Nichts auf und packte meinen Arm.« Sie senkt den Kopf, drückt die Finger an ihre Stirn. »Er … wollte Geld. Ich hab gesagt, dass ich keins habe, und … er … « Sie berührt die Male an ihrem Hals. »Er hat mir nicht geglaubt und mich geschubst und … gewürgt.« Sie blickt mich an. »Er hatte getrunken, das hab ich an seinem Atem gerochen. Ich hab angeboten, ihm was zu essen zu holen, aber er ist wütend geworden und … hat mich so heftig gestoßen, dass ich auf den Boden gefallen bin. Und dann ist er einfach durch die hintere Tür weggelaufen.«

Solche Straftaten kennen wir hier in Painters Mill nicht. In all den Jahren, in denen ich Chief bin, gab es überhaupt nur zwei Überfälle. Beide ereigneten sich nach der Sperrstunde auf dem Parkplatz des Brass Rail Saloon und wurden von Personen verübt, die zu viel getrunken hatten.

»Haben Sie ihn erkannt?«, frage ich. »Haben Sie ihn schon einmal gesehen? Vielleicht in der Stadt?«

»Nein.« Sie senkt den Blick und schüttelt dann den Kopf. »Es ging alles so schnell. Und bei Laternenlicht. Ich hab sein Gesicht nicht wirklich gesehen.«

»Hatte er eine Waffe?«

»Ich glaube nicht.«

»Wie sah er aus?«, frage ich. »War es ein Englischer? Ein Amischer? Weiß oder schwarz?«

»Englisch … und weiß.« Sie blinzelt, als mache sie gerade

eine Reise zurück in einen Albtraum, den sie nicht noch einmal durchleben will. »Er sah … durchschnittlich aus. Ungepflegt. Helle Haare. Aber kräftig.«

»Alter?«

»Fünfunddreißig vielleicht? Ein bisschen älter als Ben und ich.«

»Größe? Gewicht?«

Sie sieht ihren Mann an. »Kleiner als Ben, aber schwerer.«

Die Umrisse des Mannes von der Aufnahme der Überwachungskamera erscheinen ungebeten vor meinem inneren Auge. »Was hat er angehabt?«, frage ich.

Sie überlegt kurz, dann schüttelt sie den Kopf. »Jeans, glaube ich. Ich war so erschrocken und hab nicht darauf geachtet.«

»War er zu Fuß?«, frage ich. »Oder hatte er ein Fahrzeug?«

»Ich hab kein Fahrzeug gesehen, aber er hätte es ja überall abstellen können.«

»Haben Sie gesehen, in welche Richtung er gerannt ist?«

Wieder Kopfschütteln. »Nur, dass er hinten aus der Scheune raus ist, wo unten die Koben sind. Ben ist aufgewacht … und zum Haus der Nachbarn gelaufen, um die Polizei anzurufen.«

Ich kontaktiere das Revier via Ansteckmikro. »Brauche County zur Unterstützung. Verdächtige Aktivität.« Ich gebe die Adresse der Bontrager-Farm durch. »Männlich, weiß, ein Meter achtzig, fünfundachtzig Kilo, vielleicht zu Fuß.«

»Alles roger.«

Ich sehe Loretta an, versuche zu ergründen, warum mir dieser Vorfall irgendwie merkwürdig erscheint. Ich glaube ihr, das ist nicht das Problem. Ihre Erschütterung ist offensichtlich, die Druckstellen an ihrem Hals und der erblühende blaue Fleck an ihrer Wange sind real. Ich bezweifele auch nicht, dass *jemand* sie bedroht hat. Aber ich kann nicht glauben, dass sie ein zufälliges Opfer war und der Täter Geld von ihr wollte. Denn in einem bin ich mir relativ sicher, nämlich dass sie mir nicht die ganze Geschichte erzählt.

Trotzdem habe ich im Hinterkopf, dass auch Painters Mill – wie so viele ländliche Gegenden Amerikas –, von der Opioid-Epidemie nicht verschont wird. So gesehen liegt es durchaus im Bereich des Möglichen, dass jemand, der leicht an Geld kommen wollte, es auf einer amischen Farm zu finden hoffte. Es ist allgemein bekannt, dass Amische stets Bargeld im Haus haben und dass sie weder sich selbst noch ihr Eigentum verteidigen würden. Viele Amische würden einem Notleidenden bereitwillig ihr Bargeld geben.

»Haben Sie etwas dagegen, wenn ich mir die Druckstellen an Ihrem Hals näher ansehe?«, frage ich Loretta.

Sie stöhnt kaum hörbar, aber sie fügt sich und neigt den Kopf zu einer Seite. Das Fleisch ist wund gescheuert, die Umrisse von Fingern und Daumen sichtbar. Morgen früh wird sie an den Stellen einen Bluterguss haben.

»Und Sie sind wirklich sicher, dass das nicht von einem Arzt im Krankenhaus angesehen werden soll?«, frage ich.

»Ich bin okay«, sagt sie. »Ich bin nur erschrocken, mehr nicht. Ich war ja sogar dagegen, überhaupt anzurufen, aber Ben wollte es unbedingt. Ich hatte einfach nicht damit gerechnet, dass so etwas ausgerechnet in unserer Scheune passiert, und dann noch um diese Uhrzeit.«

»Hat der Mann sonst noch etwas gesagt?«, frage ich.

»Nein, er ... wollte nur Geld.«

Ich nicke, aber mein Misstrauen ist nicht verschwunden. Ich warte darauf, dass sie mehr sagt, aber das tut sie nicht, und ich frage. »Gibt es sonst noch etwas, was Sie loswerden wollen?«

Das Paar blickt sich kurz an. Ben lehnt am Unterschrank, die Arme verschränkt; sein Gesichtsausdruck ist verschlossen und düster. Loretta senkt den Blick. »Das ist alles«, sagt sie.

»Ich sehe mich jetzt draußen um«, sage ich und ziehe meine Visitenkarte aus der Tasche, notiere meine Handynummer auf der Rückseite. »Wenn einer von Ihnen mir noch etwas sagen will, rufen Sie an.«

Ich lege die Karte auf den Tisch und gehe zur Tür.

23. KAPITEL

Sommer 2008

Loretta wusste nicht, wie lange sie schon tanzte oder wie viele Songs die Band schon gespielt hatte. Zweimal war sie von Rachael getrennt worden, hatte sie aber in einer anderen Ecke der tanzenden Menge wiedergefunden. Einmal hatte sie mit einem englischen Mädchen mit blauen Haaren getanzt, dessen schwarze Augenschminke ganz verschmiert war. Aber das Mädchen lächelte nett und lachte laut, und Loretta fand, dass sie noch nie im Leben so viel Spaß gehabt hatte.

Aber, wie ihre *Mamm* gern sagte, fanden alle schönen Dinge irgendwann ein Ende. Sie tanzte gerade nahe der Bühne, als ihr ganz schwindlig wurde und sie einen Schweißausbruch bekam. Die Bühne neigte sich plötzlich nach links und rechts, dann drehte sie sich wie ein außer Kontrolle geratenes Karussell, und ihr wurde furchtbar schlecht. Sie sah sich nach Rachael um, wollte mit ihr ein Wasser kaufen gehen, aber ihre Freundin tanzte gerade mit einem englischen Jungen. Er hatte die Arme um ihre Taille gelegt, und die Art, wie er sie ansah, erfüllte Loretta mit einer Sehnsucht, die sie nicht so richtig verstand. Rachael sah so glücklich aus, und Loretta beschloss, sie nicht zu stören und sich allein etwas zu trinken zu besorgen.

Kaum hatte sie den Tanzbereich hinter sich gelassen, drehte sich ihr plötzlich der Magen um. Sie schaffte es mit Müh und Not zum nächstbesten Zelt, wo sie sich übergab. Als schließlich nichts mehr kam, ging sie zu dem Stand mit dem Wasser. Sie kaufte eine Flasche und beschloss, damit zum Buggy zu gehen und sich hinzulegen.

Auf dem Weg dahin verlief sie sich zweimal, und als sie ihn schließlich fand, pochte ihr Kopf wie wild, und sie hatte Pudding in den Beinen. Nachdem sie die Wasserflasche halb leer getrunken hatte, legte sie sich im Buggy auf den Rücksitz, wo es kühler und beinahe still war. Wenn sie einfach eine Weile hier lag, konnte sie vielleicht zurückgehen und mit Rachael weitertanzen.

»*Der siffer hot zu viel geleppert.*« Die Trunkenboldin hat wohl zu viel gesoffen.

Loretta wusste nicht, wie lange sie gedöst hatte. Vielleicht ein oder zwei Minuten. Sie setzte sich auf und sah, dass Levi Yoder neben dem Buggy stand und sie ansah.

»Ist alles in Ordnung?«, fragte er.

»Ja.«

Er blickte auf ihre nackten Beine, und sie zog an ihrem Rock, strich mit der Hand über den Stoff und wünschte, ihre Freundin hätte ihn nicht abgeschnitten. »Wo ist Rachael?«

»Das wollte ich dich gerade fragen.« Er holte sein Handy aus der Tasche, warf einen Blick darauf und sah sie wieder an. »Sie ist unpünktlich.«

Loretta sagte nichts. Ihr Kopf tat noch weh, aber ihr Magen hatte sich beruhigt. Das war mal wieder typisch Rachael. Wie konnte sie nur so verantwortungslos sein? Aber es war wohl ebenso sehr ihre eigene Schuld wie die ihrer Freundin, dachte Loretta.

»Uns wird nichts anderes übrig bleiben, als hier zu sitzen und auf sie zu warten.«

Den Kopf zur Seite geneigt, sah er sie merkwürdig an. Wie ein Mann, der überlegte, ein Pferd zu kaufen – der mochte, was er sah, aber noch ein wenig handeln wollte, bevor er ein Angebot machte.

»Ich gehe sie suchen.« Loretta wollte gerade aus dem Buggy klettern, als Levi sich ihr in den Weg stellte.

»Warum so eilig?«, sagte er leicht lallend.

Er hatte eine Bierdose in der Hand und eine Zigarette im Mundwinkel hängen. Sein Blick gefiel ihr gar nicht.

»Ich will keinen Ärger kriegen«, sagte sie.

»Wenn sie in ein paar Minuten noch immer nicht da ist, gehe ich sie suchen.« Er warf die Zigarette weg.

»Meine Eltern wissen nicht, dass ich hier bin«, sagte sie. »Ich muss los.« Eigentlich sollte er das gar nicht über sie wissen, denn je weniger er wusste, desto besser. Aber ihr fiel keine bessere Entschuldigung ein, um von ihm wegzukommen.

»Ich bringe dich nach Hause«, sagte er. »Keine Sorge.«

Er versperrte ihr noch immer den Weg, und sie fühlte sich wie in einer Falle.

»Deine Freundin kommt bestimmt jeden Moment.« Er stellte sein Bier auf den Holzboden und machte Anstalten, in den Buggy zu klettern.

Loretta versuchte, sich an ihm vorbeizudrücken, doch er war schneller. Er umfasste ihre beiden Oberarme, hob sie hoch und setzte sie zurück auf die Rückbank. »Immer mit der Ruhe.«

»Lass mich raus«, zischte sie.

Er grinste. »Ich fand dich schon immer echt süß«, flüsterte er.

»Ich muss gehen.« Loretta hatte die Worte kaum ausgesprochen, da stieß er ihren Oberkörper nach hinten und legte sich auf sie.

»Ach, komm schon«, flüsterte er, »nur ein Kuss.«

Sie drehte den Kopf gerade noch rechtzeitig weg, um seinem Mund auszuweichen, spürte aber seinen Speichel auf der Wange. Er presste sich mit seinem ganzen Gewicht so fest auf sie, dass ihr die Luft wegblieb.

»Ich stand schon immer auf dich«, murmelte er.

Sie wollte ihn wegstoßen, doch er war zu schwer. Sie wand sich unter ihm, versuchte, ihn zu treten, aber er hielt sie nieder. Dann spürte sie, wie er mit einer Hand am Reißverschluss seiner Hose zerrte und sein Ding rausholte und ihr mit der anderen zwischen die Beine fasste.

Panik ergriff sie. Ihre *Mamm* hatte sie vor Jungen wie Levi gewarnt. Pass nur auf, dass du dich nicht in Schwierigkeiten bringst, hatte sie gesagt. Aber genau das hatte Loretta natürlich getan. Sie war selber schuld. Wie hatte sie nur glauben können, sich von zu Hause wegzuschleichen wäre eine gute Idee?

»Levi, hör auf!«, stieß sie keuchend hervor und presste die Beine zusammen.

Plötzlich schoss er wie vom Blitz getroffen hoch. »Was ist – «

Loretta blickte über seine Schulter. Vor der Tür war jemand.

»Runter von ihr!«

Rachael.

Erleichterung durchströmte sie wie eine Flutwelle, und ihre Lungen füllten sich wieder mit Sauerstoff. Es war wie eiskaltes Wasser in einem fiebernden Gesicht.

Levi stieß sich von ihr weg. Loretta sah, wie er sein Ding zurück in die Hose schob. Kurz darauf ertönte hinter ihm ein lauter Knall.

Er schrie auf. »Auuua! Scheiße!«

»Runter von ihr!«

Levi kletterte gerade aus dem Buggy, als es wieder knallte, wie ein Böller. Er verlor das Gleichgewicht und fiel mit den Knien runter in den Dreck.

Loretta schob sich zur Tür vor. Rachael stand keine zwei Meter weit weg, die Pferdepeitsche in der Hand und Wut in den Augen. In dem Moment wusste Loretta, dass Levi Yoder keine Chance gegen sie hatte, obwohl er größer und stärker war.

»Mach los!«, schrie Rachael. »Verschwinde!«

Loretta kletterte so schnell aus dem Buggy, dass sie über Levi stolperte, der sich gerade auf die Füße rappelte. Rachael warf die Peitsche hin, und sie rannten zusammen los.

Levi schrie den beiden Mädchen Kraftausdrücke hinterher, bis sie in die Dunkelheit eintauchten. Als sie schließlich die Straße erreichen, waren sie vollkommen außer Atem und lachten so wild, dass sie nicht sprechen konnten.

In dieser Nacht wurde Rachael Schwartz zu Lorettas Heldin. Sie war der einzige Mensch, der sich jemals für sie eingesetzt, das einzige Mädchen, das jemals für sie gekämpft hatte. Sie war die beste Freundin, die Loretta je haben würde, und nichts auf der Welt konnte sie jemals trennen.

24. KAPITEL

Tag 3

Eine Kleinstadt hat ihren eigenen Rhythmus. Das Auf und Ab einer Gemeinschaft, die ständig in Bewegung ist. Erwartungen, die erfüllt werden müssen. Es gibt eine Dynamik unter den Bürgern. Einen Ruf, den es zu pflegen oder zu ruinieren gilt. Gerüchte, die kursieren, Geschichten, die man ausschmückt oder beendet. Wenn Sie Polizistin sind und all diese Unterströmungen nicht kennen, machen Sie Ihren Job nicht richtig. Ich habe fast mein ganzes Leben in Painters Mill verbracht und weiß deshalb, dass es die Unterströmungen sind, die meine Arbeit erschweren.

Um vier Uhr morgens war ich schließlich von der Bontrager-Farm nach Hause gekommen. Mona, ein Deputy vom Holmes-County-Sheriffbüro, und ich haben das ganze Grundstück der Bontragers abgesucht, vom Maisspeicher über die Scheune zum Hühnerstall bis hinauf zum hinteren Grenzzaun des Grundstücks. Der einzige Hinweis, dass sich außer Ben und Loretta noch jemand auf dem Grundstück befunden hatte, war ein einzelner Schuhabdruck im Koben hinter der Scheune. Ich machte mehrere Fotos, aber der Boden war zu schlammig, um ein Profil der Sohle zu nehmen, und die Fotos werden kaum hilfreich sein. Es gab weder einen Hinweis auf ein Fahrzeug noch wurde etwas weggeworfen oder versehentlich zurückgelassen. Es war zu spät, die Nachbarn auf den umliegenden Farmen zu befragen, so dass ich Glock die Nachricht hinterließ, gleich bei Tagesanbruch damit zu beginnen. Aber wegen des Zeitpunkts des Überfalls und der Tatsache, dass die Farmen weit auseinander liegen, mache ich mir keine großen Hoffnungen.

Tomasetti hatte die Nacht größtenteils im Labor in London westlich von Columbus zugebracht. Er war kurz vor fünf Uhr ins Bett gekommen, als ich gerade unter die Dusche gehen wollte. Er informierte mich kurz, dass die Computerspezialisten vom BCI versuchten, die Qualität des Überwachungsvideos zu verbessern oder zumindest einige brauchbare Standfotos zu generieren, was allerdings ein paar Tage dauern würde.

Um sieben Uhr treffe ich beim Revier ein, wo Margarets Ford Taurus auf seinem üblichen Platz steht und daneben ein Buggy. Das Pferd – es hat den Kopf gesenkt, die Hinterbeine angewinkelt und döst – ist an der Parkuhr festgebunden. Wenn ich nicht irre, ist das der Buggy der Bontragers. Vielleicht hat ja einer der beiden Gewissensbisse bekommen, weil sie mir heute Nacht nicht die ganze Geschichte erzählt haben, und das wollen sie jetzt nachholen.

Als ich das Revier betrete, steht Margaret am Empfangsschalter, sechs unserer Bände »Polizeiliche Ermittlungen« hinter sich auf der Ablage.

Ben und Loretta Bontrager sitzen stocksteif auf dem Sofa, fühlen sich offensichtlich unwohl und fehl am Platz. Noch vor kurzem war Ben gesprächig und sanftmütig gewesen. Heute Morgen schweigt er verdrossen. Loretta sieht aus, als hätte sie die Nacht nicht nur schlaflos zugebracht, sondern auch geweint. Ihr Gesicht ist bleich, sie hat dunkle Schatten unter den sorgenvollen Augen; die Druckstellen am Hals haben sich in Blutergüsse verwandelt. Ihre Tochter sitzt zwischen ihnen, den Kopf an die Schulter ihrer *Mamm* gelegt, eine gesichtslose Puppe im Schoß. Sie weiß nicht, dass sie nicht zum Vergnügen hier sind.

Als Loretta mich kommen sieht, steht sie auf, und das Strickzeug auf ihrem Schoß fällt zu Boden. Dass sie überall lieber wäre als hier, steht überdeutlich in ihrem Gesicht geschrieben. Etwas ist anders seit unserem letzten Gespräch, und es scheint mir keine positive Veränderung zu sein.

»Guten Morgen«, sage ich.

»Morgen, Chief.« Margaret deutet zu der Familie. »Mr. und Mrs. Bontrager sind vor ein paar Minuten gekommen und würden gern mit Ihnen reden, wenn Sie einen Moment Zeit haben.«

Ich wende mich dem Ehepaar zu. »Wie kann ich Ihnen helfen?«

Die amische Frau bückt sich, um ihr Strickzeug aufzuheben, und es lässt es beinahe wieder fallen. Sie ist angespannt und nervös. Ich kann nicht umhin zu bemerken, dass ihre Hand zittert, als sie das Garn in ihren Handarbeitsbeutel steckt.

»Ich muss Ihnen etwas sagen«, stößt sie hervor. »Über letzte Nacht.«

»In Ordnung.« Ich zeige zu meinem Büro.

Loretta sieht Margaret an, um ein Lächeln bemüht. »Wenn Sie vielleicht ein Auge auf Fannie haben könnten, nur ein paar Minuten?«

»Aber sicher«, erwidert Margaret freudig. »Ich wollte mir gerade eine heiße Schokolade machen.« Sie blickt Fannie an. »Schlagsahne oder Marshmallow, junges Fräulein?«

Das amische Mädchen strahlt. »Beides.«

»*Heicha dei fraw.*« Gehorche der Frau. Loretta schiebt ihre Tochter sanft zu Margaret hinüber, aber in Gedanken ist sie schon bei mir und dem, was ihr bevorsteht.

An der Kaffeetheke fülle ich drei Tassen, gebe den beiden jeweils eine und schließe mein Büro auf. Sie nehmen auf den Besucherstühlen Platz, ich lasse mich am Schreibtisch nieder.

Bevor ich etwas fragen kann, stellt Loretta ihre Tasse ab.

»Heute Nacht habe ich Ihnen nicht die ganze Wahrheit gesagt, Chief Burkholder. Es tut mir leid. Ich hätte … ich hätte … Ben wollte, dass wir so früh wie möglich herkommen und es richtigstellen.«

»Wir wollten mit alledem nichts zu tun haben, Chief Burkholder«, fügt Ben hinzu. »Aber man soll die Wahrheit sagen … deshalb sind wir gekommen.«

»Ich bin froh, dass Sie sich dazu entschlossen haben.« Ich warte gespannt.

Loretta richtet sich kerzengerade auf, faltet die Hände im Schoß und blickt auf sie hinab. »Ich weiß, wer letzte Nacht in die Scheune gekommen ist. Ich habe sein Gesicht gesehen. Ich kenne ihn.«

»Wer?«

»Dane Fletcher«, sagt sie. »Ein Polizist. Er ist Deputy im Sheriffbüro.«

Ich höre kaum mehr als den Namen, so laut tönt es in meinem Kopf. *Fletch?* Ich habe Mühe, mir vorzustellen, dass er eine amische Frau angegriffen hat. Ich kenne Dane Fletcher seit vielen Jahren. Er ist Deputy im Sheriffbüro, solange ich zurückdenken kann, ein zuverlässiger Kollege, ein Ehemann und Vater. Er trainiert ehrenamtlich die Little-League-Baseball-Kids. Warum in Gottes Namen sollte er eine amische Frau in ihrer Scheune überfallen? Es ergibt einfach keinen Sinn.

»Erzählen Sie mir gerade, Dane Fletcher hätte Sie letzte Nacht in der Scheune tätlich angegriffen und Geld verlangt?«

»Er hat kein Geld verlangt«, sagt sie. »Was letzte Nacht passiert ist … es ging um etwas anderes.«

Ich starre sie an, erst Loretta und dann ihren Mann, kann mir nicht vorstellen, wohin das jetzt führt. Sagt sie die Wahrheit? Ist es möglich, dass Fletcher und diese Frau in eine rechtswidrige Angelegenheit verwickelt sind?

»Loretta, Sie müssen mir jetzt sofort erzählen, was passiert ist. Und zwar alles. Diesmal dürfen Sie nichts verschweigen.«

Sie weicht meinem Blick aus und befingert einen losen Faden am Saum ihres *halsduchs.*

»*Fazayka see*«, fährt Ben sie an. Sag's ihr.

Ich lehne mich auf meinem Stuhl zurück, verärgert, dass man mich getäuscht hat, und ziemlich skeptisch, ob mir jetzt die ganze Wahrheit erzählt wird.

»Dieser Deputy«, beginnt Loretta. »Er glaubt, dass ich etwas über ihn weiß. Etwas, wovon er nicht will, dass ich mit jemandem darüber rede.«

»Es hat mit Rachael Schwartz zu tun«, unterbricht Ben seine Frau, wobei er sie wütend anfunkelt. »Nun rede!«

Loretta holt tief Luft, wie ein Kind, das nicht schwimmen kann und überlegt, in einen tiefen Pool zu springen. »Fletcher hat Rachael etwas Schlimmes angetan. Vor langer Zeit, als sie noch ein Teenager war. Ich hab ihr versprochen, es niemandem zu erzählen. Aber jetzt …« Sie zuckt mit den Schultern. »Ich glaube, ich muss es Ihnen sagen.«

Ich gebe ihr nickend zu verstehen fortzufahren.

»Mit siebzehn, kurz vor ihrer Taufe, hatte Rachael bei Fox Pharmacy einen Job als Regalauffüllerin. Von dem Geld hat sie sich ein Auto gekauft, eine alte Rostlaube, die die halbe Zeit nicht einmal ansprang. Aber Rachael liebte ihr Auto.« Bei der Erinnerung lächelt sie, ertappt sich dabei und senkt beschämt den Kopf. »Das war doch typisch Rachael, oder?«

Die amische Frau seufzt. »Sie hat nie offiziell die Gelegenheit bekommen, sich in ihrer *Rumspringa* auszuleben. Bei Mädchen ist das manchmal so. Diese Form von Freiheit wollten sie Rachael nicht gewähren, aber das hat sie nicht aufgehalten. Nach ihrer *die gemee nooch geh* zur Vorbereitung auf die Taufe, hat sie sich fast jede Nacht aus dem Haus geschlichen. Sie hat getrunken, Musik gehört, ist oft in Schwierigkeiten geraten. Meine Eltern wollten nicht, dass ich so viel mit ihr zusammen bin.« Sie lächelt wieder, aber diesmal bedauernd und melancholisch. »Hätte ich vielleicht … «

Sie presst die Lippen zusammen. »Im Spätsommer hab ich sie eine Weile nicht gesehen. Das war seltsam, denn vorher war sie oft mit ihrem alten Auto zu uns gekommen, um mich zu besuchen. Und auf einmal blieb sie weg. Nach ein paar Wochen kam sie schließlich wieder … Sie hat mich mit in die Scheune genommen.« Loretta kneift die Augen fest zu, reibt sich mit der Hand übers Gesicht. »Und da hat sie mir die grausigste Geschichte erzählt, die ich je gehört hatte.«

25. KAPITEL

Sommer 2008

Rachael Schwartz war siebzehn Jahre alt, als sie eines Nachts lernte, wie die Welt funktionierte. Als sie begriff, dass man je nachdem, wie sehr man etwas wollte, bereit sein musste, sich selbst zu verleugnen.

Tagsüber war sie mit Loretta auf dem Jahrmarkt gewesen, und sie hatten viel Spaß gehabt. In der Abenddämmerung war sie mit dem englischen Jungen, den sie am Wochenende zuvor kennengelernt hatte, Riesenrad gefahren. Als es dann dunkel wurde, hatten sie und Loretta einen Sechserpack Bier gekauft und waren zur Tuscarawas Bridge gefahren. Dort hingen sie mit der üblichen Gang ab, einer Gruppe englischer und amischer Jugendlicher, badeten im Fluss und tranken Bier.

Es war der schönste Tag ihres Lebens gewesen. Keine Arbeit, keine Sorgen. Niemand, der hinter ihr stand und sagte, sie würde in die Hölle kommen, wenn sie sich nicht änderte. Gegen zweiundzwanzig Uhr hatte sie Loretta nach Hause gebracht und sich auf den Heimweg gemacht. Nie zuvor hatte sie sich so frei gefühlt. So *lebendig*. Es war, als könnte ihr Herz kein weiteres Gramm Glück verkraften, ohne zu platzen. Wie konnte Gott all die Dinge missbilligen, die das Leben so schön machten?

Die meisten amischen Mädchen nutzten die Zeit ihrer *Rumspringa* kaum aus, jedenfalls nicht so wie die Jungen. Rachael hatte jedoch nicht vor, die wenige verbliebene Zeit zu verschwenden. Die Erwachsenen übten großen Druck auf sie aus, sich taufen zu lassen, und nach der Taufe war der Spaß vorbei. Doch ihre Eltern missbilligten, dass sie die Zeit nutzte, um sich auszutoben. Sie missbilligten ihre Freunde und die Entscheidungen, die sie traf. Sie missbilligten, dass sie in der Stadt einen Job im Drugstore angenommen hatte. Und das Auto konnten sie überhaupt nicht akzeptieren. Ihr *Datt* hatte sogar verboten, dass sie damit auf ihr Grundstück fuhr, so dass sie es am Ende des Weges abstellen musste. Aber das war Rachael egal. Es würde sie nicht daran hindern zu tun, was sie tun wollte. Endlich hatte sie einmal Spaß. Warum waren sie solche Spielverderber?

Niemand verstand sie. Nicht einmal Loretta, die es zwar versuchte, aber sie war ein braves Mädchen durch und durch. Ganz im Gegensatz zu Rachael, die es noch nie richtig geschafft hatte, sich an die Regeln zu halten. Erst gestern hatte Mrs. Yoder sie *hochmut* genannt. Aber wen juckte es schon, wenn sie hochmütig war? Als Amische hatte man sowieso das Gefühl, dass alles und jedes missbilligt wurde. Ob Gott es billigte? Das hatte sie sich auch schon gefragt. Ob die Amischen sich womöglich irrten? Vielleicht musste sie, Rachael, einfach ihren eigenen Weg finden. Wenn sie deswegen gezwungen wäre, die Gemeinschaft zu verlassen, dann war es eben so.

Tom Petty schmetterte gerade »Breakdown«, und sie hatte das Radio so laut aufgedreht, dass die Lautsprecher schepperten. Rachael sang mit, die Fenster runtergedreht, die Nachtluft kühl auf der Haut und die Haare im Wind flatternd. Wie war es möglich, dass sie bis jetzt ohne Rock'n'Roll gelebt hatte? Ohne Jungs und Bier? Rachael stellte sich vor, was ihre amischen Glaubensbrüder denken würden, wenn sie sie jetzt sähen, warf den Kopf zurück und lachte laut. Sie drehte das Radio bis zum Anschlag auf, sang im Chor mit Petty und schlug im Takt die Hände aufs Lenkrad. Sie war so sehr von der Musik mitgerissen, dass sie das Auto erst bemerkte, als die Scheinwerfer dicht hinter ihrem Heck aufleuchteten und sie das flackernde Blaulicht im Rückspiegel sah. Und das nur wenige Meilen von zu Hause entfernt.

»Scheiße!«

Sie hatte noch immer die englischen Kleider an. In der Mittelkonsole stand eine Dose Budweiser, eine weitere lag vor dem Beifahrersitz auf dem Boden. Die hatte sie schon ausgetrunken, bevor sie Loretta abgesetzt hatte. Sie glaubte nicht, dass sie betrunken war, hatte aber gehört, dass die örtlichen Polizisten einen Alkoholtest machten, sobald sie Alkohol im Atem rochen – und dass sie einen ins Gefängnis steckten, auch wenn man nicht betrunken war.

Sie überlegte, ob sie irgendwo Kaugummi hatte, drosselte die Geschwindigkeit und fuhr auf den Seitenstreifen. Dann nahm sie schnell die Bierdose, sah sich suchend um und schob sie außer Sicht in den Zwischenraum von Sitz und Konsole. Bei einem Blick in den Seitenspiegel sah sie, dass der Polizist ausgestiegen war und zu ihr kam. Sie löste den Sicherheitsgurt, beugte sich zu der leeren Dose am Boden vor und schob sie unter den Sitz.

»Guten Abend.«

Rachael schreckte zusammen, drehte sich auf dem Sitz um und sah direkt in das Gesicht eines jungen Holmes-County-Deputys, der sie durchs offene Fenster anblickte. »Oh«, sagte sie. »Hi.«

»Kann ich bitte Ihren Führerschein und die Versicherungskarte sehen?«, sagte er.

Er war jung für einen Polizisten, nur ein paar Jahre älter als sie. Professionell und glatt rasiert, mit Stoppelfrisur und den schönsten braunen Augen, die sie je gesehen hatte.

Sie suchte in ihrer Handtasche nach dem Führerschein, holte

die Versicherungskarte aus dem Handschuhfach und reichte ihm beides. »War ich zu schnell?«

Er sah sich Führerschein und Versicherungskarte genau an, ließ sich Zeit mit der Antwort. Sie hatte das Radio leiser gestellt und lauschte mit halbem Ohr dem Ende des Petty-Songs und dem Anfang eines Songs von Nirvana. Hoffentlich würde er sie nicht so lange aufhalten.

»Ich habe einhundertsieben km/h gemessen«, sagte er. »Ist Ihnen die zulässige Höchstgeschwindigkeit bekannt?«

Was war die richtige Antwort? Sollte sie die Wahrheit sagen? Dass sie die Höchstgeschwindigkeit kannte, aber nicht darauf geachtet hatte? Oder dass sie dachte, die Höchstgeschwindigkeit wäre einhundertzehn km/h? Vielleicht sollte sie sagen, dass sie sich verspätet hatte und schneller gefahren war, um keinen Ärger mit ihren Eltern zu bekommen. Oder dass sie dringend auf die Toilette musste?

Sie sah zu ihm hoch, sah, dass er sie anschaute und auf eine Antwort wartete, und sie lächelte. »Ich hab wohl nicht gemerkt, dass ich zu schnell bin.«

»Das waren Sie aber.« Jetzt lächelte auch er, legte den Kopf zur Seite. »Sind Sie nicht die Tochter von Dan und Rhoda?«

»Das sind meine Eltern.«

Er betrachtete ihre englische Kleidung. »Wenn ich das sagen darf, sehr amisch sehen Sie heute Nacht nicht aus.«

Sie lachte und hätte ihm fast erzählt, sie wäre in der *Rumspringa*, was nicht ganz stimmte. Aber dann würde er vielleicht fragen, ob sie getrunken hatte, und da war es besser, auf Nummer sicher zu gehen. »Ich hab heute hart gearbeitet«, sagte sie. »Und dann war ich mit einer Freundin im Kino.«

»Ach so? Was haben Sie denn gesehen?«

»*Twilight.*«

»Ich hab gehört, der soll gut sein«, sagte er.

Langsam beruhigte sie sich. Für einen Polizisten schien er echt nett zu sein. Locker und vernünftig. Hoffentlich verpasste er ihr keinen Strafzettel wegen zu schnellen Fahrens.

Er machte einen Schritt zurück und sah sich ihr Auto an. »Mir ist noch nie ein amisches Mädchen begegnet, das um ein Uhr morgens allein auf einer Nebenstraße gefahren ist.«

»Ich bin auf dem Weg nach Hause.«

»Ihre Eltern erlauben Ihnen, so lange auszugehen?«

Sie lachte. »Ich hab mich verspätet.«

»Sie warten auf Sie?«

»Hoffentlich nicht!« Wieder lachte sie und dachte, vielleicht mochte er sie ja und gab ihr keinen Strafzettel. Sie musste einfach nur nett und höflich sein. Ihn ein wenig umgarnen, so wie sie es bei den englischen Mädchen gesehen hatte. Sie war so gut wie in Sicherheit.

Auch er lachte, trat näher und beugte sich vor in ihren Wagen. »Haben Sie heute Abend getrunken?«

»Ich trinke nicht.« Sie unterstrich ihre Worte mit einem Lachen, spürte aber selbst, dass es unecht klang. »Das ist gegen die amischen Regeln, müssen Sie wissen.«

»Aha.« Er kratzte sich am Kopf, ließ den Blick schweifen. »Das dachte ich mir.« Einen Seufzer ausstoßend, sah er sie wieder an. »Trotzdem muss ich das kontrollieren, ist mein Job. Würden Sie bitte aussteigen? Es dauert nicht lange.«

»Aber ich habe nichts getrunken«, sagte sie. »Ich will ... nur nach Hause.«

»Schon gut.« Er griff nach der Türklinke und machte die Tür für sie auf. »Kommen Sie. Ein schneller Test, und schon können Sie sich wieder auf den Weg machen. Ich bin sicher, Sie haben nichts zu befürchten.«

»Na ja, okay.« Rachael wusste nicht, was sie anderes tun sollte, und stieg aus. Aber jetzt fühlte sie sich gehemmt und nervös, weil ihm vermutlich klar war, dass sie ihn angelogen und getrunken hatte. Vielleicht war er ja doch nicht ihr neuer guter Freund und Helfer. Was sollte sie bloß machen, wenn er ihr einen Strafzettel verpasste? Oder schlimmer noch, sie ins Gefängnis steckte? Was sollte sie ihren Eltern erzählen? Und wenn sie nur gegen Kaution freigelassen würde?

»Also passen Sie auf«, sagte er und zeigte zu dem aufgemalten Strich am Straßenrand. »Strecken Sie die Arme so aus.« Er demonstrierte es ihr. »Machen Sie neun Schritte, einen Fuß vor den anderen, Ferse an Spitze. Nach neun Schritten legen sie den Kopf so zurück.« Er legte den Kopf in den Nacken und sah hinauf in den Nachthimmel. »Und dann berühren Sie die Nase mit Ihrem Zeigefinger.«

Rachael hörte gut zu, ein wenig erleichtert, denn das war zu schaffen. Wenn sie sich die Einzelheiten merken konnte. Denn Tatsache war, dass sie getrunken *hatte* und nicht wirklich in Bestform war. Trotzdem bekam sie etwas so Einfaches doch sicher hin. Danach würde sie schnurstracks nach Hause fahren, und selbst wenn sie ein Ticket bekam, konnte sie es selbst bezahlen. Ihre Eltern mussten nichts davon erfahren. Niemand musste davon wissen.

Er lehnte am Wagen und verschränkte die Arme vor der Brust. Es hatte den Anschein, als würde er sich auf einen gemütlichen Fernsehabend vorbereiten. Als sie zögerte, hob er die Augenbrauen. »Auf geht's«, sagte er.

Verunsichert ging sie zu der aufgemalten Linie, atmete tief durch, streckte die Arme aus und fing an zu laufen, Ferse vor die Zehen. Nach zwei Schritten kam sie aus dem Gleichgewicht und verfehlte die Linie um mehrere Zentimeter. Wegen der Absätze, dachte sie, und sah ihn über die Schulter hinweg an. »Die Schuhe sind schuld, kann ich sie ausziehen?«

Doch er kam bereits auf sie zu, und voller Entsetzen sah sie, dass er Handschellen von seinem Ausrüstungsgürtel löste. Sie hob die Hände, Tränen in den Augen. »Ich kann das, es sind die Absätze – «

Er trat zu ihr, legte die Hand auf ihren Oberarm und ließ sie langsam bis zum Handgelenk hinuntergleiten. »Ich verhafte Sie wegen Trunkenheit am Steuer.«

Dann legte sich die metallene Handschelle kalt und hart um ihr Handgelenk, und Panik erfasste sie.

»Bitte verhaften Sie mich nicht.« Sie versuchte, ruhig zu klingen, doch die Panik in ihrer Stimme war überdeutlich.

Er zog ihre andere Hand hinter ihren Rücken und ließ die zweite Fessel zuschnappen. »Tragen Sie irgendwelche Waffen am Körper? Irgendetwas Scharfes, das mir Sorgen machen sollte?«

»Nein, bitte. Ich habe nichts Schlimmes gemacht. Ich will einfach nur nach Hause.«

Eine Hand auf ihrem Oberarm und die andere an der Kette, mit der die Handschellen verbunden waren, führte er sie zu seinem Wagen. Am Kofferraum blieb er stehen, drehte sie zu sich herum und schob sie rückwärts ans Auto.

»Ich taste Sie jetzt schnell ab, um sicherzustellen, dass Sie keine Waffe tragen«, sagte er. »Verhalten Sie sich einfach ruhig, okay?«

»Aber ich bin nicht betrunken«, sagte sie.

»Das werden wir alles klären.«

Er glitt mit den Händen über ihre Hüften, drückte die Hosentaschen zusammen, zog sie heraus und stülpte sie um; ihre Zigaretten, das Feuerzeug, Handy und den Zwanzig-Dollar-Schein nahm er aus ihrer Gesäßtasche. Wie versteinert ließ sie alles über sich ergehen.

»Bitte, verhaften Sie mich nicht«, sagte sie. »Ich hab doch nur einen Fehler gemacht. Bitte, ich kriege riesengroßen Ärger.«

Nachdem er sie vollständig abgetastet hatte, trat er einen

Schritt zurück. Und starrte sie an. Sie starrte zurück, rücklings an den Wagen gelehnt und die Hände im Rücken gefesselt. Und versuchte, ihren zitternden Körper unter Kontrolle zu halten.

»Sieht aus, als hätten wir ein Problem«, sagte er.

Erst jetzt bemerkte sie, dass er heftig atmete, obwohl er sich gar nicht angestrengt hatte. Schweiß perlte auf seiner Stirn und Oberlippe, und auch sein Hemd war an den Unterarmen feucht. Und zum ersten Mal spürte sie, dass hier etwas nicht ganz koscher war.

»Können Sie mich nicht einfach laufenlassen?«, flüsterte sie.

Auf einmal veränderte sich sein Gesichtsausdruck. Ein seltsames Leuchten trat in seine Augen, und seine Wangenmuskeln bewegten sich, als würde er auf etwas Hartem herumkauen.

»Glauben Sie, wir finden gemeinsam eine Lösung?«

Sie blinzelte, verstand die Frage nicht. Doch die Ahnung, dass etwas nicht stimmte, wurde immer mehr zur Gewissheit, und eine andere Art von Angst nahm von ihr Besitz. In dem Moment wurde ihr klar, dass sie mit einem Mann allein war, dem sie nicht traute. Und das spätnachts mitten in der Pampa …

»Die Jeans, die du da anhast, machen echt was her und sind schön eng«, flüsterte er.

Jetzt geriet sie wirklich in Panik. Sie blickte sich um, wollte nur noch weg, und fragte sich, ob sie es zu dem Feld schaffte, bevor er sie einholen konnte.

»Du hast schöne große Titten für eine Siebzehnjährige, weißt du das?«

So hatte noch nie jemand mit ihr gesprochen. Schon gar nicht ein Mann. Ein Erwachsener. Schlagartig verstand sie, worum es ging, und die Erkenntnis nahm ihr die Luft, als steckte ein Hühnerknochen in ihrem Hals.

»Halt jetzt still. Hast du gehört?« Er nahm den Saum ihres T-Shirts und zog es hoch.

Instinktiv beugte sie sich vor, zog die Schultern zusammen und versuchte, sich zu bedecken. Aber er drückte sie fest ans Auto, zwang sie, sich aufzurichten, so dass ihre Brüste zu sehen waren.

»Mannomann.« Er sah sie nicht einmal an, sondern starrte auf ihre Brüste wie ein ausgehungertes Tier, das seine Beute betrachtete, Sekunden vor dem Angriff. »O Mann.«

»Das können Sie nicht machen«, sagte sie mit tränenerstickter Stimme. »Das ist falsch. Das dürfen Sie nicht.«

Sein Blick glitt hinauf zu ihren Augen. »Ich sag dir mal was, amisches Mädchen. Wenn ich dich ins Gefängnis stecke, bist du mindestens drei oder vier Tage dadrin. Eine Anzeige wegen Trunkenheit am Steuer kostet deine Eltern Tausende von Dollar. Plus einen Anwalt, und der ist garantiert nicht billig. Du verlierst deinen Führerschein, dein Auto, und alle werden es erfahren. All die selbstgerechten bibeltreuen Amischen werden dir aus dem Weg gehen. Wäre dir das lieber?«

»Bitte nicht«, sagte sie weinend. »Ich verspreche, es nicht wieder zu tun. Bitte.«

»Hör gut zu. Wenn ich dich anfassen darf, lass ich dich nach Hause gehen. Keine Anzeige, kein Gefängnis. Und wir halten beide den Mund. Kein Mensch wird je davon erfahren.« Seine Stimme war jetzt heiser, sein Atem ging keuchend.

Rachael wusste nicht, was sie denken sollte. Was sie sagen sollte. Wollte er sie nur anfassen? Oder hatte er etwas anderes vor?

»Ich will das nicht«, sagte sie mit erstickter Stimme.

»Dann gehst du ins Gefängnis. Willst du wissen, was passiert, wenn du da ankommst? Sie werden dir deine Kleider abnehmen und dich einer Leibesvisitation unterziehen, und zwar nicht mit Samthandschuhen. Du wirst tagelang eingesperrt. Wäre dir das lieber?«

»Nein.« Sie spürte, dass sie in der Falle saß, und fing an zu weinen. »Was muss ich machen?«

»Gar nichts.« Er drehte sie langsam herum, so dass sie seinen Wagen vor Augen hatte. »Ich mache alles.«

Er umklammerte mit der Hand ihren Nacken und drückte ihr Gesicht an den Kofferraum.

26. KAPITEL

Als Loretta mit ihrer Geschichte fertig ist, koche ich innerlich vor Wut. Aber ich versuche sie zu unterdrücken, ringe um Distanz. Da ich meiner Stimme nicht traue, schweige ich. In der plötzlichen Stille sind nur das Surren der Deckenlampe und das bienengleiche Summen meines Computers zu hören.

Loretta laufen Tränen über die Wangen, aber sie blickt starr auf meinen Schreibtisch. Die Stille ist fast unerträglich.

»Das hat Rachael Ihnen erzählt?«, frage ich schließlich.

Sie nickt. »Ein paar Wochen, nachdem es passiert ist. Sie wusste nicht, was sie machen sollte. Ich glaube, sie brauchte jemanden zum Reden.«

Neben ihr stützt Ben die Ellbogen auf die Knie und blickt zu Boden.

»Sie hat Dane Fletcher namentlich genannt?«, frage ich.

»Ja.«

Ich denke kurz nach. »Hat sie es ihren Eltern erzählt?«

»Ich glaube nicht, dass sie es überhaupt sonst jemandem erzählt hat. Ich meine, sie war ja amisch. Sie war nachts unterwegs und hat Dinge getan, die sie nicht hätte tun sollen. Wie hätte sie es da jemandem erzählen können?«

Ich erwidere nichts. Vielleicht, weil ich mehr Fragen als Antworten habe. Hätten Rachaels Eltern sie unterstützt? Hätten sie ihr geglaubt? Oder ihr die Schuld gegeben? Wären ihre Eltern zur Polizei gegangen? Oder hätten sie den ganzen hässlichen Vorfall unter den Teppich gekehrt und gehofft, er würde einfach so verschwinden?

»Ist sie zu einem Arzt gegangen?«, frage ich. »Ist sie untersucht worden?«

»Nein.« Die amische Frau presst die Lippen zusammen. »Danach war sie nie wieder dieselbe.«

Ich sehe sie an. »Wie meinen Sie das?«

»Rachael ist ja immer ziemlich dreist gewesen.« Ein trauriges Lächeln umspielt ihren Mund. »Die vielen Geschichten von ihrer Kindheit, die ihre *Mamm* erzählt hat.« Sie wirkt nachdenklich. »In den Wochen und Monaten nach dieser Sache wurde Rachael noch dreister. Nein, schlimmer, sie wurde gemein.«

Ich denke an Dane Fletcher. Die ungeklärten Einzahlungen auf Rachaels Bankkonto. Vor meinem inneren Auge sehe ich die Aufnahmen der Überwachungskamera von der Tankstelle neben der Bar in Wooster, und mir wird klar, dass der Mann darauf, der sich mit Rachael getroffen hatte, durchaus Fletcher gewesen sein könnte. Die Theorie nimmt Gestalt an.

Loretta sieht mich aus tränennassen Augen an. »Chief Burkholder, Rachael war gerade erst siebzehn geworden, kaum mehr als ein Kind. Aber sie hat so getan, als wäre sie fünfundzwanzig. Sie dachte, sie wird damit fertig, was ihr passiert ist. Aber es hat sie verändert. Hat ihre Sicht auf die Welt verändert, und zwar auf keine gute Weise.«

»Warum ist Fletcher letzte Nacht bei Ihnen aufgetaucht?«, frage ich.

»Er wusste, dass Rachael und ich zusammen aufgewachsen sind, dass wir Freundinnen waren. Er muss gewusst haben, dass sie mir von jener Nacht erzählt hat, weil er sagte, ich soll meinen Mund halten.« Sie verzieht das Gesicht, kämpft aber erfolgreich gegen die Tränen. »Er hat meine Familie bedroht.«

Ben hebt den Kopf, und ich erkenne Wut in seinen Augen, bevor er den Blick abwenden kann. »In Anbetracht dessen … was Rachael passiert ist«, sagt er, »fanden wir, Sie sollten das wissen.«

Loretta sieht mich an, reißt die Augen auf, blinzelt. Und mir wird klar, dass sie zum gleichen Ergebnis gekommen ist wie ich: Dass Dane Fletcher und Rachael Schwartz sich im Willowdell-Motel getroffen haben, wo dann das Unaussprechliche passierte.

»*Mein Gott.*« Sie stößt einen Laut des Entsetzens aus und vergräbt ihr Gesicht in den Händen.

Ich habe Bilder von Rachael vor Augen, wie sie im Motelzimmer am Boden liegt, die Knochen gebrochen und das Gesicht zerstört. Eine schöne junge Frau, die das ganze Leben noch vor sich hatte. Eine Frau, die schwierig war und fehlerhaft und die sich nicht immer getreu ihrer amischen Wurzeln verhielt. Aber das, was ihr passiert ist, hatte sie verdammt nochmal nicht verdient.

»Glauben Sie, der Polizist hat diese furchtbare Tat begangen?«

Die Frage kommt von Ben. Er sitzt steif neben seiner Frau, sein Gesichtsausdruck ein Mosaik aus Entsetzen, Unglaube und einer Möglichkeit, die er nicht akzeptieren kann.

Ich antworte ihm nicht, und das aus vielerlei Gründen. Nicht zuletzt wegen der Tatsache, dass mein Hauptverdächtiger plötzlich ein Polizist ist.

»Wissen Sie, ob Rachael und Dane Fletcher in Verbindung standen?«, frage ich. »Telefonisch oder per Mail? Wissen Sie von irgendwelchen Treffen der beiden in den letzten Jahren?«

Die Eheleute sehen sich kurz an, dann schüttelt Loretta den Kopf. »Davon weiß ich nichts, Chief Burkholder. Falls es so war, dann hat Rachael mir nichts davon erzählt.«

27. KAPITEL

Ich war achtzehn Jahre alt, als ich Rachael Schwartz das letzte Mal begegnet bin. Es war auf dem mehrtägigen Erntedankfest, einem riesigen Volksfest mit Flohmarktcharakter, zu dem Amische meilenweit angereist kamen. Sie stellen ihre Verkaufsbuden und -wagen auf und verkaufen dort alles, von Obst und Gemüse über Backwaren und Quilts bis hin zu lebenden Tieren. Für mich war es ein Tag, an dem ich den häuslichen Pflichten entkam, meine Freunde sehen und all die leckeren amischen Speisen probieren konnte. Jedes Jahr im September lud mein *Datt* unseren alten Heuwagen mit Kürbissen in allen Formen und Größen voll und schleppte mich und meine Geschwister, Jacob und Sarah, zum Festival, wo wir die Kürbisse verkauften.

Mit achtzehn hatte für mich das Festival schon etwas von seinem Glanz verloren. An jenem Tag entkam ich dem wachsamen Blick meines *Datts*, indem ich vorgab, auf die Toilette zu müssen. Ich ging zum Rand des Festivalgeländes, wo weniger los war, weit genug weg von meinen amischen Glaubensbrüdern, um in Ruhe eine Zigarette zu rauchen. Gerade als ich sie anzünden wollte, wurde ich durch einen lauten Disput abgelenkt.

Da die Festivalbesucher hauptsächlich amisch waren und Amische in der Öffentlichkeit nie laut wurden, hätte mir klar sein müssen, dass Rachael Schwartz involviert war.

Am Rande des Schotterparkplatzes, neben einer Reihe Mobiltoiletten, hatte Loretta Weaver eine Holzkiste mit Backwaren von der Ladefläche eines Wagens gezogen und schleppte sie gerade zu ihrem hübsch dekorierten Verkaufsstand. Auf einer selbst gezimmerten Staffelei stand ein handgeschriebenes Schild mit ihrem Angebot:

Hinkelbottboi (Hühnerpastete) – $ 6. 99
Lattwarrick (Apfelbutter) – $ 4. 99
Frischi Wascht (Würstchen) – $ 3. 69
Karsche Boi (Kirschpie) – $ 1. 99 das Stück /
$ 6. 99 ganzer Pie

Nur wenige Meter entfernt hatten zwei englische Mädchen ihren Kuchenstand aufgebaut. An ihrem Tisch war ein bedrucktes Schild befestigt:

Kuchen mit Dekoration nach Wunsch für Geburtstage,
Jubiläen und besondere Anlässe. Gleich zum Mitnehmen!

Offensichtlich gab es zwischen den beiden Parteien einen Konflikt hinsichtlich des Standplatzes.

»He, du da, Pilgrim-Girl! Das ist unser Platz.«

Ein etwa fünfzehn Jahre altes englisches Mädchen in abgeschnittenen Jeans und Backstreet-Boys-T-Shirt hatte sich mit den Händen in den Hüften vor ihrem Stand aufgebaut und starrte Loretta zornig an. Seitlich hinter ihr standen zwei schlaksige Teenagerjungen und sahen ihnen erwartungsvoll und belustigt zu.

Loretta Weaver ging lächelnd auf das englische Mädchen zu. »Wir verkaufen nur heute«, sagte sie beschwichtigend. »Pasteten und Pies und so. Wir können nicht gehen, bevor alles weg ist.«

Ein zweites englisches Mädchen kam um den Tisch herum zu ihnen. Sie trug eine weiße Bluse und pinkfarbene Shorts, seitlich auf ihrem Kopf saß ein schicker Sommerhut. »Aber mit deinen Pies verdirbst du uns das Geschäft. Du muss dich woanders hinstellen.«

Loretta trat von einem Fuß auf den anderen. »Aber das ist mein Stand, er ist schon fertig aufgebaut. Wir können doch beide hierbleiben, oder?«

Das Mädchen verdrehte die Augen. »Wir haben einen ganzen Wochenlohn für den Platz bezahlt, sie haben uns zugesichert, dass neben uns keine Konkurrenz mit den gleichen Sachen sein würde.« Sie zeigte zu den vielen Tischen der Verkäufer, die näher an den Gebäuden standen. »Du musst umziehen.«

Loretta blickte sich um, als erwarte sie, dass jemand herbeigeeilt kam und sie unterstützte. Aber niemand schenkte ihr Beachtung, weshalb sie nur schweigend von einem Mädchen zum anderen sah.

»Ich glaube nicht, dass sie dich verstanden hat!«, rief einer der beiden Jungen.

»Schick ihr 'ne SMS!«, schob der andere Junge hinterher, und beide brachen in wildes Gelächter aus. »Die amischen Heuchler haben alle Handys!«

Loretta sah die Jungen an, schluckte. »Wir haben auch bezahlt. Wir können nicht einfach woandershin. Das ist unser Tisch, es gibt keinen anderen Platz.«

Das Mädchen im Backstreet-Boys-T-Shirt zeigte zum vorderen Teil des Marktes, wo es wesentlich voller war. »Da ist bestimmt noch ein Platz frei. Geh einfach dahin, da findest du was.«

»Aber dieser Platz hier wurde uns zugewiesen«, beharrte Loretta. »Sie haben gesagt, wir sollen uns hier aufstellen. Wir können nicht einfach den Platz von jemand anderem nehmen.«

»O mein Gott, bist du begriffsstutzig.« Kopfschüttelnd trat das Mädchen mit dem Hut dicht vor sie. »Also jetzt sei mal ein guter kleiner Pilgrim, lad dein Zeug in den Buggy und verschwinde von hier.«

Loretta machte den Mund auf, als wollte sie etwas sagen, doch ihr fiel nichts ein, und sie schloss ihn wieder. Stattdessen neigte sie leicht den Kopf und blickte auf den Boden. »Ich will keine Probleme kriegen.«

»Aber die hast du jetzt«, erwiderte das Mädchen im Backstreet-Boys-T-Shirt.

Das Mädchen mit dem Hut sah ihre Freundin an. »Ich hab ja schon gehört, dass sie begriffsstutzig sind, aber das jetzt ist echt lächerlich.«

»Vielleicht muss man sie erst überzeugen!«, rief einer der Jungen.

Der andere Junge fing an zu skandieren: »Zickenkrieg! Zickenkrieg!«

Auch damals war mir schon bewusst, dass Leute den Amischen manchmal feindselig gegenüberstanden. Es geschah nicht oft, aber hin und wieder habe ich es beobachtet. Ich war zwar selbst keine beispielhafte Vertreterin amischer Werte, aber ich wusste richtig von falsch zu unterscheiden. Und Großmäuler konnte ich sowieso nicht ausstehen. Loretta Weaver war ein stilles, schüchternes und hart arbeitendes Mädchen, das zu Demut und Gewaltlosigkeit erzogen wurde. Mit Vorurteilen und Bösartigkeit war sie bislang noch nicht konfrontiert worden. Sie war mit der Situation vollkommen überfordert und merkte es vermutlich nicht einmal.

»Verdammt nochmal, bist du taub?« Das Mädchen mit dem Hut ging zu Lorettas Stand, betrachtete die ausgebreitete Ware auf dem Tisch und nahm ein Glas mit Apfelbutter.

Loretta war hinter ihr hergegangen, zwirbelte den Saum ihrer Schürze und gab sich Mühe, ruhig zu bleiben, was ihr aber nicht gut gelang.

Pure Bosheit leuchtete in den Augen des Mädchens auf. Sie hielt das Glas hoch, schraubte den Deckel ab, tunkte den Finger in die klebrige Masse und steckte ihn in den Mund. »O mein Gott, das Zeug ist echt gut.«

Loretta richtete sich auf und sah dem Mädchen in die Augen. »Jetzt musst du für das Glas bezahlen.«

Die beiden englischen Mädchen sahen sich an und brachen in Gelächter aus.

Ein grausamer Ausdruck trat in das Gesicht des Mädchens mit dem Hut. Sie warf den kichernden Jungen am Tisch ihres Standes einen Blick zu, dann sah sie wieder Loretta an.

»Was schulde ich dir denn?«

Loretta hielt die Hand auf. »Vier Dollar und neunundneunzig Cent.«

Das Mädchen drehte das Glas auf den Kopf und goss die Apfelbutter in Lorettas Hand.

»O mein Gott, Britany!«, stieß das Backstreet-Boys-Mädchen aus und schlug sich mit der Hand auf den Mund, um ihren Lachanfall zu verbergen.

Loretta ließ die Hand sinken, wobei die Apfelbutter neben ihre Füße auf den Boden lief. Wortlos und ohne das Mädchen anzusehen, zog sie ein verknäultes Papiertaschentuch aus der Tasche ihres Kleides und begann, die klebrige Apfelbutter abzuwischen.

Ich weiß noch, dass ich losgegangen bin, erinnere mich an die dröhnende Wut in meinem Kopf und dass ich mich auf das Mädchen mit dem Hut konzentrierte, auf die Bosheit in ihren Augen. In meiner Vorstellung verpasste ich ihr bereits einen Faustschlag auf den angemalten pinkfarbenen Mund.

Aber dazu hatte ich dann keine Gelegenheit mehr.

Ich war noch einige Meter weit entfernt, als ich aus dem Augenwinkel eine Bewegung wahrnahm, den Kopf drehte und

Rachael Schwartz auf das Hut-Mädchen zustürzen sah, das Gesicht wutverzerrt und eine Mistgabel in der Hand. Ich hatte sie kaum wiedererkannt.

Loretta war mir am nächsten, ich packte ihren Arm und zog sie aus dem Weg. In dem Moment hob Rachael schon die Mistgabel und schleuderte Pferdemist auf das Hut-Mädchen. Sie tat es mit so viel Schwung, dass ich jeden einzelnen Brocken an ihr Gesicht und ihre Kleider klatschen hörte.

Sekundenlang waren alle verstummt. Das Mädchen mit dem Hut sah hinab auf ihre Kleider, die grün-braune Schmiere und die Flecken auf der weißen Bluse, den nackten Beinen »Iiii. *Igittigitt!*« Sie schüttelte sich. »O mein Gott, *iii*. Du *Miststück!*«

Rachael war bereits zurück zum Pferd gerannt, hatte eine zweite Gabel voll Mist geholt und hielt sie keuchend wurfbereit. »Verschwinde, oder du kriegst noch eine Ladung ab«, rief sie.

An dem Tag hatte Rachael Schwartz meinen Respekt gewonnen – und ein kleines Stück meines Herzens. Trotz des Altersunterschieds hatte ich in ihr eine verwandte Seele erkannt, denn auch sie konnte sich nicht an die Regeln halten, hatte einfach nicht dazugepasst. Sie wurde verkannt, sprengte Konventionen und war eine Kämpferin – wobei Letzteres in den Augen der pazifistischen Amischen verhängnisvoll war. Auch wenn ich es nicht zugeben wollte, erkannte ich in Rachael mich selbst: extrem schwierig, mit verhängnisvollen Mängeln behaftet und unfähig, sich zu verstellen. Bis zu dem Tag, an dem ich die Gemeinde verließ, hatte ich ihr insgeheim applaudiert.

Als sie dann ins Teenageralter kam, verlor ich sie aus den Augen, doch bei meiner Rückkehr hörte ich allerlei Geschichten – dass sie die Jungen etwas zu sehr gemocht hatte, dass sie mit siebzehn einen Job annahm und sich ein altes Auto kaufte, was man ihr wohl sehr verübelte. Das hatte aber wenig damit zu tun, dass sie amisch war, sondern in erster Linie, dass sie eine

Frau war. Außerdem rauchte sie, trank mehr als für ein Mädchen schicklich, ging abends sehr lange aus und kam manchmal gar nicht nach Hause.

Wenn ich jetzt als Erwachsene zurückblicke, stimmt es mich unglaublich traurig, dass sie bei den Amischen in Ungnade gefallen war. Und etwas Wichtiges wird mir bewusst: Auch wenn meine Eltern nicht perfekt waren, hat mich ihre Erziehung dennoch befähigt, schlechte Entscheidungen, wie ich sie in jungen Jahren getroffen hatte, als Erwachsene zu vermeiden. Zwar kannte ich Rhoda und Dan nicht gut, aber es sieht nicht so aus, als hätten sie das Gleiche für ihre Tochter getan. Sie sahen in Rachael eine – vielleicht unrettbar – gefallene Frau und haben sie ausgegrenzt. Diese Intoleranz – die fehlende Lenkung und Unterstützung – hatte dazu geführt, dass sie einen selbstzerstörerischen Weg einschlug.

Eine Wahrheit, die mir das Herz bricht.

28. KAPITEL

Menschen sagen nicht immer die Wahrheit – das gehört zu den Lektionen, die das Leben mich gelehrt hat. Gelogen wird aus vielerlei Gründen: um Schuld von sich zu weisen, um sich oder andere zu schützen, um Absichten voranzubringen, um jemandem weh zu tun oder um Rache zu üben. Wobei jeder Grund beliebig mit einem anderen kombinierbar ist. Manchmal wird gelogen, indem man etwas verschweigt, manchmal fällt es Menschen schwer zu lügen und sie haben Schuldgefühle, manchmal lügen sie mit hämischer Freude. Obwohl mir all das schon begegnet ist, bin ich keineswegs so abgestumpft, um nicht gelegentlich schockiert zu sein.

Kein Polizist will glauben, dass ein Kollege moralisch korrupt ist. Dass er den Eid, Menschen zu schützen und ihnen zu dienen, besudelt hat. Ich habe Dane Fletcher kennengelernt, kurz nachdem ich in Painters Mill Chief wurde, und in ihm stets einen zuverlässigen Polizisten und guten Menschen gesehen. Er hat vier Kinder und ist seit langem mit einer Grundschullehrerin von der hiesigen Schule verheiratet. Wir haben schon bei mehreren Einsätzen und auch ehrenamtlichen Anlässen zusammengearbeitet. Einmal half er mir, eine widerspenstige Ziegenherde unter Kontrolle zu bringen, und hinterher haben wir uns förmlich kaputtgelacht. Ich mochte Fletcher, und die Arbeit mit ihm hat mir Spaß gemacht. Ich respektierte ihn, habe ihm auf Leben und Tod vertraut. Und jetzt, auf der Fahrt nach Millersburg, vermag ich nur mit Mühe die Möglichkeit in Betracht zu ziehen, dass er seine Stellung als Polizist ausgenutzt und eine

Siebzehnjährige vergewaltigt hat. Und dass er eine junge Frau mit einem Baseballschläger totgeprügelt haben könnte, ist geradezu undenkbar.

Schon die Vorstellung bereitet mir Bauchschmerzen. Die Polizistin in mir tut es als absurd ab. Doch von meiner Wut und Enttäuschung einmal abgesehen, weiß ich aus Erfahrung, dass manche nach außen hin anständige Menschen eine dunkle Seite haben. Sie verstecken diesen Aspekt ihres Charakters – Schwächen, Perversionen, Sucht, Unmoralität – vor dem Rest der Welt.

Ist Dane Fletcher so einer?

Da die Vorwürfe äußerst heikel sind und er zudem Polizist in einer anderen Dienststelle ist, kann ich nichts unternehmen, ohne vorher das Holmes-County-Sheriffbüro zu involvieren. Also rufe ich Mike Rasmussen vom Auto aus an und lasse ihn wissen, dass ich auf dem Weg zu ihm bin. Ihm wäre ein späteres Treffen lieber, weil er nachher mit dem Bürgermeister zu einer Runde Golf verabredet ist, die er nicht absagen will. Schließlich willigt er doch ein, nachdem ich ihm versichert habe, seine Zeit nicht lange in Anspruch zu nehmen. Dass ich ihm den Tag vermasseln werde, behalte ich für mich.

Im Vorort von Millersburg rufe ich Tomasetti an. »Wo bist du?«, frage ich.

»Wo hättest du mich denn gern?«, fragt er zurück.

»Wie wär's mit dem Holmes-County-Sheriffbüro?« Ich gebe ihm eine Zusammenfassung meines Treffens mit den Bontragers.

Als ich fertig bin, stößt er einen angewiderten Laut aus und fragt: »Wie gut kennst du Fletcher?«

Ich erzähle es ihm. »Es wäre untertrieben zu sagen, dass ich schockiert bin.«

»Gibt's auch irgendetwas Negatives über ihn?«

Ich wühle in meinem Gedächtnis, erinnere mich an ein paar

kleinere Vorfälle, die aber ohne Konsequenzen blieben, weshalb ich jetzt eine innere Unruhe verspüre. »Ich glaube, vor ein paar Jahren hatte eine Frau Beschwerde gegen ihn eingereicht. Soweit ich weiß, wurde ihre Glaubwürdigkeit angezweifelt und die Sache zu den Akten gelegt.«

In der nachfolgenden Stille breitet sich ein Unbehagen in mir aus wie ein schleimiger Wurm.

»Ich bin in zehn Minuten da«, sagt Tomasetti seufzend.

Das Holmes-County-Sheriffbüro liegt im Norden von Millersburg, ein paar Meilen hinter dem Pomerene Hospital. Ich trage mich gerade auf dem Anmeldeformular ein, das mir der diensthabende Officer gegeben hat, als Mike Rasmussen die Tür öffnet und herauskommt.

»Hi, Kate«, begrüßt er mich grinsend.

Er trägt nicht seine Uniform, sondern ein pinkfarbenes Poloshirt, Khakihosen und Golfschuhe. »Hey, Mike.«

»Haben Sie Lust, nachher eine Runde Golf mit uns zu spielen?«, fragt er. »Der Erlös geht ans Tierheim. Sie können viele kleine Hunde retten.«

Doch dann runzelt er die Stirn, hat in meinem Gesichtsausdruck etwas bemerkt, was ihm zu denken gibt.

»Bei der letzten Golfrunde mit Ihnen habe ich mich blamiert.« Wir schütteln uns die Hand, und er hält mir die Tür auf und bittet mich herein.

Wir gehen nebeneinander den Korridor entlang in sein Büro, wo er auf den Besucherstuhl neben seinem Schreibtisch zeigt und auf seinem Stuhl Platz nimmt

»Scheint schlimm zu sein«, sagt er.

»Mehr als das«, erwidere ich. »Ich glaube, dass Dane Fletcher in den Mord an Rachael Schwartz involviert ist.«

»*Was?* Fletch?« Er lacht los, merkt dann, dass mir nicht nach Scherzen zumute ist, und starrt mich an. »Ist das Ihr Ernst?«

In den nächsten Minuten gebe ich ihm eine Zusammenfassung meines Gesprächs mit den Bontragers. Als ich fertig bin, lehnt Rasmussen sich auf seinem Stuhl zurück, verschränkt die Arme vor der Brust und starrt mich an, als würde er nichts lieber tun, als seine Waffe zu ziehen und mich zum Schweigen zu bringen.

»Würde ich Sie nicht so gut kennen, Kate, würde ich Sie aus meinem Büro werfen.«

»Klar.« Ich seufze. »Ich mich auch.«

»Glauben Sie dem amischen Ehepaar?«, fragt er.

»Ich glaube ihnen genug, um Fletcher unter die Lupe zu nehmen und der Sache auf den Grund zu gehen.«

Es klopft an der Tür seines Büros. Leise fluchend geht Rasmussen hin, reißt die Tür auf, macht, ohne Tomasetti zu begrüßen, auf dem Absatz kehrt und lässt sich am Schreibtisch zurück auf seinen Stuhl fallen.

Tomasetti nickt mir zu und setzt sich auf den Besucherstuhl neben mir. »Offensichtlich hast du es ihm schon erzählt.«

Ich nicke, sehe Mike an. »Ich muss mit Fletcher reden.« Und an Tomasetti gewandt: »Wir brauchen einen Durchsuchungsbeschluss. Ich brauche eine Liste seiner Telefonverbindungen und Bankauszüge.«

Rasmussen ist sichtlich genervt. »Basierend auf Hörensagen? Auf Informationen aus zweiter Hand von einem Vorfall, der angeblich vor beinahe dreizehn Jahren stattgefunden hat? Aus dem Mund von Rachael Schwartz, einer Frau, die vielleicht die Wahrheit gesagt hat – oder auch nicht? Auf dieser Grundlage wollen Sie den Ruf eines Mannes ruinieren?«

»Ich habe nicht vor, den Ruf von irgendjemandem zu ruinieren«, fahre ich ihn an. »Aber ich muss einen Mord aufklären.«

Er sieht Tomasetti an, ignoriert mich. »Dane Fletcher ist ein guter Polizist, verdammt nochmal. Er ist verheiratet und hat

Familie, seit siebzehn Jahren arbeitet er hier bei uns.« Er sieht mich verdrossen an. »Sie sind sich hoffentlich sicher bei dem, was Sie tun, bevor Sie ihn da mit hineinziehen.«

»Ich bin so sicher wie nötig.« Doch bereits als ich das sage, kommen mir leise Zweifel.

Fluchend schlägt Rasmussen mit der Hand auf den Tisch.

»Mir gefällt es auch nicht, Mike«, sage ich. »Aber wir müssen mit ihm reden. Es geht nicht anders.«

»Ich glaube nicht, dass er mit dem Mord an der Frau etwas zu tun hat«, sagt Rasmussen zähneknirschend.

»Zumindest müssen wir über die Anschuldigung reden, dass zwischen ihm und Rachael Schwartz damals etwas vorgefallen ist.«

Rasmussen sagt nichts.

Stattdessen ergreift Tomasetti das Wort. »Wir haben uns Schwartz' Kontoauszüge angesehen. Sie hat über ihre Verhältnisse gelebt, und zwar weit über ihre Verhältnisse. Im letzten Jahr wurden mehrmals beträchtliche Summen Bargeld auf ihr Konto eingezahlt. Wir versuchen herauszufinden, von wem, aber wie Sie wissen, ist es fast unmöglich, Bargeld zurückzuverfolgen.«

»Sie denken also, sie hat ihn erpresst?«, fragt Rasmussen ungläubig. »Und deshalb hat er sie umgebracht?«

»Es ist ein Motiv, und ein ziemlich starkes, wenn man sich die Summen ansieht«, sage ich. »Ganz abgesehen von den Konsequenzen, wenn es herauskäme. Beruflicher Ruin, Verlust der Familie, vielleicht Gefängnis.«

»Wir müssen ihn jedenfalls genau unter die Lupe nehmen«, sagt Tomasetti.

Rasmussen hört sich alles schweigend an.

Ich blicke von einem Mann zum anderen. »Ich muss mit ihm reden.«

»Warum seht ihr beiden euch nicht erst einmal seine Akte an und überprüft, wo er in der Mordnacht war«, sagt Tomasetti. »Ich kümmere mich inzwischen um den Durchsuchungsbeschluss.«

Rasmussen bedenkt mich mit einem finsteren Blick. »Sie wissen wahrscheinlich bereits, dass er über die Jahre einige Male angezeigt wurde.« Und an Tomasetti gerichtet: »Dabei ist nie etwas rausgekommen wegen Mangels an Beweisen. Am Ende stand immer Aussage gegen Aussage.«

»Ich nehme es zur Kenntnis.«

Fluchend steht der Sheriff auf. »Ich hole seine Akte.«

Es ist extrem heikel, sich Einblick in eine vertrauliche Personalakte zu verschaffen, und es kann rechtliche Probleme nach sich ziehen; in manchen Gemeinden muss sogar der Vertreter der Polizeigewerkschaft mit einbezogen werden. Aufgrund des Ernstes der Situation – in diesem Fall einer Mordermittlung –, gibt es jedoch keine andere Möglichkeit. Weil sowohl Tomasetti als auch ich von anderen Behörden kommen – keine Mitarbeiter in Fletchers Dienststelle sind – und ein Durchsuchungsbeschluss in Arbeit ist, gilt es als gerechtfertigt, Einblick in Akten zu bekommen, die uns sonst nicht zugänglich wären.

Eine halbe Stunde später sitzen wir zu dritt in dem kleinen, stickigen Verhörraum, Dane Fletchers Personalakte aufgeschlagen vor uns auf dem Tisch. Rasmussen sieht die Akte Blatt für Blatt durch, reicht relevante Dokumente an Tomasetti und mich weiter.

»In der Mordnacht hatte Fletch dienstfrei«, sagt Rasmussen. »An dem Tag hat er in der Frühschicht gearbeitet und war um sechzehn Uhr fertig.« Er blättert durch mehrere Seiten, überfliegt manche und liest andere, reicht Tomasetti ein weiteres Blatt. »Das ist die erste Beschwerde.«

Tomasetti liest die wesentlichen Punkte laut vor. »Liegt drei

Jahre zurück, Beschwerde einer Frau, zweiundzwanzig Jahre alt, Name ist Lily Fredricks, Portmouth, Ohio. Er hat sie wegen Verdachts auf Fahren unter Drogeneinfluss um zwei Uhr morgens auf den Seitenstreifen dirigiert.« »Fahrzeug roch nach Marihuana. Fredricks behauptet, Fletcher hätte angeboten, sie laufen zu lassen, wenn sie Sex mit ihm hat. Sie weigerte sich, wurde aggressiv. Er hat sie festgenommen. Sie hatte 1,9 Promille Alkohol im Blut, und sie bekam eine Klage wegen Alkohol am Steuer und Besitz von Marihuana.« Er dreht das Blatt um. »Ein paar Tage später reichte sie Beschwerde gegen ihn ein. Die Dienststelle leitete eine Untersuchung ein, schickte das Ganze der Staatsanwaltschaft von Holmes County, die es ablehnte, den Fall strafrechtlich zu verfolgen.«

Ich sehe Tomasetti an. »Wir müssen mit ihr reden.«

Er notiert die Informationen. »Ja.«

Rasmussen reicht ihm ein weiteres Blatt Papier. »Zweite Beschwerde.«

»Vor sechs Jahren«, liest Tomasetti. »Wieder von einer Frau, Diana Lundgren, neunzehn Jahre alt. Wurde angehalten wegen zu schnellen Fahrens und Besitz von Rauschmitteln. Sie behauptet, Fletcher wollte sie laufen lassen, wenn sie Sex mit ihm hat. Er nahm sie fest, legte ihr Handschellen um. Sie behauptet, er habe sie neben seinem Streifenwagen vergewaltigt. Ermittlungen wurden eingeleitet, und sie wurde für unglaubwürdig erklärt. Offensichtlich hatte sie ein langes Vorstrafenregister und war bekannt für Drogenmissbrauch.«

Ich sehe Rasmussen an. Er ist ein guter Sheriff und ein guter Polizist. Wie die meisten Männer und Frauen im Polizeidienst, stellt er sich schützend vor seine Untergebenen. Aber er besitzt auch die Stärke und den Charakter, das Richtige zu tun, selbst wenn es bedeutet, gegen jemanden in den eigenen Reihen vorzugehen.

»Verdammt, was für ein Schlamassel«, murmelt er.

»Ich will mit Fletcher reden«, sage ich.

»Sobald er einen Gewerkschaftsvertreter oder Anwalt will, hören wir auf«, sagt Rasmussen. »Ist das klar, Kate?«

»Haben wir verstanden«, erwidert Tomasetti.

Wir stehen auf und gehen zur Tür.

29. KAPITEL

Dane Fletcher besitzt ein schönes, zwölfhundert Quadratmeter großes Grundstück mit einem lichten Bestand von Eichen und Ahornbäumen etwas südlich von Millersburg. Tomasetti und ich fahren in getrennten Wagen und biegen hinter Rasmussen in die Schottereinfahrt eines relativ neuen Einfamilienhauses ein.

Ich parke neben der Garage und treffe die beiden Männer am Laternenpfahl, von dem aus ein gepflasterter Gehweg zur Haustür führt. Im seitlichen Garten liegt ein Dreirad, in den Beeten rechts und links der Tür blühen schon die ersten gelben Tulpen. Jemand in Fletchers Familie hat einen grünen Daumen.

Zuerst hatte Rasmussen Fletcher anrufen und bitten wollen, ins Sheriffbüro zu kommen. Offenbar wollte er ihm die Fragen ersparen, die er jetzt vermutlich von seiner Frau zu hören kriegt. Aber wegen der Schwere der Anschuldigungen hatten Tomasetti und ich durchgesetzt, ihn zu Hause abzuholen, um ihn unvorbereitet befragen zu können. Wir wollen ihn mit ins Sheriffbüro nehmen, wo er im Verhörraum ungestört unsere Fragen beantworten kann. Was die nächsten Stunden betrifft, weiß ich nur eines sicher, nämlich dass sie für uns alle schwierig werden.

»Ich gehe und hole ihn.« Rasmussen hat sich kaum auf den Weg gemacht, als die Tür aufgeht.

Dane Fletcher tritt auf die Veranda. Sein Lächeln erstirbt beim Anblick von Rasmussens Gesichtsausdruck. Als er mich dann am Sheriff vorbei ansieht, huscht ein Hauch von Angst über sein Gesicht. *Er weiß, warum wir hier sind*, denke ich, und

Enttäuschung mischt sich unter all die anderen Gefühle, die mich umtreiben.

»Mike?«, sagt er. »Was soll das? Was ist denn los?«

»Wir müssen mit dir reden, Dane.« Der Sheriff ist jetzt bei ihm, und die beiden Männer begrüßen sich mit Handschlag.

»Worüber?«, fragt der Deputy.

»Dane?«, erklingt eine weibliche Stimme.

Ich sehe zur Hintertür, wo eine hübsche Frau um die vierzig steht und die Windfangtür aufhält. Sie hat die Hand auf ihren hochschwangeren Bauch gelegt und wirkt eher neugierig als besorgt.

»Hey, Mike«, begrüßt sie den Sheriff, ohne die angespannte Stimmung zu bemerken.

»Hi, Jen.« Rasmussen winkt ihr zu. »Die Tulpen sehen prächtig aus«, sagt er im Plauderton. »Ich muss deinen alten Herrn für ein paar Stunden ausleihen, kannst du auf ihn verzichten?«

Sie grinst. »Kein Problem, solange er mit Eiscreme zurückkommt.«

»Wird gemacht.« Fletcher antwortet, ohne seine Frau anzusehen.

»Am Wochenende machen wir Barbecue!«, ruft sie.

Doch Rasmussen ist bereits auf dem Weg zu seinem Streifenwagen. Niemand sonst reagiert.

* * *

Ich sitze im Explorer vor dem Polizeirevier, Hände auf dem Lenkrad, und sehe zu, wie Fletcher und Sheriff Rasmussen den Parkplatz überqueren und im Gebäude verschwinden. Im Moment macht mir das Gefühl, Dane zu verraten, so schwer zu schaffen, dass ich kaum Luft holen kann. Gleichzeitig sehe ich vor meinem inneren Auge noch seinen Blick, wie er mich beim Verlassen seines Hauses angeschaut hat. Bis zu dem Moment hatte ich noch bezweifelt, dass an den Anschuldigungen etwas dran ist. Ich dachte, wir vier würden in den Verhörraum gehen, wo Fletch uns dann glaubhaft davon überzeugen würde, dass er weder mit dem, was Rachael als Siebzehnjähriger passiert war, noch mit ihrem Mord etwas zu tun gehabt hatte. Aber dann habe ich die Angst und die Gewissensbisse in seinem Gesicht aufflackern sehen – einem Gesicht, das geschult darin ist, keinerlei Emotionen zu zeigen –, und dieser Moment der Wahrheit hat mich so hart getroffen, dass mir noch immer ganz schlecht ist.

Ich rufe mir ins Gedächtnis, was er getan hat, und Wut kocht in mir hoch. Denn er hat nicht nur unseren Berufsstand in Verruf gebracht, sondern auch sich selbst verraten und alle, die ihn lieben – seine Familie, seine Freunde und sämtliche Cops, die in ihm einen ehrenwerten Kollegen gesehen haben.

Ein Klopfen am Fenster reißt mich aus meinen Gedanken. Tomasetti steht an der Beifahrerseite des Explorers, ich nehme mich zusammen und steige aus, spüre seinen Blick auf mir.

»Ich würde ja fragen, woran du gerade gedacht hast«, sagt er, »aber ich bin nicht sicher, ob ich es überhaupt wissen will.«

»Willst du nicht.«

»Ich würde jetzt ungern in Fletchers Haut stecken.«

»Das würde dir nie passieren.« Das klingt barsch, aber ich belasse es dabei.

Nachdenklich und voller Sorge machen wir uns auf zum Gebäude. »Die Frauen, die Beschwerde gegen ihn eingelegt haben«, sage ich, den Blick weiter geradeaus gerichtet, »hat er sexuell genötigt. Er hat seine Stellung missbraucht. Ich glaube, dass er auch Rachael Schwartz sexuell genötigt hat. Und verdammt, Tomasetti, ich glaube, er hat sie umgebracht.«

»Sie hat ihn erpresst«, sagt er. »Er hatte keine Lust, immer weiter zu zahlen.«

Ich nicke, versuche, für die bevorstehende Befragung meine Enttäuschung zu kontrollieren, was mir aber nicht gelingt.

»Ein starkes Motiv.« Tomasetti zuckt die Schultern.

»Er hatte eine Menge zu verlieren«, füge ich hinzu.

Es gibt noch mehr zu sagen, aber wir haben das Gebäude erreicht, und durch den Glaseinsatz der Tür sehe ich Rasmussen und Fletcher mit dem diensthabenden Deputy reden. Tomasetti stößt die Tür auf, und wir gehen hinein.

Zwanzig Minuten später sitzen wir im Verhörraum an einem ramponierten Tisch auf Plastikstühlen – Rasmussen und Fletcher auf einer Seite, ihnen gegenüber Tomasetti und ich. Obwohl das Leben und die Erfahrung mich mit dem nötigen Handwerkszeug ausgestattet haben, meine Gefühle zu kontrollieren, fällt es mir schwer, Fletcher anzusehen. Ich bin viel zu wütend, um hier zu sitzen und an einem Gespräch teilzunehmen, welches das Leben eines Kollegen fundamental ändern könnte. Aber es ist mein Fall, ich habe keine Wahl.

Nach kurzem Smalltalk lehnt Fletcher sich auf seinem Stuhl zurück und sieht uns nacheinander direkt an, wobei sein Blick schließlich auf Rasmussen haften bleibt. »Sagst du mir jetzt, warum ich hier bin, oder muss ich raten?«

Rasmussen wirft mir einen finsteren Blick zu, der besagt: Ihr Auftritt, und zischt meinen Namen. »Kate.«

Ich konzentriere mich auf Loretta Bontragers Aussage über den mutmaßlichen Vorfall in der Scheune, halte nichts zurück, lasse Rachael Schwartz unerwähnt und beobachte Fletcher genau.

Er hört mir mit versteinertem Gesicht zu, kann aber nicht verhindern, dass ihm die Röte den Hals hinauf in die Wangen steigt. Sein Mund ist verkniffen, und sein Unterkiefer zuckt.

Als ich fertig bin, nimmt er sich erneut Zeit, uns drei nacheinander anzusehen. »Das ist nicht passiert«, sagt er leise. »Ich habe sie nicht bedroht. Ich habe sie nicht angegriffen. Ich habe nicht einmal mit ihr *gesprochen*. Ich kenne diese Leute nicht. Ich bin letzte Nacht nicht zu ihnen gefahren.« Er sieht mir direkt in die Augen. »Und ich will verdammt nochmal wissen, warum ihr mich für diesen ausgemachten Schwachsinn hierhergebracht habt.«

»Sie hat Beschwerde gegen dich eingereicht«, sagt Rasmussen.

»Das ist völlig irre.« Fletcher stößt ein bitteres Lachen aus. »Warum, zum Teufel, sollte ich zu der Farm fahren und eine amische Frau überfallen?«

Augenblicklich wird ihm klar, dass die Frage ein Fehler war, ich sehe diese Erkenntnis in seinen Augen aufblitzen. Er fängt an zu reden, aber ich unterbreche ihn.

»Laut Bontrager hat Rachael Schwartz ihr erzählt, dass Sie sie vor dreizehn Jahren wegen Alkohols am Steuer angehalten haben«, sage ich »und sie dann im Tausch gegen Sex haben laufen lassen. Bontrager behauptet, Sie hätten gewusst, dass die beiden damals Freundinnen waren, und deshalb angenommen, dass Rachael ihr von dem Vorfall erzählt hat. Bontrager behauptet ebenfalls, Sie hätten ihr in der Scheune aufgelauert und gedroht, falls sie den Mund aufmachte.«

»Das ist nicht wahr«, sagt er. »Sie lügt.«

Ich lehne mich auf dem Stuhl zurück. »Wo waren Sie letzte Nacht zwischen vierundzwanzig und vier Uhr morgens?«

Fletcher stößt einen frustrierten Laut aus. »Ich war zu Hause. Mit meiner Frau und meinen Kindern.«

»Die ganze Nacht?«, fragt Tomasetti.

»Die ganze Nacht«, echot Fletcher.

»Sie wissen, dass wir das überprüfen«, sagt Tomasetti.

»Halten Sie sich verdammt nochmal von meiner Frau fern.« Fletchers Blick schnellt zu Rasmussen. »Lässt du das zu? Dass sie mich zerstören? Meine Ehe? Meinen Ruf?« Er schüttelt den Kopf. »Mike, du lässt sie mit diesem Schwachsinn weitermachen, der auf Anschuldigungen einer Frau basiert, die ich nicht einmal kenne? Die ich nie getroffen habe? Ich sag dir eins, Bontrager hat das alles erfunden. Ich war nicht einmal in der Nähe ihrer Farm.«

Rasmussen zuckt die Schultern. »Du weißt, dass wir dem nachgehen müssen.«

Fletcher schlägt mit der Hand auf den Tisch. »Das ist Schwachsinn.«

»Haben Sie Rachael Schwartz jemals auf der Straße angehalten?« Tomasetti schlüpft geschmeidig in die Rolle des bösen Bullen.

»Reden Sie von vor dreizehn Jahren?« Fletcher schüttelt ärgerlich den Kopf. »Ich kann mich nicht erinnern. Wie sollte ich auch?« Die Lippen zusammengekniffen, wendet er sich mir zu. »Aber eins weiß ich sicher, nämlich dass ich keinen Sex von ihr verlangt habe!«

Tomasetti lässt nicht locker. »Es gibt in Ihrer Akte zwei ähnlich gelagerte Beschwerden.«

»Wie bei vielen anderen Cops auch«, faucht Fletcher. »Die beiden Frauen haben auch gelogen. Das ist offiziell, und es ist eine Frechheit, dass ihr jetzt damit ankommt.«

Angespanntes Schweigen. Bislang haben wir den Mord an Rachael Schwartz außen vor gelassen. Doch an seinem Blick sehe ich, dass er noch mehr erwartet.

»Wenn wir uns also die gesicherten Reifenspuren vom Willowdell-Motel ansehen«, sagt Tomasetti langsam, »und die Aufnahmen der Wildbeobachtungskamera vom Feld auf der gegenüberliegenden Straßenseite, werden wir weder Sie noch Ihr Auto darauf finden, richtig?«

Er starrt Tomasetti an, mit bebenden Nasenflügeln und Wut

in den Augen. Doch ich bemerke einen Riss in seiner Fassade, durch den Verunsicherung sichtbar wird – und Angst. Natürlich gab es keine verwertbaren Reifenspuren am Tatort, genauso wenig wie eine Wildbeobachtungskamera existiert. Doch das weiß Fletcher nicht.

»Sie werden einen Dreck finden, weil ich nämlich nichts getan habe.« Er sieht Rasmussen an. »Das ist ein Haufen Scheiße, Mike. Und ich fasse es nicht, dass du dieser Farce kein Ende setzt. Himmelherrgott, ich bin seit siebzehn Jahren in der Dienststelle, und das ist der Dank?«

»Haben Sie Rachael Schwartz jemals getroffen?«, frage ich.

»Kann ich mir nicht vorstellen«, sagt er. »Jedenfalls erinnere ich mich nicht daran.«

Erneutes Schweigen, und diesmal ist die Luft zum Schneiden.

Schließlich stößt Tomasetti einen Seufzer aus. »Dane, wir sehen uns Schwartz' Kontoauszüge an«, sagt er ruhig. »Ihre auch.«

Fletchers Adamsapfel hüpft auf und ab. »Das ist ein verdammter Schnellschuss ohne jede Grundlage.«

Tomasetti starrt ihn an, sagt nichts.

»Fletch.« Ohne dass mir klar ist, dass ich ihn ansprechen will, benutze ich seinen Spitznamen.

Er sieht zu mir.

»Wenn Sie sich selber helfen wollen«, sage ich, »dann sagen Sie jetzt die Wahrheit. Sie sind klug genug, um zu wissen, dass wir sowieso alles rausfinden.«

»Sparen Sie sich Ihre Belehrungen, Burkholder«, fährt er mich an.

Es ist jetzt so leise im Raum, dass ich sein schnelles Atmen höre und das Knarren eines Stuhls.

Er sitzt jetzt vornübergebeugt am Tisch, Ellbogen aufgestützt und die Hände im Nacken verschränkt. Ein besiegter Mann, der weiß, dass das Schlimmste noch bevorsteht.

Bis zu diesem Moment ging es darum, Informationen zu sammeln. Je länger wir mit Fletcher reden, desto deutlicher wird, dass es hier um drei verschiedene Dinge geht: was letzte Nacht zwischen ihm und Loretta Bontrager passiert ist, was zwischen ihm und Rachael Schwartz vor dreizehn Jahren und was eventuell in der Mordnacht passiert ist.

Zum ersten Mal bemerke ich die Schweißperlen auf seiner Stirn, die feuchten Ringe unter den Armbeugen. Er sieht Rasmussen an. »Wenn ihr das so durchziehen wollt, Mike, sollte ich mir einen Anwalt nehmen.«

Wir werden Dane Fletcher nicht festnehmen, denn dafür haben wir nicht genug Beweise. Und ich weiß nicht, wie das alles endet. Aber ich weiß, dass er, wenn er diesen Raum verlässt, keine Dienstmarke mehr haben wird. Ob er beurlaubt, suspendiert oder entlassen wird, hängt von Rasmussen und den Vorschriften ab.

»Das ist dein Recht«, sagt der Sheriff.

»Und einen Gewerkschaftsvertreter.«

»Kein Problem«, erwidert Rasmussen.

Fletcher steht auf, braucht einen Moment, um sich zu sammeln und die Fassung zurückzugewinnen. Mit Blick auf seinen Boss, zieht er die Glock aus dem Holster und legt seine Dienstmarke auf den Tisch.

»Bitte sehr, ihr Arschlöcher«, sagt er, dreht sich um und verlässt den Raum.

30. KAPITEL

Tag 4

Zu Beginn meiner Polizeilaufbahn gehörte die Aufklärung eines Falles zu den schlichten und unmittelbaren Highlights meines Berufes – die Verurteilung des Täters, dass die Familie des Opfers einen Schlussstrich ziehen konnte, die Zufriedenheit, weil man gute Arbeit geleistet hatte. Jetzt, da ich älter bin und mehrere Jahre Berufserfahrung habe, ist das alles nicht mehr so eindeutig. Rachael Schwartz wurde auf brutale Weise aus dem Leben gerissen. Ein Kollege, mit dem ich viele Jahre zusammengearbeitet und dem ich auf Leben und Tod vertraut habe – ein Ehemann und Vater von vier kleinen Kindern –, wird wahrscheinlich den Rest seines Lebens hinter Gittern verbringen. Und weswegen? Geld? Lustbefriedigung?

Vierundzwanzig Stunden sind vergangen, seit Tomasetti, Mike Rasmussen und ich Dane Fletcher befragt haben. Wir mussten ihn laufen lassen, weil es nicht genug handfeste Beweise gegen ihn gibt. Aber das wird sich bald ändern. Wir haben einen Durchsuchungsbeschluss erlangt, sein Handy und seinen Laptop konfisziert, und die Durchsicht seiner Bankkonten ist in Arbeit. Ich habe den Großteil des gestrigen Tages damit verbracht, alle gesammelten Informationen unter die Lupe zu nehmen – und bin nicht sicher, ob ich etwas Entlastendes suche oder aber den Beweis, mit dem ich den Nagel in seinen Sarg schlagen kann. Glaube ich, dass er die siebzehnjährige Rachael Schwartz gegen Sex hat laufen lassen? Aufgrund der beiden Beschwerden in seiner Akte – die jedoch nicht zu einer Anklage führten – und der detaillierten Aussage von Loretta Bontrager, glaube ich tatsächlich, dass er schuldig ist. Denn wenn das wirklich stimmt, ist Fletcher ein Sexualstraftäter, ein widerwärtiger Typ und eine Schande für sämtliche Polizisten. Aber so verwerflich das alles ist, kann ich mir nicht vorstellen, dass er Rachael Schwartz in dem Motelzimmer zu Tode geprügelt hat.

»Du siehst aus, als könntest du gute Nachrichten brauchen.«

Tomasetti steht in der Tür zu meinem Büro und sieht mich eindringlich an, den Kopf zur Seite geneigt.

Trotz meiner gedrückten Stimmung muss ich bei seinem Anblick lächeln. »Schon die kleinste gute Nachricht hätte momentan eine große Wirkung.«

Er kommt ins Büro und setzt sich mir gegenüber auf den Besucherstuhl. »Die Computerleute haben auf Schwartz' Laptop den Jackpot geknackt.«

Ich richte mich im Stuhl auf. »Fletcher?«

»Wir haben ihn.« Er holt sein Smartphone heraus und tippt ein paarmal aufs Display. »Sie haben gelöschte SMS und Mails gefunden, die leicht wiederherzustellen waren.«

Er steht auf, kommt um den Schreibtisch herum und stellt sich neben mich, die Hand auf die Rückenlehne meines Stuhls gelegt. Ich blicke aufs Display, wo einige kopierte SMS zu sehen sind. Die ersten drei stammen von Rachael Schwartz, am selben Tag kurz hintereinander geschickt.

Bis zu welchem Alter ist in Ohio Sex mit Minderjährigen strafbar?

Deine Gattin hat eine nette Facebook-Seite. Ich hatte keine Ahnung, dass sie guter Hoffnung ist. Glückwunsch!

Sie ist garantiert angepisst, wenn sie erfährt, dass du ein siebzehnjähriges amisches Mädchen auf den Parkstreifen hast fahren lassen und es dann vergewaltigt hast.

Keine Antwort.

Am nächsten Tag, von Schwartz:

Sie hat Fotos von dir und den Kids gepostet. Wusste gar nicht, dass ihr einen Pool habt.

Nett!

Ebenso ihr Akzent. Woher stammt sie? Australien? Neuseeland?

Ich sehe Tomasetti an. »Fletchers Frau stammt aus Neuseeland«, sage ich.

Er scrollt weiter zu den nächsten SMS.

Von Fletcher:

Wenn du noch mal bei mir zu Hause anrufst, mach ich dich fertig. Hast du das kapiert?

Von Schwartz:

Sei nicht so ein Waschlappen. Ich ziehe dich doch nur ein bisschen auf.

»Sie verhöhnt ihn«, murmelt Tomasetti.

»Und zwar ziemlich treffsicher«, sage ich, starre weiter aufs Display, wo er zum nächsten Verlauf gescrollt hat.

Den initiiert Schwartz am darauffolgenden Tag um zwei Uhr nachts.

Du bist ja immer noch Deputy in Holmes County. Ich frage mich, was Sheriff Rasmussen sagen würde, wenn er wüsste, dass du mich auf der Rückbank deines Streifenwagens von hinten gebumst hast.

Keine Antwort.

Ich wette, du schwitzt gerade heftig.

Ich rufe ihn an.

330 – 884 – 5667

Ich kenne die Nummer, sehe Tomasetti an. »Das ist Rasmussens Privatnummer.«

Fletcher schreibt nicht zurück.

Rachael Schwartz hört nicht auf.

Vielleicht gehe ich einfach hin und erzähle ihm alles. Vielleicht gehe ich zu dir nach Hause und erzähle deiner hübschen kleinen Frau, was du mit den kleinen Mädchen machst, die du an den Straßenrand fahren lässt.

Schließlich antwortet Fletcher:

Wenn du hierherkommst, kriegst du eine Kugel in den Kopf. Kapiert?

Schwartz:

Sei nicht so empfindlich. Ich mach doch nur Spaß.

Falls du in Betracht ziehst auszurasten … vergiss nicht meine Rückversicherung. Wenn mir was Unschönes passiert, dann Simsalabim, und der Beweis kommt ans Licht.

»Das heißt, sie müssen irgendwann miteinander geredet haben«, sagt Tomasetti.

»Was für einen Beweis meint sie?«, frage ich.

»Das wüsste ich auch gern«, murmelt er. »Aber ich bin sicher, wir finden's raus.« Er seufzt. »Es gibt noch mehr.«

Da du dir einen Pool leisten kannst, kannst du es dir auch leisten, für mein jahrelanges Schweigen zu blechen.

Wie viel hast du gespart?

Wie viel ist dir deine Ehe wert?

Wie viel ist dir dein Job wert?

Keine Antwort von Fletcher.

Tomasetti schließt die Datei und ruft die nächste auf, offensichtlich eine Liste mit Telefonnummern. »Das sind die Nummern, die ich von ihren Anschlüssen zusammengestellt und dann Datum und Uhrzeit verglichen habe. Fletcher hat sie einen Tag nach den SMS angerufen. Das Gespräch hat sechs Minuten gedauert.«

Er hält mir das Telefon so hin, dass ich die nächste Datei besser sehen kann, offensichtlich ein Kontoauszug.

Tomasetti fährt fort. »Zwei Tage später hat Fletcher dreitausend Dollar von seinem Sparkonto abgehoben. Und weitere zweitausend von einem Festgeldkonto.«

Er scrollt mehrere Dateien weiter. »Am nächsten Tag zahlt Rachael Schwartz fünftausend Dollar auf ihr Girokonto ein.«

Er schaltet das Smartphone aus und geht zurück zu seinem Stuhl, sieht mich nachdenklich an. »Das ist nicht alles, Kate. In den letzten sechs Monaten hat sie ein Dutzend Mal bei ihm zu Hause angerufen. Die Gespräche dauerten nur eine Minute, was darauf schließen lässt, dass immer aufgelegt wurde. Sie hat ihn belästigt und Sachen auf den Social-Media-Seiten von Jennifer Fletcher gepostet. Ich hab die halbe Nacht damit verbracht, einige der wirklich verstörenden SMS und Mailwechsel zu lesen. Sie hat ihm Dutzende Male gedroht. Sie wollte Geld für ihr Schweigen, er hat ihr insgesamt etwa zwölftausend Dollar gegeben und zweimal gedroht, sie umzubringen.«

Die Informationen haben in meinem Bauch die Wirkung eines Magenvirus. »Das ist das Motiv«, sage ich.

»Nach Aussage des Experten ist auf den Aufnahmen der Überwachungskamera, die wir vom Eingang der Bar in Wooster haben, der Wagen von Fletchers Frau zu sehen«, fährt er fort. »Wir haben die Fotos vergrößert und das Kennzeichen identifiziert. Ein weiterer Experte hat sich das Video genau angesehen und gesagt, die Silhouette des Mannes darauf ist wahrscheinlich Fletcher.«

»Sie haben sich an dem Tag, an dem sie ermordet wurde, in der Bar getroffen«, sage ich.

Er nickt. »Ein paar Stunden später war sie tot.«

Wir starren uns einen Moment lang an, dann greife ich zum Telefon auf meinem Schreibtisch. »Ich besorge einen Haftbefehl.«

31. KAPITEL

Als Polizeichefin einer Kleinstadt bin ich manchmal mit heiklen Situationen konfrontiert, die eine gewisse Diskretion erfordern. Zwar kann ich auf die Verschwiegenheit meiner Mitarbeiter zählen, besonders wenn es um die Sicherheit von Personen geht, aber Geheimnisse sind in einer kleinen Stadt schwer zu hüten. Wenn Nachbarn beobachten, dass ein Polizeiauto – selbst ohne Blaulicht – vor jemandes Haus parkt, wollen sie wissen, was los ist.

Ich erwarte nicht, dass Fletcher Schwierigkeiten macht. Er lässt sich nicht so leicht aus der Fassung bringen, hat vier Kinder und eine Frau, die das fünfte erwartet. Aber ich habe schon oft erlebt, wie Mr. Cool in stressigen Situationen aus dem Gleichgewicht gerät, weil er die Kontrolle über sein Leben verloren hatte.

Im Rückspiegel sehe ich Tomasetti hinter mir anhalten, gefolgt von einem Deputy von Holmes County. Ich steige aus, und wir treffen uns auf dem Fußweg zur Haustür.

»Hast du mit Rasmussen gesprochen?«, fragt er.

Ich nicke. »Er ist unterwegs.«

Wir haben kaum die vordere Veranda betreten, als die Tür schon aufgeht und Jennifer Fletcher heraustritt. Sie trägt ein gelb-weißes Umstandskleid und Hausschuhe, hat die Haare auf dem Kopf hochgesteckt und einen enormen Bauch. Bei unserem Anblick erstirbt das Lächeln in ihrem Gesicht.

»Was ist los?« Ihre Stimme wird mit jedem Wort schriller. »Ist was mit Dane? Wo – «

Erst jetzt wird mir klar, dass sie fürchtet, ihr Mann wurde bei einem Diensteinsatz verletzt und wir wollten ihr das mitteilen. Eine normale Reaktion. Trotzdem traurig, weil er ihr offensichtlich nichts von den Vorwürfen gegen ihn gesagt und sie nicht zumindest gewarnt hat, dass er in Schwierigkeiten steckt.

»Es ist nichts passiert«, sage ich schnell. »Wir hatten gehofft, er ist zu Hause, weil wir mit ihm reden müssen.«

»Ach so.« Sie atmet erleichtert aus, presst die Hand auf die Brust. »Also ihr habt mir wirklich einen Schreck eingejagt.« Doch sie spürt, dass etwas nicht stimmt, hält inne und fragt: »Ist alles in Ordnung?«

Ich höre hinter dem Haus Kinder im Pool planschen, einen Hund kläffen, Gelächter. Der Duft von Popcorn weht mir in die Nase. Und ich verspüre einen Anflug von Wut auf Fletcher, weil er alles besitzt – und es mit Füßen getreten hat.

»Wir müssen mit Dane reden«, sage ich. »Wo ist er denn?«

Sie blinzelt jetzt besorgt. Und verwirrt, weil ihr bewusst geworden ist, dass wir nicht einfach mit ihm plaudern wollen und erst gehen, wenn wir ihn gefunden haben. »Er ist mit Scotty zur Grundschule gefahren, da hat er ein Little-League-Spiel.« Sie blickt auf ihre Uhr. »Sie müssten jeden Moment zurück sein. Wollen Sie hereinkommen und hier warten?« Sie lacht auf. »Mir sagen, worum es geht?«

Ohne etwas darauf zu erwidern, folgen wir ihr ins Haus. Glänzende Holzböden, offene Raumgestaltung, frisch gestrichene, graue Wände. Die Küche ist groß und offensichtlich viel benutzt, die Geräte sind ziemlich neu, auf dem Esszimmerboden liegt ein Spielzeuglaster aus Plastik.

Jennifer bleibt an der Kücheninsel stehen, die die Küche vom Wohnzimmer trennt, und dreht sich zu uns herum. »Ich wünschte, Sie würden mir sagen, was los ist. Allmählich mache ich mir Sorgen.«

Ich blicke durchs Fenster, sehe die Kinder im Pool planschen, ahnungslos, was sich gerade abspielt, und verfluche im Stillen Dane Fletcher. Wie konnte ein Mann, der so viel hat – eine Familie, Kinder, die ihn brauchen – alles zerstören? Und wofür?

»Dane steckt in Schwierigkeiten«, sage ich. »Es ist ernst, und wir haben einen Haftbefehl. Mehr kann ich im Moment nicht sagen.«

»Was?« Sie erbleicht, wobei ihre Wangen seltsam pink anlaufen. »Ich rufe ihn an.« Sie nimmt das Handy, das auf der Küchenzeile liegt.

Ich sehe Tomasetti an. »Ich fahre hin und hole ihn.« Leise füge ich hinzu: »Behalt sie im Auge, ja?«

Dem Einwand, der in seinen Augen aufblitzt, folgt ein finsterer Blick – er ist nicht damit einverstanden, dass ich Fletcher alleine abhole. »Der Deputy soll mitfahren«, sagt er.

»Okay.«

»Wer hat sonst noch Dienst?«, fragt er.

»T. J.«

»Ruf ihn an, okay?«

»Mach ich.« Mit einem letzten Blick auf Jennifer gehe ich zur Tür.

Auf der Fahrt zur Schule rufe ich T. J. an, informiere ihn über die Situation und dass er zum Schulsportplatz kommen soll.

Die Grundschule in Painters Mill stammt aus den 1960er Jahren, der Blütezeit moderner Architektur Mitte des letzten Jahrhunderts. Das zweistöckige Gebäude aus braunem Ziegelstein steht von der Straße nach hinten versetzt auf einem baumreichen Grundstück, groß wie ein Footballfeld. Am Eingang gleich neben dem Fahnenmast verkündet ein großes Schild: PANTHER COUNTRY!

Ich fahre zur Rückseite des Gebäudes, wo in einiger Entfernung das Baseballfeld mit der nicht überdachten, frisch gestrichenen Tribüne und den Flutlichtern für Nachtspiele ist. Nahe der Tribüne gibt es einen kleinen Verkaufsstand, an dem während der Spiele Erfrischungsgetränke und Hot Dogs angeboten werden. In unmittelbarer Nähe der Schule befinden sich das öffentliche Schwimmbad – saisonbedingt noch geschlossen –, ein ziemlich großes Poolhaus und ein Backsteinhäuschen mit öffentlichen Toiletten. Auf dem Schotterparkplatz an der Südseite stehen etwa ein Dutzend Autos, ich fahre langsam an ihnen vorbei und entdecke am Ende der Reihe Fletchers Focus. Da weder er noch sein Sohn drinsitzt, parke ich meinen Explorer daneben und steige aus.

Der Deputy hält neben mir, und wir treffen uns am Kofferraum seines Streifenwagens. »Sehen Sie ihn?«, fragt er.

Ich schüttele den Kopf, zeige zum Poolhaus und den Toiletten. »Checken Sie, ob er dadrin ist?«

»Mach ich«, sagt er und setzt sich in Bewegung.

Die Sonne geht langsam unter, goldenes Licht fällt durch die Baumkronen und begleitet mich auf dem Weg zum Spielfeld. Die abendliche Stille wird durchbrochen vom Rufen und Kreischen der Baseball spielenden Kinder und den gelegentlichen Schreien übereifriger Mütter oder Väter. Eine harmlose Szenerie entfaltet sich vor meinen Augen, doch als dann ein Batter einen Treffer landet, muss ich an den Baseballschläger denken, mit dem Rachael Schwartz totgeschlagen wurde.

Ich spreche in mein Ansteckmikro. »Bin am Zielort angekommen«, lasse ich meine Rezeptionistin wissen. »Mache mich auf Suche nach Zielperson. T. J., beeilen Sie sich.«

»Verstanden«, ertönt T. J.s Stimme. »Bin in zehn Minuten da.«

Wegen meiner Uniform ernte ich auf dem Weg zum Spielfeld einige fragende Blicke, die ich mit einem Winken beantworte. Etwa ein Dutzend Mütter und Väter sehen ihren Kindern beim Spiel zu, ein paar junge Labradore rangeln im Gras hinter dem

Baseballfeld. Fletcher ist nirgends zu sehen. Ich blicke zum Feld, versuche herauszufinden, ob sein Sohn unter den Spielern ist, entdecke ihn auf der Position des Shortstops. Er blickt zum Batter, der gerade zur Batters Box geht.

Ich spaziere zwischen dem Maschendrahtzaun und der Tribüne entlang, mache so gut es geht einen gleichgültigen Eindruck. Einer der Trainer blickt zu mir und winkt, aber ich sehe ihm an, dass ihn meine Anwesenheit hier verwundert. Glücklicherweise ist er zu beschäftigt, um zu mir zu kommen und zu reden.

Wo ist Fletcher, verdammt nochmal?

Als ich das Ende der Tribüne erreiche, gehe ich zu dem Verkaufsstand, wo ein Mädchen mit Nasenpiercing und Rosentattoo am Hals gerade ein Sieb mit Pommes in einen Topf mit kochendem Öl taucht. Ich gehe zum Fenster. »Gibt's noch Pommes?«, frage ich.

»In etwa vier Minuten«, sagt sie, ohne mich anzusehen.

»Haben Sie Dane Fletcher irgendwo gesehen?«, frage ich. »Den Deputy?«

Das Mädchen richtet sich auf. Sie wirkt gelangweilt, frustriert von ihrem Job und verärgert, weil ich ihre Aufmerksamkeit fordere. »Den Cop?«

Ich nicke. »Haben Sie ihn gesehen?«

Sie hebt die Hand mit den beringten Fingern und zeigt zum Park auf der gegenüberliegenden Straßenseite. »Ich glaube, er ist vor ein paar Minuten da rübergelaufen.«

»Danke.« Ich mache mich auf den Weg.

In meiner Erinnerung existiert der Creekside Park schon immer. Er hat einen Spielplatz mit Klettergerüst und Rutsche, und im Sommer sprudelt aus dem Maul eines Springbrunnens in Form eines riesigen Katzenfisches Wasser, in dem die Kinder planschen. Oder sie werfen einen Glückspenny hinein und hoffen auf die Erfüllung ihrer Wünsche. Es gibt einen Wanderweg mit einem Steg über ein kleines Rinnsal, das in den Painters Creek mündet. Die ganzen zweieinhalb Hektar des Parks sind dicht mit alten Bäumen bestückt, die wohl schon lange vor 1815, als Painters Mill ein Dorf wurde, hier gestanden haben.

Ich gehe bis zum Anfang des Wanderwegs, wo ein Schild daran erinnert, Wasser und Insektenspray einzupacken, bevor man losmarschiert. Auf dem feuchten Boden unter meinen Füßen entdecke ich Schuhspuren. Männerstiefel mit waffelartig gemusterten Sohlen. Polizeistiefel, denke ich und gehe los.

Nach wenigen Metern sehe ich ihn. Er steht auf dem Steg, die Hände am Geländer, und blickt in den Wald. Sieben Meter von ihm entfernt bleibe ich stehen. »Schöner Abend für ein Softballspiel«, sage ich.

Er sieht mich an. Etwas stimmt nicht mit seinen Augen. »Scotty wird mal ein guter Batter.«

»Wie sein Dad, nehme ich an.«

Er nickt, die Hände noch immer am Geländer. Sein kurzärmliges Hemd hängt locker über der Khakihose. Der Sheriff hat ihm die Dienstwaffe abgenommen, aber ich weiß, dass er eine Pistole besitzt, und ich frage mich, ob sie in seinem Hosenbund steckt. Ich frage mich auch, wann der Punkt kommt und er nicht mehr weiterweiß.

Er blickt hinab in das sanft plätschernde Wasser. Ich kann seine Körpersprache nicht deuten, bin aber sicher, dass er weiß, warum ich hier bin.

»Ich hab vorhin einen Fuchs gesehen«, sagt er.

»Ja, die gibt's hier in der Gegend.« Ich tue so, als blicke ich mich um, bleibe standhaft. Warte.

»Mir war klar, dass Sie früher oder später kommen«, sagt er.

»Ich habe keine Wahl, das wissen Sie«, sage ich. »Ich mache es Ihnen so leicht wie möglich, falls das irgendein Trost ist.«

»Ist es nicht.« Sein Lachen klingt hart wie reißender Stoff.
»Weiß Jen es?«, fragt er und meint seine Frau.

»Noch nicht.«

Es folgt Schweigen, schwer und unbehaglich wie ein nasses
Bettlaken in einer eisigen Nacht. Einen Moment lang lauschen
wir den Laubfröschen, und er scheint sich zu entspannen, als
hätte er eine Entscheidung getroffen.

Er tritt vom Geländer zurück, greift unter sein Hemd, und
mein Herz beginnt zu rasen beim Anblick der Pistole, einer
halbautomatischen HK 45. Blitzschnell ziehe ich meine Waffe
und richte sie auf ihn.

»Dane.« Ich betone seinen Namen. »Fünfzig Meter von hier
spielt Ihr Sohn Baseball. *Das* wollen Sie ihm doch nicht antun.
Lassen Sie die Waffe fallen.«

Er hebt die Hand mit der Pistole zwar nicht, hält sie aber
weiterhin seitlich am Körper. Zuerst denke ich, er wird meiner
Aufforderung Folge leisten und sie fallen lassen. Aber sein Finger ist am Abzug.

»Kommen Sie«, sage ich. »Sie wissen, dass ich mich Ihnen
gegenüber anständig verhalten werde.«

Er scheint mich nicht zu hören. Auch dass er keinerlei Deckung hat und ich auf ihn ziele, scheint ihn nicht zu interessieren.

Er dreht sich zu mir hin, sieht mich an, als hätte er mich nie
zuvor gesehen. »Ich hab sie nicht umgebracht«, sagt er.

»Das sagt auch keiner.«

»Halten Sie mich nicht für dumm«, fährt er mich an. »Ich
weiß, wie so was läuft.«

»Ich weiß nicht, was Sie von mir hören wollen. Ich kann Ihnen bloß sagen, dass es noch nicht zu spät ist, das hier zu beenden. Legen Sie die Waffe weg und reden Sie mit mir. Wir finden
eine Lösung, okay?«

Er legt den Kopf zur Seite, versucht herauszufinden, ob ich ihm Schwachsinn erzähle. »Es ist vorbei. Das wird immer an mir hängen bleiben.«

»Sie haben einen Fehler gemacht«, sage ich.

»Es kommt alles raus. Verdammt, es wird Jen und die Kinder zerstören.«

»Wir kümmern uns darum. Sie werden es schaffen. Kommen Sie, legen Sie die Waffe weg.«

Sämtliche Muskeln in meinem Körper sind angespannt, als er die Pistole hebt. Aber er tippt sich nur mit der Mündung an die Stirn. »Ich hab sie an den Straßenrand fahren lassen, ich hatte Sex mit ihr. Das stimmt. Ich hab Scheiße gebaut. Ich … ich weiß nicht, was in der Nacht mit mir los war. Sie war … einfach … da. Himmelherrgott, es war, als *wollte* sie es. Ich sag Ihnen eins … sie wusste Bescheid. Sie war … und ich … bin durchgedreht.«

Ihren Namen muss er nicht sagen, ich lese ihn in seinem Gesicht. Ich unterdrücke die Abscheu, die in mir hochsteigt, schlucke die verbale Attacke, die mir auf der Zunge liegt, runter. Gleichzeitig ist mir die Waffe in meiner Hand bewusst, die Wut, die durch meine Adern pulsiert. Wie einfach es doch wäre, seinem Elend ein Ende zu machen …

»Hat sie Sie erpresst?«, frage ich.

Ruckartig hebt er den Kopf, sieht mich an. »Jahrelang.«

»Wie viel?«, frage ich.

»Zwanzigtausend.« Er zuckt die Schultern. »Vielleicht mehr. Ich hab den Überblick verloren.«

»Weiß Jen davon?«

»Sie hat keine Ahnung.« Er schüttelt den Kopf. »Schwartz war … irre und … unbarmherzig. Hat 'ne Menge verrückten Scheiß erzählt und behauptet, sie wär in der Nacht schwanger geworden. Dass sie ein Kind gekriegt hat und beweisen könnte, dass es von mir ist. Nannte es ihre ›Rückversicherung‹, und dass sie mein Leben zerstören würde.«

»Sie sagte, das Kind ist von Ihnen?«

»Es gibt kein Kind«, faucht er. »Sie war eine pathologische Lügnerin. Eine verdammte Sadistin. Sie wollte einfach nur Geld. Mich zu ruinieren war das Sahnehäubchen.« Sein Lächeln macht mich frösteln. »Sieht aus, als hätte sie gewonnen.«

Er blickt hinab auf seine .45er, stößt einen Laut aus, halb Schluchzen, halb Lachen.

In dem Moment hab ich das Gefühl, er richtet die Waffe jetzt gegen sich selbst, will ihn am Reden halten und stelle ihm Fragen. »Sie haben sie in der Bar in Wooster getroffen? In der Nacht, als sie umgebracht wurde?«

»Ich hab versucht, vernünftig mit ihr zu reden. Erzählt, dass meine Frau ein Kind erwartet, dass ich kein Geld mehr habe.« Wieder tippt er sich mit der Pistolenmündung an die Stirn, jetzt so fest, dass ich das Metall an seinen Schädel stoßen höre. »Es war ihr egal.«

Ich nicke. »Okay.«

Er lässt die Hand mit der Waffe sinken, sieht mich an. »Ich hab ein paar beschissene Dinge gemacht, Kate. Ich hab vergewaltigt, gelogen, meine Frau betrogen. Aber wenn Sie mir auch nur ein Wort von dem glauben wollen, was ich gerade gesagt habe, dann glauben Sie das: Ich habe Rachael Schwartz nicht getötet.«

In dem dämmrigen Licht sehe ich, dass Tränen in seinen Augen schimmern. Sein Mund zuckt, und seine Nase läuft, was er nicht zu bemerken scheint. Ein Antlitz ist starr vor Hoffnungslosigkeit. Die Seele eines gebrochenen Mannes.

»Dann müssen Sie sich nur für die sexuelle Nötigung verantworten«, sage ich. »Fletch, Sie kriegen das hin, es ist noch nicht zu spät.« Was nicht unbedingt stimmt, aber um das hier zu beenden, darf ich alles sagen, was er gern hören will.

»Kommen Sie schon«, sage ich sanft. »Wir finden eine Lösung. Legen Sie erst mal die Waffe weg.«

Er schüttelt den Kopf. »Sie sind eine ehrliche Haut, Kate. Das hab ich immer an Ihnen geschätzt.«

»Dane – «

Er schneidet mir das Wort ab. »Ich bin erledigt, Ich hab meine Dienstmarke benutzt, um das Mädchen zum Sex zu nötigen. Sie war nicht die Einzige. Aber ich schwöre zu Gott, ich hab sie nicht umgebracht. Sie wollen die Wahrheit? Dann suchen Sie weiter.« Ein Schluchzen entkommt seinem Mund. »Und wenn Sie den Täter gefunden haben … sorgen Sie dafür, dass meine Frau es erfährt.«

In seiner Stimme liegt eine Endgültigkeit, als würde er sich auf eine Reise ohne Rückkehr begeben. Mir wird ganz mulmig zumute, und ich frage mich, wo der Deputy ist. Und wo T. J. bleibt. »Dane, Ihre Kids brauchen Sie. Jen braucht Sie.«

Er schüttelt den Kopf. »Wir wissen beide, dass ich verurteilt werde. Alles, wofür ich gearbeitet habe – einfach weg. Nichts bleibt mehr.« Er fängt an zu weinen. »Herr im Himmel, ich kann doch nicht den Rest meines Lebens im Gefängnis verbringen für etwas, was ich nicht getan habe. Sie wissen doch selber, was Polizisten da drin passiert.«

Er kommt langsam auf mich zu, Waffe seitlich am Körper, Finger weg vom Abzug.

Ich trete zurück, die Waffe im Anschlag. Mein Puls ist im roten Bereich. »Kommen Sie mir nicht zu nahe«, sage ich.

Er geht weiter auf mich zu, hat es nicht eilig und blickt auf die Waffe in seiner rechten Hand.

Mein Herz klopft jetzt stark. »Tun Sie das nicht, Dane. *Nein!*«

»Ich hab sie nicht umgebracht.« Er geht gleichmäßigen Schritts, die Pistole in der Hand nach unten gerichtet, und hat fast das Ende des Stegs erreicht. Keine drei Meter entfernt.

Ich gehe rückwärts, die Waffe auf ihn gerichtet, und kalter Schweiß rinnt mir den Nacken hinab. »Bleiben Sie stehen«, sage ich. »Lassen Sie die Waffe fallen.«

Er verharrt auf der Stelle, neigt leicht den Kopf, als wäre ich ein Rätsel, das er nicht lösen kann.

»Ich bin froh, dass Sie es waren, Burkholder.«

Er blickt hinab auf die Pistole in seiner Hand, fummelt an der Sicherung; doch woran er denkt, gibt sein Gesicht nicht preis. Es ist, als sähe ich einem Untergang in Zeitlupe zu – als wüsste ich, dass es grauenvoll wird, dass jemand stirbt. Dass ich nichts dagegen tun kann. Und ein Gefühl absoluter Hilflosigkeit überkommt mich.

»Dane! Nein! Nicht!«

Schnell, ohne zu zögern, hebt er die Waffe, steckt die Mündung in den Mund und drückt ab.

32. KAPITEL

Tag 5

Es ist fast acht Stunden her, seit Dane Fletcher Selbstmord begangen hat, aber die Szene im Park geht mir noch immer endlos im Kopf herum. Ich bin jeden einzelnen meiner Schritte noch mal durchgegangen, jedes einzelne Wort, alles, was ich getan und nicht getan habe – und doch ist das Endresultat immer das gleiche. Nichts hätte ihn aufhalten können, sagt mein Verstand, und ich sollte dankbar sein, dass er es nicht darauf angelegt hat, die schmutzige Arbeit von mir machen zu lassen.

Allem Anschein nach war Dane Fletcher ein scheinheiliger Dreckskerl, ein Vergewaltiger, eine Schande für unseren Berufsstand und für alle Männer – und wahrscheinlich auch ein Mörder. Trotzdem verschafft mir sein Tod keine Genugtuung.

Obwohl ich erschöpft und erschüttert war, habe ich mehrere Stunden mit Sheriff Rasmussen und Tomasetti im Verhörraum meine offizielle Aussage gemacht. Ich habe Dutzende Fragen beantwortet, zu viel Kaffee getrunken und beide Männer einige Male angeraunzt. Weil ich Zeugin von Fletchers Selbstmord geworden war, leitet das Holmes-County-Sheriffbüro die Ermittlungen, wogegen ich mich normalerweise gewehrt hätte. Aber diesmal bin ich froh, die Verantwortung abzugeben. Ich bin sauer auf Fletcher, weil er seinen Polizeistatus benutzt hat, um Frauen sexuell zu nötigen, und sich, als er erwischt wurde, feige durch Selbstmord aus der Verantwortung gestohlen hat. Was für ein Mann tut seiner Frau und seinen Kindern so etwas an? Was für ein Mann lässt ein siebzehnjähriges amisches Mädchen an den Straßenrand fahren und lässt eine Anzeige wegen Alkohol am Steuer fallen im Tausch gegen Sex?

Kurz nach zwei Uhr morgens verlasse ich schließlich das Sheriffbüro. Tomasetti fährt hinter mir her nach Hause, wo ich meine blutbespritzte Uniform in den Wäschekorb werfe, schnurstracks ins Bad gehe und zehn Minuten lang dusche. Ich habe weder geweint noch geflucht, ich habe auch nicht die Augen geschlossen, weil ich wusste, dass ich dann Fletcher sehen würde, wie er niedersinkt, das Gesicht zerstört und der Hinterkopf eine klaffende Wunde.

Als ich schließlich in die Küche komme, wo Tomasetti schon zwei Gläser Scotch eingeschenkt hat, habe ich mich weitgehend im Griff. Das Fenster über der Spüle steht offen, und der Chor der Frösche hallt vom Teich bis zu uns herüber. Sie quaken sich die Seele aus dem Leib, und die schlichte Schönheit der Töne treibt mir Tränen in die Augen. Doch ich weine nicht. Stattdessen nehme ich mein Glas und trinke einen großen Schluck.

Tomasetti geht zur Anrichte und dreht am Radioknopf, bis ein alter Led-Zeppelin-Song übers Umherziehen die Stille im Raum erfüllt. Der wunderschöne Song weckt so viele Erinnerungen, dass ich plötzlich nur Dankbarkeit fühle, mit dem Mann, den ich liebe, in der Küche unserer bescheidenen kleinen Farm zu sein.

»Weißt du, wie es Fletchers Frau geht?«, frage ich, obwohl ich die Antwort kenne – und hasse, denn sie tut weh.

»Der Geistliche ist bei ihr geblieben, bis die Eltern eingetroffen sind«, sagt er. »Mehr weiß ich auch nicht.«

Ich nicke und nehme noch einen Schluck. »Ich kannte ihn nicht so gut.«

»Die Leute, die ihn gut zu kennen glaubten, erfahren gerade, dass dem nicht so war.«

»Was für ein Mann tut seiner Frau und seinen Kindern so etwas an? Was für ein Mann missbraucht seine Position, um ein siebzehnjähriges Mädchen zu vergewaltigen?«

»Ein Verbrecher, ein schmutziger Cop, ein kranker Dreckskerl.« Er zuckt die Schultern. »All das zusammen.«

Er kommt zum Tisch, setzt sich auf den Stuhl mir gegenüber und sieht mich an, als suche er etwas in meinem Gesicht, was ich aber noch nicht bereit bin zu offenbaren. Oder ich bin einfach zu müde und bilde es mir nur ein.

»Und was lässt dir sonst noch keine Ruhe?«, fragt er.

In den letzten Stunden kriege ich es nicht aus dem Kopf, dass ich Zeugin des Selbstmordes eines Mannes geworden bin, den ich einmal geachtet habe. Außerdem muss ich weiter meine Arbeit tun und verstehen, wie das Ganze in die laufende Ermittlung passt – zum Tod von Rachael Schwartz. Jetzt, da ich ruhiger bin und klarer denken kann, beginne ich, die letzten Momente des Gesprächs zwischen Fletch und mir genauer zu analysieren.

»Fletcher hat zugegeben, sie angehalten und sexuell genötigt zu haben«, sage ich. »Er hat zugegeben, das Gleiche mit anderen Frauen getan zu haben. Er hat bestätigt, dass Schwartz ihn erpresst und er im Laufe der Jahre etwa zwanzigtausend Dollar gezahlt hat. Er hat zugegeben, sie in der Bar getroffen zu haben.«

Da Tomasetti bei meiner Befragung durch Rasmussen anwesend war und meine offizielle Aussage gelesen hat, weiß er das natürlich alles. »Ihm war klar, dass wir ihn drankriegen würden.«

Ich nicke, denke aber weiter über die letzte Begegnung nach. Die Worte unseres Gesprächs gehen mir im Kopf umher wie ein Filmskript, der Klang von Dane Fletchers Stimme hallt weiter in meinen Ohren, und der Ausdruck in seinen Augen hat sich in mein Gedächtnis gegraben.

... wenn Sie mir auch nur ein Wort von dem glauben wollen,

was ich gerade gesagt habe, dann glauben Sie das: Ich habe Rachael Schwartz nicht getötet.

Über die Jahre habe ich schon zu viele Lügen gehört, um einem überführten Vergewaltiger zu glauben. Fletcher hat jahrelang Menschen belogen und betrogen und ihnen weh getan. Er hat jeden Vertrauensbonus verspielt.

Warum kann ich also seine unsinnige Leugnung nicht einfach zu den Akten legen und den verdammten Fall abschließen?

Ich hebe mein Glas und stelle es, ohne zu trinken, wieder ab.

Tomasetti nippt an seinem und sieht mich über den Glasrand hinweg an. »Gerade hast du all die Dinge aufgezählt, die Fletcher getan hat. Aber den Mord an Rachael Schwartz hast du nicht erwähnt.«

»Für einen BCI-Agenten bist du ziemlich scharfsinnig.«

»Ab und zu funktioniert mein Verstand.«

Sie wollen die Wahrheit? Dann suchen Sie weiter.

Ich sehe ihn an, halte seinem Blick stand. »Ich weiß, dass er ein Lügner war. Verzweifelt und bereit, alles zu sagen. Aber in der Situation hatte er bereits vor, sich das Leben zu nehmen. Er musste nichts mehr beweisen, Tomasetti. Hatte nichts mehr zu verlieren. Warum sollte er den Mord leugnen? Warum hat er nicht versucht, ihn zu rationalisieren, zu erklären, warum er sie umgebracht hat?«

Tomasetti setzt sein Glas ab. »Fletcher hatte ein Motiv, die Mittel und die Gelegenheit. Rachael Schwartz hat ihn bis aufs Hemd ausgenommen und es genossen, ihn zu quälen.«

Ich hasse meine selbstgewählte Rolle, einen skrupellosen Polizisten zu verteidigen. Trotzdem werde ich das Gefühl nicht los, dass einige Teile nicht ins Puzzle passen.

»Warum hat er gesagt, ich soll weitersuchen?«, frage ich.

»Weil ihm alle scheißegal sind, er eingeschlossen«, sagt Tomasetti.

Ich kann jetzt sagen, was ich will, aber das ist einer der Momente, in denen Tomasetti sich nicht überzeugen lassen wird, dass die Beweislage einer genaueren Überprüfung bedarf. Ehrlich gesagt, bin ich selbst auch nicht sicher. Doch ich habe in den letzten Jahren eines gelernt, nämlich auf mein Bauchgefühl zu hören. Und das sagt mir gerade, für andere Optionen zumindest offen zu bleiben.

… ich schwöre bei Gott, ich hab sie nicht umgebracht. … Sie wollen die Wahrheit? … Dann suchen Sie weiter. … Und wenn Sie den Täter gefunden haben … sorgen Sie dafür, dass meine Frau es erfährt.

Es ist, als stünde Dane Fletcher draußen vor dem Fenster und flüsterte mir die Worte zu. Die Vorstellung lässt mich frösteln.

»Ich suche noch ein bisschen rum«, sage ich. »Nur ein paar Tage. Vielleicht gibt es ja etwas, was wir übersehen haben.«

Tomasetti nimmt sein Glas, leert es und stellt es auf den Tisch. »Brauchst du irgendwas von mir?«, fragt er, sieht mich aber gleichzeitig zweifelnd an.

»Fletchers Sohn spielt in der Little League. Zeig den Baseballschläger, den wir gefunden haben, Jennifer Fletcher. Wenn sie ihn wiedererkennt, schließe ich den Fall ab.«

Er nickt, aber ich sehe ihm an, dass er von meiner Theorie genauso wenig hält wie von meinem Wunsch, Fletchers Frau den Schläger zu präsentieren. »Morgen gehe ich zu ihr.«

33. KAPITEL

Als ich in den Weg zur Farm der Familie Schwartz einbiege, ziehen die letzten Reste eines nachmittäglichen Sturms langsam über den blauvioletten Himmel. Hier sieht alles noch genauso aus wie beim letzten Mal: Auf der Weide zu meiner Rechten grasen die Kühe, und auf dem Feld an der gegenüberliegenden Straßenseite wird immer noch gepflügt, um die Saat auszubringen. Dieselben zwei Pferde, derselbe Junge hinter dem Pflug. Das Leben geht wie gewohnt weiter. Wie immer.

Dan und Rhoda sitzen nebeneinander in Schaukelstühlen auf der vorderen Veranda. Dan hat die Beine übereinandergeschlagen, eine Pfeife im Mund und auf dem Tisch neben sich ein Glas Eistee; Rhoda hat das Wollknäuel einer kürzlich begonnenen Strickarbeit im Schoß. Beide sind nicht erfreut, mich zu sehen. Sie stehen weder auf noch begrüßen sie mich, als ich die Treppe betrete, sie blicken mich an wie Ungeziefer, das sich vom Feld zu ihnen verlaufen hat.

»*Guder nochmiddawks*«, sage ich.

»Kommst du wieder mit schlechten Nachrichten, Kate Burkholder?«, sagt Dan zwar friedfertig, aber mit einer Härte in den Augen, die neu ist.

Ich nehme den Hieb gelassen hin.

Rhoda tätschelt beruhigend die Hand ihres Mannes. »Willst du kalten Tee, Katie? Ich hab eine ganze Kanne gemacht, und wenn er noch mehr trinkt, ist er die halbe Nacht auf.«

»Ich kann nicht lange bleiben.« Ich nehme die letzte Stufe zur Veranda und setze mich auf den Adirondack-Stuhl ihnen gegenüber. »Ich wollte Sie über den Stand der Ermittlungen informieren.«

Dan nimmt seine Tasse und trinkt einen Schluck Tee. Rhodas Hände mit den Stricknadeln verharren in der Luft. Umgeben von Vogelgezwitscher, berichte ich ihnen von Dane Fletcher und den Ereignissen, die zu seinem Tod geführt haben.

»Das mit dem Polizisten haben wir gehört«, sagt Rhoda.

»Alle reden darüber«, fügt Dan hinzu.

»Eine wirklich schlimme Sache.« Sie schüttelt den Kopf. »Wir wussten, dass es da irgendeine Verbindung zu Rachael gab, aber mehr nicht. *Mein Gott.*«

Ich erzähle ihnen nur ungern die ganze Geschichte, aber sie erfahren sie besser von mir als über den Buschfunk, der es mit Fakten nicht so genau nimmt und die Story immer weiter aufbauschen wird.

Weil ich sie nicht mit den grausigen Details belasten will, beschränke ich mich auf das, was Rachael im Alter von siebzehn Jahren auf der abgelegenen Landstraße passiert ist. Und da die Untersuchungen noch laufen, verzichte ich auf Spekulationen und unbestätigte Erkenntnisse. Trotzdem ist es nicht einfach. Doch sie verdienen die Wahrheit, auch wenn sie ihnen noch einmal das Herz brechen wird.

»Es tut mir leid«, sage ich am Ende meines Berichts. »Ich weiß, dass es schwer war, sich alles anzuhören, aber ich dachte, Sie wollen es erfahren.«

Rhoda blickt auf die Handarbeit in ihrem Schoß, als wüsste sie nicht mehr, warum sie dort liegt. »Das hat sie uns nie erzählt«, flüstert sie.

»In dem Sommer wurde sie getauft«, sagt Ben leise.

»Und im nächsten Frühjahr ist sie weggegangen«, fügt Rhoda hinzu. »Im April, glaube ich.«

Ich weiß nichts darauf zu erwidern, finde keine tröstenden

Worte. Wenn man einen geliebten Menschen durch eine Gewalttat verliert, kann die Überführung des Täters den Schmerz darüber kaum lindern. Als ich beim Blick in die Augen der amischen Frau die Pein darin sehe, verfluche ich im Stillen Dane Fletcher.

»Die Untersuchungen sind noch nicht beendet, und das Sheriffbüro steht uns helfend zur Seite, aber wir werden den Fall wohl bald schließen.«

»Rachael ist jetzt bei Gott.« Dan hat den Blick weiter auf den Boden geheftet. »Sie hat bei dem Herrn ihren Frieden gefunden.«

»Wir haben schon alle benachrichtigt«, sagt Rhoda und meint damit die amische Tradition, all diejenigen, die zur Beerdigung kommen sollen, persönlich einzuladen.

Sie blickt mich aus feucht glänzenden Augen an. »Wir haben sie nicht mehr oft gesehen, aber sie wird uns fehlen. Und natürlich ist es ein Trost zu wissen, dass sie in guten Händen ist und wir sie eines Tages wiedersehen.«

»Ein Mensch sollte nicht über die Maßen trauern«, sagt Dan, »denn damit beschwert man sich bei Gott.«

Rhoda wischt sich die Tränen von den Wangen. »Als wir uns das letzte Mal unterhalten haben, Katie, hast du gefragt, wann wir Rachael zuletzt gesehen haben. Heute Morgen ist mir bewusst geworden, dass ich mich geirrt habe. Sie war *nach* Weihnachten hier, nicht vorher, und es war ein so schöner Besuch.« Das nachfolgende leise Lachen klingt unecht. »Ich erinnere mich deshalb daran, weil sie an dem Morgen auch bei Loretta war und den Gips am Arm der kleinen Fannie erwähnt hatte.«

Ich nicke, höre ihr mehr aus Höflichkeit als aus Interesse zu.

Wieder wischt Rhoda sich Tränen von den Wangen. »Das Kind war am Weihnachtstag nebenan bei den Coopers von der alten Windmühle gefallen. An zwei Stellen war der Arm gebrochen und musste sogar genagelt werden.«

Mit einem gezwungenen Lächeln schaut sie auf die Strickarbeit in ihrem Schoß. »Sie ist nicht das erste abenteuerlustige Mädchen, nicht wahr? Sie wäre besser ein Junge geworden.«

Vor meinem inneren Auge sehe ich Fannie im leichten Galopp über die Weide reiten. »Sie hält Loretta und Ben sicher auf Trab.«

»Sie ist schwierig, klettert überall drauf und dann noch die ganze Reiterei und so.« Sie zuckt die Schultern. »Die arme Loretta war fix und fertig. Sie bemuttert das Mädchen, als wär's gerade geboren.« Rhoda seufzt, und ihr Gesicht bekommt einen weichen Ausdruck. »Das war jedenfalls das letzte Mal, dass ich meine Rachael gesehen habe. *Nach* Weihnachten, nicht vorher. Ich weiß nicht einmal, ob das überhaupt wichtig ist, aber du sollst es wenigstens wissen.«

Sie nimmt ihre Handarbeit und strickt weiter.

* * *

Etwas treibt mich um auf der Fahrt zu den Bontragers. Irgendeine Ungereimtheit, die in dem Gespräch mit Rhoda und Dan aufgetaucht ist, lässt mir keine Ruhe, doch ich bekomme sie nicht zu fassen. In der Hoffnung, dass es mir noch einfällt, martere ich meinen Verstand nicht weiter und biege in die Einfahrt zu ihrem Haus ein.

Ich bin gerade auf den Weg zur Haustür, als aus dem seitlichen Garten Stimmen zu mir dringen. Ich gehe den Stimmen nach und sehe Loretta und Fannie einen Picknicktisch streichen.

»Ihr beiden seid fleißig«, sage ich zur Begrüßung.

Loretta, einen Pinsel in der Hand, sieht mich über die Schulter hinweg an. »So kann man es auch nennen.«

»Das Blaugrün gefällt mir«, sage ich.

Sie tritt einen Schritt zurück, stemmt die freie Hand in die Hüfte und betrachtet den Tisch. »Am Anfang war ich unsicher, aber jetzt gefällt es mir auch.«

Fanny steht mit einem kleineren Pinsel seitlich am Tisch. »Ich hab die Farbe ausgesucht«, sagt sie.

Obwohl der Anlass meines Besuchs nicht erfreulich ist, muss ich beim Anblick des Mädchens lächeln. Sie hat einen Klecks Farbe am Kinn und einen perfekten Tropfen auf ihrer *Kapp*, den sie heute Abend wohl mit der Zahnbürste entfernen muss.

Ich gehe zu ihr hin und klatsche sie ab. »Gut gemacht.«

Sie grinst übers ganze Gesicht, wobei ein Spalt zwischen ihren Vorderzähnen sichtbar wird. Und als ich dann ihre sonnengerötete Nase betrachte, rührt sich wieder etwas in meinem Gedächtnis, doch auch diesmal kann ich den Grund nicht festmachen und will mich später darum kümmern.

»Wir haben noch einen Pinsel, falls Sie helfen wollen.«

Ich drehe mich um und sehe Ben aus der Scheune kommen. Er trägt ein blaues Arbeitshemd, Hosenträger und einen flachkrempigen Strohhut.

»Das überlasse ich lieber den Profis, also Ihnen.« Ich will schnell zur Sache kommen, werfe einen kurzen Blick auf Fannie und konzentriere mich auf das Ehepaar. »Es tut mir leid, Ihren Nachmittag zu stören, aber ich muss mit Ihnen über Rachael Schwartz sprechen.«

»Oh.« Loretta sieht ihren Mann an, dann geht sie um den Tisch herum zu ihrer Tochter. »Du hast einen Farbklecks mitten auf der *Kapp*«, sagt sie. »Geh am besten ins Haus und mach ihn mit der alten Zahnbürste weg, bevor er eintrocknet. Ich komme in ein paar Minuten und helfe dir.«

Das Mädchen weiß genau, dass sie nicht wegen des Farbflecks weggeschickt wird, sondern wegen des Gesprächs, das die Erwachsenen führen wollen. Aber sie ist zu wohlerzogen, um zu protestieren.

»Nimm die Waschseife auf der Veranda.« Die amische Frau ergreift den Pinsel des Mädchens und zeigt zur Hintertür. »Beeil dich, sonst bleibt ein Fleck, den wir dann nie wieder rauskriegen.«

Das Mädchen gehorcht, und wir sehen ihr nach. Als ich die Hintertür zuschlagen höre, wende ich mich an das Paar. »Es hat eine Entwicklung gegeben, die Sie vielleicht interessiert.«

Ben nickt. »Das mit dem Deputy haben wir schon gehört«, sagt er.

Da Ben und Loretta keine Familienangehörigen sind, gebe ich ihnen – anders als bei Dan und Rhoda Schwartz – lediglich eine Zusammenfassung der Fakten.

Als ich fertig bin, schimmern Tränen in Lorettas Augen. »Meine *Mamm* hat immer gesagt, gute Taten haben ein Echo. Jetzt weiß ich, dass das auch auf böse Taten zutrifft.«

Dieses Sprichwort hab ich in meiner Jugend Hunderte Male gehört. Es ist eines der wenigen, an die ich mit ganzem Herzen glaube. »Wahrscheinlich schließen wir den Fall in den kommenden Tagen ab.«

»Dann ist es vorbei?«, fragt Ben.

»Ich glaube schon«, sage ich.

»Das ist gut, dann können wir das Ganze hinter uns lassen.« Der amische Mann steckt die Hände in die Hosentaschen. »Danke, dass Sie die Wahrheit herausgefunden haben, Kate Burkholder. Ich weiß, wie schwierig Ihre Arbeit ist und dass die Amischen sie nicht immer billigen. Aber das macht sie nicht weniger wertvoll.«

Ich nicke, seine Worte berühren mich mehr als angemessen. Wahrscheinlich ist es mir noch immer wichtig, was die Amischen von mir denken.

Dann geht er, und Loretta und ich sehen schweigend hinter ihm her. In dem darauffolgenden Schweigen ist nur das Kvoih-kvih-kvih-kvih eines Spechts, gefolgt vom Hämmern seines Schnabels an einen Baum, zu hören.

Schließlich holt Loretta den Deckel des Farbeimers, der ein Stück entfernt liegt. Ich muss plötzlich an mein Gespräch mit Rhoda und Dan Schwartz denken, an die letzten Minuten mit Dane Fletcher. Und wieder stellt sich das eigenartige Gefühl ein, das ich nicht zu fassen bekomme.

… behauptet, in der Nacht wär sie schwanger geworden. Dass sie ein Kind gekriegt hat …

Ich nehme den Hammer von der Trittleiter, die sie als Tisch benutzt, und reiche ihn ihr. »Sie waren viel mit Rachael in ihrem letzten Sommer hier in Painters Mill zusammen«, sage ich.

»Stimmt.« Sie drückt den Deckel auf den Farbeimer. »Es war einer der schönsten Sommer meines Lebens.«

»Sie hatten zuvor erwähnt, dass sie da anders war. In welcher Weise denn?«

Sie legt den Hammer hin und richtet sich auf. »Auch wenn es seltsam klingt, aber sie wurde noch draufgängerischer. Als hätte sie es eilig, so viele Erfahrungen wie möglich zu machen, bevor sie getauft wurde.« Nachdenklich hält sie inne. »Manchmal war sie wütend auf die ganze Welt. Nicht zu schlimm, aber mehr als … vorher. Rachael war stark. Sie hat nicht zugelassen, dass das, was ihr passiert ist, sie zerbricht.«

»Loretta, wann genau ist ihr das denn passiert?«, frage ich. »Ich meine, mit Dane Fletcher?«

»Im Spätsommer«, sagt sie, »ich glaube, im August.«

In dem Sommer wurde sie getauft.

Und im nächsten Frühjahr ist sie weggegangen. Im April, glaube ich.

»Wissen Sie, ob sie jemals *ime familye weg* war?«, frage ich.

Loretta runzelt die Brauen, blinzelt, als wäre sie auf diese Frage nicht vorbereitet gewesen. »Ich glaube nicht«, sagt sie langsam. »Das hätte Rachael mir erzählt.«

»Auch, wenn sie die Schwangerschaft abgebrochen hätte?«

Die amische Frau blickt hinab auf den Pinsel in ihrer Hand. »Ich wünschte, ich könnte sagen, dass Rachael niemals ein ungeborenes Kind hätte töten können.« Der Seufzer, den sie jetzt ausstößt, ist kummervoll. »Aber sie konnte Dinge rationalisieren. Falls sie so etwas getan hat, hat sie es mir nicht erzählt. Sie hätte gewusst, dass ich es missbilligen würde.«

* * *

Normalerweise fällt an diesem Punkt einer Ermittlung – wenn jemand verhaftet wurde – der Druck ab, und das Leben geht wieder seinen gewohnten Gang. Ich brauche meist ein paar Tage, um alles, was in der Zwischenzeit liegen geblieben ist, aufzuarbeiten und um Schlaf nachzuholen.

Aber dieser Fall ist alles andere als normal.

Ich bin in meinem Büro im Revier, hätte schon längst nach Hause fahren sollen und habe kaum etwas getan, um den Fall formell abzuschließen. Stattdessen habe ich mich in den letzten drei Stunden durch die Akte gearbeitet, die Dutzend Berichte, Aussagen und sonstigen Unterlagen noch einmal gelesen. Ich starre schon so lange auf Papier, dass ich nicht mehr sicher bin, wonach ich eigentlich suche. Ich habe mir jedes einzelne Tatortfoto, alle Skizzen und Videos genauestens angesehen, bin den kriminaltechnischen Bericht Wort für Wort durchgegangen und habe den Autopsiebericht schon so oft gelesen, dass ich doppelt sehe. Mein Nacken schmerzt, und meine Augen fühlen sich an, als hätte jemand eine Handvoll geschliffenes Glas hineingeworfen. Und die ganze Zeit über sitzt die kleine Stimme der

Vernunft auf meiner Schulter und sagt mir, dass ich Geistern hinterherjage.

In der Tat.

Die Wanduhr starrt mich an, erinnert mich daran, dass es neun Uhr abends ist, ich seit Stunden zu Hause sein sollte und Tomasetti sich wohl schon wundert, wo ich bleibe.

»Was zum Teufel machst du noch hier, Burkholder?«, murmele ich.

Ich blicke auf die handschriftlichen Notizen auf meinem Schreibtisch und runzele die Stirn.

… kannte wahrscheinlich ihren Mörder …

… hat unzählige Konflikte ausgefochten …

Ich stütze mein Kinn auf die Hand, blättere um und komme zu meiner Aussage über den Tod von Dane Fletcher. Doc Coblentz hat Todesursache und -art bestimmt: Selbstmord durch eine Schusswunde in den Kopf. Laut Sheriff Rasmussen haben Fletchers Frau und Kinder Painters Mill verlassen und sind bei ihren Eltern in Pittsburgh. Zuletzt hieß es, sie würden nicht zurückkommen.

Meinen eigenen Bericht überfliege ich lediglich, will nicht noch einmal den Moment vor mir sehen, als er abdrückte. Stattdessen konzentriere ich mich auf unser letztes Gespräch.

… behauptet, in der Nacht wär sie schwanger geworden. Dass sie ein Kind gekriegt hat …

Von all den Dingen, die er mir am Abend seines Todes erzählt hat, gibt dieser Satz mir am meisten zu denken. Hat Rachael Schwartz ihn nur provoziert? Wollte sie ihn damit aufbringen? Aber zu welchem Zweck? Um ihn leiden zu lassen? Ihm das zurückzuzahlen, was er ihr angetan hatte? Hatte Fletcher es nicht länger ertragen können? Ist er ihr ins Motel gefolgt und hat sie zu Tode geprügelt?

Wahrscheinlich ist es genau so gewesen.

Selbst *wenn* Rachael schwanger geworden war, ändert das etwas an der Dynamik des Falls? Die Antwort ist eindeutig nein.

Das Letzte, was ich je tun werde, ist, einen Mann wie Dane Fletcher verteidigen. Was er dem jungen amischen Mädchen angetan hat – und eingestandenermaßen auch anderen –, ist unentschuldbar. Er war ein gewissenloser Cop, ein Lügner, ein Scheinheiliger, eine Gefahr für die Gemeinde, der er zu dienen und die er zu schützen geschworen hatte.

Aber war er auch ein Mörder?

Sie wollen die Wahrheit? Dann suchen Sie weiter.

Ich sammle den Inhalt der Akte zusammen, lege alles in eine Mappe, stecke die Mappe in meine Laptoptasche und gehe zur Tür.

34. KAPITEL

Ich manövriere meinen Wagen aus der Parklücke vor dem Revier und rufe Tomasetti an. Er nimmt nach dem ersten Rufzeichen ab. »Ich wollte schon einen Suchtrupp losschicken«, sagt er. »Wobei sie derzeit sicher kein Problem hätten, dich zu finden.«

»Dann bin ich jetzt wohl aufgeflogen«, sage ich scherzend, obwohl mir nicht nach Scherzen zumute ist. »Falls es dich tröstet, ich bin auf dem Heimweg.«

»Der Tag ist so gut wie gerettet.«

In dem Moment bin ich überglücklich, dass ich ihn habe und dass er mich erdet. Dass er mir in Erinnerung bringt, was wirklich wichtig ist. »Hattest du schon Gelegenheit, mit Jennifer Fletcher zu reden?«, frage ich. »Wegen des Baseballschlägers.«

»Ja, hatte ich«, sagt er. »Zwei ihrer kleinen Jungen spielen in der Little League. Sie hat ihnen in den letzten beiden Jahren zwei Schläger aus Aluminium gekauft. Die haben sie noch und benutzen sie auch. Louisville Slugger aus Holz haben sie nie gehabt.«

»Wäre zu schön gewesen, wenn das gepasst hätte.« Ich erreiche den Stadtrand und fahre weiter Richtung Norden, nach Hause.

»Manchmal lassen sich selbst die eindeutigen Fälle nicht so sauber lösen, wie wir das gern hätten.« Er hält inne. »Solche Baseballschläger aus Holz sind weitverbreitet. Fletcher könnte ihn zum Beispiel gebraucht gekauft haben.«

Ich bin auf dem US Highway 62 und fahre ein paar Meilen

schneller als erlaubt. Mein Scheinwerferlicht streicht über den Asphalt, auf dem rechten Bankett reihen sich hohe Bäume in dichter Folge, links scheint durch einen Schleier aus jungen Bäumchen die schwarze Weite eines Feldes.

»Es sieht dir nicht ähnlich, dich in so etwas zu verbeißen«, sagt er, die Angel auswerfend.

»Es ist einer der Fälle, in denen ich gar nicht recht haben will.«

»Dann hast du also noch immer Zweifel an Fletchers Schuld?«

»Ja.«

Ich habe gerade Township Road 92 passiert und nähere mich Millersburg, bin fünfzehn Minuten von zu Hause entfernt und konzentriere mich auf das Telefonat, als das Lenkrad scharf nach rechts zieht und der Explorer stark holpert. Etwas schlägt krachend an den Unterboden. Aus dem Augenwinkel sehe ich einen dunklen Brocken am Beifahrerfenster vorbeifliegen. Reifen, denke ich und trete fest auf die Bremse.

»*Mist.*«

Der Explorer bricht nach links aus, ich habe Sekunden, um zu reagieren, lenke gegen, wie ich es im Polizeitraining gelernt habe, kann mir jetzt keine Fehler leisten. Ich knalle mit dem vorderen linken Kotflügel an die Leitplanke, es folgt ein ohrenbetäubendes Krachen, ich werde in den Sicherheitsgurt geworfen, hin und her gerüttelt. Unzählige Bäume schlagen auf Windschutzscheibe und Motorhaube ein, als ich im Sturzflug den steilen Hügel hinunterdonnere. Die Windschutzscheibe birst, Dreck und Glas hageln mir ins Gesicht und auf die Brust, der Schultergurt drückt sich in meinen Oberkörper.

Als der Wagen gegen einen Baumstamm, groß wie ein Telefonmast, knallt, wird der Airbag ausgelöst, der Explorer hüpft nach rechts und kommt rollend zum Stillstand. Die nach innen gedrückte Windschutzscheibe liegt über das Armaturenbrett gebreitet wie eine Kristalldecke. Kühle Luft und das Quaken von Fröschen dringen zu mir herein, von irgendwo ertönt Tomasettis Stimme, die meinen Namen ruft, aus dem Handy.

»Kate! Was zum Teufel … «

Der Motor läuft, das Bluetooth funktioniert noch, aber ich weiß nicht, wo mein Handy gelandet ist. »Ich bin okay«, höre ich mich sagen.

»Was ist los?«, schreit er. »Was ist passiert?«

Der Explorer steht, umringt von Bäumen, im steilen Winkel mit der Schnauze nach unten. Ein Ast von der Größe eines Zaunpfahls steckt im Beifahrerfenster, fünfzig Zentimeter von meinem Kopf entfernt. Ich bin mit Glas, Schmutz und Schlamm übersät und zittere. Auf dem Sitz ist Blut, ich weiß nicht, woher.

Am Rand meines Blickfeldes bewegt sich etwas, weiter vorn rechts, jemand kommt zwischen den Bäumen hindurch, ein Autofahrer, der mir zu Hilfe kommt …

»Ich bin Polizistin!« Ich mache den Sicherheitsgurt los, greife zum Türgriff. »Ich bin unverletzt!«

Peng! Peng! Peng! Peng!

Das waren eindeutig Schüsse. Mein Adrenalin schießt in die Höhe, gleichzeitig überkommt mich Angst. Ich ducke mich, schiebe die Tür auf, die knarrend gegen einen Baum prallt. Der Spalt ist nicht groß genug, um mich hindurchzuquetschen, so dass ich die .38er aus dem Holster ziehe. Meine Lage ist mehr als heikel, ich lehne mich nach rechts, blicke um mich, aber es ist zu dunkel, um etwas zu erkennen. Zu viele Bäume. Der Schütze ist nirgends zu sehen, und ich frage mich, warum jemand es auf sich nimmt, den Hang hinunterzusteigen, und es dann bei ein paar schnellen Schüssen belässt … auf die Antwort muss ich nicht warten.

Ein weiterer Schuss, gefolgt von einem *Ping*.

Die Kugel ist abgeprallt, aber so nahe, dass ich die Erschütterung in der Sitzlehne spüre.

Ich hebe die .38er und feuere blind drauflos. »Ich bin Polizistin!«, schreie ich. »Waffe runter! Sofort!«

Zwei weitere Schüsse knallen.

Die .38er fest im Griff, drücke ich mich in den Sitz zurück, rutsche so weit ich kann nach unten. Jetzt sehe ich nichts mehr, bin leichte Beute. Ich drücke die Ruftaste des Radiofunks. »Schüsse fallen! Es wird geschossen!« Ich schreie meinen Standort raus. »Officer in Gefahr! Notsituation!«

Peng! Peng!

»Polizei!«, brülle ich. »Waffe fallen lassen! Sofort! Runter auf den Boden!«

Peng! Peng! Peng!

Eine Kugel prallt ans Blech, eine weitere landet in den Resten der kaputten Windschutzscheibe. Splitter regnen auf mich herab. Noch immer höre ich via Bluetooth Tomasettis Stimme, bin aber zu verstört, um seine Worte zu verstehen. Dann erwacht der Radiofunk knisternd zum Leben, mein Hilferuf geht durch den Äther.

Ich liege auf der Seite, eingeklemmt zwischen Lenkrad und Sitz und kann mich kaum bewegen. Keine Ahnung, wo der Schütze ist. Meine Maglite ist außer Reichweite. Ich hebe den Kopf, ein einzelner Autoscheinwerfer illuminiert ein Meer aus jungen Bäumen, weiter vorn ist ein gepflügtes Feld. Keine Bewegung, kein Laut.

Wo zum Teufel ist der Schütze?

Wenn er sich von der Seite nähert, sehe ich ihn erst, wenn er direkt über mir ist …

»Mist, verdammter! Mist!« Mein Atem geht stoßartig.

Ich winde mich herum, greife nach dem Griff der Beifahrertür, schiebe sie mit der Schulter auf. Wieder steht ein Baum im

Weg, aber diesmal ist die Öffnung groß genug, um mich hindurchzuzwängen. Die Waffe schussbereit, gleite ich ins Freie, lande mit der Schulter im Schlamm und spüre, wie die feuchte Kälte meine Bluse durchdringt. Vollkommen ungeschützt hieve ich mich auf die Knie und blicke mich um. Mein Herz pocht heftig. Der Schütze ist nirgends zu sehen.

In der Ferne werden Sirenen laut, und eine Welle der Erleichterung erfasst mich. Aber ich verharre in meiner Position, versuche zu ignorieren, dass die Waffe in meiner Hand zittert und der Griff glitschig von meinem Schweiß ist. Ich knie, heftig atmend, hinter der schützenden Beifahrertür, als Blaulicht über die Baumkronen flackert.

»Polizei! Waffe fallen lassen! Ich will Ihre Hände sehen!«

Ich höre das Knarren eines Polizeifunkgeräts, das Brechen von Zweigen, als der Deputy in meine Richtung kommt.

»Keine Bewegung!«, schreit er.

Das Licht einer Taschenlampe leuchtet auf. Meine Beine zittern so heftig, ich brauche zwei Anläufe, um auf die Füße zu kommen. Als ich es dann geschafft habe, ist mir speiübel. Ich lehne mich rücklings an die Tür, schiebe meine Waffe ins Holster und kämpfe gegen den Brechreiz an.

Der Deputy rutscht den Hang hinunter, blendet mich mit dem Licht seiner Taschenlampe.

»Polizei Painters Mill.« Ich hebe die Hand zum Schutz vor dem Licht. »Der letzte Schuss fiel vor etwa einer Minute«, sage ich.

»Von wo? Wissen Sie, aus welcher Richtung geschossen wurde?«

»Nein«, sage ich. »Der Schütze ist vermutlich männlich, er hat mehrmals auf mich geschossen.«

»Fahrzeug?«

Ich schüttele den Kopf. »Keine Ahnung.«

Der Deputy spricht in sein Ansteckmikro. »Achtung – bewaffnete Person flüchtig.«

Das Licht seiner Taschenlampe gleitet über mich, jetzt erkennt er mich an der Uniform. »Sie haben eine blutige Nase.« Er greift in seine Tasche, hält mir ein Taschentuch hin. »Brauchen Sie einen Krankenwagen, Chief?«

Ich nehme das Taschentuch. »Nein.« Beim Anblick meines geschrotteten Explorers schüttele ich verärgert den Kopf. »Aber vielleicht ein neues Auto.«

Er grinst. »Geht klar.«

* * *

Nach fünfzehn Minuten kommt der Abschleppdienst. Der Fahrer, dessen Firma vertraglich fürs County arbeitet, hat die Statur eines VW-Käfers. Er ist zuversichtlich, meinen Wagen ohne Zuhilfenahme einer Kettensäge aus seinem schlammigen Nest ziehen zu können.

»Wenn er problemlos zwischen all den Bäumen hier runtergekommen ist, dann sollte es auch möglich sein, ihn auf demselben Weg wieder hochzuziehen«, sagt er, wuchtet seinen massigen Körper den Hang hinunter zum Auto und macht das Seil am Abschlepphaken fest.

Ich lehne am Streifenwagen des Deputy, als Tomasetti kommt. Er fährt zu schnell und muss voll in die Bremsen steigen, ist in Sekunden raus aus seinem Tahoe und auf dem Weg zu uns.

»Kate.« Seine Stimme ist sorgenvoll. »Bist du verletzt?«

Die meisten Kollegen im Sheriffbüro kennen Tomasetti, wissen aber nicht, dass wir eine Beziehung haben. Die Mitarbeiter meines kleinen Reviers haben hingegen trotz unserer Diskretion inzwischen mitbekommen, dass wir ein Paar sind und auch zusammenleben. Dennoch halten wir auf beruflicher

Ebene eine gewisse Professionalität aufrecht, was im Moment nicht einfach ist.

Ich erinnere mich nicht, ihm entgegengegangen zu sein, doch plötzlich spüre ich seinen Körper an meinem. Er hat mich in die Arme genommen und drückt mich nun fest an sich. Aus dem Augenwinkel sehe ich, dass der Deputy sich von uns abgewendet hat, und sinke in die Umarmung des Mannes, den ich liebe.

»So schnell kommt man von der Farm aus doch gar nicht hierher«, sage ich.

»Mein neuer Rekord«, murmelt er. »Du hältst deinen Freund gern auf Trab, oder?«

Ich zittere und schäme mich gleichzeitig dafür, weil ich es als unangemessen empfinde. Noch bevor ich etwas erwidern kann, schiebt er mich auf Armeslänge von sich und sieht mich von oben bis unten an; dann blickt er mir in die Augen. »Die Meldung kam durch den Autofunk, als ich unterwegs war. Man hat auf dich *geschossen*?«, sagt er. »Was ist passiert?«

Ich erzähle ihm alles, aber halte mich kurz, wo es möglich ist. »Im ersten Moment dachte ich, es wäre was mit dem Auto. Kaputter Reifen oder so. Und dann ist der Typ plötzlich den Abhang runtergekommen und hat auf mich losgeballert.«

Tomasetti ist ein stoischer Mann. Er kann auch knallhart sein, und im Job hat er seine Gefühle meist im Griff. Aber jetzt sagt mir die Wut in seinen Augen, dass ihm der Vorfall unter die Haut geht. Sein Blick wandert zu der Lücke zwischen den Bäumen, wo der Explorer kopfüber am Fuß des Abhangs steckt.

»Hast du ihn erkannt?«, fragt er.

Ich schüttele den Kopf. »Zu dunkel.«

Er denkt nach. »Hat er was gesagt?«

»Kein Wort.«

Er nickt. »Ich lasse den Explorer zur KTU-Werkstatt bringen

und sorge dafür, dass sie ihn unter die Lupe nehmen. Vielleicht hat der Schütze ja etwas hinterlassen.«

»Tomasetti, die Reifen sind nicht so alt«, sage ich voller Unbehagen.

Er sieht mich mit zusammengekniffenen Augen an, und ich weiß, dass auch ihm diverse Theorien durch den Kopf gehen.

»Da war kein Hindernis auf der Straße«, sage ich.

»Was genau willst du damit sagen?«

Ich sehe ihn an, will nicht, dass er mich für paranoid hält oder ich in seinen Augen überreagiere. »Ich glaube, er wusste, welchen Weg ich nehme. Er hat mir den Reifen kaputt geschossen und ist dann den Abhang runtergekommen, um mich zu töten.«

Tomasetti blickt wieder zum Explorer, der gerade vom Abschleppdienst nach oben gezogen wird. »Und das Motiv?«

Ich blicke weg, ich will es nicht aussprechen, doch es bleibt mir nichts anderes übrig. »Vielleicht hat es etwas mit dem Schwartz-Fall zu tun.«

Er starrt mich an, forscht in meinem Gesicht. Ich kann sehen, wie es hinter seiner Stirn arbeitet. Kurz darauf nickt er. »Ich sorge dafür, dass die Spurensicherung die ganze Gegend unter die Lupe nimmt.«

35. KAPITEL

Kurz nach Mitternacht treffen Tomasetti und ich auf unserer Farm ein. Zuvor hatte er darauf gedrängt, mich im Pomerene Hospital untersuchen zu lassen, und erst nachgegeben, als ein Sanitäter der Feuerwehr mir noch am Unfallort und nach eingehender Prüfung meines Zustandes grünes Licht gab. In der Zwischenzeit waren die Spurensicherung vom BCI und auch die Ohio State Highway Patrol eingetroffen. Wenn auf einen Polizisten geschossen wird, ist das immer eine schwerwiegende Angelegenheit, die sämtliche Polizeidienststellen in der Gegend in Alarmbereitschaft versetzt.

Weil der Tatort großflächig und im Freien ist und zudem auf unwegsamem Gelände, stehen die Chancen, verwertbare Spuren zu finden, nicht gut. Unsere größte Hoffnung ist, dass die Forensiker Fingerabdrücke auf einer gebrauchten Patronenhülse sichern oder anhand der Riffelungen einer Kugel oder von Teilen einer Kugel Rückschlüsse auf die Schusswaffe ziehen können. Beides sind Möglichkeiten, aber zählen können wir nicht darauf.

Bei dem Unfall habe ich mir ein paar blaue Flecken zugezogen und mich zu Hause sofort unter die heiße Dusche gestellt. Tomasetti hat eine Suppe warm gemacht, und ich habe nach dem Essen präventiv ein paar Schmerztabletten eingeworfen. Ich hatte auf einen guten Schlaf gehofft, um am nächsten Morgen fit zu sein und den Mistkerl, der es auf mich abgesehen hatte, schnell zu fassen. Doch ich hätte wissen sollen, dass mein hyperaktives Hirn mir einen Strich durch die Rechnung macht.

Inzwischen ist es nach ein Uhr nachts, ich sitze am Küchentisch vor meinem summenden Laptop. Der Inhalt der Mordakte Rachael Schwartz liegt in mehreren Stapeln, deren Logik sich nur mir erschließt, über den Tisch verteilt. Ich habe zwei Seiten meines gelben Notizblocks mit Theorien und Hypothesen vollgeschrieben und noch jede Menge Gekritzel produziert. Was auch immer ich auf diese Weise zu finden hoffe, ist mir weiterhin rätselhaft.

Ehrlicherweise muss ich zugeben, dass der Fall durch den Selbstmord Dane Fletchers ausgesprochen wasserdicht ist. Fletcher hatte eindeutig ein Motiv, die Mittel dazu und die Gelegenheit. Alles passt. Als er überführt war, hat er den leichten Ausweg gewählt und Selbstmord begangen. Vielleicht hat Tomasetti recht, und ich verschwende meine Zeit. Vielleicht hat mein Bauchgefühl mich in die falsche Richtung geschickt. Es wäre nicht das erste Mal. Aber wer hat dann auf mich geschossen? Und warum fühlt es sich so falsch an, den Fall zu den Akten zu legen?

»Weil ich nicht glaube, dass er es war«, sage ich leise. Zum ersten Mal spreche ich die Worte aus, die in der Stille der Küche profan klingen. So ungern ich es zugebe, bin ich doch zu dem Schluss gekommen, dass Rachael Schwartz nicht von Dane Fletcher umgebracht wurde. Etwas muss ich übersehen haben.

Etwas.

Ich stöhne frustriert, blättere durch mehrere Berichte und lege sie zur Seite. Dann nehme ich noch einmal den SMS-Verlauf zwischen Rachael und Fletcher zur Hand.

Falls du in Betracht ziehst auszurasten … vergiss meine Rückversicherung nicht.

Ich halte inne.

Fletchers Worte gehen mir durch den Kopf. *Sie behauptet, in der Nacht wär sie schwanger geworden. Dass sie ein Kind gekriegt*

hat und beweisen könnte, dass es von mir ist. Nannte es ihre
›Rückversicherung‹, und dass sie mein Leben zerstören würde.

Aber er behauptet, es gäbe kein Kind. *Sie war eine pathologi-*
sche Lügnerin. Eine verdammte Sadistin. Sie wollte einfach nur
Geld. Mich zu ruinieren, war das Sahnehäubchen.

»Aber warum hast du dann weiter bezahlt?«, murmele ich.

Hatte Rachael Schwartz noch etwas anderes gegen ihn in der
Hand? Ein verborgenes Pfand, das sich auszahlen würde, wenn
ihr etwas passiert?

Falls du in Betracht ziehst auszurasten … vergiss meine Rück-
versicherung nicht.

»Welches Druckmittel hast du noch gehabt?«, flüstere ich.

Ein versiegelter Umschlag mit der Antwort in einem Schließ-
fach, das nur gefunden werden müsste? Ein Anwalt, der sich
melden würde, sobald er von ihrem Tod erfuhr?

Frustriert lege ich auch den Ausdruck mit den SMS weg und
nehme mir noch einmal die handschriftlichen Notizen vor, die
ich bei Dan und Rhoda Schwartz gemacht habe. Sie sind mit
einer Büroklammer zusammengeheftet, ich blättere die Seiten
durch und konzentriere mich auf die von mir gelb markierten
Passagen.

… sie war nach Weihnachten hier, nicht davor …

Es gibt keinen Grund, stutzig zu werden, weil Rhoda ihre
Geschichte geändert hat. Sie hatte sich lediglich an ein Detail
falsch erinnert – nämlich dass sie ihre Tochter nicht vor, sondern nach Weihnachten das letzte Mal gesehen hat.

Ich komme zu dem braunen Umschlag mit den alten Fotos
von Rachael Schwartz und Loretta Bontrager. Dem Aussehen
nach waren sie gerade erst ins Teenageralter gekommen. Loretta
wirkt linkisch, schüchtern und gewöhnlich; Rachael ist schöner,
als ihr guttut. Selbst in diesem zarten Alter hatte ihr Lächeln etwas Vielsagendes, ihr Blick etwas Herausforderndes und Kühnes.

Auf einmal habe ich eine Art Déjà-vu, verspüre ein beunruhigendes Kribbeln im Nacken. Ich setze die Lesebrille auf und sehe mir das Foto etwas genauer an.

Irgendwie kommt es mir bekannt vor. Aber natürlich ... ich kenne das Foto. Und ich kannte Rachael, als sie in dem Alter war. Was aber nicht erklärt, warum ich dieses plötzliche Gefühl des Wiedererkennens habe.

Ich lege das Foto hin, nehme es wieder in die Hand.

Eine junge Rachael Schwartz starrt mich darauf an. Ein hübsches, rotblondes Mädchen, das Ärger geradezu magisch anzieht und unfähig ist, sich an Regeln zu halten.

Ich richte mich so abrupt auf, dass mein Knie an die Unterseite des Küchentischs knallt.

Vor meinem inneren Auge erscheint das Bild von Fannie, wie sie im Galopp über die Weide reitet. Ich habe kein Foto von dem Mädchen; die meisten Amischen machen keine Fotos von ihren Kindern – es sei denn, sie brechen die Regeln. Aber ich erinnere mich an die Art, wie Fannie mich angesehen hat, und bei dieser Erinnerung bleibt mir die Luft weg.

Äußerlich sehen sich die beiden kein bisschen ähnlich. Rachael hatte helle Haare und graublaue Augen. Fannie hat dunkles Haar und braune Augen – wie Loretta. Doch während sie vom Aussehen her so unterschiedlich sind wie Tag und Nacht, erkenne ich in dem Moment das eine Merkmal, das sie gemeinsam haben.

Ihr Verhalten.

Ich kannte Rachael Schwartz als Kind und habe insgeheim ihren Schneid bewundert. Obwohl jünger als ich, sah ich in ihr eine Seelenverwandte. Wie oft war sie in meiner Obhut in eine missliche Lage geraten und brauchte Hilfe? Als sie sechs war, musste ich sie retten, weil sie auf einen Baum geklettert war und nicht mehr runterkam. Und dann die Sache mit dem Fass, in dem sie einen Hügel runtergerollt war und im Fluss landete. Später habe ich mitbekommen, wie sie sich mit anderen prügelte, was nun wirklich gegen sämtliche amischen Regeln verstößt.

Rachael hat stets Chaos verbreitet, war ständig aufs große Abenteuer aus. Wenn sie die Rutsche runtergerutscht ist, dann nie mit den Füßen zuerst, sondern kopfüber, je schneller desto besser, Sicherheit spielte keine Rolle. Sie ist bis an die Grenzen gegangen und hat oft Dinge ausprobiert, die nicht ungefährlich waren. Sie war zwar kein *schlimmes* Kind, aber sie war anders als andere amische Kinder.

Fannie ist zwölf Jahre alt. Rachael ist vor etwa zwölf Jahren aus Painters Mill weggegangen. Das Timing passt. Ich denke an Fannie Bontrager und Rachael Schwartz, und die Übereinstimmungen machen mich frösteln, trotz des Schweißes, der mir den Nacken hinunterläuft.

Sie ist nicht das erste Mädchen, das das Abenteuer liebt, nicht wahr? Sie wäre besser ein Junge geworden.

Rhoda Schwartz' Worte hallen in meinem Kopf wider.

Mir ist fast schlecht vor Angst, während ich die Papiere nach meinem Bericht von dem Abend durchwühle, als Dane Fletcher sich das Leben nahm, und lese:

… behauptet, in der Nacht wär sie schwanger geworden. Dass sie ein Kind gekriegt hat …

Und wenn Rachael Schwartz *nicht* gelogen hatte – jedenfalls nicht in dem Fall? Wenn sie wirklich in der Nacht, als Fletcher sie vergewaltigte, schwanger geworden war? Ich hatte angenommen, dass er das Geld zahlte, weil sie drohte, die Vergewaltigung öffentlich zu machen. Und wenn es bei der Erpressung um etwas ganz anderes ging? Um ein Kind, gezeugt bei einer Gewalttat?

Aber es gibt noch mehr offene Fragen, und auch die quälendste von allen muss noch gestellt werden: Kann es sein, dass Fannie Bontrager das Kind von Rachael Schwartz ist?

Falls du in Betracht ziehst auszurasten … vergiss meine Rück-versicherung nicht. Wenn mir etwas Schlimmes passiert, dann Simsalabim, und der Beweis kommt ans Licht.

Ich denke an Fannie, die genauso gut oder sogar besser reitet als jeder Junge, die sich beim Sturz von einer Windmühle den Arm bricht. Das gleiche Verhaltensmuster.

Sie ist nicht das erste Mädchen, das das Abenteuer liebt …

Es ist bei weitem keine schlüssige Theorie. Zu viele Spekulationen, es gibt zu viele lose Enden, die nicht zusammenpassen. Doch am allerwichtigsten und was niemals aus dem Blickfeld geraten darf, ist die Tatsache, dass es um ein unschuldiges Kind geht. Eltern und Großeltern sind involviert, es geht um ihr Leben und ihren Ruf.

»Was hast du getan?«, flüstere ich, ohne genau zu wissen, an wen diese Frage gerichtet ist.

Doch wie wirkt sich das alles auf meinen Fall aus? Wenn meine Vermutung stimmt, was weiß Ben Bontrager? Und wie ist es möglich, dass Loretta und Ben Bontrager das Mädchen als ihr eigenes großgezogen haben, ohne dass jemand Fragen gestellt hat? Ich wage nicht, die Gedanken in Worte zu fassen, die sich in meinen Kopf drängen.

Als Tomasetti in der Tür auftaucht, schrecke ich hoch. Er hat die Arme vor der Brust verschränkt, seine Haare sind zerzaust und seine Stirn ist gerunzelt.

»Du bist fleißig«, sagt er.

Ich blicke auf die Unterlagen, die Berichte und Notizen, die über den Tisch und Fußboden verstreut liegen. Mir ist klar, wie ich aussehe – erschöpft, starr. »Dane Fletcher hat Rachael Schwartz nicht getötet.«

»Aus deinem Mund klingt das wenig überraschend.« Trotz seines frustrierten Gesichtsausdrucks sagt er es ohne Groll in der Stimme.

»Ich könnte einen Gesprächspartner brauchen«, sage ich.

»Ich mache Kaffee.«

* * *

Ein paar Minuten später sitzt er mir gegenüber, nippt an einer Tasse schwarzen Kaffee und blickt mich über den Rand hinweg an. »Okay, Chief«, sagt er, »ich bin gespannt, was du zu bieten hast.«

Ich unterbreite ihm meine Theorie, lasse weder Unstimmigkeiten noch Lücken aus und kämpfe mit den Worten, weil ich mir bei nichts davon wirklich sicher bin.

»Rachael Schwartz und Fannie Bontrager sehen sich äußerlich nicht ähnlich«, sage ich. »Aber sie haben Charaktereigenschaften gemeinsam, die bedeutsam sein könnten.«

»Zum Beispiel?«, fragt er.

»Die Neigung zu waghalsigem Verhalten, Regeln zu brechen und die von Erwachsenen vorgegebenen Normen nicht zu akzeptieren.«

»Ist die offizielle Bezeichnung dafür nicht ›Kind sein‹?«, sagt er.

Ich rede zu schnell und stolpere über Worte, denn ich versuche, etwas zu erklären, worin ich mich nicht wirklich auskenne. »Es gibt einen Unterschied.« Ich hole tief Luft und erzähle ihm etwas ruhiger von Verhaltensweisen, die ich schon bei der jungen Rachael Schwartz beobachtet hatte.

»Willst du damit sagen, als Erwachsene hätte sie sich noch genauso verhalten?« Die Skepsis in seiner Stimme ist nicht zu überhören.

»Und wenn diese … Vorliebe für Nervenkitzel erblich ist?«, frage ich. »Fannie Bontrager legt auch solche Neigungen an den Tag.« Ich erzähle ihm, mit welch großem Selbstvertrauen sie geritten ist, von ihrem gebrochenen Arm.

»Du glaubst also, Fannie Bontrager ist Rachael Schwartz'
Tochter?«, fragt er.

»Ich glaube, Rachael Schwartz wurde in der Nacht schwanger, in der Fletcher sie vergewaltigt hat. Zu der Zeit war sie
nicht bereit, ein Kind großzuziehen. Sie wollte kein Kind, und
das schon gar nicht. Loretta hingegen hatte gerade geheiratet.
Damals hieß es, ihr erstes Kind wäre ein bisschen zu kurz nach
ihrem Hochzeitstag geboren.«

»Wie alt ist das Mädchen?«

»Zwölf.«

Das nachfolgende Schweigen ist zentnerschwer. »Wenn Fletcher Rachael Schwartz nicht umgebracht hat, wer dann?«, fragt
er nach einer Weile.

Er weiß, worauf ich hinauswill, und wartet darauf, dass ich
es ausspreche. Aber das ist verdammt schwer. Denn der Zweifel
sitzt mir im Nacken und sticht mich mit seinem kleinen spit-
zen Messer. »Und wenn Rachael Schwartz einen Sinneswandel
hatte?«, sage ich. »Wenn sie nicht nur nach Painters Mill zu-
rückkam, um mehr Geld von Fletcher zu erpressen, sondern
auch, um ihre Tochter zu sehen? Wenn sie mehr wollte? Mehr
als Loretta und Ben bereit waren, ihr zuzugestehen?«

Eine ganze Minute lang sagt Tomasetti nichts. Aber ich sehe
ihm an, dass er nachdenkt. Dass ihm das alles genauso wenig
gefällt wie mir. Er weiß aber auch, dass wir es nicht ignorieren
können.

»Selbst wenn das Mädchen das leibliche Kind von Rachael
Schwartz ist, heißt das nicht, dass Loretta Bontrager den Mord
begangen hat. Dafür gibt es keine Beweise.«

»Es wäre ein Motiv«, sage ich.

»Vielleicht.« Er runzelt die Stirn. »Aber was ist mit Ben Bontrager? Glaubst du, er wusste von Anfang an Bescheid?«

»Keine Ahnung. Aber ihm muss klar sein, dass er nicht der

leibliche Vater von Fannie ist …« Ich halte inne, weil mir die Bilder von Rachael Schwartz' kaputtem Körper vor Augen kommen. »Andererseits … die ungeheure Gewalt … die Körperkraft, die es zu so einer Zerstörung braucht … vielleicht.«

»Das ist dünn.«

»Ich weiß.«

»Ein Mensch, der zu dem fähig ist, was Rachael Schwartz angetan wurde, muss eingesperrt werden«, sagt er.

Ich nicke. »Die DNA wäre ein guter Anfang.«

»Kein Richter bei klarem Verstand gibt uns dafür grünes Licht.«

»Ich kann sie besorgen.«

Er lacht sarkastisch auf. »Du weißt genau, dass eine erschlichene Probe als Beweismittel nicht zugelassen ist.«

»Das muss sie ja auch nicht. Aber wir hätten dann wenigstens Klarheit. Es würde unseren Blick auf den Fall ändern.« Ich denke kurz nach. »Wen wir uns genauer ansehen müssen.«

»Und wenn du dich irrst?«

»Dann höre ich sofort auf, lasse alles, wie es ist, und schließe die Akte«, sage ich.

Er sieht mich finster an. »Wenn du recht hast, musst du Beweise bringen.«

»Ist mir klar.«

»Im Moment hast du nichts.«

Außer einem leisen Verdacht, der mich von Anfang an beschlichen hatte. »Als Erstes werde ich ein bisschen recherchieren, mal sehen, was ich finde.« Ich zucke mit den Schultern. »Der Rest … alles zu seiner Zeit.«

36. KAPITEL

Tag 6

Kurz nach acht Uhr morgens verlasse ich die Butterhorn Bakery in der Innenstadt von Painters Mill mit einem Bäckerdutzend – also dreizehn – warmen Doughnuts. Nach dem Gespräch mit Tomasetti und dem nachfolgenden Recherche-Marathon war an Schlaf nicht mehr zu denken. Ich konnte mein Gehirn nicht abschalten. Ich konnte Rachael Schwartz und Fannie Bontrager nicht aus meinen Gedanken vertreiben, ganz zu schweigen von den hässlichen Auswirkungen einer Theorie, von der selbst ich noch nicht ganz überzeugt bin.

Der Fund gleich mehrerer wissenschaftlicher Studien über »Sensationslust bei Kindern« überraschte mich nicht. In einem Artikel stieß ich auf Bezeichnungen wie »der Reiz des Neuen«, »die Lust an Aktivitäten, die Geschwindigkeit oder Risiken involvieren« und »Verhaltensauffälligkeiten«. In einer anderen Studie fand ich den Begriff »erbliche Eigenschaften« – und da hatte ich alle meine Antworten.

Die Idee, eine DNA-Probe ohne offizielle Genehmigung zu beschaffen, behagt mir nicht. Das ist im Staate Ohio zwar nicht illegal, aber selbst wenn dadurch bewiesen wird, dass Fannie Bontrager die Tochter von Rachael Schwartz ist, kann es vor Gericht nicht verwendet werden – wie Tomasetti richtig anmerkte. Es würde mir lediglich ein Motiv für Ben und Loretta Bontrager liefern und mich bestärken, sie genauer unter die Lupe zu nehmen.

Mein Mietwagen ist vom Zimtduft der warmen Doughnuts erfüllt, als ich in die Landstraße einbiege und langsam am Grundstück der Bontragers vorbeifahre. Bei der Zufahrt zur Farm halte ich Ausschau nach Mülltonnen, aber wie die meisten Amischen, verbrennen die Bontragers ihren Abfall. Also keine Chance, da eine DNA sicherzustellen.

Nach einer halben Meile mache ich kehrt und halte auf der Standspur. Ich gehe zwar nicht davon aus, dass Ben oder Loretta Probleme machen, aber es schadet nicht, die Kollegen über meinen Aufenthaltsort zu informieren, selbst wenn es sich um einen harmlosen Besuch handelt.

Ich rufe meinen diensthabenden Officer an. »Skid, wo sind Sie?«, frage ich.

»Ich hab gerade den Jungen von Ron Zelinski angehalten«, sagt er. »Ist auf der Township Road 89 hundertvierzig gefahren. Behauptet, er wäre spät dran für die Schule.«

Besagte Straße führt schnurstracks geradeaus, ist flach und breit und somit eine beliebte Strecke für alle möglichen illegalen Autoaktivitäten wie Wettrennen und Autosurfen. Vor zwei Jahren wurde dort ein Sechzehnjähriger von einem Pick-up geschleudert und erlitt schwere Kopfverletzungen.

»Jetzt kommt er wirklich zu spät«, sage ich. »Haben Sie keine Nachsicht mit ihm.«

»Würde mir im Traum nicht einfallen, der Junge ist ein Arschloch.«

Wie sein Dad, denke ich, sage es aber nicht. »Hören Sie, ich statte jetzt den Bontragers einen Besuch ab, sollte nicht länger als zwanzig Minuten dauern. Ich melde mich wieder, wenn ich dort wegfahre.«

Kurzes Schweigen, dann: »Ist irgendetwas im Busch, Chief?«

»Es sind noch ein paar Fragen offen, und ich suche einfach ein bisschen ins Blaue hinein.« Da ich mir keineswegs sicher

bin, dass überhaupt irgendwas dran ist an meinem Verdacht –
und weil es auch um das Wohl einer Minderjährigen geht und
den Ruf einer angesehenen Familie –, halte ich es vage. »Ich
muss noch mal über den Schwartz-Fall mit ihnen reden. Es gibt
ein paar Ungereimtheiten, und ich bin nicht sicher, ob sie mir
alles erzählt haben.«

»Wollen Sie mich dabeihaben?«, fragt er. »Ich kann in zwei
Minuten hier fertig sein.«

»Da sie Amische sind, erfahre ich wahrscheinlich mehr,
wenn ich allein komme. Ich gehe nicht davon aus, dass es Probleme gibt – Sie sollen nur wissen, wo ich bin.«

»Wenn ich in zwanzig Minuten nichts von Ihnen gehört
habe, rücke ich mit Verstärkung an.«

»Einverstanden.«

Ich fahre zurück auf die Straße und biege wenig später in die
Einfahrt zu ihrem Haus ein. Das Pferd, auf dem Fannie vor ein
paar Tagen geritten ist, weidet auf der Wiese zu meiner Rechten.
Ich parke den Wagen auf dem Schotterplatz hinterm Haus. Auf
dem Fußweg zur vorderen Veranda steigt mir der Geruch von
Mist in die Nase. Loretta hat mich offensichtlich kommen sehen,
denn ich habe kaum an die Tür geklopft, als sie schon aufgeht.

»Katie! Hallo!« Sie bedeutet mir, hereinzukommen. »*Kumma
inseid.*«

»Ich werde Ihre Zeit nicht lange in Anspruch nehmen.« Ich
halte die Tüte mit den Doughnuts hoch. »Ich bringe Ihnen was
mit.«

»Oh, wie nett.« Sie lächelt. »Von der Butterhorn Bakery, Fannies Lieblingsbäckerei.« Sie lacht und klopft sich auf den Bauch.
»Meine auch, das ist ja nicht zu übersehen. Was bringt Sie schon
so früh am Morgen in unsere Gegend?«

»Ich bin gerade dabei, den Fall endgültig abzuschließen, aber
es gibt noch ein paar offene Fragen.«

Sie bekommt einen nachdenklichen Gesichtsausdruck. »Wir alle haben eine schwere Zeit durchgemacht, und ich bin froh, dass es vorbei ist. Sie vermutlich auch.« Sie blickt über die Schulter in die Küche. »Ich koche gerade Knochenbrühe. Wir können uns in der Küche unterhalten, wenn Sie wollen.«

Ich folge ihr durchs Wohnzimmer in eine typisch amische Küche: zartblau gestrichene Schränke und Arbeitsplatten aus Resopal; ein gusseiserner Herd, der etwas zu viel Hitze ausströmt, ein ratternder, petroleumbetriebener Kühlschrank in der Ecke. An der gegenüberliegenden Seite führt eine Tür in den Vorraum, darin sehe ich einen Kleiderständer, an dem *Kapps* hängen und ein flachkrempiger Männerhut.

»Die Brühe riecht gut.« Ich lege die Tüte mit den Doughnuts auf den Tisch und hole die drei mitgebrachten Pappteller und Papierservietten aus der Tasche.

Loretta steht am Herd und rührt in der Brühe. »Ein altes Rezept meiner *Mamm*«, sagt sie, legt den Deckel zurück auf den Topf und dreht sich um. Als sie sieht, dass ich Teller und Servietten auf dem Tisch ausgebreitet habe, wirkt sie leicht überrascht. »Also gut, dann essen wir drei ein paar Doughnuts, solange Ben in der Scheune ist.«

»Fannie!«, ruft sie, und an mich gewandt: »*Kaffi?*«

»*Dank*.« Ich nehme mit einer Serviette die Dougnuts und verteile sie auf die Teller.

Fannie erscheint in der Tür. Sie trägt ein grünes Kleid, eine weiße *Kapp* und graue Sneaker. Ihr linker Arm liegt über der Brust angewinkelt in einer Schlinge.

»Hi, Chief Burkholder«, sagt sie lächelnd.

»Schöne Schlinge, die du da trägst«, sage ich zu ihr. »Was ist passiert?«

Loretta, die auf der Anrichte gerade Kaffee aus dem Perkolator einschenkt, sieht uns über die Schulter hinweg an. »Dass sie sich letzte Nacht aus dem Haus geschlichen hat und geritten ist, das ist passiert.« Sie schüttelt den Kopf. »Vermutlich zu schnell. Ist unten am Bach vom Pferd gefallen und hat sich das Schlüsselbein gebrochen.« Sie kommt mit zwei Tassen zum Tisch und stellt eine vor mich hin. »Wir wussten, dass sie sich früher oder später verletzen würde.«

Ich sehe Fannie an. »Du warst nicht zu schnell, oder?«

Sie grinst keineswegs schuldbewusst. »Der Zügel ist gerissen, und ich konnte ihn nicht zum Stehen bringen.«

»Sitz dich anne un havva faasnachtkuche.« Setz dich hin und iss einen Doughnut.

Das Mädchen zieht den Stuhl neben mir unterm Tisch hervor und lässt sich nieder. Trotz der Verletzung nimmt sie beherzt den Doughnut und beißt genüsslich hinein.

Loretta holt Milch aus dem Kühlschrank. »Du kannst froh sein, wenn dein *Datt* das Pferd nicht verkauft.«

»Es ist ein gutes Pferd«, sagt Fannie leidenschaftlich.

Da ich nicht viel Zeit habe, lächele ich Fannie an und berühre mit dem Finger kurz meine Lippe, bedeute ihr, dass sie dort ein Stück Doughnut hängen hat.

»Oh.« Sie wischt sich mit der Serviette über den Mund und hebt fragend die Augenbrauen.

»Lass mich machen.« Ich nehme ihre Serviette, streiche ihr über die Lippe in der Hoffnung, ein wenig Speichel zu erwischen, und entferne den Krümel. »Alles weg.«

Das Mädchen grinst und nimmt die Serviette an sich. Einen Moment lang kann ich den Blick nicht von ihr abwenden.

Rachael Schwartz hatte rotblondes Haar, graublaue Augen und ein so schönes Gesicht, dass es einen bei ihrem Anblick schmerzte, weil ihr die Welt in gewisser Weise nie gerecht werden konnte. Fannie hat braune Haare, braune Augen und ist eher unscheinbar. Bis auf das Leuchten in ihren Augen …

»Katie?«

Loretta reißt mich aus meinen Gedanken. Sie und Fannie sehen mich merkwürdig an, und mir wird klar, dass eine von ihnen etwas gesagt hat, was ich überhört habe.

»Geht's Ihnen gut?«, fragt Loretta.

»Ich hab in letzter Zeit nur zu wenig Schlaf gekriegt«, sage ich.

»Da diese fürchterliche Sache jetzt überstanden ist, können Sie das ja nachholen«, sagt die amische Frau.

Ich blicke durch die offene Tür des Vorraums auf den Kleiderständer mit den *Kapps*. Die meisten amischen Frauen haben zumindest zwei *Kapps*, eine für jeden Tag und eine für den Gottesdienst. An einer der *Kapps* erkenne ich hinten im Nacken eine winzige Schleife und den blassen Rest eines blaugrünen Farbflecks. Die gehört Fannie. Sie wurde nach der Streichaktion noch nicht gewaschen und ist wahrscheinlich voller DNA. Wenn es mir nicht gelingt, Fannies Serviette heimlich einzutüten, kann ich vielleicht ihre *Kapp* mitnehmen.

Loretta klatscht in die Hände. »Also gut, mein Mädchen«, sagt sie. »Jetzt geh nebenan zu Mrs. Yoder und frag sie, ob sie etwas von der guten Brühe haben möchte, damit Katie und ich uns unterhalten können.«

»Kann ich noch einen Doughnut haben?« Das Mädchen steht auf und schiebt den Stuhl zurück unter den Tisch.

Ich blicke zu ihrer Serviette. Der Plastikbeutel ist griffbereit in meiner Tasche.

»Sie isst wie ihr *Datt*.« Loretta schüttelt den Kopf. »Geh jetzt. Sag Mrs. Yoder, ich habe einen ganzen Topf voll davon.«

Ich erhebe mich, um die Pappteller einzusammeln.

Fannie lächelt mich von der Tür aus an. »Tschüs, Katie.«

»Mach keinen Unfug«, sage ich grinsend.

Inzwischen ist auch Loretta aufgestanden und steht mit dem

Rücken zu mir am Herd. Während sie in der Brühe rührt, ziehe ich schnell den Beutel hervor und stopfe Fannies Serviette hinein.

»Oh«, sagt sie mit Blick zurück über die Schulter. »Lassen Sie einfach alles stehen, Katie, ich kümmere mich darum. Trinken Sie in Ruhe Ihren *kaffi*.«

»Danke, das mach ich«, sage ich leichthin.

Ich verschließe gerade den Beutel, als das Knarren von Dielen mich aufblicken lässt. Ben Bontrager steht in der Tür zum Vorraum und starrt mich an.

»Worüber wollten Sie reden?«, fragt Loretta, die hinter mir in der Brühe rührt. Mein Blick klebt auf Ben. Ich weiß nicht, wie lange er schon dort steht. Hat er gesehen, was ich getan habe, und weiß er, warum?

Ich zwinge mich zu einem Lächeln. »Wenn Sie Doughnuts mögen, ist heute Ihr Glückstag.«

»Dann ist das mein Glückstag.«

Ben Bontrager tritt in die Küche. Er hat gearbeitet, hat noch die Lederhandschuhe in der linken Hand und eine Schaufel in der rechten. Seine Stiefel sind voller Matsch, an seiner Hose hängt noch Heu.

»Sieh mal den ganzen Dreck, den du reinschleppst«, sagt Loretta.

Ben sagt nichts, starrt mich auf eine Weise an, dass sich mir die Nackenhaare sträuben. Gut, dass mein Ansteckmikro am Kragen befestigt ist und meine .38er im Hüftholster steckt. »Ich muss zurück an die Arbeit«, sage ich.

Der Schlag kommt von hinten. Ein schepperndes *Boing* über meinem Ohr, mit einer Wucht, dass die Kopfhaut aufplatzt und ein höllischer Schmerz mich durchzuckt. Noch bevor mir überhaupt klarwird, dass ich falle, lande ich schon auf den Knien.

Ich schüttele mich, blicke nach rechts, wo Loretta gerade einen gusseisernen Deckelheber schwingt, hebe den Arm und blockiere den Schlag. Das Eisen knallt auf meinen Unterarm, ich jaule auf vor Schmerz. Der Deckelheber landet krachend am Boden.

Ich reiße die .38er aus dem Holster. »Stehen bleiben! Hände hoch!«

Ich schaffe es, einen Fuß aufzustellen und will mich gerade aufrichten, als ein weiterer Schlag mich am Hinterkopf trifft. Mir wird dunkel vor Augen, alles dreht sich, ich schwanke, erhasche noch einen Blick auf Ben, der mit erhobener Schaufel wütend die Zähne bleckt.

Ich feuere zwei Schüsse ab, und ein ohrenbetäubender Knall explodiert in der Küche. Aber mein Timing ist schlecht, und ich schwanke zu sehr, um gut zu zielen. Er hebt die Schaufel über den Kopf.

»Fallen lassen!«, schreie ich.

Der Stahlspaten trifft meinen Kopf mit der Wucht eines Güterzuges. Langsam wie Wasser, das in den Sog eines Strudels gezogen wird, verliere ich die Besinnung. Die Lichter flackern, dann schlage ich mit der Schläfe auf dem Boden auf, und Dunkelheit umhüllt mich wie ein schwarzes Loch.

37. KAPITEL

Frühjahr 2009

Zum ersten Mal im Leben bedauerte Rachael Schwartz, ihren Glauben verloren zu haben. Heute Nacht, der schwärzesten aller Nächte, brauchte sie das tröstende Wissen, weder unter Schmerzen sterben zu müssen noch allein auf dieser Welt zu sein.

Sie hätte darauf vorbereitet sein müssen. Sie hatte gewusst, dass dieser Moment kommen würde, sie und Loretta hatten darüber gesprochen. Seit Monaten planten sie jedes Detail, aber Rachael hatte die Realität nicht wahrhaben wollen. Wochenlang hatte sie die körperlichen Veränderungen ignoriert, die Gewichtszunahme und die anschwellenden Brüste versteckt. Nicht nur vor ihren Eltern, auch vor sich selbst. Sie hatte die harte, grausame Wahrheit dessen, was passiert war, verleugnet.

Natürlich war es dem Schicksal scheißegal, ob sie bereit war oder nicht.

Ihr ganzer Körper schmerzte so entsetzlich, dass es ihr den Atem nahm, ihr Angst machte. Nicht nur physisch, auch psychisch stieß sie an ihre Grenzen. Dabei waren Schmerzen ihr keineswegs fremd. Mit neun Jahren hatte sie sich den Arm gebrochen. Letztes Jahr hatte ein englischer Zahnarzt ihr den Weisheitszahn gezogen. Aber etwas wie das jetzt hatte sie noch nie erlebt.

Rachael hatte es keinem erzählt, nicht einmal ihrer *Mamm*. Niemand in ihrer Amisch-Gemeinde wusste, dass sie *ime fa-*

milye weg war, denn alle würden ein harsches Urteil über sie fällen. Und so hatte sie die schwierige Situation allein durchgestanden.

Der Schmerz war nach dem Abendessen gekommen. Zuerst dachte sie, sie hätte sich den Magen verdorben. Um Mitternacht lief sie nur noch hin und her, war wütend, weil sie wusste, dass es nicht weggehen würde. Wenn sie nicht schnellstens verschwand, würden alle es erfahren – und ihr Leben wäre vorbei. Und so hatte sie gewartet, bis sie sicher war, das ihre Eltern tief schliefen, und sich aus dem Haus geschlichen. Sie hatte das Maisfeld durchquert und sich durch Schlamm gekämpft, keuchend wie ein Tier. Der Schmerz kam in Wellen, und immer wieder musste sie sich vornübergebeugt den Bauch halten. Sie hatte Loretta von der Telefonzelle aus angerufen und sie, wie geplant, zur Brücke beordert. Als Rachael dann selbst ankam, weinend und vollkommen aufgelöst, war sie sicher, diesen Tag nicht zu überleben.

Erleichtert entdeckte sie den Buggy ihrer Freundin.

»Rachael!« Loretta eilte auf sie zu. »Was ist los?«

»Es ist so weit«, rief sie weinend.

Loretta trat neben sie, legte ihr die Hand auf den Rücken und sagte: »Du schaffst das, komm, lass uns gehen.«

Bei der nächsten Wehe stieß sie einen Schluchzer aus, schwankte nach rechts und lehnte sich an einen Balken. In dem Moment schoss eine warme Sturzflut aus ihr heraus, durchtränkte Unterwäsche und Schuhe. Entsetzt blickte Rachael an sich hinab, sah, wie das Wasser die Beine hinunterrann und bei ihren Füßen auf den Boden platschte.

Sie wusste, was es war; sie hatte gelesen, was alles passieren konnte. Aber es selbst zu erleben, war eine Erfahrung, die ihre Kräfte überstieg.

»Ich will das nicht!«, schrie sie.

»Es wird alles gut«, sagte Loretta. »Das ist normal. Aber wir haben nicht viel Zeit.«

Loretta legte den Arm um sie. Rachael schloss die Augen und ließ sich von der Freundin zum Buggy bringen, fühlte sich zum ersten Mal seit Stunden nicht allein. Trotzdem schluchzte sie weiter und gab sich dem Schmerz hin, während ihre Freundin vorn auf den Fahrersitz kletterte und losfuhr, begleitet vom Klacken der eisenbeschlagenen Pferdehufe auf Asphalt.

Das alte, heruntergekommene und auf einem hässlichen Stück Land gelegene Willowdell-Motel gab es schon, so lange Rachael denken konnte. Wochenlang hatte sie überlegt, wo sie hingehen sollte. Zur verlassenen Farm der Hemmegarns nahe der Dogleg Road? Oder vielleicht in die alte Scheune an der Township Road 1442? Zwischendurch hatte sie sogar daran gedacht, das Kind bei der Hebamme in Coshocton zu kriegen, sich am Ende aber für das Motel entschieden, wo es ein Bett, Handtücher und eine Dusche gab.

Während Loretta an der Rezeption das Zimmer bezahlte – das Geld dafür hatte Rachael ihr vor einer Woche gegeben, nach der Entscheidung, hierherzukommen –, lag Rachael auf der Rückbank des Buggys und quälte sich mit einer weiteren Wehe.

»Zimmer 9.«

Nachdem ihre Freundin zurück auf die Sitzbank geklettert war, rappelte Rachael sich aus ihrem Elend hoch auf die Ellbogen. »Park hinterm Haus«, sagte sie, »wo man den Buggy nicht sehen kann. Mach schnell.«

Während Loretta das Pferd festmachte, ging Rachael ins Zimmer. Es hatte ein Doppelbett mit einer blauen Tagesdecke, eine Klimaanlage, die wie ein Zug ratterte und schimmelig stinkende Luft rausblies; obendrauf lag zusammengeknäult der untere Teil des zu langen Fenstervorhangs.

Rachael stellte die Reisetasche auf den Stuhl neben dem Bett und ging ins Bad. Grauen und Unglaube überkamen sie, als sie nackt auf den kaputten Bodenfliesen stand, das Blut an den Beinen sah und ein hellroter Tropfen auf die Fliese neben ihrem Fuß fiel. Sie stieg in die Wanne, zitterte am ganzen Körper – einem Körper, der nicht mehr ihr gehörte, den sie nicht wiedererkannte und den sie nicht verstand. Beim Duschen waren die Schmerzen so beängstigend, dass sie nicht aufhören konnte zu schluchzen und sich zweimal hinknien musste, aber nicht zum Beten, sondern um den Schmerz zu lindern.

Noch halb feucht kroch sie ins Bett und zog sich das Laken mit der Bettdecke bis zum Hals hoch. Sie nahm kaum wahr, dass Loretta das Zimmer betrat, aber sie sah die Unsicherheit im Gesicht ihrer Freundin, als diese sich auf den Stuhl neben dem Bett setzte. »Ich hab Tylenol mitgebracht.«

Rachael wusste, das die Tabletten nicht helfen würden. Nichts würde helfen, aber das war jetzt auch egal. »Gib sie mir, schnell.«

Loretta eilte ins Bad und füllte einen Plastikbecher mit Leitungswasser, kam zurück, nahm vier Pillen aus der Packung und reichte sie ihr.

Rachael spülte alle vier Tabletten auf einmal mit einem großen Schluck Wasser hinunter. Sie gehörte nicht zu den Mädchen, die nah am Wasser gebaut hatten. Sie war tougher als viele andere, und doch hatte auch sie irgendwann angefangen zu weinen. Ihr hilfloses Schluchzen klang wie das Wimmern eines sterbenden Tieres.

»Ich schaffe das nicht«, stieß sie aus.

»Doch, du schaffst das. Frauen machen das ständig.«

Höllische Schmerzen wüteten in ihrem Leib, drehten ihr Innerstes nach außen. Ihr war speiübel, und einen Moment lang glaubte sie, sich übergeben zu müssen. »Ich muss … « Rachael brachte kaum die Worte heraus, »aufs Klo.«

»Nein, musst du nicht«, sagte Loretta. »Das ist das Baby, das dir sagt, dass es raus in die Welt will.«

Das Laken mit den Fäusten umklammernd, drehte Rachael sich nach rechts und links, um eine Position zu finden, die weniger schmerzte, und wurde wütend, weil nichts half. »Ich weiß nicht, wie ich das machen soll! Ich kann nicht – «, stieß sie wehklagend aus. »Ich muss … «

»Psst! Nicht reden!«

Rachael kniff die Augen zusammen, drückte sich das Kissen aufs Gesicht und schrie: »Es tut weh!«

Loretta eilte ins Bad und kam mit zwei Waschlappen zurück, einem feuchten, den sie auf Rachaels Stirn legte, und einem trockenen, den sie zusammenrollte und ihr gab. »Beiß hier drauf«, flüsterte sie.

Rachael packte die Hand ihrer Freundin, drückte sie fest. Bevor sie etwas sagen konnte, kam der Schmerz mit voller Wucht zurück. Sie wälzte sich umher, stopfte sich schließlich den Waschlappen in den Mund und biss drauf, so fest sie konnte.

Der Drang zu pressen war jetzt stärker als die Angst, das Bett zu versauen. Sie presste mit aller Kraft, spürte, wie ihr Innerstes sich immer wieder zusammenkrampfte und auseinanderriss. Sie schrie in den Waschlappen, drückte ihn fest auf ihre unteren Backenzähne. Ihr ganzer Körper war jetzt mit Schweiß bedeckt, selbst die Haare waren nass.

Diesmal machten die Wehen keine Pause, kamen kurz hintereinander, bis ihr die Luft wegblieb und sie dachte, sie würde ohnmächtig. Oder sterben. Sie presste wieder, stieß knurrende Laute aus wie ein hirnloses Tier. Sie öffnete die Beine, spreizte sie weit auseinander, ihr war alles egal, die Scham und die Laken und was es sonst noch gab. Sie wollte nur noch dieses Ding aus sich raushaben. Sie wollte, dass der Schmerz aufhörte – sie wollte es hinter sich bringen.

Sie presste mit aller Kraft, blickte ihre Freundin an, sah Entsetzen und Faszination in ihrem Gesicht. Bevor sie sprechen oder denken konnte, wurde sie von der nächsten Wehe übermannt.

Sie umfasste ihre Knie, zog sie hoch bis zu den Schultern, wollte sich setzen, das ging aber nicht. Eine weitere Wehe durchflutete sie, Bewegung in ihrem Unterleib, der Druck erst leicht und dann immer größer. Sie presste aus Leibeskräften, ein langgezogener Schrei entkam ihrem Mund, sie rang um Luft, und das Zimmer um sie herum schwankte. Sie schloss die Augen, holte tief Luft und hielt sie an, versuchte verzweifelt, es aus ihrem Körper zu drücken.

Etwas riss zwischen ihren Beinen, der Druck ließ nach wie beim Entleeren des Darms.

»Ich sehe den Kopf!« Loretta ergriff kreischend ihre Hand. »Es kommt raus! Mach weiter, press!«

Auf dem Rücken liegend, umklammerte sie ihre beiden Knie, krümmte den Oberkörper kraftvoll nach vorn und stieß Schreie aus, die sie nie zuvor aus ihrem Mund gehört hatte. Alles andere um sie herum verschwand.

Loretta ging ans Ende des Bettes, beugte sich über sie, sah sie an. »Weitermachen!«, sagte sie. »Press! Du schaffst das. Press!«

Rachael schloss die Augen und presste, fühlte erneut etwas reißen, wusste, dass ihr Körper nie mehr so sein würde wie zuvor.

»Oh! Oh! Es ist ein Mädchen!«

Rachael erhaschte einen Blick auf das Gesicht ihrer Freundin, die die Augen weit aufgerissen hatte und aufgeregt war und voller Ehrfurcht.

»Sie ist draußen«, sagte Loretta. »Ich hab sie.«

Rachael fiel zurück auf die Kissen. Sie keuchte, ihr Körper war schweißnass, und die Laken waren es auch.

»Da ist die Nabelschnur.«

Loretta legte das Baby auf ein verschlissenes Handtuch. Ein winziger, mit Käseschmiere bedeckter Körper. Kurz darauf hörte Rachael einen Schrei, wie das Miauen eines Kätzchens. Die Nabelschnur spürte sie noch in sich.

Sie wandte den Kopf ab. »Schneid sie durch«, sagte sie – und dachte seit dem Einsetzen der Wehen zum ersten Mal an das, was als Nächstes kam.

»Ich hab *Mamms* Schere mitgebracht.« Loretta schnitt die Nabelschnur durch, fing das Blut im Waschlappen auf. »Fertig.«

Sie wickelte das Baby fest ins Handtuch, wobei sie es hin- und herrollte und die Enden im Tuch feststeckte. »So hat es die Hebamme gemacht«, sagte sie. »Man muss sie fest einwickeln, damit sie sich nicht mit ihren kleinen Fingernägeln kratzt.«

Loretta stand auf und sah Rachael unsicher und fragend an. »Willst du sie halten?«

Rachael blickte weder ihre Freundin noch das Baby an. Sie schüttelte den Kopf.

»Aber sie ist so süß, sieh doch nur.« Lächelnd betrachtete Loretta das Baby, strich ihm mit dem Finger über Wange und Mund. »So etwas Kostbares, ihre Lippen sind ganz seidig.«

Als Rachael nichts sagte, fügte sie hinzu: »Dieses Kind ist ein Geschenk Gottes. Es ist egal, wie es entstanden ist, dieser kleine Engel ist – «

Rachael schnitt ihr das Wort ab. »Du hast es dir doch nicht etwa anders überlegt, oder?«

Kurzes Zögern, dann. »Natürlich nicht. Es ist nur … du bist erschöpft und überwältigt. Vielleicht überlegst *du* es dir ja anders. Ich könnte es dir nicht verübeln, nach allem, was du durchgemacht hast.«

»Ich will sie nicht«, sagte Rachael. »Ich will nicht Mutter sein. Das weißt du.«

Loretta blickte hinab auf das Baby, Tränen in den Augen. »Bist du sicher?«

Rachael betrachtete ihre Freundin, fragte sich, wie diese so glücklich sein konnte – so *gut* –, wenn das Leben einem so schlimm zusetzte. Kinder und eine Familie spielen im amischen Leben eine wichtige Rolle. Kinder werden mit großer Freude willkommen geheißen und als »ein Erbe des Herrn« betrachtet. Und sie fragte sich, was mit ihr nicht stimmte. Warum sie ihr eigenes Baby nicht wollte.

»Wie lange bist du mit Ben verheiratet? Sieben Monate?«, fragte Rachael. »Und doch hat Gott dich noch nicht mit einem Kind gesegnet.«

»Solche Dinge brauchen Zeit«, sagte Loretta. »Gott lässt sich nicht drängen.«

»Es ist ein Zeichen, Loretta. Es bedeutet, dass alles genau so richtig ist, wie wir es besprochen haben.«

Loretta blicke auf, sah ihr fest in die Augen. »Aber wie … «

»Ben glaubt noch immer, du bist *ime familye weg*?«, fragte Rachael.

Loretta nickte. »*Mamm* auch. Alle glauben es. Ich trage das Kissen, das ich mir gemacht habe, seit Wochen unter dem Kleid.« Sie senkte den Blick, aber Rachael sieht trotzdem den schamvollen Ausdruck in ihren Augen.

»Also ziehen wir unseren Plan durch«, sagte Rachael. »So wie wir es besprochen haben.«

»Und wenn es nicht funktioniert?«, flüsterte Loretta. »Wenn es jemand herausfindet?«

»Niemand wird es herausfinden«, versicherte Rachael ihr. »Wir müssen einfach nur ruhig bleiben und uns an den Plan halten.«

Mit Tränen in den Augen, sagte Loretta: »Ich liebe sie jetzt schon.«

»Siehst du? Du bist die geborene Mutter«, sagte Rachael erleichtert. »Es funktioniert, du wirst sehen. Alle werden glücklich sein, Ben und deine *Mamm* und dein *Datt.* Und du auch.«

Loretta runzelte die Augenbrauen. »Es hat so … einfach geklungen, als wir darüber gesprochen haben. Ich meine, vorher. Aber jetzt, da das Baby da ist, wie soll ich das erklären – «

»Ich hab alles genau geplant.« Rachael tippte sich mit dem Zeigefinger an die Stirn. »An jedes einzelne Detail hab ich gedacht, an jede Frage. Hör mir jetzt gut zu.«

Und sie begann zu sprechen.

38. KAPITEL

»Hallo? Ist jemand zu Hause?« Skid klopfte so fest an die Tür, dass der Glaseinsatz klirrte.

Keine Reaktion.

Er versuchte es an der Eingangstür, an der Hintertür und seitlich neben der Veranda an der Tür zum Garten, aber vergeblich.

Verwundert drückte er aufs Ansteckmikro. »Chief, bin vor Ort«, sagte er. »Wo sind Sie?«

Keine Antwort, genau wie vor zehn Minuten, als er schon einmal versucht hatte, sie zu erreichen.

Er machte sich auf den Weg zurück zum Streifenwagen, der zwischen Haus und Scheune parkte, wobei ihn das Gefühl überkam, als würde aus der ruhigen Schicht mit Frühstücks-Burrito von *LaDonna's Diner* und Kaffee vom neuen Café in der Mainstreet nichts werden. Dabei hatte er sich so darauf gefreut, zumal er dringend auf die Toilette musste.

Wo zum Teufel steckte Burkholder?

Leise fluchend rief er im Revier an. »Mona?«

»Was gibt's?«

Als er ihre Stimme hörte – die er in letzter Zeit etwas zu sehr mochte –, musste er grinsen und war froh, dass niemand hier war und ihn sehen konnte. Sie war heute für Lois eingesprungen, was bedeutete, dass sie am Ende seiner Schicht noch da war. »Hast du eine Ahnung, wo unsere Chefin steckt?«

»Ich weiß nur, dass sie zu den Bontragers wollte.«

»Dachte ich auch.« Er blickte sich um. »Sie ist nicht hier.«

»Das ist seltsam.« Kurzes Schweigen. »Hast du's auf ihrem Handy versucht?«

»Ich versuch's noch mal. Ende der Durchsage.« Skid holte sein Handy aus der Tasche und drückte die Kurzwahltaste für Kate. Es klingelte viermal, dann sprang die Mailbox an. »Mist.«

Irritiert erreichte er den Streifenwagen, öffnete die Tür, um einzusteigen, schloss sie aber wieder. Leise Sorge beschlich ihn, denn Chief Burkholder war absolut zuverlässig und eigentlich immer erreichbar, Tag und Nacht. Das gehörte zu den Dingen, die er an ihr mochte.

»Wenn Sie also nicht gerade unter der Dusche stehen«, murmelte er, »sollten Sie ans Telefon gehen.«

Hatte es auf dem Weg hierher Probleme gegeben? Oder war da etwas anderes im Busch?

An die Kühlerhaube seines Wagens gelehnt, checkte er noch einmal sein Telefon, aber nichts. Er blickte sich um, rümpfte die Nase über den Güllegeruch, der von der Scheune herüberwehte. Verdammt, er hasste Milchbetriebe, in denen es immer stank und der Boden stets matschig war, und von beidem hatte er für den Rest seines Lebens genug gehabt. In dem Moment fiel sein Blick auf das Schiebetor der Scheune, das ein Stück offen stand. Da vielleicht jemand drin war und ihn nicht gehört hatte, ging er darauf zu.

Er schob das Tor ein Stück weiter auf und spähte ins Innere. »Hallo?«, rief er. »Officer Skidmore von der Polizei! Ist jemand hier?«

Es roch nach Vieh und saurer Milch, was gepaart mit dem Gestank der Jauchegrube draußen schwer erträglich war. Beim Betreten der Scheune mussten sich seine Augen kurz an das düstere Licht gewöhnen, dann sah er etwa ein Dutzend Melkstände, ein Melkgerät, das nicht allzu sauber schien, und einen großen Generator, der nach Petroleum und Klärschlamm roch. Rechts von ihm war die Treppe zum Heuboden, doch als er dann nach links schaute und das Auto weit hinten im Gang sah, wurde ihm sofort mulmig zumute. Ein ziemlich neuer roter Toyota Camry. Wenn er sich nicht irrte, hatte Chief Burkholder so einen Mietwagen.

Alle Sinne in Alarmbereitschaft ging er zu dem Auto und legte die Hand auf die Motorhaube. Sie war noch warm. Hatte sie nach ihrem Eintreffen hier ein Problem mit dem Wagen? War die Batterie leer, und er ist nicht angesprungen? Aber warum stand er dann in der Scheune?

Er sprach in sein Handfunkgerät. »Bin auf Bontrager-Farm. Mona, in der Scheune steht ein Auto, ich bin ziemlich sicher, es ist das vom Chief. Kannst du das Kennzeichen checken?« Er gab ihr die Nummer durch. »Hat sie sich gemeldet?«

»Negativ.«

Skid blickte sich um, sah aber niemanden, nicht einmal eine dämliche Kuh. Als er die Tür des Camry öffnen wollte, entdeckte er am Fahrerfenster Schmiere, die nicht nach Schlamm aussah. Er nahm seine Mini-Maglite und leuchtete drauf. Blut.

»Mist.«

»Was ist los?«

»Hier ist Blut.« Er riss die Tür auf, und schnappte kurz nach Luft, als er die .38er und das Ansteckmikro auf dem Sitz liegen sah. »Der Sheriff muss anrücken, Blaulicht und Sirene. Ich sehe mich jetzt um.«

39. KAPITEL

Mein Erwachen aus der Bewusstlosigkeit gleicht dem sanften Vor und Zurück von Ebbe und Flut. Warmes Wasser, das über den Sand spült und zurück ins Meer rollt. Bewegung um mich herum, Licht und ein schmerzliches Pochen im Kopf. Etwas Grobes kratzt an meinem Hals, ich rieche altes Holz und Staub und fauliges Futter. Übelkeit blubbert wie heißes Fett in meinem Bauch, bittere Galle füllt meinen Mund.

Ich spucke aus, merke, dass ich gesabbert habe, will die Hand heben und meinen Mund abwischen, kann aber die Arme nicht bewegen. Ich weiß nicht, wo ich bin, doch ich weiß, dass meine körperliche Verfassung schlecht ist. In all meiner Verwirrtheit lauert irgendwo die Angst und droht, mich zu überwältigen.

Steh auf, flüstert eine kleine Stimme. *Steh auf.*

Ich liege auf der Seite, werde hin und her gerüttelt, öffne die Augen und blicke dreißig Zentimeter vor meinem Gesicht auf loses Heu und verwittertes Holz. Pferdegeschirr bimmelt und Hufeisen klappern.

Ich hebe den Kopf, sehe um mich. Vor mir verschwimmt alles, ich blinzele die Schleier weg und versuche, meinen Blick zu fokussieren. Doch mein Kopf schmerzt höllisch, und das Gerüttel löst eine weitere Welle von Übelkeit aus.

Steh auf, Kate! Steh auf! Beeil dich!

Die Erinnerung an die Ereignisse, die zu meiner jetzigen Lage geführt haben, kommen schlagartig zurück. Adrenalin schießt in meine Muskeln, die plötzlich zucken. Die nachfolgende Angst lässt mich kerzengerade hochschrecken. Ich sitze auf dem Boden eines Heuwagens, der von zwei Pferden über eine unbefestigte Straße gezogen wird. Links von mir ist ein offenes Feld, rechts ein dichter Wald. Die Holzbretter, auf denen ich gelegen habe, sind voller Blut. Meine Hände sind im Rücken gefesselt. Ben Bontrager sitzt vorne auf der Bank, das Ledergeschirr fest in der Hand, und sieht mich über die Schulter hinweg ausdruckslos an. Verkniffener Mund. Loretta sitzt neben ihm und starrt geradeaus.

»Ben, was zum Teufel soll das?«, stoße ich krächzend aus und teste dabei die Fesseln um meine Handgelenke. Draht, spüre ich, fest genug, um meinen Blutkreislauf abzuschneiden.

»Halten Sie den Mund.« Er blickt wieder nach vorn. »Wir sind fast da.«

»Ben, das können Sie nicht machen.« Während ich rede, versuche ich, die Drahtfessel zu lockern, drehe die Hände hin und her. »Ich bin Polizistin, und noch ein weiterer Cop ist auf dem Weg.«

Der amische Mann ignoriert mich und fährt unbeirrt weiter.

Ich sehe mich um, versuche herauszufinden, wo wir sind, doch ich erkenne nichts wieder. Wie lange ich bewusstlos war und wie weit wir schon gefahren sind, weiß ich nicht. Wir befinden uns jedenfalls nicht auf einer öffentlichen Straße, ich sehe kein Farmhaus weit und breit. Gut möglich, dass wir noch irgendwo im hinteren Teil ihres Grundstücks sind.

Ich blicke zu meiner rechten Hüfte. Die .38er ist weg, auch mein Funkgerät und das Ansteckmikro sind verschwunden. Mist. *Mist.*

»Ben«, sage ich bestimmt, als hätte ich noch etwas zu melden in dieser Situation, über die ich keine Kontrolle mehr habe. »Halten Sie die Pferde an. Und binden Sie mich los, sofort. Bevor die Lage eskaliert.«

Keine Antwort, nicht einmal ein Anzeichen, dass er mich überhaupt gehört hat.

»Wo ist meine Waffe?«, frage ich. »Und mein Funkgerät. Verdammt, meine Kollegen suchen nach mir, die Polizei.«

Nichts.

»Drehen Sie sich um und sehen Sie mich an«, blaffe ich, lege eine Autorität in meine Stimme, die in diesem Moment nur lächerlich wirkt.

Loretta bedenkt mich über die Schulter hinweg mit einem ungerührten Blick.

»Fahren Sie zurück zum Haus«, sage ich. »Damit wir über alles reden können und eine Lösung finden.«

Keine Reaktion.

Ich probiere eine andere Taktik. »Wo bringen Sie mich hin?«

Das Paar sieht sich an und schweigt.

Ich versuche, die Beine unter mich zu schieben, ein wackliges Unterfangen, aber ich schaffe es auf ein Knie. Doch gerade als ich aufstehen will, blickt Ben nach hinten, hebt die Pferdepeitsche und schlägt mich mit dem verstärkten Ende auf die Schulter. »Liegen bleiben«, stößt er warnend aus.

Mit eingezogenem Kopf drehe ich mich zur Seite, und ein zweiter Schlag trifft meinen Rücken. Der Schmerz macht mich wütend. »Hören Sie auf«, fahre ich ihn an.

Ein dritter Schlag streift meine rechte Wange. Ich beiße die Zähne zusammen. Mir bleibt nichts anderes übrig.

»*Mer sott em sei eegne net verlosse*«, belehrt mich der amische Mann. Man soll sich von den Eigenen nicht abwenden. »Sie haben sich abgewendet, den amischen Weg verlassen. Sie haben Gott verlassen. Er betrachtet Sie nicht mehr als eine von uns.«

Ich starre ihn an, frage mich, ob er meine .38er eingesteckt hat. »Gott liebt alle Seine Kinder«, höre ich mich sagen. »Amisch, englisch, Ihm ist das egal.«

»*Huahrah.*« Hure. Er stößt einen angewiderten Laut aus und blickt wieder nach vorn.

An die Seitenwand des Heuwagens gelehnt, mit dem kratzigen Holz im Rücken, kämpfe ich gegen die Verzweiflung an. Ich bin unbewaffnet, lahmgelegt, mitten im Nirgendwo und einem Mann ausgeliefert, der nichts Gutes im Sinn hat. Um die Hoffnung nicht zu verlieren, sage ich mir, dass Skid mich inzwischen bestimmt sucht und es nur eine Frage der Zeit ist, bis er mich findet. Und falls es eine Gelegenheit gibt, kann ich weglaufen, denn meine Füße sind nicht gefesselt. Wenn ich es in den Wald schaffe, kann ich ihnen vielleicht so lange entwischen, bis Hilfe kommt.

Ich starre ihre Rücken an, sage schließlich: »Und was ist mit Fannie? Haben Sie sich überlegt, was das für sie bedeutet?«

Loretta dreht sich zu mir um. Sie ist jetzt nicht mehr die graue Maus mit gesenktem Blick und Geschirrtuch über der Schulter. Jetzt ist sie eine Mutter, deren Kind bedroht ist und die alles tun wird, um zu beschützen, was ihr gehört.

»Sie sind *veesht*«, zischt sie. Böse. »Ihr Herz ist voller *lushtahrei.*« Unmoral. »Sie sind nicht amisch und waren es auch nie.« Sie schlägt sich mit dem Handballen auf die Brust. »Nicht da drin. Nicht hier, wo es zählt.«

»Hier geht es nicht um mich«, sage ich. »Es geht um Fannie.«

»Lassen Sie Fannie da raus«, faucht sie mich an.

Ich überlege, wie ich sie erreichen kann, suche einen Punkt, an dem ich sie kriege und mich aus meiner Lage herausreden oder wenigstens die Situation entschärfen kann, bis Hilfe kommt.

»Ich weiß, was passiert ist«, sage ich. »Ich weiß, dass es nicht Ihre Schuld war.«

Da beide nicht reagieren, rede ich weiter. »Ich glaube, Rachael ist in der Nacht, als Dane Fletcher sie vergewaltigt hat, *ime familye weg* geworden. Ich glaube, sie hat es vor ihrer Familie und allen anderen verheimlicht. Dann hat sie das Kind bekommen, ein unschuldiges kleines Mädchen. Aber sie wollte es nicht haben, stimmt's?«

Die amische Frau starrt geradeaus. »Schweigen Sie, Katie.«

Doch das tue ich nicht. »Ich weiß, was sie getan hat. Was Sie damals getan haben. Das werfe ich Ihnen nicht vor, Ihnen beiden nicht.«

»*Leeyah.*« Lügnerin. Sie dreht sich zu mir um, einen lodernden Blick den Augen. »Sie haben keine Ahnung. Abtrünnige. Sie haben kein Recht, sich ein Urteil anzumaßen. Wir lassen nicht zu, dass Sie uns Fannie wegnehmen.«

Während ich rede, bewege ich die Hände hin und her, aber der Draht bricht nicht, und er wird auch nicht lockerer. Nur die Haut hat er mir aufgeschlitzt, und ich spüre, wie das Blut über meine Handgelenke läuft.

»Niemand nimmt sie Ihnen weg.« Ich sage das mit einer Sanftheit, die der Situation nicht entspricht. »Vermutlich gibt es ein paar rechtliche Fragen, aber ich sehe keinen Grund, warum Sie Fannie nicht adoptieren und weiterhin als Ihr eigenes Kind großziehen können.«

Das stimmt natürlich nicht. Dieses Ehepaar hat mehrere Verbrechen begangen. Sie werden angeklagt werden und, bei einer Verurteilung, vermutlich einige Zeit hinter Gittern verbringen.

»Sie müssen nichts weiter tun«, sage ich, »als mich loszubinden. Wir fahren zurück zum Haus und überlegen uns einen Plan. Ich weiß, dass wir eine Lösung finden werden.«

Die amische Frau wirft ihrem Mann einen fragenden Blick zu. Zum ersten Mal wirkt sie verunsichert. Sie will, dass meine Worte wahr sind. Sie will, dass das Problem, das ich darstelle, verschwindet. Doch am allermeisten will sie Fannie.

»Ich glaube, es ist zu spät«, flüstert sie.

»Nicht, wenn Sie jetzt das Richtige tun«, dränge ich sie. »Die

Polizei wird jeden Moment hier sein. Was immer Sie geplant haben, es wird nicht funktionieren.«

Ben wirft seiner Frau einen warnenden Blick zu. »*Sell is nix as baeffzes.*« Das ist bloß Geschwätz. »Niemand kommt. Hör nicht auf sie.«

Ich blicke mich um. Wir sind etwa fünfzig Meter vom Wald entfernt. Das Feld links von mir scheint brachzuliegen, dort gibt es keinerlei Deckung, nicht einmal einen Baum oder Zaun. Ich habe keine Ahnung, was sie planen oder wohin sie mich bringen. Aber sie werden mich nicht laufen lassen. Wenn ich überhaupt einen Fluchtversuch wagen kann, dann jetzt.

Ohne die beiden aus den Augen zu lassen, drücke ich die Fersen auf den Wagenboden und schiebe mich ans Ende der Seitenwand, wobei der holprige Weg und das Bimmeln des Pferdegeschirrs die Geräusche, die ich mache, übertönen. Obwohl die Pferde weitertrotten, sind sie langsam genug, dass ich mich an den seitlichen Brettern auf die Knie hochdrücken kann, ohne das Gleichgewicht zu verlieren.

Mit Blick auf meine Kidnapper, stelle ich mich hin, setze den rechten Fuß an den Rand, sehe aus dem Augenwinkel, dass Ben den Kopf umdreht, und springe, lande auf den Füßen und renne los.

»*Ivvah-nemma!*« Übernimm!

Ben Bontragers Stimme. Ohne mich umzudrehen, sprinte ich zu dem nur noch knapp vierzig Meter entfernten Waldrand, höre Loretta schreien, verstehe nichts, konzentriere mich auf die Bäume vor mir. Unberührter alter Bestand voller Gestrüpp.

»*Shtobba!*« Stopp!

Wieder Bens Stimme, nur Meter hinter mir. Ich laufe schneller, zu schnell, und bete, dass ich nicht stolpere und das Gleichgewicht verliere, weil meine Hände gefesselt sind.

Am Waldrand ist ein Graben, zu breit, um drüberzuspringen, und ich stapfe durch dreißig Zentimeter tiefes, schlammiges Wasser, kämpfe mich die andere Seite hoch. Dann bin ich bei den Bäumen, laufe zickzack zwischen Stämmen hindurch so breit wie die Schultern eines Mannes. Hinter mir höre ich knackendes Gestrüpp, mehr Adrenalin durchflutet meinen Körper, plötzlich schlägt mir ein Ast ins Gesicht, kratzt meine Wange auf. Ich ducke mich, ignoriere den Schmerz, renne weiter.

»Skid! *Skid!*« Ich weiß, das niemand da ist. Ich rufe trotzdem. »Hilfe, Polizei, *helft mir!*«

Ich weiß, dass Bontrager mich kriegt, es ist unvermeidlich. Er ist schneller und nicht durch gefesselte Hände behindert. Trotzdem erwischt es mich eiskalt, als er meinen Oberarm packt. Eben noch bin ich wie verrückt gerannt, im nächsten Moment werde ich mit so großer Kraft gebremst, dass ich das Gleichgewicht verliere und auf dem Rücken lande. Ich rolle herum und will mich auf die Füße rappeln, als mir Bontrager den Fuß auf den Rücken drückt.

»Runter von mir!«, fauche ich.

Er sieht mich an, atmet schwer und hat Schweißperlen auf der Stirn. Sein Gesicht ist von Anspannung gezeichnet, und ich weiß, dass die Angst um die Tochter, die er seit ihrer Geburt aufzieht, ihn zu dieser Wahnsinnstat getrieben hat. Aber in seinen Augen sehe ich auch etwas Unerwartetes: Das Bedauern eines Mannes, der weiß, dass er gleich etwas tun wird, was er nie wieder ungeschehen machen kann.

»Bitte, tun Sie das nicht«, sage ich.

»*Greeyah ruff.*« Aufstehen. In seiner Stimme klingen weder Wut noch große Leidenschaft – nur die Entschlossenheit eines Mannes, der völlige Unterwerfung erwartet.

»Ich gehe mit Ihnen nirgendwo hin«, sage ich.

Er bückt sich, zieht mich auf die Füße und schiebt mich in Richtung Heuwagen. »*Gay.*« Geh.

Als ich ihm nicht schnell genug bin, stößt er mich vorwärts. »Weiter.«

Wir verlassen den Schutz der Bäume. Ich spitze die Ohren nach Sirenen, Motorgeräuschen. Wo zum Teufel bleibt Skid?

Loretta steht beim Heuwagen und blickt sich um, Hände in den Hüften. »*Dumla*«, sagt sie. Beeilung.

Ich verlangsame den Schritt, bleibe stehen, aber Ben stößt mich vorwärts.

In dem Moment erkenne ich, wo wir sind – auf dem Nachbargrundstück der Bontragers. Früher hat hier eine amische Zweiraumschule gestanden, auf die ich gegangen bin und die vor ein paar Jahren von einem Tornado plattgemacht wurde. Übrig sind nur noch die baufälligen Grundmauern und der Schornstein. Dahinter geht der Schotterweg weiter und mündet nach einer halben Meile in die County Road 60.

Was zum Teufel haben sie mit mir vor?

»Bring sie her.« Die amische Frau geht an den Grundmauern vorbei zu einem von Gras überwucherten Bereich.

»Weiter.« Ben schiebt mich an der Schulter vorwärts.

Ich weiß nicht, was sie geplant haben oder bezwecken wollen. Doch was kann ich noch tun? An ihre Vernunft appellieren, ihre amischen Werte, ihnen die Konsequenzen ihres Handelns vor Augen führen? Dass sie das Sorgerecht für ihre Tochter verlieren?

Loretta bleibt beim Stumpf eines abgestorbenen Baumes stehen. Und mir fällt ein, dass an der Stelle die Außentoilette der Schule gestanden hatte. Jetzt ist da nur noch die Sickergrube, die nach Zerstörung der Schule geleert wurde.

Beim Anblick des Lochs überkommt mich Unbehagen. Es ist etwa ein Meter fünfzig tief, und die bröckelnden Ziegelsteinwände sind mit Wurzeln und Unkraut überwuchert. Neben dem Loch liegt ein großer Haufen frische Erde – offensichtlich hat unlängst jemand die Grube mit einer Schaufel ausgehoben.

»Das hatten wir so nicht geplant«, flüstert Loretta.

»Machen Sie jetzt nichts Dummes«, sage ich. »Dadurch wird alles nur noch schlimmer, für Sie und für Fannie.«

»Sie hätten Ruhe geben sollen«, sagt Ben, als hätte er nicht gehört, was ich gesagt habe. »Sie lassen uns keine Wahl. Was auch immer jetzt hier passiert, ist eine Angelegenheit zwischen Ihnen und Gott.«

Bis zu diesem Moment war ich davon ausgegangen, ihnen ihr irrsinniges Vorhaben ausreden zu können. Aber jetzt wird mir bewusst, dass sie mich nicht hergebracht haben, um mich von ihren Beweggründen zu überzeugen. Mein Leben ist in Gefahr, und die Erkenntnis macht mir so große Angst, dass der Boden unter meinen Füßen schwankt.

»Ich weiß, dass wir uns mit unserem Vorhaben gegen Gott versündigen«, sagt Ben. »Dass wir deswegen in die Hölle kommen. Aber ich kann nicht zulassen, dass Fannie uns weggenommen wird.«

Mein Herz pocht heftig. Wenn sie mich in die Grube stoßen, kann ich irgendwie rausklettern, auch mit gefesselten Händen. Aber wenn er mich mit meiner .38er erschießt und dann die Erde zurück in die Grube schaufelt …

»Sie haben sich den Zorn Gottes zugezogen«, sagt Loretta. »Sie sind *eevil*, böse«, »und eine Bedrohung. Nicht nur für uns und das Leben unserer Tochter, sondern für alles, was anständig und gut ist – «

Ich schwinge herum und will weglaufen, aber Ben packt mich schneller, als ich überhaupt Zeit habe, mich dagegen zu wappnen. Er stößt mich so heftig, dass ich zur Seite falle und in die Grube stürze, wo ich so hart aufkomme, dass mir die Luft wegbleibt.

Ich schüttele mich, spucke Dreck aus, schnappe nach Luft und rappele mich auf die Knie. Ich blicke gerade noch rechtzeitig nach oben, um die Schaufel über mir zu sehen, ducke mich in letzter Sekunde weg und spüre noch den Luftzug im Gesicht, so nahe war sie meinem Kopf.

Ben holt erneut aus, hält die Schaufel wie einen Baseballschläger und scheint zum Äußersten entschlossen. Ich hechte zur Seite, aber nicht schnell genug, und das Schaufelblatt erwischt meinen Schädel mit so großer Wucht, dass die Haut wieder aufplatzt und warmes Blut meinen Kopf herunterläuft.

»Hören Sie auf!«, schreie ich. »Denken Sie an Fannie! Sie braucht Sie!«

Ohne die Schaufel aus den Augen zu lassen, ziehe ich den Kopf ein und sehe mich nach einer Stelle in der Mauer um, die meinen Füßen Halt bietet – einem herausgebrochenen Backstein, einer Wurzel oder einem Stück hervorstehenden Eisenträger. Die Grube ist etwas über zwei Quadratmeter groß und der matschige Boden voll verrotteter Vegetation und lockerem Dreck.

Ben stößt erneut mit der Schaufel nach mir, doch ich bin tief genug unten, um ihm auszuweichen. Geduckt stolpere ich zur gegenüberliegenden Seite der Grube, wo eine Wurzel aus der Mauer ragt, stelle den Fuß darauf, drücke die Schulter an die Wand, um nicht die Balance zu verlieren. Wenn ich noch so eine Stelle finde, kann ich mich vielleicht über den Rand schieben und entkommen …

In dem Moment trifft mich die Schaufel so hart an der Schläfe, dass ich das helle *Ping* des Blattes höre. Mir schwinden die Sinne, ich verliere den Halt und falle, werde von tiefschwarzer Dunkelheit verschluckt.

40. KAPITEL

Skid kannte sich mit allen Details polizeilicher Verfahrensweisen aus. Er hatte sie sich eingeprägt seit seinem ersten Tag auf der Polizeiakademie vor einer halben Ewigkeit. Weshalb der Anblick des verlassenen Fahrzeugs und der .38er seiner Chefin ihm Grund genug war, das Haus ohne Durchsuchungsbeschluss und ohne anzuklopfen, zu betreten. Er sah sogar im Keller und auf dem Dachboden nach und brauchte trotzdem nur wenige Minuten, um sich zu vergewissern, dass niemand da war.

»Haus ist sicher«, meldete er via Ansteckmikro. »Wann treffen die Leute vom Sheriffbüro ein?«

»Sind unterwegs.«

»Gib eine Suchmeldung für Ben und/oder Loretta Bontragers Buggy raus.« War das überhaupt sinnvoll, wo er doch einen Buggy in der Scheune gesehen hatte? Besaßen Amische mehr als einen Buggy?

»Verstanden.«

»Irgendwas stimmt hier nicht, Mona«, sagte er. »Ich sehe mich auf dem Grundstück um.«

»Pickles ist auch unterwegs.«

»Okay.«

Skid lief zurück zum Schotterplatz, wo neben der Scheune ein verrostetes Eisentor war, hinter dem ein matschiger Feldweg zum hinteren Teil des Grundstücks führte. Er setzte sich in seinen Streifenwagen, fuhr langsam zu dem Tor und stieg wieder aus. Spuren im Matsch verrieten ihm, dass jemand das Tor kürzlich geöffnet hatte, und die Hufabdrücke und Radspuren dahinter waren auch noch frisch. Er stieß das Tor auf, ging zurück zum Wagen und fuhr hindurch.

Oben auf dem Hügel funkte er Pickles an. »Wo bist du, alter Mann?«

»Zwei Minuten von der Bontrager-Farm entfernt.«

»Ich bin auf dem Weg zum hinteren Teil des Grundstücks. Kann man von der Seite reinkommen, ist da ein Tor?«

»Soviel ich weiß, gibt es da einen Feldweg, wo früher die alte Schule war. Soll ich da hinkommen?«

Skid wusste nichts von einer alten Schule und erwartete auch keine große Hilfe von Pickles. Der Typ mag früher mal ein richtig guter Cop gewesen sein, aber jetzt war er fast achtzig und zündete sich, sooft es ging, einen Glimmstengel an.

»Okay. Halt die Augen offen, alter Mann«, sagte er. »Ich bin ziemlich sicher, dass auf dem Weg jemand zurückkommt.«

* * *

Ich erinnere mich nicht, gestürzt zu sein. Doch ich spüre den Druck feuchter Erde an meiner Wange und Schmerzen über dem Ohr. Der Geruch von Dreck und verfaulter Vegetation steigt mir in die Nase. Ich kann meine Arme nicht bewegen …

Als ich die Augen öffne, blicke ich auf eine Wand aus Backstein und Schmutz, auf herabhängende Wurzeln und undefinierbare Vegetation. Ich liege am Boden, der kalt und feucht ist, lege den Kopf in den Nacken und sehe, wie Ben Bontrager die Schaufel in einen Haufen lose Erde stößt.

Die Szene scheint mir surreal, so seltsam, dass ich mich einen Augenblick lang frage, ob sie verschwindet, wenn ich blinzele. Eine Ladung Erde landet auf meinem Rücken. Ich will mich aufsetzen, bin aber an etwas festgebunden. Ich drehe den Kopf und rieche das Teeröl, noch bevor ich die Bahnschwelle erkenne.

In dem Moment wird mir die Hoffnungslosigkeit meiner Lage bewusst, und Panik erfasst mich. So eine Bahnschwelle wiegt an die neunzig Kilo und ist viel zu schwer, um auch nur bewegt zu werden. Ich liege am Boden einer tiefen Grube, und es sieht ganz danach aus, als wolle Ben Bontrager mich lebendig begraben.

»Loretta!«, schreie ich. »Lassen Sie das nicht zu!«

Sie blickt über den Grubenrand auf mich herab und verschwindet dann wortlos aus meinem Gesichtsfeld.

»*Hilfe!*« Ich zerre an dem Draht um meine Handgelenke, ignoriere die Schmerzen. Meine Füße sind nicht zusammengebunden, so dass ich mit den Beinen versuche, mich von dem Balken zu befreien. Ich grabe die Fußspitzen in den Dreck, ächze und winde mich wie ein Tier in der Falle. Aber vergebens.

Eine ganze Lawine Erde regnet mir auf den Kopf, in den Kragen, in die Augen. Beim Blick nach oben sehe ich, dass Ben eine Schubkarre über mir ausgeleert hat. »Aufhören!«, schreie ich.

Den Schmutz aus den Augen blinzelnd, sehe ich Loretta mit einer zweiten Schubkarre neben ihm auftauchen. Ben packt die Griffe und kippt die Erde von der Karre in die Grube.

Dreck und Steinchen landen in meinem Mund, und diesmal ist die Ladung so groß, dass ich das Gewicht im Rücken spüre.

Sinnlos zerre ich noch einmal am Draht um meine Handgelenke, winde mich immer wieder hin und her. Ganze Klumpen fallen von mir ab, als ich mit den Beinen trete und mich mit den Füßen gegen die Bahnschwelle stemme. Eine weitere Schubkarrenladung Erde prasselt auf mich nieder, ich atme Staub ein und huste. Panik droht mich zu überschwemmen, aber ich wehre mich dagegen, weil ich weiß, dass ich jetzt alle meine Kräfte brauche.

Einen Moment lang verharre ich reglos, atme tief ein und langsam aus, schließe die Augen, ringe um innere Ruhe. Das

Knarren der Schubkarre im Ohr, das *Wusch* der Schaufel, die in den Erdhaufen stößt, konzentriere ich mich auf den Draht um meine Handgelenke, muss die schwächste Stelle ausmachen, versuche es aufs Neue und ignoriere, dass der Draht mir dabei immer tiefer ins Fleisch schneidet.

Ich sage mir, dass Skid bald kommt, dass er ein guter Polizist ist und mich finden wird. Ich schließe die Augen, hole tief Luft und schreie aus Leibeskräften: »Skid! Hilf mir! Ich bin hier, Hilfe!«

Meine Schreie verhallen an den Wänden der Grube, und ich muss erneut gegen die aufkommende Panik ankämpfen, als eine weitere Ladung Erde auf meinem Rücken niedergeht und mich nach unten drückt. Ich trete mit den Beinen, will mich drehen, um die Erde abzuschütteln, werde aber von der Holzschwelle daran gehindert. Die Erde bleibt auf mir liegen, und ich frage mich, wie lange es noch dauert, bis mein Gesicht bedeckt ist, bis ich keine Luft mehr kriege? Wie lange noch, bis ich vollständig zugeschüttet bin und selbst dann nicht gefunden werde, wenn man mich in dieser Gegend suchen würde?

Eine weitere Ladung Erde geht auf mich nieder, fällt mir ins Gesicht, in mein linkes Ohr, die Augen, die Nase, den Mund.

Lieber Gott.

Ich hebe den Kopf, spucke Erde aus. »Skiiid!«

Der Draht um meine Handgelenke bricht. Ich drehe den Kopf, sehe Ben Bontrager mit dem Rücken zu mir am Grubenrand stehen, Loretta ist außer Sichtweite. Ich schüttele die Hände, und der Draht fällt ab.

Ich bleibe still liegen, das Gesicht nach unten und die Ohren gespitzt. Mein Verstand läuft auf Hochtouren, denn selbst jetzt, mit befreiten Händen, wird mich einer von ihnen mit der Schaufel zurück in die Grube stoßen, sobald ich versuche rauszuklettern. Und ich habe nicht viel Zeit. Aus dem Augenwinkel sehe ich Ben aus meinem Blickfeld verschwinden. Von Loretta höre ich nur die Stimme, sie redet mit ihm.

Ich springe auf, blicke mich hastig um, suche einen Halt für die Füße, eine Waffe, irgendetwas, womit ich mich wehren kann. Auf dem Boden liegt ein knapp ein Meter langes Moniereisen, ich packe es, sehe einen kaputten Backstein, der aus der Wand ragt, stelle mich drauf und stemme mich mit klopfendem Herzen nach oben.

Bevor ich die Schaufel sehe, höre ich das Zischen in der Luft. Ben schwingt sie wie ein 9er Eisen beim Golf, aber sein Winkel ist schlecht, ich drücke mich mit dem Oberkörper an die Grubenwand, spüre den Luftzug am Hinterkopf, ziehe das Bein hinterher und klettere raus, rolle zur Seite und rappele mich auf die Knie, schwinge meine Stange mit aller Kraft. Das Eisen knallt so hart an sein Schienbein, dass es mir beinahe aus der Hand fällt.

Er stößt einen Schrei aus, die Schaufel entgleitet ihm, und er sinkt aufs Knie, starrt mich wütend an. Und steht auf, offensichtlich zu allem entschlossen.

Ich rappele mich auf die Beine, trete die Schaufel beiseite, umfasse die Eisenstange mit beiden Händen, schwinge sie erneut, streife seine Brust. Er macht einen Schritt nach rechts, bückt sich, packt die Schaufel und kommt auf mich zu.

»Fallen lassen! Sofort!«

Skid.

Ich schwenke herum, sehe meinen Officer mit der Waffe in der Hand auf uns zueilen.

Doch Ben Bontrager gibt nicht auf. Er schwingt die Schaufel, ich drehe mich weg, taumele rückwärts, stolpere über einen Erdbrocken und verliere das Gleichgewicht, lande auf dem Rücken.

Er holt aus und schwingt die Schaufel, wie ein Batter beim Baseball, in einem 180-Grad-Bogen horizontal nur knapp über meinen Kopf hinweg.

»Fallen lassen!«, schreit Skid wieder. »Hände über den Kopf! Sofort!«

Und dann sehe ich, dass Loretta sich Skid von hinten nähert, eine Schaufel mit beiden Händen über dem Kopf. »Hinter Ihnen!«, schreie ich.

Skid wirbelt herum und drückt ab in dem Moment, als die Schaufel auf seine Schulter niedergeht. Die amische Frau sackt zusammen, ihre Schaufel gleitet zu Boden. Fluchend lässt Skid die Waffe sinken, sackt verletzt auf die Knie.

Ben Bontrager stürzt schweren Schritts und laut brüllend auf Skid zu, die Schaufel zum Schlag bereit.

»Runter auf den Boden! Hände hoch!«

Es ist Pickles, der auf uns zugelaufen kommt, schwerfällig wie ein alter Mann, der er ist. Aber er hat die Waffe schussbereit auf Bontrager gerichtet, und seine Stimme klingt entschlossen. »Keine Bewegung, oder ich knalle Sie ab! Kapiert? Runter auf den Boden, sofort!«

Einen Moment lang glaube ich, Bontrager ignoriert seine Anweisung – und wird Pickles zwingen, die Waffe zu benutzen. Aber dann verlangsamt er seinen Schritt, bleibt nur wenige Schritte vor seiner Frau stehen und blickt auf sie hinab. Die Schaufel fällt zu Boden. Er sinkt auf die Knie und hebt beide Hände.

Pickles geht zu ihm hin, holt die Handschellen aus der Tasche seines Ausrüstungsgürtels. »Runter, Gesicht auf den Boden.« Er drückt dem amischen Mann das Knie in den Rücken. »Nicht bewegen.«

Bontrager leistet keinen Widerstand. Es scheint ihm egal, dass Skid ihm Handschellen anlegt und ihn auf den Boden drückt. Er blickt ununterbrochen zu seiner Frau.

Ich rappele mich auf und gehe mit zittrigen Beinen hinüber zu Loretta. Wenige Meter entfernt spricht Skid in sein Ansteckmikro und fordert einen Krankenwagen an. Pickles steht noch bei Ben Bontrager.

Ich knie neben ihr. Sie liegt auf der Seite, einen Arm über den Kopf gestreckt, eine Hand auf den Unterleib gepresst. Sie atmet schwer, ihre Brust geht auf und ab, ihre offenen Augen blinzeln.

»Sie werden wieder gesund«, sage ich.

Sie zuckt zusammen und rollt sich auf den Rücken. »Er hat mich erwischt.«

»Ich weiß«, sage ich. »Sprechen Sie nicht, der Notarzt ist unterwegs.«

Ihre Hand rutscht vom Bauch, als hätte sie nicht länger die Kraft, sie dort zu halten. Jetzt kann ich das daumengroße Loch im Stoff ihres Kleides sehen, nur wenige Zentimeter unter dem Brustkorb. Blut rinnt aus der Wunde, durchnässt den Stoff und bildet eine Lache auf dem Boden.

»Hier kommt Erste Hilfe, Chief«, sagt Skid und bleibt neben mir stehen.

Er stellt den Sanitätskasten auf den Boden und reicht mir sterilen Mull sowie ein paar Wegwerfhandschuhe.

»Sind Sie okay?«, frage ich.

»Brauche die Schulter sowieso nie.« Aber er ringt sich ein Lächeln ab.

Ich streife die Handschuhe über, wende mich der verletzten Frau zu und drücke die Mullkompresse fest auf die Wunde.

Loretta kneift vor Schmerz die Augen zu. »Ich war es«, flüstert sie.

Im Nu ist der Mull blutdurchtränkt. Ich sehe hoch zu Skid, der mir mit einem Nicken zu verstehen gibt, dass er zuhört, und mir eine frische Kompresse reicht. Wortlos drücke ich sie auf die Wunde.

»Rachael«, sagt die amische Frau. »Sie wollte, dass wir uns im Motel treffen. Sie hatte angerufen. Ich wusste, was sie wollte.«

»Fannie?«, frage ich.

»Sie wolle ihre Tochter kennenlernen, sagte sie. Ich hab ihr nicht geglaubt, keinen Moment. Vielleicht war Rachael neugierig, sie zu sehen, aber ein zwölfjähriges Mädchen konnte sie nicht brauchen. Nicht bei ihrer Lebensweise. Ihr war immer nur Geld wichtig.«

»Was für Geld?«, frage ich.

»Ich habe ihr viertausend Dollar gegeben, damit sie sich von uns fernhält – von Painters Mill. Aber es war nicht genug. Ich wusste, dass es nie genug sein würde. Deshalb hab ich sie aufgehalten. Um Fannie zu schützen.«

»Wie haben Sie sie aufgehalten?«, frage ich.

Sie verzieht das Gesicht vor Schmerzen – ob wegen der schweren Schussverletzung oder aber der Seelenqualen ob ihrer grausamen Tat, weiß ich nicht. »Ich hab Fannies Baseballschläger aus dem Buggy geholt, wollte ihr nur Angst einjagen. Dass sie das Geld nehmen und verschwinden und nie wiederkommen soll.«

Loretta fängt an zu weinen. »Sie hatte sich tatsächlich gefreut, mich zu sehen. Können Sie sich das vorstellen? Und dann hab ich einfach … ich weiß nicht, was passiert ist. Der Schläger war in meiner Hand, es war, als hätte der Teufel von mir Besitz ergriffen und mich gottlose Dinge machen lassen.«

Skid reicht mir eine weitere Mullkompresse, und ich drücke sie auf ihre Wunde. »Was weiß Ben?«, frage ich.

»Davon wusste er nichts. Er wusste nur, dass wir Fannie adoptiert haben. Er hat mich nie ausgefragt. Erst in der Nacht, als der Deputy mich überfallen hat, ist alles rausgekommen. Da hab ich ihm alles erzählt.«

Ich höre Sirenen heulen, bin mir bewusst, dass Pickles und Skid neben uns stehen, aus ihren Funkgeräten kommen Stimmen und statisches Knistern. Doch am intensivsten nehme ich das Blut wahr, das den Mull in Windeseile vollsaugt, die wachsende Lache unter ihr.

»Ich war immer die Gute«, flüstert sie.

»Loretta, bleiben Sie bei mir«, sage ich. »Bleiben Sie bei mir.«
Die amische Frau verliert das Bewusstsein.

41. KAPITEL

Vertrautes tut gut, Rituale und Routine helfen, innere Ruhe zu finden, und verschaffen uns eine Verschnaufpause von dem Chaos um uns herum. Das Herz erfährt Trost in der Gesellschaft unserer Lieben. Ich schätze mich glücklich, weil ich all das habe, vor allem aber die Menschen, die mir nahe sind.

Ich sitze in der Notaufnahme des Pomerene Hospital auf der Tragbare und frage mich, wo der Arzt hingegangen ist, überlege, ob ich mich einfach verdrücken soll, solange Verdrücken noch einfach ist. Die zwei üblen Platzwunden an der jetzt tauben Seite meines Kopfes wurden gereinigt und geklammert, man hat mich geröntgt, mir ein Kontrastmittel gespritzt und ein CT gemacht. Hoffentlich ist alles in Ordnung und ich kann bald wieder gehen, habe keine Lust, die Nacht hier zu verbringen.

Ich trage ein Krankenhaushemd, meine zerschrammten und verdreckten Beine sind unter einer Papierdecke versteckt. Jemand hat meine Hose, meine Bluse und die Stiefel in eine Plastiktüte gestopft und im Regal deponiert; den Schlamm daran kann ich sogar von hier aus sehen.

Während all der Tests und humorvollen Kommentare habe ich nie aufgehört, über den Fall nachzudenken. Über Rachael Schwartz, über Loretta und Ben Bontrager und natürlich über Fannie.

Ich verstehe, warum sie taten, was sie taten. Sie wollten das Kind schützen, das sie seit seiner Geburt geliebt und als ihr eigenes aufgezogen haben. Rachael Schwartz hatte gedroht, alles zu zerstören. Als sie tot war, wurde ich zur Bedrohung. Aber ich verstehe nicht, dass diese beiden Menschen bereit waren, mehrere schlimme Verbrechen – einschließlich Mord – zu begehen, um ihr Geheimnis zu schützen. Was sie getan haben, widerspricht fundamental dem, was es heißt, amisch zu sein. Sie konnten doch nicht glauben, dass Gott ihnen ihre Sünden vergibt. Stand für sie so viel auf dem Spiel, dass sie am Ende die Hölle für das in Kauf nahmen, was sie dadurch gewinnen könnten?

Ben Bontrager wurde in Gewahrsam genommen und ins Gefängnis von Holmes County gebracht, Loretta mit dem Notarztwagen ins Pomerene Hospital gefahren. Kurz darauf wurde Fannie von Mitarbeitern des Jugendamtes abgeholt. Das Mädchen wird in den nächsten Stunden, Tagen und Wochen viele Veränderungen verkraften müssen. Sie wird wohl zunächst bei Pflegeeltern untergebracht, später wahrscheinlich bei ihren biologischen Großeltern, Rhoda und Dan Schwartz. Ich weiß nicht, wie es ihr ergehen wird. Ich weiß nur, dass die amische Gemeinde ihr helfen und sie unterstützen wird.

»Ich hab gehört, hier soll irgendwo eine schmutzige Polizistin rumsitzen.«

Glock hat den Vorhang, der zur Wahrung der Privatsphäre dient, beiseite geschoben und zögert kurz, als er mich sieht.

»Wir dürften gar nicht hier sein, Kollege.« Skid steht hinter ihm und wirft einen Blick zurück über die Schulter, als erwarte er, dass gleich eine beherzte Krankenschwester auftaucht und sie hinauskomplimentiert.

Neben ihm versuchen Pickles und Mona, am Vorhang vorbei einen Blick auf mich zu erhaschen.

»Sind Sie präsentabel, Chief?«, fragt Mona.

Trotz der Schmerzen über meinem linken Ohr muss ich grinsen. »Präsentabel genug.«

Mein Lächeln ist bestimmt schief, was mich jetzt doch verlegen macht. Der Arzt hat nämlich nicht nur meine Kopfhaut betäubt, bevor er die Wunden geklammert hat, sondern mir auch Schmerzmittel gegeben, die stärker sind als erwartet.

Als die Männer zögern, drückt Mona sich an ihnen vorbei und reicht mir einen schönen Blumenstrauß, den sie wahrscheinlich im Blumenladen des Krankenhauses gekauft haben. »Wie fühlen Sie sich?«, fragt sie.

»Ganz gut«, sage ich, meine schwere Zunge ignorierend. Jetzt drängeln sich auch meine anderen Officers näher. Es ist ihnen peinlich, mich so zu sehen, was sie aber zu verbergen suchen.

»Der Irokese steht Ihnen jedenfalls«, sagt Skid.

Mona stößt ihn mit dem Ellbogen an. »Blödmann.«

Er sieht sie fragend an, als wüsste er nicht, womit er sich den Stoß verdient hat.

Und das alles, um mich aufzuheitern, was ich mehr zu schätzen weiß, als sie ahnen können.

»Wissen Sie schon, wie es Loretta Bontrager geht?«, frage ich.

»Sie wurde mit dem Hubschrauber in die Cleveland Clinic in Akron gebracht«, sagt Glock. »Es heißt, dass sie es wohl schafft, aber Genaues wissen wir nicht.«

Keiner blickt zu Skid, ich eingeschlossen. Wir befolgen ein ungeschriebenes Gesetz, das besagt, ihm Zeit und Raum zu lassen, um sich zu fassen und darüber reden zu können. Denn auf einen Menschen zu schießen ist eine traumatische Erfahrung, die man nicht so leicht wegsteckt, selbst wenn die angeschossene Person überlebt.

Mona nimmt mir den Blumenstrauß ab und sieht sich nach einem Platz für die Vase um.

Glock tippt sich mit dem Zeigefinger an die Schläfe. »Wie geht's Ihrem Kopf?«, fragt er.

»Der ist mit neun Klammern verziert«, sage ich trocken.

»Ziemlich beeindruckend.« Er sieht Skid an. »Damit schlägt sie deinen Revierrekord.«

Er schüttelt den Kopf. »Dann muss ich mich bei der nächsten Gelegenheit wohl mehr anstrengen.«

Ich wende mich Pickles zu. Er beobachtet gerade stirnrunzelnd Mona, die die Blumen auf ein viel zu schmales Bord stellt, das wahrscheinlich für Medikamente benutzt wird.

»Ich schulde Ihnen großen Dank, Pickles«, sage ich. »Das Ganze wäre anders ausgegangen, wenn Sie nicht im richtigen Moment gekommen wären.«

Pickles sieht mich an. Er ist ein griesgrämiger Mensch. Es passt ihm nicht, alt und viel langsamer zu sein als früher, dass er nur noch wenige Stunden arbeiten und nicht mehr an allem teilnehmen kann.

»Hab nur meine Arbeit gemacht, Chief.« Doch er kann mir nicht in die Augen sehen, und in dem Moment wird mir klar, wie viel ihm meine Anerkennung in Gegenwart seiner Kollegen bedeutet.

Glock grinst. »Lass dir das nicht zu Kopf steigen, alter Mann.«

Skid legt noch eins drauf. »Zumal sein Tempo zu wünschen übrig lässt«, meint er grinsend.

Pickles lacht auf, doch zuvor sehe ich noch die Freude in seinen Augen aufblitzen.

Plötzlich wird der Vorhang beiseite geschoben, und schlagartig herrscht betretene Stille, weil sich zu viele Besucher in der ansonsten ruhigen Notaufnahme drängeln. Tomasetti sieht uns nacheinander an, zum Schluss bleibt sein halb lächelnder, halb finsterer Blick an mir hängen.

»Die Party hat offensichtlich schon ohne mich angefangen«, sagt er.

Glock räuspert sich, Pickles wischt einen nicht vorhandenen

Fussel von seiner Uniform, Skid blickt auf sein Smartphone, und Mona hantiert mit den Blumen herum.

»Ich versuche mal rauszufinden, wie es Loretta Bontrager geht«, sagt Glock und setzt sich in Bewegung.

»Ich bin froh, dass Sie okay sind«, sagt Mona, nickt Tomasetti zu und geht hinter Glock her, der jetzt den Vorhang aufhält.

»Bis bald, Chief.« Skid salutiert grinsend, dann verschwindet auch der Rest meines Teams hinter dem Vorhang.

Ich lächle Tomasetti an. »Hat ja ganz schön lange gedauert, dass du kommst.«

Er sieht mich durchdringend an. »Man kann dich wirklich nicht länger als ein paar Stunden allein lassen.«

»Du hast mal wieder meine Fähigkeit, in die Klemme zu geraten, unterschätzt.«

»Damit triffst du ganz offensichtlich ins Schwarze.«

Den Blick auf mich geheftet, kommt er zu mir, beugt sich hinab und drückt mir einen Kuss auf die Schläfe. »Du hast mir einen Riesenschreck eingejagt«, flüstert er.

Ich schließe die Augen, übermannt von seiner Gegenwart, seiner Nähe, seinem Geruch, dem sanften Druck seiner Lippen auf meiner Haut. »Nicht zum ersten Mal«, flüstere ich.

»Und wohl auch nicht zum letzten Mal.«

Er schließt mich in die Arme, drückt mich fest an sich. Ich spüre die Wärme seines Gesichts an meinem, seine Hand an meinem Hinterkopf. »Du bist nur knapp davongekommen, hab ich gehört.«

»Ganz knapp«, sage ich. »Wenn Pickles und Skid nicht gewesen wären …«

Mit einem Kuss bringt er mich zum Schweigen, richtet sich auf und streicht mit der Rückseite seiner Finger über meine Wange. »Das mit Pickles hab ich gehört. Nicht schlecht für einen alten Herrn.«

»Ihr alten Herren werdet einfach nicht ausreichend gewürdigt.« Ich lächele. »Gibt es Neuigkeiten über Fannie Bontrager?«

Sein Gesicht bekommt einen schmerzlichen Ausdruck, was mich daran erinnert, dass der Mann, den ich liebe, einst Vater von zwei Mädchen in Fannies Alter war, die beide umgebracht wurden. »Das Jugendamt hat sie abgeholt. Sie wird wohl ein oder zwei Tage bei Pflegeeltern bleiben, bis sie die familiäre Situation genau kennen.«

Ich denke an Rhoda und Dan Schwartz, die bereits den Verlust ihrer Tochter betrauern und jetzt von einer Enkelin erfahren, die sie nicht kennen und die in ihr Leben kommen wird. »Die Amischen glauben, dass Kinder ein Geschenk Gottes sind«, sage ich.

»Die meisten von uns glauben das«, sagt er.

Ich nicke. »Wenn es bei alledem überhaupt eine gute Nachricht gibt, dann, dass Fannie hier in Painters Mill Familie hat.«

»Glaubst du, sie werden – «

»Ja«, sage ich. »Das werden sie. Sie sind Amische.«

»Das sagt wahrscheinlich alles«, murmelt er.

Ich zeige zu meiner Kleidung im Regal. »Was hältst du davon, wenn wir hier verschwinden, bevor die Krankenschwester kommt und mich in einem Rollstuhl rausschieben will?«

Er grinst. »Das ist die beste Idee, die ich diese Woche gehört habe.«

42. KAPITEL

Das Leben gleicht einem Fluss, der immer weiterfließt. Man kann ihn stauen, seine Kraft nutzen, ihn vergiften, aber aufhalten kann man ihn nicht. Ein Fluss hört nicht auf. Er ändert seinen Verlauf und schneidet durchs Land, er produziert Hochwasser, zerstört und tötet. Eine Dürre kann ihn schwächen, aber er hört nie auf zu fließen. Er ist ein Lebensspender.

Es ist zwei Wochen her, dass Loretta und Ben Bontrager versucht haben, mich auf dem verwilderten Grundstück der ehemaligen amischen Schule umzubringen. Die meisten Schnittwunden und Prellungen sind fast verheilt, die Albträume seltener geworden. Tomasetti und ich reden nicht darüber, aber er hat mir zu verstehen gegeben, dass er da ist, wenn ich ihn brauche.

Heute Nachmittag habe ich Dienst, bin für Glock eingesprungen, der gemeinsam mit seiner Frau, LaShonda, zu einem Termin muss. Er hat es zwar nicht offiziell verkündet, aber ich bin ziemlich sicher, dass sie ihr viertes Kind erwarten. Der Fluss des Lebens, denke ich, und die Vorstellung erfüllt mich mit Hoffnung für die Zukunft.

Ich fahre gerade gemächlich die Folkerth Road entlang, beobachte zwei Pferde, die einen Pflug durch fruchtbaren Lehmboden ziehen, als mein Autofunk zum Leben erwacht.

»Chief, es gibt ein Problem«, meldet sich Lois aus der Zentrale.

Wenn sie so beginnt, geht es meistens um Jugendliche, die Tuscarawas Bridge und Sprayfarbe. »Was stellen sie denn diesmal an?«

»Weiß ich nicht. Aber ich hab gerade einen Anruf von Rhoda

Schwartz bekommen«, sagt sie. »Anscheinend ist ihre Enkelin verschwunden.«

Sofort verspüre ich einen Anflug von Sorge. Aber überrascht bin ich nicht. »Wissen Sie, wie lange Fannie schon vermisst wird?«

»Seit ein paar Stunden, meint sie. Hat aus der Telefonzelle angerufen und ist mit ihrem Mann im Buggy auf der Suche.«

»Ich fahre zur Farm.«

Ich mache mitten auf der Straße eine Kehrtwende und trete aufs Gas. Seit Loretta und Ben Bontrager mich auf ihrer Farm überwältigt hatten, habe ich Fannie nicht mehr gesehen oder gesprochen. Aber ich habe viel über sie nachgedacht. Zwölf ist ein schwieriges Alter für Mädchen, ob amisch oder englisch. Es ist üblicherweise die Zeit, in der sie die Kindheit hinter sich lassen und die ersten zögernden Schritte – oder Fehltritte – ins Erwachsenenleben tun. Sie betreten unbekannte Welten, die oft Angst machen, auch weil es ihnen schwerfällt, darüber zu reden. Und kommt dann noch ein solcher Umbruch hinzu, den Fannie durchgemacht hat, verwundert es nicht, wenn sie emotional aus dem Tritt geraten ist.

Ich passiere die Farm der Bontragers, die jetzt leer steht, und habe fast das Ende der Weide erreicht, als ich Pferd und Reiterin aus dem Augenwinkel entdecke. Dass es Fannie ist, weiß ich sofort. Ich trete auf die Bremse, mache eine weitere Kehrtwende und fahre in ihre Richtung.

Falls das Mädchen mich bemerkt hat, zeigt sie es nicht. Das Pferd galoppiert den Straßengraben entlang mit einem Tempo, das alle Eltern in Panik versetzen würde. Nach vorn gebeugt, Leinen in einer Hand und ein Büschel Mähne in der anderen, ist Fannie im perfekten Einklang mit dem Galopp des Tieres. Etwa einhundert Meter von ihr entfernt halte ich an, gut sichtbar für Reiterin und Pferd.

»Habe Gesuchte im Blick«, melde ich via Autofunk.

»Verstanden.«

Ich steige aus, gehe nach vorn und lehne mich an die Motorhaube. Ich schaue ihr zu. Sie ist wirklich gut, denke ich voller Bewunderung, aber auch ein wenig traurig, denn irgendwann wird man ihr das Reiten wohl verbieten. Als sie bis auf wenige Meter an mich herangekommen ist, richtet sie sich etwas auf und zieht sachte an den Zügeln.

»Brrr«, sagt sie leise.

Das Tier verlangsamt zum Trab und dann zum Schritt. Seine Hufeisen knirschen auf dem Schotter des Parkstreifens, während es auf mich zukommt. Drei Meter vor mir hält Fannie das Tier an. Es ist dasselbe Pferd, das sie bei unserer ersten Begegnung geritten hatte. Seine Nüstern sind aufgebläht und die Flanken feucht vom Schweiß.

»Ein schönes Tier«, sage ich.

Sie freut sich nicht, mich zu sehen. »Sie haben meine *Mamm* und *Datt* verhaftet«, sagt sie.

»Ich nehme es dir nicht übel, dass du wütend bist.« Ich tue, als würde ich mir das Pferd genau ansehen, nehme aber auch wahr, dass sie weint. In dem Schmutz auf ihrer linken Wange haben die Tränen eine deutliche Spur hinterlassen.

Ich fahre dem Tier mit der Hand über Stirn und Hals. Sie hat die Mähne geflochten und um die Enden Gummis gebunden. Plötzlich muss ich an Rachael Schwartz denken und an jenen lange zurückliegenden Tag, als sie schelmisch grinsend am steinigen Ufer des Painters Creek saß, mit strahlendem Gesicht von den Nachwirkungen des Adrenalins – und wieder stellt sich mir die ewige Frage, ob der menschliche Charakter angeboren oder anerzogen ist.

»Ich kenne professionelle Pferdetrainer, die nicht so gut reiten können wie du«, sage ich.

Sie wirft mir einen kurzen Blick zu, misstraut meinem Kompliment und ist zu wütend, um es zu akzeptieren. Doch sie weiß auch nicht, wie sie es zurückweisen kann.

»Vermutlich haben sie Sie geschickt, um mich zu holen«, murmelt sie nach einer Weile.

»Sie lieben dich. Sie machen sich Sorgen.« Ich zucke mit den Schultern. »Wäre vielleicht besser gewesen, Bescheid zu sagen, wo du hingehst.«

»Als hätten sie es mir dann noch erlaubt«, stößt sie wütend aus.

Ich weiß nicht, wie viel man ihr über Rachael Schwartz oder die Bontragers erzählt hat oder was ihr auf anderen Wegen zu Ohren gekommen ist. Ich weiß nicht einmal, ob ich das Ehepaar Schwartz als ihre Großeltern bezeichnen soll. Weiß sie, dass Rachael Schwartz ihre Mutter war? Weiß sie, dass Loretta Bontrager ihre Mutter umgebracht hat?

»Sie sind dagegen, dass ich reite«, sagt sie. »Wahrscheinlich verkaufen sie ihn.«

»Vielleicht könnt ihr einen Kompromiss schließen?«

»Nur weil ich ein Mädchen bin«, fährt sie fort und überhört meinen Vorschlag. Ich verkneife mir ein Lächeln, denn Rachael hatte oft das Gleiche getan. »Amische Mädchen reiten nicht.«

Ich nicke, tue, als sähe ich die Tränen nicht, die sie sich wütend wegwischt. »Das ist nicht fair«, stößt sie aus.

In dem Moment muss ich mir auf die Zunge beißen. Denn die Amischen *sind* nun einmal eine patriarchalische Gesellschaft. Manchmal dürfen Männer und Jungen Dinge tun, die Frauen und Mädchen untersagt sind. Einige Leute wollen einfach nicht anerkennen, dass diese Rollen zwar festgelegt und unterschiedlich sind, aber beide gleichermaßen wichtig.

»Du hast recht«, sage ich. »Manchmal ist das Leben nicht fair. Das ist eine harte Lektion, aber wir tun unser Bestes. Und wir versuchen, den Menschen, die uns lieben, keine Sorgen zu machen.«

Fannie verdreht die Augen angesichts meines philosophischen Exkurses und schnieft.

Das Klappern von beschlagenen Hufen auf Asphalt lässt uns aufhorchen. Ich blicke an Fannie vorbei zu dem Pferd und Buggy, die in schnellem Trab die Straße entlangkommen. Dan Schwartz stoppt abrupt, reckt den Hals und kommt dann eilig auf uns zugefahren. Ein paar Meter vor meinem Auto hält er den Buggy an. Rhoda klettert hastig herunter, im Gesicht noch Spuren der Sorge.

»Fannie.« Die amische Frau erreicht uns, presst sich die Hand auf die Brust. »Hallo, Katie.«

»Sie hat dem Pferd ein bisschen Bewegung verschafft«, sage ich auf *Deitsch*.

Ich spüre Fannies Blick auf mir, sehe sie aber nicht an. »*Sell is en goodah*«, sage ich. Es ist ein gutes Pferd.

Weder Dan noch Rhoda sind dumm und wissen, dass ihre Enkelin schnell wie der Wind geritten ist. Dennoch scheint der Tod ihrer Tochter sie etwas Wichtiges gelehrt zu haben, so etwas wie … Nachsicht.

Rhoda nickt, geht zu dem Pferd und fährt mit der Hand über seine schwitzige Schulter. »Er ist jung«, sagt sie. »Und sieht kräftig aus.«

»Zu kräftig«, murmelt Dan von oben auf der Sitzbank. »Zu ungeduldig und scheut im Straßenverkehr.«

»Er ist der schnellste Traber in ganz Painters Mill«, sagt Fannie.

Dan knurrt. »Wir haben schon ein Buggy-Pferd.«

»Nellie wird langsam alt, Dan.« Rhoda berührt die Flechten des Pferdes mit den Fingerspitzen. »Der hier hat so eine schöne Mähne, und sieh dir die rosa Nase an.«

Er weiß, dass ihm etwas vorgespielt wird, erkennt aber trotzdem, dass dies ein wichtiger Moment ist. Mit zweifelnd gerun-
zelter Stirn steigt er von der Sitzbank, geht zu Fannies Pferd und
fährt ihm mit der Hand übers Hinterteil.

»Mit dem muss noch gearbeitet werden«, murmelt er.

»Ein gutes Buggy-Pferd kostet eine Stange Geld«, entgegnet
Rhoda.

Ich zucke die Schultern. »Wenn Sie jemanden finden, der mit
ihm arbeitet, könnte er Sie durchaus überraschen.«

Fannie räuspert sich und steigt vom Pferd herunter. »Ich
kann das«, sagt sie ruhig. »Ihn trainieren, meine ich, und ein
besseres Pferd aus ihm machen.«

»Reiten …« Dan blickt seine Frau an, schiebt die Hände in
die Hosentaschen. »Das ist nichts für Mädchen.«

Rhoda winkt ab. »*En bisli gevva un namma is net en shlecht
ding, eh?*« Ein bisschen Geben und Nehmen kann nicht schaden, oder?

Ich sehe Fannie an. »Ich glaube, das nennt man Kompromiss«, sage ich. Als das Mädchen nichts erwidert, füge ich
hinzu: »Es braucht immer zwei dazu.«

Dan blickt über den Brillenrand hinweg seine Enkelin an.
»Du glaubst, du schaffst das?«

»*Ja*«, sagt sie etwas zu schnell.

»Du musst aufhören, so schnell zu galoppieren«, sagt der
amische Mann. »Er muss lernen, ruhig und gleichmäßig zu laufen, um auf der Straße sicher zu sein.«

»Das schaffe ich«, sagt sie.

Rhoda sieht mich an. »Danke, dass du sie für uns gefunden
hast, Kate Burkholder.«

Ich nicke. Dann wende ich mich Fannie zu und warte, bis
sie mich ansieht. »*Vann du broviahra hatt genunk, du finna vas-
sannahshtah mechta sei faloahra*«, sage ich. Wenn du dich nur

genug anstrengst, findest du vielleicht etwas, was du sonst verloren hättest.

Ich hoffe, das Mädchen versteht, dass dieser Satz mehr als
eine Bedeutung hat. Und dass eine zwar komplexer ist als die
andere, aber beide gleichermaßen wichtig sind.

43. KAPITEL

Am westlichen Horizont zieht ein Frühlingssturm auf, als ich in den Schotterweg zu unserer Farm einbiege. Es dämmert bereits, und vereinzelt zucken Blitze in den heranrollenden Wolken. Ich lasse das Fenster herunter und atme die frische Luft tief ein, die feucht und getränkt ist mit den Gerüchen von Leben und Wachstum. Zum ersten Mal seit Tagen bemerke ich die jungen Blätter an den Bäumen entlang der Zufahrt. Das Gras auf der Weide gleicht einem wogenden Meer, das in der schräg durch die Gewitterwolken scheinenden Sonne grün leuchtet.

Ich parke hinter Tomasettis Tahoe, nehme meine Laptoptasche und gehe Richtung Haustür. Auf halbem Weg höre ich das scheppernde Geräusch eines Hammerschlags, umrunde die Hausecke und sehe Tomasetti neben einer Feuerstelle aus Steinen stehen, die heute Morgen noch nicht da war. Gelborange Flammen züngeln einen halben Meter hoch in die Luft, illuminieren einen Kreis sorgfältig platzierter Backsteine und einen Mann, den ich sofort in die Arme nehmen muss.

»Du warst fleißig«, rufe ich von weitem und gehe den Hang hinunter zu ihm.

Er dreht sich um, und mein Herz schlägt höher, als sein Blick mich trifft und ein Lächeln sein Gesicht überzieht. »Wenn man verhindern will, dass jemand in Schwierigkeiten gerät«, sagt er, »dann muss man ihm eine Aufgabe geben.«

Ich laufe jetzt, werfe unterwegs die Laptoptasche auf die Sitzbank, stoppe vor ihm ab, schlinge die Arme um seinen Hals und drücke mich an ihn.

»Wenn ich gewusst hätte, dass ich nur eine Feuerstelle bauen muss, um so eine Reaktion hervorzurufen«, sagt er, »hätte ich das schon längst getan.«

Lachend boxe ihn auf den Arm.

»Wie findest du sie?«, fragt er.

»Ich finde, dass die Polizeichefin unglaublich froh ist, von einem ganz bestimmten BCI-Kerl zu Hause erwartet zu werden.«

»Wenn das so ist …« Den Kopf leicht zur Seite geneigt, sieht er mich erfreut, aber auch leicht verwundert an und drückt mir einen Kuss auf den Mund.

Ich versuche, mich weniger gerührt zu geben, als ich es bin – und das auf zu vielen Ebenen, um in diesem Moment darüber nachzudenken. »Du riechst nach Holzrauch«, sage ich.

Ohne etwas zu sagen, schiebt er mich auf Armeslänge von sich und betrachtet mich eingehend. »Ist alles okay, Chief?«

Ich lache, doch meine Melancholie lässt sich nicht verheimlichen. »Fannie Bontrager war verschwunden, ohne ihren Großeltern zu sagen, wohin.«

»Aha.« Er fährt mir mit beiden Händen über die Arme. »Hast du sie gefunden?«

»Auf der Bontrager-Farm. Auf ihrem Pferd.«

Er zeigt zu der Sitzbank aus altem Scheunenholz. Ich setze mich und schaue in die nahe Ferne, wo Rotflügelstärlinge über den Teich zu den Trauerweiden am Wasserrand schießen. Die letzten Laubfrösche singen ihr Abschiedslied, und es dauert nicht mehr lange, dann ist Sommer. Ein neues Kapitel, anders, aber genauso geliebt.

Tomasetti lässt sich neben mir nieder. »Das ist vermutlich nicht unbedingt gut.«

»Fannie wird nicht amisch bleiben«, sage ich.

»Darf ich dich daran erinnern, Kate, dass auch *du* die Gemeinschaft verlassen hast und es gut ausgegangen ist?« Er nimmt meine Hand und drückt sie sanft.

Ich weiß, was ich sagen will. Was ich sagen *muss,* weil ich es tief in mir fühle. Aber es lässt sich nicht so leicht in Worte fassen. »Rachael war kompromisslos, furchtlos und hat immer Vollgas gegeben.« Loretta Bontragers Beschreibung geht mir durch den Kopf, ich merke, dass diese Bezeichnung auch auf Rachael zutrifft. »*Frei geisht.*« Freigeist.

»Fannie ist haargenau wie sie«, sage ich. »Und jetzt wird sie von denselben Eltern großgezogen wie Rachael. Rhoda und Dan Schwartz haben Rachael nicht die Grundlagen mit auf den Weg gegeben, die sie brauchte, um zu …« Fast hätte ich das eine Wort gesagt, das ich nicht sagen will: … überleben.

Er blickt nachdenklich ins Feuer. »Das heißt nicht, dass Fannie das gleiche Schicksal erleiden wird wie ihre Mutter.«

»Das Mädchen scheint Probleme geradezu magisch anzuziehen, genau wie ihre Mutter.«

In der Ferne ist Donnergrollen zu hören. Die Sonne ist hinter den Wolken verschwunden, die Vögel schweigen, und die Frösche am Teich singen jetzt schneller und lauter.

»Fannie Bontrager kann von Dingen profitieren, die es für Rachael nicht gab«, sagt er. »Die Menschen, bei denen sie jetzt aufwächst, haben seit der Zeit, als sie ihre Tochter aufzogen, einiges über das Leben gelernt.« Er sieht mich an. »Und Fannie hat eine warmherzige Polizeichefin, die in den nächsten Jahren ein Auge auf sie haben wird.«

Der Wind ist stärker geworden und lässt die Flammen wild lodern. Die ersten fetten Regentropfen platschen auf die Steine und zischen, wenn sie auf der glühenden Kohle landen.

»Weißt du was, Tomasetti, wenn du dich jemals entschließt, das BCI zu verlassen, könntest du es sicher als Seelenklempner zu etwas bringen.«

»Oder Barkeeper.«

»Ist das Gleiche, oder?«

Wir grinsen uns an, dann sprinten wir Hand in Hand durch den Regen zum Haus.

DANK

Wie bei jedem meiner Bücher, habe ich vielen talentierten und engagierten MitarbeiterInnen von Minotaur Books zu danken – für ihre Kompetenz, für ihre harte Arbeit und ihr außergewöhnliches Engagement, für ihren Glauben an mich und die Story, doch am allermeisten für ihre Freundschaft.

Ein aufrichtiges Dankeschön geht an meinen Lektor, Charles Spicer, meine Agentin, Nancy Yost, sowie Jennifer Enderlin, Andrew Martin, Sally Richardson, Sarah Melnyk, Sarah Grill, Kerry Nordling, Paul Hochman, Allison Ziegler, Kelley Ragland, David Baldeosingh Rotstein, Marta Fleming, Martin Quinn, Joseph Brosnan und Lisa Davis.

Linda Castillo
Dein ist die Lüge
Der neue Fall für Kate Burkholder

Als Adam Lengacher auf seiner Farm eine schwer verletzte
Frau findet, bittet er Polizeichefin Kate Burkholder um Hilfe. Kate erkennt die Frau sofort: Sie heißt Gina Colorosa,
vor 10 Jahren waren sie ein Team bei der Polizei in Columbus und beste Freundinnen. Doch jetzt ist Gina auf der
Flucht. Ihre eigenen Kollegen wollen sie aus dem Weg räu-
men, weil sie ihnen auf die Schliche gekommen ist. Kate versucht, Licht ins Dunkel zu bringen. Doch je näher Kate der
Wahrheit kommt, desto näher kommt ihnen auch der
Mörder.

Aus dem amerikanischen Englisch
von Helga Augustin
352 Seiten, broschiert

Weitere Informationen finden Sie auf
www.fischerverlage.de

AZ 596-70596/1

Linda Castillo
Quälender Hass

Rache, Hass und ein gottesfürchtiges Leben

Eine verlassene Farm, eine brutal ermordete, ältere amische Frau, ein entführtes siebenjähriges Kind: Als Kate Burkholder von den Vorkommnissen erfährt, ist sie genauso schockiert wie die gesamte Gemeinde von Painters Mill. Sie setzt alle Hebel in Bewegung, um das Kind zu finden. Zunächst gibt ihr die ultrakonservative Familie noch bereitwillig Auskunft, doch Kate merkt, dass sie ihr etwas verschweigt. Was ist so brisant, dass die Wahrheit nicht ausgesprochen werden darf? Und warum werden Großmutter und Enkelin zur Zielscheibe?

Aus dem amerikanischen Englisch von
Helga Augustin
352 Seiten, broschiert

Weitere Informationen finden Sie auf
www.fischerverlage.de

AZ 596-70449/1

Linda Castillo
Brennendes Grab

Eine brennende Scheune wird zur tödlichen Falle –
Der 10. Fall für Polizeichefin Kate Burkholder

Die Nachricht von der brennenden Scheune auf der Ging-
rich-Farm geht spät am Abend ein. Kate Burkholder macht
sich sofort auf den Weg, die Feuerwehr ist alarmiert. Was zunächst nach Brandstiftung aussieht, entpuppt sich aber nach
dem Fund einer männlichen Leiche als brutaler Mordfall.

Aus dem Amerikanischen
von Helga Augustin
352 Seiten, broschiert

Weitere Informationen finden Sie auf
www.fischerverlage.de

AZ 596-70426/1